BESTSELLER

Arantza Portabales (San Sebastián, 1973) es licenciada en Derecho por la Universidad de Santiago de Compostela. Tras participar en obras colectivas como *40 plumas y pico*, *Las palabras contadas*, *Lecturas d'Espagne*, *Purorrelato de Casa África*, *Escribo 3*, *Microvuelos* y *Cincuentos*, en 2015 publicó su primer libro de microrrelatos, *A Celeste la compré en un rastrillo*, así como su primera novela en lengua gallega, *Sobrevivindo*, merecedora del XV Premio de Novela por Entregas de *La Voz de Galicia* y que la autora ha reescrito para su publicación en castellano con el título de *Sobreviviendo* (2022). En 2017, su relato «Circular C1: Cuatro Caminos-Embajadores» obtuvo el Premio de Narración Breve de la UNED, y su microrrelato «Las musas» resultó ganador del concurso de la Microbiblioteca de Barberà del Vallès. Su segunda novela, *Deje su mensaje después de la señal* (2018), publicada inicialmente en gallego, fue ganadora del Premio Novela Europea Casino de Santiago 2021 y el Premio Manuel Murguía de relato. Con *Belleza roja* (2019), ganadora del Premio Frei Martín Sarmiento, inició la serie protagonizada por la pareja de policías Abad y Barroso, que continúa en *La vida secreta de Úrsula Bas* (2021).

Biblioteca

ARANTZA PORTABALES

La vida secreta de Úrsula Bas

DEBOLS!LLO

Papel certificado por el Forest Stewardship Council®

Primera edición en Debolsillo: enero de 2023

Travessera de Gràcia, 47-49. 08021 Barcelona
Diseño de cubierta: Penguin Random House Grupo Editorial / Andreu Barberan
Imagen de cubierta: © Miquel Tejedo

Printed in Spain – Impreso en España

ISBN: 978-84-663-6007-4
Depósito legal: B-20.334-2022

Compuesto en M. I. Maquetación, S. L.
Impreso en Liberdúplex, S.L.U.
Sant Llorenç d'Hortons (Barcelona)

P 3 6 0 0 7 4

Para Nando, Xoana, Sabela y Ru. F. F.
La vida real de Arantza P.

Confía en mí,
nunca has soñado
poder gritar
y te enfureces.
Es horrible
el miedo incontenible.

LOS PIRATAS, «El equilibrio es imposible»

—Puede sonarte a disparate, pero es verdad. La gente es diferente, Mel. Algunas veces actuaba como un loco, es cierto. Lo admito. Pero me amaba. A su modo, quizá, pero me amaba. En todo aquello había amor, Mel. No digas que no. [...]

—¿Qué es lo que cualquiera de nosotros sabe realmente del amor? —dijo Mel—. Creo que en el amor no somos más que principiantes.

RAYMOND CARVER,
De qué hablamos cuando hablamos de amor

¿Quién eras antes de tropezar conmigo?
No eras de nadie y te pegaste a mí.

José Miguel Conejo Torres,
Amaro Ferreiro Rodríguez,
Iván Ferreiro Rodríguez, «Farsante»

Yo seguía con los ojos cerrados. Estaba en mi casa. Lo sabía. Pero yo no tenía la impresión de estar dentro de nada.

Raymond Carver, *Catedral*

But I can't help the feeling
I could blow through the ceiling
if I just turn and run.
And it wears me out.

Radiohead, «Fake Plastic Trees»

La casa de cristal

La diferencia entre la maduración y la putrefacción está en la humedad. Así sucede con la carne. Lo escuché en un programa de cocina. Aquí el aire es tan húmedo que no puedo parar de pensar que si muero, mi cuerpo, todos mis tejidos, se descompondrán rápidamente sobre este suelo. Pronto mis células entrarán en un proceso de licuación, se desintegrarán, me convertiré en un amasijo orgánico que poco a poco se cubrirá de larvas y solo permanecerá este olor a sal que lo inunda todo.

Estoy al lado del mar. El sonido de las olas no cesa, me vuelve loca su monotonía. Ayer soñé que dejaba de estar sumida en esta semipenumbra constante. De repente me vi dentro de una habitación diáfana. Las paredes eran de cristal. La habitación donde estoy solo se sustentaba por un esqueleto de hierro, el resto era transparente.

La casa estaba en mitad de una playa y el cielo era de un azul inmaculado, ni rastro de nubes. El exterior permanecía inmóvil, como si de una fotografía se tratase. El sol, en lo más alto, parecía a punto de desplomarse sobre la casa. El calor comenzaba a ser abrasador. Me ovillé en el suelo, escondí la cabeza entre las piernas y cerré los ojos. Todo era un inmenso escenario de atrezo y no quería observarlo. La playa era una playa de las de mi infancia, de las que invitaban a hacer castillos de arena. Una debería morir en una playa así. Una playa en la que el sonido del mar es un arrullo y no un ruido molesto como el rechinar de la cadena de un columpio. Sabía que debía levantarme e intentar abatir esas paredes de cristal. Pero una cárcel no lo es de verdad hasta que pierdes la esperanza de abandonarla. Rompí a llorar y después desperté. Seguía en la misma habitación. El mismo suelo terroso, el frío calando los huesos, la penumbra, el olor a sal, el susurro monótono y ensordecedor. Nada había cambiado.

Da igual cuánto falta para que me mate. Da igual el tiempo que pase, porque el tiempo aquí carece de límites y dimensiones. Se ablanda, se expande, se contrae y finalmente se diluye. Es una línea recta que tiende al infinito. El tiempo ha dejado de tener valor, por eso me da igual que sea hoy o mañana. Ya estoy podrida. Ya siento miles de gusanos royéndome.

Este es mi único consuelo.

Que estoy tan muerta que Nico ya no me puede matar.

Dieciocho meses y veintidós días

Santiago de Compostela, 22 de febrero de 2019

Santi Abad rozó con los nudillos la puerta del despacho del comisario antes de echar una ojeada al reloj y comprobar que solo faltaban dos minutos para las cinco. A esa hora únicamente seguían allí los agentes de guardia. Los viernes por la tarde apenas había movimiento: citas para tramitar DNI y pasaporte y poco más. Él lo sabía, había quedado con el comisario a esa hora para evitar encontrarse con sus compañeros. Una voz desde dentro gritó «adelante».

Abrió la puerta. Resultaba raro no encontrar a Lojo en su mesa de siempre, pero se había jubilado en septiembre. Santi no había ido a la comida de despedida que le habían organizado porque en aquel momento no se sentía capaz de ver a nadie, aunque se había tomado un café con él la semana de su jubilación. Ese había sido su único contacto con la comisaría durante su baja, hasta que ayer por la mañana llamó para pedir una entrevista con el nuevo jefe. Ni siquiera había preguntado su nombre. Ahora, a la puerta de su despacho, se sorprendió al comprobar que el comisario era bastante joven. Más o menos de su edad. Un tipo moreno, con barba y un corte de pelo meticulosamente desaliñado. A Santi le sonó su cara y rebuscó en vano en su memoria para tratar de ubicarla.

—¿Abad? —El comisario se levantó y le tendió la mano.

Santi pensó que parecía un tío cordial. Extendió la suya y se dieron un apretón breve.

—Gracias por recibirme. No quería presentarme el lunes aquí sin que tuviéramos una charla antes.

—Sí, claro. Estaba deseando que te incorporaras. Estamos en cuadro. Ni te imaginas lo que han sido estos meses. Hemos ido cubriendo tu baja como hemos podido, pero no ha sido fácil. Hemos tenido algunos agentes más de apoyo. Me tocó pelear duro para que me dejaran cubrir un par de vacantes con dos compañeros tuyos que han aprobado la promoción interna. Si a eso le sumas mi propia incorporación, esto ha sido de todo menos una comisaría normal, aunque me atrevería a asegurar que nadie lo ha notado.

Santi sonrió levemente sin saber muy bien qué contestar.

—¿Cómo te encuentras? —preguntó el comisario—. ¿Recuperado?

—Eso han dicho los médicos.

—Más de año y medio entre la baja y las vacaciones. Es mucho tiempo. Espero que vengas con ganas.

—Lo único que sé es que estoy deseando recuperar la normalidad —contestó Santi—, y eso pasa por volver a trabajar.

—Abad, sé que no nos conocemos, pero he oído hablar mucho y muy bien de ti. Imagino que no te acordarás, pero hicimos un curso en Madrid juntos, sobre negociación en los casos con rehenes, en 2013. Yo sí te recuerdo bien porque me pareciste el único de todos aquellos idiotas que hacía las preguntas adecuadas.

—Me acuerdo: fue un curso surrealista, de tíos flipados que han visto demasiadas pelis. En la vida real nadie pide un avión con combustible a la puerta del banco.

Ambos sonrieron y el ambiente se relajó.

—Sé que ha sido una baja psiquiátrica. Lojo me lo dijo. No te enfades, ya sabes cómo es. Yo no he dicho nada ahí fuera, pero ha sido más de año y medio. No me importa qué ha sucedido y qué no, porque lo sé bien. Yo mismo alguna vez me he visto al borde de una crisis. Este trabajo es un infierno: lo que te ha pasado a ti lo vemos a diario en todas las comisarías. El caso Alén fue brutal.

Brutal. Así había sido exactamente. La presión del comisario Lojo y de los políticos exigiendo resultados; la prensa acosándolos a las puertas de la comisaría; la necesidad de encontrar al asesino para que los demás sospechosos pudieran continuar con su vida; las imágenes de la adolescente Xiana Alén en ese charco de sangre emulando una obra de su abuela, la famosa artista Aurora Sieiro... Los recuerdos de ese mes de julio de hacía dos años lo habían acompañado durante todo este tiempo. De entonces eran también los recuerdos del comienzo de su relación con Ana, su compañera de investigación. Abad y Barroso. O Barroso y Abad, como solía corregirle ella.

—He visto todas vuestras notas y lo hicisteis de maravilla. —La voz del comisario lo devolvió al presente—. Lo único que necesito es saber con seguridad que estás bien. Nosotros no nos dedicamos a llenar depósitos de gasolina; nosotros vamos armados y nos enfrentamos a mucha presión todos los días. Necesitamos estar al cien por cien.

—Te lo agradezco, pero mi enfermedad y las razones de mi baja pertenecen a mi vida privada —dijo Santi, visiblemente incómodo.

—Lo siento si te he molestado. Me he explicado mal. Por supuesto que las razones de tu baja pertenecen a tu vida privada y lo último que querría es que me tomases por un entrometido. Lo que intentaba decir es que si prefieres incorporarte gradualmente, empezando con papeleo suave, supervisión a tu equipo desde comisaría, sin trabajo de campo, podemos hacerlo así. No necesito que llegues como un perro de presa dispuesto a morder hasta el hueso. Ya me entiendes.

Santi se quedó callado. Claro que lo entendía. El comisario parecía un buen tipo y sabía que era su responsabilidad asegurarse de que no le iba a causar problemas.

—Estoy bien —contestó al fin.

—Pues entonces esa es una magnífica noticia.

Santi se levantó, dando la conversación por terminada.

—El lunes a primera hora estaré aquí. ¿Mi despacho sigue libre?

—Tal cual lo dejaste. ¿Quieres entrar? Lo tengo cerrado con llave.

—No, el lunes me incorporo. Ha sido suficiente como primera toma de contacto, solo quería decirte que me encuentro bien y que tengo muchas ganas de volver. Espero que con esto baste. En fin, gracias por todo, comisario.

—No me llames comisario. Llámame Álex.

—Veiga, ¿verdad? Ya me acuerdo de ti: de la comisaría de Lugo. Joder, estoy mayor. ¡Claro que me acuerdo!

—Todos lo estamos, el truco está en no admitirlo. Vete y disfruta del fin de semana. El lunes te espero.

Santi asintió y se dirigió a la puerta. El fin de semana no lo disfrutaría porque hacía mucho que en nada se diferenciaban sus lunes de sus domingos y estaba deseando que eso cambiase. Echó a andar hasta su casa mientras pensaba que faltaban dos días y medio para volver a la normalidad. O lo que fuera eso que tenía antes y que él llamaba vida.

El silencio

Lois observó el móvil por enésima vez: seguía en silencio. Abrió el WhatsApp. AA Úrsula. Cinco mensajes consecutivos del propio Lois sin respuesta.

«¿Dónde estás?»

«Si te has quedado en casa de Raquel, avisa.»

«Llámame.»

«Estoy empezando a preocuparme. Llama.»

«Salgo con Sabela. Después de la clase de gimnasia rítmica nos iremos a comer al centro comercial y al cine.»

El último wasap era de esa mañana, a las once y media: habían pasado seis horas desde el último mensaje y más de veintidós desde que Úrsula había salido de casa. Observó a Sabela de reojo intentando aparentar tranquilidad. Estaba viendo la tele. Por supuesto, Sabela había preguntado por Úrsula y él le había mentido. Sin darle apenas importancia, le contó que su madre había salido temprano porque tenía una presentación en Lugo. Cuando acabaron de comer seguía sin noticias de ella, así que le dijo a Sabe que acababa de recordar que tenía trabajo pendiente y que sería mejor dejar el cine e irse a casa.

Lois bajó la tapa del portátil después de casi media hora

fingiendo que trabajaba. Había repasado las redes sociales de Úrsula, tanto las privadas como su página oficial. La última publicación de esta era su artículo de opinión de los viernes en el suplemento cultural. Se titulaba «El triunfo de los mediocres». Muy propio de ella.

En teoría, la tarde anterior había dado una charla en la biblioteca pública, sin embargo, no encontró ni una sola publicación en sus redes sobre el evento. Ella siempre lo colgaba todo casi al instante. Entró en la página de Facebook de la biblioteca pública Ánxel Casal, buscando algún rastro de la charla. La última publicación de la biblioteca era de las diez de la mañana del viernes: «Los diez libros más prestados en 2018». En un intento vano de tranquilizarse, se dijo a sí mismo que eso no significaba que la charla no hubiera tenido lugar, sino que simplemente no la habían colgado.

Cogió el móvil y salió del salón para evitar que Sabela lo oyese. Marcó el número de Raquel.

No, no sabía nada de Úrsula. Habían cruzado unos mensajes ayer viernes. No habían quedado la noche anterior y ni siquiera la había acompañado a la charla de la biblioteca porque Raquel se había ido a Cambados para pasar el fin de semana con su madre. Habían hablado de verse el domingo para tomar un café, pero al final ella había decidido quedarse con su madre todo el fin de semana. Lois no quiso inquietarla. Improvisó y con tono despreocupado bromeó sobre la costumbre de Úrsula de salir de casa sin decir adónde iba; incluso a él le resultó convincente: ni Úrsula era amiga de dar muchas explicaciones ni él acostumbraba a pedirlas. Se despidió de Raquel, después de que esta le recordase que no regresaría hasta el lunes pero que llamaría a Úrsula en cuanto llegase a Compostela.

Volvió a revisar el WhatsApp, los mensajes y el registro de llamadas, y durante un buen rato contempló el teléfono, absorto, esperando cualquier tipo de señal que rompiese el silencio. Finalmente, se decidió a llamar a los hospitales y clínicas de Santiago. No había ingresado ninguna paciente de las características de Úrsula en las últimas veinticuatro horas. Llamó también a los de Coruña y Pontevedra, y llegó a marcar el número de la comisaría, aunque colgó antes de que sonase el tercer tono. Sudaba y notó que le temblaban las manos: Sabela estaba en la habitación contigua, esto no podía hacerlo por teléfono.

Llamó a su hermana Patricia y le explicó brevemente lo sucedido. Al igual que había hecho con Raquel, intentó adoptar un aire despreocupado.

—No creo que le haya pasado nada, ya sabes lo despistada que es. Lo más probable es que se olvidase de avisarme de que tenía algún viaje, pero prefiero asegurarme. ¿Te importaría quedarte con la niña mientras me acerco a la comisaría?

Por supuesto que no le importaba, Patri adoraba a Sabela.

Volvió al salón.

Le dijo a Sabela que acababa de recordar que había quedado con un compañero de estudios de Ferrol que este fin de semana vendría a Compostela, pero que la tía Patri la invitaba a merendar y a pasar la tarde con sus primos. La observó mientras se ponía su plumífero negro. No se sentía cómodo mintiéndole. Por suerte, Úrsula solía pasar tanto tiempo fuera de casa que la situación no le resultaba anómala.

Tras dejar a la niña en casa de su hermana, se dirigió a la entrada de la zona vieja de Santiago. Eran las seis y veinte de la tarde cuando llegó a la puerta de la comisaría. En su bolsillo, el móvil seguía en silencio. Faltaban cuarenta minutos para que se cumplieran veinticuatro horas desde la desaparición de Úrsula. Ni siquiera sabía si era necesario esperar. Por si acaso, no entró.

El primer día

Santi Abad recordaba con claridad su primer día de trabajo, hacía quince años, en la comisaría de Vilagarcía de Arousa. Estaba nervioso, pero ninguno de sus compañeros lo notó. Siempre había sido un tío callado, de los que se limitan a observar y a pasar desapercibido, pero el primer día en el trabajo uno es, inevitablemente, el centro de atención.

Hoy se sentía justo así, como un novato en el primer día de trabajo. La psicóloga le había preparado para este momento. Habían hablado durante horas sobre cómo encarar su primer encuentro con Ana, sobre la necesidad de volver a la comisaría y a su trabajo, afrontando ese proceso con normalidad.

La última vez que la había visto, ella estaba en la puerta de la comisaría, con su exmujer. En el breve instante en que sus miradas se cruzaron comprendió que todas las cosas que no le había dicho a Ana acababan de caer de golpe sobre ella. ¿Cómo explicar que uno es capaz de cruzarle la cara de un tortazo a su mujer, de patearla mientras está en el suelo con los brazos cruzados sobre la cara para protegerse? Recordaba el sonido del llanto de Samanta, y el de sus costillas al romperse; esas eran las cosas que no le había contado a Ana. No sabía qué estaba buscando Sam aquel día. Quizá advertirla, mostrarle lo que había bajo la aparente frialdad del inspector Abad. Lo que quería Samanta ya daba igual. En cualquier caso se había llevado por delante la oportunidad de buscar el momento adecuado para contarle todo a Ana; contarle que era consciente de que algo funcionaba mal dentro de él, pero que todos los días peleaba para recuperar el control.

En los días siguientes la llamó un par de veces y colgó antes de que ella contestase. Grabó mensajes de voz que nunca envió y perdió horas escribiendo wasaps larguísimos que borraba en cuanto ponía el punto final. Nunca se le había dado bien afrontar sus verdades. Lo tuvo claro dos semanas después, el día en que ella, por fin, lo llamó. El teléfono vibró sobre la mesa, seis tonos que duraron una eternidad hasta que saltó el contestador y durante los cuales él comprendió de pronto que no era capaz de hablar con ella. Echando la vista atrás, se dio cuenta de que ese fue el punto de inflexión, el instante en que tomó conciencia de que no podía volver a su vida y a su trabajo. Por eso, cuando agosto tocó a su fin, y tuvo que reincorporarse a la comisaría, le sobrevino un ataque de pánico. Eso lo sabe ahora, pero en aquel momento pensó que era un infarto. Después de dieciséis horas en urgencias descubrió que si pensaba en esa comisaría, la garganta se le cerraba, pero que eso no tenía que ver con su corazón. Como le dijo su psicóloga, respirar deja de ser un acto reflejo cuando uno toma conciencia de que quiere dejar de hacerlo.

Parado a la puerta de la comisaría, pensó que todos esos discursos de autoayuda que le había repetido hasta la saciedad semejaban perder su firmeza ahora que estaba a punto de cruzar el umbral de su antigua vida.

El primer saludo fue el de Lui. Detrás de ella llegaron los de los demás: Javi, Rubén y un par de tíos que no conocía. Como en trance, hizo un gesto con la cabeza y se dirigió a toda velocidad a su despacho mientras musitaba un «hola» escueto y seco.

El despacho estaba igual: solo una mesa con un ordenador y un flexo, la estantería con los manuales de Derecho Penal, el teléfono, dos cartas a su nombre sin abrir en la bandeja metálica donde solían dejar su correspondencia. El tiempo se había detenido sobre esos objetos cotidianos. Finalmente se percató de que su impresora no estaba. Hizo un esfuerzo por serenarse. Esa carrera loca para refugiarse en su despacho no era propia de él. Recordó las palabras de su psicóloga: «Si tienes conciencia de lo que has hecho mal, es que puedes afrontarlo».

Claro que podría afrontarlo, porque la alternativa era quedarse en casa y dejar de ser policía. Además, el consejo le parecía una tontería. Siempre había tenido conciencia de lo que había hecho mal.

Decidió que debía dar la cara y salió del despacho.

La vio de espaldas, hablando con Veiga, que acababa de entrar y aún llevaba el abrigo puesto. Le dio la sensación de que estaba más delgada, aunque no podía asegurarlo bajo ese gran jersey de lana. Lojo le había contado que había aprobado subinspección, junto con Javi, así que no sabía si la encontraría en comisaría, aunque estaba casi seguro de que seguía allí después de su conversación del viernes con Veiga.

Se dirigió hacia ellos, reprimiendo el impulso de darse la vuelta. Resultaba imposible no ponerse nervioso, no se atrevía a mirarla de frente. Había pasado demasiado tiempo y demasiadas cosas. Se estremeció al sentir su proximidad.

—Hombre, Abad, estaba hablando de ti. Vamos a mi despacho. ¿Ya has saludado a todo el mundo?

Santi negó al tiempo que dirigía la mirada hacia Ana. Fue ella la que habló primero.

Hola. Qué bien te veo. Una sonrisa. Y ya está. Se sintió como el gilipollas que acababa de salir de la escuela de prácticas, con la oposición recién aprobada. Sin apenas darse cuenta ya estaban ambos de camino al despacho del comisario. Buscó algo que decir que sonase coherente.

—No tengo impresora.

—Ahora estamos todos conectados en red a la impresora grande del pasillo —dijo Ana, resuelta.

—Enseguida te acostumbrarás —añadió Álex al tiempo que abría la puerta de su despacho.

El comisario se quitó el abrigo y les hizo un gesto para que tomaran asiento.

—Bueno, sé que te acabas de incorporar, Santi, pero este sábado ha pasado algo que me tiene bastante preocupado, y de verdad quisiera que te ocupases directamente de esto.

—Tú eres el jefe. ¿De qué se trata?

—Ha desaparecido Úrsula B.

—¿La escritora?

—Como si hubiera otra —intervino Ana con sarcasmo—. Yo estaba de guardia, su marido se presentó aquí el sábado y nos dijo que Úrsula salió el viernes a las siete de la tarde para dar una charla en la biblioteca Ánxel Casal y que ya no se volvió a saber nada de ella. Me limité a aconsejarle que mantuviera la calma y yo misma me acerqué a su casa para hacer una inspección superficial. No faltaba nada: ni ropa, ni dinero. En las redes de la escritora no ha habido movimiento. Hoy tendremos que ponernos en marcha y rápido.

—¿Y si lo hacemos público? Es muy conocida. A lo mejor se trata de una pelea conyugal y se ha cogido un fin de semana de descanso. Cuando el desaparecido es alguien famoso, la colaboración ciudadana es muy efectiva.

Ana negó con la cabeza.

—Opino que es mejor que nos movamos sin hacer ruido hasta que nos hagamos una composición de lugar. Ahí no ha habido ninguna pelea. El marido estaba desconcertado y asustado, y no es ningún gilipollas. Me ha parecido un tío inteligente que sabía a lo que se estaba enfrentando.

—¿Un secuestro? —preguntó Santi—. ¿Están en condiciones de asumir un rescate?

—Si te refieres a si tiene dinero, supongo que sí, aunque tampoco es Amancio Ortega. Úrsula B. es la escritora gallega que más vende. Imagino que su situación económica debe de ser buena, pero no tengo ni idea. Si el móvil es solo dinero, se me ocurren mejores candidatos. No sé, empresarios, por ejemplo.

—Lo primero será ir a la biblioteca —dijo Santi.

—Luego volved a su casa e interrogad al marido. Hacedme un informe exhaustivo esta tarde. Me parece buena idea que volváis a trabajar juntos. Yo voy a dedicarme a apoyaros desde aquí: les diré a los chicos de la unidad de informática que analicen sus redes sociales. Al ser un personaje público, vamos a ver qué encuentran, a lo mejor tenía a algún tarado detrás. ¿Te parece bien, Abad?

Fue Ana la que habló por él.

—Nos parece bien.

—Pues entonces poneos en marcha.

Ambos salieron al pasillo y Santi dijo que iba a por su cazadora. Ella no contestó.

Hola. Qué bien te veo. Una sonrisa. No había estado tan mal, pensó Santi. En todo caso, bastante mejor que él, que tan solo había sido capaz de mirarse los zapatos y preguntar por la impresora.

Naranja, blanco, naranja

Viene todos los días, aunque solo unos minutos. Lo oigo en el piso superior, mientras se mueve con tranquilidad, a su antojo. Apenas un instante. Luego baja, abre la puerta y deja la comida: un sándwich, una manzana o simplemente pan. Como si disfrutase manteniendo mi estómago alerta. Rugiente. Feroz.

La habitación está casi a oscuras; tan solo hay una ventana con cristales decorados, como si se tratase de la vidriera de una iglesia. Muy de los setenta. Rombos naranjas y blancos que dejan pasar algo de claridad durante el día y que durante la noche reciben la luz de una farola, iluminando tan solo una pequeña parte de la estancia mientras el resto se cubre de una oscuridad densa. La luz de esa farola dibuja líneas geométricas en el suelo de tierra. A veces perfilo con el dedo índice los bordes de esa realidad bicolor. Rombo naranja, rombo blanco, rombo naranja, rombo blanco.

De noche, si me quedo en mi esquina, me desoriento. Busco a tientas el grifo que está en un extremo de la habitación, justo al lado del retrete que es la única referencia que tengo para ubicarme en este espacio de doce metros cuadrados. La ventana se abre en la pared de enfrente, tan alta que, aunque consiguiese romperla, nunca podría llegar hasta ella. Tampoco tengo a mano ningún objeto contundente para lanzarlo contra ese cristal. Esa es mi única posibilidad de asomarme al mundo exterior. La fragilidad de ese cristal inalcanzable resalta la solidez de la puerta, que está a mi izquierda. No pierdo el tiempo en empujarla. Ni en gritar. Ni en llorar. Todo eso ya lo hice el primer día. Y el segundo. Pronto comprendí que era inútil porque estaba muerta desde el momento en que me desperté aquí.

Debí creerle el día en que le conocí.

—¿Quieres que te firme el libro?

—No.

—¿No? Entonces, ¿qué quieres?

—Todo.

Lo dijo sonriendo con la boca. Solo con la boca. Me había fijado en él durante la presentación: me miraba a los ojos, sin pudor, sin alterar el gesto, sin sonreír. Incluso sentado destacaba por encima de los demás. Ya entonces me di cuenta de lo alto que era. A pesar de que me esforzaba por apartar la vista de él y concentrarme en las preguntas del periodista que hablaba a mi lado, le buscaba con la mirada una y otra vez.

Todo. Eso fue lo que dijo. Sentí un escalofrío y escudriñé sus ojos pequeños, casi ocultos por un flequillo moreno y largo. Debí limitarme a sus ojos, pero no lo hice. Observé sus manos: el anillo de casado en el anular derecho, las heridas en los pulgares, semejantes a las mías. Las mismas que me hacía cuando estaba nerviosa. Al momento me vi reflejada en esa pequeña manía. Le devolví la sonrisa y dejé el bolígrafo suspendido en la primera página de su ejemplar mientras la siguiente persona de la cola empezaba a impacientarse.

—¿Todo? No te lleves mi inspiración o no podré escribir más libros.

—Entonces esperaré a que escribas un par más.

Ahí sí que me eché a reír.

—Dime tu nombre —insistí.

—Pon el que quieras.

Lo dejé por imposible. «Con cariño, para el hombre que lo quiere todo. Úrsula B.»

Me dio las gracias y se fue.

Cuando acabé de firmar, cogí el móvil para llamar a Lois y encontré el mensaje de un número desconocido.

«Me llamo Nico.»

Recuerdo la sensación de desconcierto y cómo la sorpresa mitigó el miedo. A fin de cuentas, madurar era eso, perder la capacidad de sorprenderse. Eso fue lo que sucedió: que esa fue mi primera sorpresa real en años. Debí creerle. Lo quería todo.

Me tumbo en el suelo y cierro los ojos. Imagino mi cara bañada por la luz blanca y naranja que se filtra por esa ventana.

Naranja.

Blanco.

Naranja.

Blanco.

No news, bad news

La biblioteca pública Ánxel Casal estaba apenas a diez minutos a pie, y Santi y Ana caminaron con paso ligero. A pesar de ser un lunes de febrero, la zona vieja de Santiago de Compostela ya presentaba un trasiego importante de peregrinos que se hacían selfis en la plaza del Obradoiro. Santi pensó que en unos segundos esas fotografías serían expuestas en redes sociales y observadas por una infinidad de personas con más atención que el que las sacaba. El Camino, como la vida, se había convertido en una mera exposición pública carente de sentido. Sacudió la cabeza. Se estaba poniendo intenso, le pasaba mucho últimamente.

Miró de reojo a Ana. En efecto estaba un poco más delgada y también más pálida, aunque esto último era normal porque estaban en febrero y la última vez que la había visto era verano y estaban a punto de irse de vacaciones juntos. Más de año y medio. El tiempo había pasado muy lento lejos de la comisaría. Los días estaban dotados de una elasticidad desconocida y se superponían unos a otros, convirtiéndose en una eterna tarde de domingo en la que el lunes no llegaba jamás. Quizá porque no tenía nada que hacer, aunque la única realidad era que no tenía fuerzas para hacer nada. Desechó el pensamiento y se concentró en caminar y mantener el silencio.

La biblioteca Ánxel Casal era relativamente nueva, con poco más de diez años y con un programa cultural bastante dinámico. Aunque acababa de abrir, ya había bastante movimiento. Lo normal, teniendo en cuenta que Santiago era una ciudad universitaria y los estudiantes eran poco amigos de estudiar en sus casas. En época de exámenes, las bibliotecas universitarias de Compostela se reforzaban y ampliaban sus horarios hasta altas horas de la madrugada.

Santi cedió el paso a Ana en la puerta y ambos se fijaron en el tablón de anuncios de la entrada, donde un cartel anunciaba la charla de Úrsula B. el pasado viernes a las ocho de la tarde. Bajo el rótulo publicitario «Mujeres que hablan hacia la nada» se mostraba la imagen del último libro de Úrsula: *Pasión adjetivada*.

Santi se dirigió a la bibliotecaria a quien conocía de vista. Durante su baja había frecuentado bastante la biblioteca. No solía pedir consejo ni se involucró en las actividades de esta, pero aun así, sabía que por las mañanas en el mostrador estaba la rubia de las camisetas molonas y por la tarde un tío con el pelo engominado y gafas de pasta que a él le daba bastante repelús, sin motivo alguno, todo hay que decirlo, porque nunca habían cruzado más palabra que algún «hola» o «adiós».

—Buenos días —dijo Santi adelantándose a Ana—. Estaba buscando el último libro de Úrsula B.

—Está en la sección de narrativa, pero está prestado. Puedes consultar en la página web para ver si está disponible en formato digital, aunque me imagino que estará prestado también. Suele tener lista de espera.

—¡Vaya, qué pena! Estuvo aquí el viernes, ¿no?

—Pues no. Había una charla convocada, pero se suspendió.

—¿Se suspendió?

—Sí —contestó la rubia lacónicamente.

Ana y Santi cruzaron una mirada de entendimiento.

—Una pena —continuó él.

La rubia alzó la vista. Hoy llevaba una camiseta de princesas Disney que mostraba una Cenicienta llena de tatuajes y una Blancanieves vestida con cazadora de cremalleras, aunque la favorita de Santi era una que le había visto una vez, de color negro y con el lema «Achilipunk».

—Creo que hay alguna otra novela de Úrsula, si lo que te interesa es la autora. —La bibliotecaria desplegó una gran sonrisa dirigida solo a Santi.

—Lo que nos interesa es la autora —intervino Ana tras cruzar la mirada con él—. Somos policías. Estamos buscándola. Necesitamos saber por qué se suspendió la charla.

—¡Qué fuerte! Pues no sé mucho. El viernes por la tarde recibí un wasap de mi compañero diciendo que la autora no aparecía. Me preguntaba si había recibido algún correo de ella sobre la cancelación de la charla, le dije que no y le pasé el teléfono de la escritora para que la contactase. Luego volvió a escribirme diciendo que suspendíamos el evento porque ella no recibía los mensajes y tampoco respondía al teléfono. A mí me extrañó. Tenemos bastante trato con ella. Suele venir a clubes de lectura y es bastante profesional, muy atenta, siempre. No era propio de ella dejarnos colgados sin avisar.

—Bueno, pasaremos por la tarde para hablar con tu compañero —dijo Santi.

Se dirigieron a la salida.

—Úrsula no avisó de que no vendría a la charla —añadió en cuanto abandonaron el edificio.

—No pinta bien —dijo Ana.

—No, parece que no. Hay que empezar con todos los trámites para el seguimiento de su móvil, pero lo primero es lo primero: vamos a su casa. ¿Qué tal es su marido?

—Un tío serio como un palo, que estaba muy preocupado. Pero mucho. Ya te dije que no era ningún idiota. Hizo una declaración concisa y muy clara; distinguía perfectamente qué era importante y qué no, aunque tampoco le interrogué a fondo porque apenas habían pasado veinticuatro horas.

—Pues ahora ya van a ser casi tres días. Estará desquiciado. ¿Qué impresión te dio?

—Pues me dio la impresión de que ocultaba algo y que ese algo no era el paradero de su mujer.

Santi estuvo a punto de soltar eso de que todos tenemos algo que ocultar, pero se calló a tiempo. Metió las manos en los bolsillos y se subió el cuello de la cazadora, para así poder hablar del frío que hacía. Como si no fuera lo normal en febrero en Compostela y ellos fuesen dos extraños en un ascensor. O simplemente dos extraños.

Sonrisas

Úrsula B. era una persona accesible. Álex Veiga llegó a esa conclusión con una simple ojeada al informe de sus redes sociales. En Instagram aparecía etiquetada en cientos de imágenes y en todas ellas tenía la misma expresión. Cara de foto, pensó Álex: la de alguien acostumbrado a posar y mostrar su mejor perfil. Fotografías en presentaciones de libros, en aeropuertos, en restaurantes y cines. Una mujer que nunca negaba una foto y una sonrisa. Muy profesional, se dijo, y al mismo tiempo muy peligroso, si no se pone filtro.

En su página oficial estaba colgado el link para comprar los siete libros que tenía publicados; uno de ellos, ganador de uno de los galardones mejor dotados de todo el panorama literario español, y todos habían dado el salto a idiomas extranjeros. A Álex le gustaba bastante como escritora, aunque nunca le había llamado la atención como personaje público. Esto no significaba nada; no era muy dado a seguir o perseguir a famosos ni dentro ni fuera de las redes.

Volvió a repasar los resultados que le ofrecía Google: fotografías de Úrsula en su estudio, al lado de su ordenador con frases típicas como «Silencio, se escribe». Nadie era ajeno al postureo de las redes, ni siquiera los escritores. Por lo menos no ponía morritos. Era una mujer de unos cuarenta años, morena y de ojos oscuros. No destacaba especialmente, ni muy alta ni muy baja, proporcionada y de rasgos agradables. *Agradable* era una palabra que encajaba muy bien con ella. Álex desconfiaba de buenas a primeras de toda esa afabilidad.

Buscó en vano una foto de su marido o de su familia: Úrsula mantenía su vida privada fuera de las redes sociales y de inmediato empezó a caerle mejor. Todo ese escaparate quizá era necesario para vender libros, pero no les iba a desvelar mucho de la mujer que se escondía tras la escritora.

En muchas de las fotos la acompañaba una mujer rubia de pelo corto y ojos claros. Entró en su perfil. Raquel Moreira. Siempre aparecía en segundo plano, y en eventos de carácter profesional. Úrsula la había felicitado por su cumpleaños: «Hoy cumple años la mujer que trabaja haciendo mi vida más fácil. *A miña Raqueliña linda*». Debía de ser una especie de ayudante. Anotó su nombre en una libreta.

El perfil de Raquel Moreira también era público y estaba totalmente vinculado a la escritora. Más fotos de Úrsula. El estreno de la película basada en su primera novela, la que había dado lugar a la trilogía que sustentó su éxito fulgurante. La presentación de su último libro en Madrid. Imágenes en México, en la Feria del Libro de Guadalajara. Londres. Milán. Frankfurt. La escritora se movía. Y mucho.

Tendrían que investigar si tenía algún perfil privado. Y el de su marido. Tendrían que hacer muchas cosas, pensó. Confiaba en que Abad pudiera con todo lo que se venía encima. Si la escritora no aparecía o aparecía muerta, se iba a montar un buen circo. Y Abad se vería obligado a aguantar la presión.

No debió decirle lo de que sabía que su baja era psiquiátrica —era un tipo reservado, así lo recordaba de aquel curso en Madrid—, y sabía más cosas. El anterior comisario era de todo menos discreto y le había dejado caer que, durante la investigación del caso de la chica Alén, Abad y Barroso habían sido equipo dentro y fuera de la comisaría, pero eso era una información que no pensaba compartir con Abad. No sabía si la baja del inspector tenía que ver o no con su relación con Barroso, pero él no iba a dejarse influenciar por los chismes de Lojo. Tenía a Abad por un policía serio y meticuloso. Si había vuelto, el mensaje debía ser que confiaba en él.

Fijó la vista en el ordenador. En la mujer de melena y ojos negros.

—¿Dónde estás, Úrsula? —preguntó Álex mientras desde la pantalla ella le devolvía, cómo no, su permanente sonrisa.

Número desconocido

«¿Por qué sonríes tanto?»

Ese fue su segundo mensaje. Yo estaba en la Feria del Libro de A Coruña. Recuerdo el móvil iluminándose y mi vista dirigirse rápidamente a la pantalla, de reojo y con disimulo, por si era algo urgente de casa. El número desconocido captó mi atención. Por aquel entonces no tenía guardado su contacto aún. No puedo decir que hubiera olvidado nuestro primer encuentro, pero me había parecido ridículo guardar su número con un nombre que ni siquiera estaba segura de si era verdadero o no.

La fila de personas que esperaban para que les firmase el libro no era muy larga. Era agosto y hacía un día espléndido. Recuerdo haber pensado que yo no estaría en esa fila si pudiese estar en la playa. Y a pesar de ello, sonreía, me levantaba para pasar el brazo alrededor del lector de turno, me acomodaba el cabello, mostraba mi mejor perfil y sonreía a sus móviles. Y daba las gracias. Gracias por venir. Gracias por comprar mi libro. Espero que te guste. Es tan distinto al anterior. Las mismas frases de todas las presentaciones.

Abrí el WhatsApp y le eché una ojeada rápida. Después del

«Me llamo Nico» de hacía exactamente tres semanas, al que yo no había contestado, aparecía ese nuevo mensaje.

Alcé la vista y barrí el espacio a la búsqueda del tipo alto y moreno. Ni rastro.

Seguí firmando libros, entre inquieta e intrigada. Cuando la cola acabó, uno de los organizadores me llevó a tomar algo.

Me excusé y fui al baño, buscando un poco de intimidad para poder escribirle, a sabiendas de que no era racional y que podía ser un loco.

«¿Estabas aquí? ¿En la feria?»

Contestó al instante.

«¿Tú qué crees?»

Luego nada más.

Silencio.

Tras refrescarme y retocar mi maquillaje, en un intento de justificar la demora, salí al encuentro del organizador de la feria. Estaba deseando volver a casa, pero pedí un refresco por mera cortesía, mientras pensaba en los cuarenta y cinco minutos de trayecto que me separaban de Santiago y en que mañana tendría que ir a un club de lectura en Ourense. Apuré la bebida y me despedí tras agradecer de nuevo la invitación a la Feria.

En cuanto entré en el coche me llegó la foto.

En ella se me veía en la terraza que acababa de abandonar. Yo bebía y el organizador de la feria, Pablo, hablaba con el camarero.

Estaba allí.

Un matrimonio normal

—¿Cogemos el coche o viven cerca? —preguntó Santi camino de la comisaría.

—Viven en Santa Marta. Vamos en coche.

—¿Cómo fue la inspección del otro día?

—Ya te lo dije, superficial. Verifiqué que no faltaba ropa ni dinero, eché una ojeada: todo muy *light*. Estaba convencida de que no sería nada. Generalmente este tipo de denuncias acaban en «me cabreé con mi marido y me fui a dormir a casa de una amiga». Además, ya sabes que nunca te cuentan la verdad de buenas a primeras.

Ya en la comisaría, Santi entró un momento para poner al día a Veiga, y cuando salió se sorprendió al ver que Ana ya lo esperaba fuera y estaba al volante.

—¿Ahora conduces tú?

—A Javi no le gusta conducir y me he acostumbrado, pero sigo sin tener coche.

—Nunca entenderé cómo eres capaz de vivir en las afueras sin coche.

—No todos podemos permitirnos vivir en el centro de Santiago.

—Pues parece que no es el caso de la escritora, ¿no?

—Pues no. Ya verás qué pedazo de dúplex tienen.

El barrio de Santa Marta había crecido de forma desmesurada en pleno *boom* inmobiliario. Estaba muy bien situado, cerca del hospital y del Campus Sur, en una ciudad que no tenía ya mucho espacio hacia donde expandirse, y los pisos se habían pagado a precios desorbitados. A ninguno de los dos se les escapaba esa circunstancia.

—O sea, que tienen pasta —dijo Santi.

—Imagino que sí. O a lo mejor solo la tiene ella. A ver, no tengo ni idea de lo que gana una escritora, pero esta tía vende mucho, o eso creo. Tampoco es que yo esté muy puesta en esto. La peli del primer libro la vi, eso sí. Cojonuda, por cierto.

—Salía Tosar, ¿no?

—¿Acaso no sale en todas las que se hacen en este país?

Se echaron a reír.

—¿El marido estará en casa?

—Lo he llamado mientras estabas dentro. Nos está esperando.

—¿Dónde trabaja?

—Ni idea. Ahora podremos hacerle todas las preguntas que quieras.

—¿Cómo has dicho que se llama?

—Lois Castro —dijo Ana mientras salía del coche y se encaminaba hacia el portal.

El marido de Úrsula ya los estaba esperando en la puerta cuando salieron del ascensor. Lois Castro encaraba la cincuentena y era un tipo de estatura media —Santi calculó un metro setenta y ocho: le sacaba unos tres o cuatro centímetros—, con un cabello que comenzaba a blanquear y una barba bastante cerrada; costaba imaginarlo sin ella. Tenía unos ojos de un sorprendente color azul que destacaban sobre su rictus serio. Ana estaba en lo cierto, ese hombre era la viva imagen de la preocupación.

—Buenos días. Soy el inspector Abad. A la oficial Barroso ya la conoce.

—Subinspectora —le corrigió Ana.

Lois asintió y les hizo un gesto invitándolos a entrar. Pasaron a un salón amplio y luminoso, decorado con muebles modernos y funcionales. No de Ikea, precisamente, pensó Ana. Se sentaron los tres alrededor de la mesa de comedor.

—Señor Castro —comenzó Santi—, sé que ya declaró el día de la denuncia, pero ¿puede volver a repetirnos todo lo relativo a la desaparición de su esposa?

—El viernes Úrsula tenía una charla en la biblioteca pública. Las semanas anteriores al 8 de marzo suele dar bastantes con motivo del día de la Mujer. Salió de casa sobre las siete de la tarde y no me dijo a qué hora volvería, pero era frecuente que se liase después de los eventos, sobre todo si eran en Santiago, así que me acosté sin darle importancia. Cuando me desperté el sábado y vi que no estaba en la cama, me preocupé, pero pensé que se habría quedado en casa de Raquel.

—¿Raquel? —preguntó Santi.

—Raquel es su asistente. Se ocupa de su agenda, sus redes sociales, de gestionar sus viajes, lidiar con la prensa, con su agente literario y con sus editores. Y además son amigas.

—¿Y es normal que se quede en su casa a dormir?

—Yo no diría normal, pero a veces sí que se queda.

—¿Cómo se apellida?

—Moreira.

—¿En qué trabaja usted?

—Soy diseñador de páginas web. Antes trabajaba en una empresa de servicios informáticos, pero desde que Úrsula empezó con lo de la escritura, los viajes y todo eso, decidí dejar mi trabajo. Ahora hago encargos puntuales, casi siempre desde casa. Soy autónomo. Necesitábamos una presencia permanente en casa de al menos uno de los dos porque Sabela solo tiene diez años.

—¿Cómo es la relación con su esposa? —intervino Ana.

—¿A qué se refiere?

—Señor Castro, es fundamental que sepamos cualquier detalle de su vida matrimonial que nos pueda poner sobre alguna pista.

—¿Me está preguntado por nuestra vida íntima?

—Sí. Necesito saber si son un matrimonio bien avenido, o si han tenido algún enfado reciente, aunque lo considere poco importante, si hay terceras personas en su vida, si tienen una relación abierta o convencional. En fin, cualquier cosa. Sé que esto pertenece a su vida privada, pero su esposa ha desaparecido así que necesitamos saberlo todo. Esta no es ya su intimidad porque cualquier detalle puede conducirnos a ella. Las desapariciones son una carrera contrarreloj.

—Éramos un matrimonio normal, sin terceras personas ni pactos para mantener relaciones abiertas. Llevamos juntos veinte años, quince casados. Mentiría si no contase que desde que ella comenzó a escribir, hace ocho, nuestra vida cambió radicalmente. De repente se pasaba el día de viaje, salía mucho, conoció a mucha gente nueva... Pero eso no afectó a nuestra relación. Seguía siendo mi mujer y la madre de mi hija. Es Úrsula B. fuera de casa, pero en casa es solo Úrsula.

—¿Qué significa la B?

—Bas. Úrsula se apellida Bas Pereira: cogió la inicial de su apellido paterno para su nombre artístico.

—En fin, señor Castro, permanezca atento al teléfono y revise el buzón todos los días. Si es un secuestro, podría recibir una petición de rescate por cualquier vía. Nosotros vamos a comenzar ya con los trámites para solicitar el seguimiento del teléfono móvil. Ya hemos comprobado que está apagado. Esta es mi tarjeta. Cualquier cosa que pase, el más mínimo detalle que recuerde, lo que sea, será importante. Llámeme a cualquier hora del día a este móvil o a la comisaría, pero recuerde que es muy importante que nos informe de todo. Nada de heroicidades. Si es un secuestro y le dicen que no nos llame, ignórelo: lo primero que tiene que hacer es llamarnos, la vida de Úrsula puede depender de eso. ¿Lo ha entendido?

Lois asintió.

Ana y Santi no despegaron los labios hasta llegar al coche.

—¿Lo ves? —dijo ella—. Serio como un palo, seco, callado y muy celoso de su intimidad.

—Juraría que no tiene ni idea de dónde está su mujer.

—Jura lo que quieras. No sé si sabe dónde está, pero desde luego habla de ella en pasado y la frase «Éramos un matrimonio normal» es de todo menos eso: normal.

La vida secreta de Úrsula Bas

Álex Veiga estaba repasando el calendario de las guardias cuando Abad y Barroso entraron en su despacho. Echó una ojeada al reloj: la una.

—¿Ya estáis aquí? ¿Qué pasa? ¿El marido no tenía mucho que contar?

—Es un tío de pocas palabras, y sinceramente, no hemos profundizado ni un poco. Nos hemos limitado a centrar los hechos. Hay que empezar ya con la geolocalización del móvil.

—Voy a hablar con la juez.

—Para la geolocalización no necesitamos orden judicial. La sentencia del Supremo de 2016...

—Sé hacer mi trabajo, Abad —le cortó Álex antes de mirar fijamente a ambos.

No dudaba de la profesionalidad de su equipo, pero tenía que quedarles claro que él tomaba las decisiones sobre esa investigación. A lo largo de su carrera le había tocado lidiar con comisarios indolentes que solo esperaban de él que no diera problemas, y él no era de esos. No tenía ninguna intención de bajar a la arena a hacer el trabajo de campo, pero Abad y Barroso no podían dudar de quién estaba al frente del operativo. Él era muy distinto a su predecesor, Gonzalo Lojo. Su prioridad no era rendir cuentas a sus superiores, sino que la investigación diera sus frutos.

—Sé perfectamente en qué límites me muevo —continuó con un tono que no admitía réplica—, con la geolocalización podríamos empezar ya si esa mujer fuera sospechosa de un delito, pero creo recordar que no es el caso. Ella es la víctima, si no me he perdido nada. Además, no voy a conformarme con la geolocalización; quiero los contenidos de ese móvil si aparece, y ya de paso su ordenador, su correspondencia y todo lo que nos dé acceso a la intimidad de esa mujer. Aparte de hacer un amable oficio solicitándolo, quiero hablar con la juez. Todo será más fácil si la tenemos de nuestro lado.

Ana observó de reojo que Santi ni se inmutaba ante la muestra de autoridad de Álex.

Este comisario no se parecía en nada al anterior, lo supo desde el momento en que la entrevistó. Tras aprobar la oposición de subinspectora, y después de nueve meses de una instrucción interminable en Ávila, tenía claro que su nuevo destino no estaba en Compostela. No sabía qué hilos había movido Veiga para conseguir que Javi y ella volviesen a la comisaría para cubrir de manera provisional un par de vacantes, pero desde esa primera entrevista, en la que la convocó para pedirle que se quedase, se sintió en deuda con él. Sintió un alivio inmenso al saber que no tendría que incorporarse a su destino definitivo en Ponferrada. Aunque la idea de volver a trabajar con Santi le provocaba vértigo, no estaba preparada para separarse de su hijo y cambiarlo de ciudad era una opción demasiado dolorosa para Martiño, ahora que estaba en plena adolescencia.

—Tengo muy claro lo que tenemos que hacer —insistió

Veiga sacando a Ana de su ensimismamiento—. Quiero entrar a saco en esa casa: en sus cajones, en su correspondencia, en su vida. La desaparición de un famoso nos pondrá en el punto de mira de los medios, y bastante complicado es este trabajo ya de por sí para encima tener una jauría humana en la puerta.

—Nosotros ya lo vivimos con el caso Alén —dijo Ana.

—Una niña muerta en el seno de una familia de artistas famosos y solo seis sospechosos, era inevitable el acoso de la prensa. Y no dudéis de que volverá a suceder porque el morbo vende muchos periódicos. Aquí no hay cadáver, de momento, y eso nos da un poco de oxígeno, pero estamos en una carrera a ciegas y con el reloj jugando en nuestra contra. En fin, contadme qué más habéis averiguado.

—De momento, como te ha dicho Santi, poca cosa. El marido es un diseñador de páginas web que trabaja desde casa. Que Úrsula es una escritora de las que más venden ya lo sabíamos, así que pasa mucho tiempo fuera. Él nos ha dado a entender que lleva el peso de la casa y de la crianza de su hija. Está asustado; ese hombre cree que a su mujer le ha pasado algo. Llevan veinte años juntos, quince años casados, y se ha referido a ellos mismos como una pareja normal. A lo mejor son aburridos a morir, o tal vez si empezamos a escarbar nos llevamos una sorpresa, pero vamos a tener que averiguarlo. Yo me iría directa a por su asistente, Raquel Moreira.

—La he visto en sus redes sociales —dijo Álex—. No la dejaba sola nunca.

—¿En qué consistirá realmente el trabajo de una asistente? —preguntó Santi—. Suena un poco a madre de la folclórica. Según el marido se ocupaba de la logística: prensa, viajes, redes. Pinta muy bien eso de tener a alguien que se encargue de todo lo chungo. Pero lo más importante es que eran amigas y que algunas veces se quedaba a dormir con ella. Si Úrsula B. tenía algún secreto inconfesable, es más probable que nos lo cuente Raquel Moreira que su marido. Al combinar lo profesional y lo personal debían de pasarse media vida juntas.

—¿Por qué debería tener algún secreto? —replicó Ana al instante—. ¿Por qué siempre tiene que ser culpa de la víctima? A lo mejor ha tenido un accidente, o la ha secuestrado un pirado, o está enterrada en un monte descuartizada porque a alguien no le gustó su último libro.

Abad esbozó una leve sonrisa: esta era la Ana reivindicativa que lo volvía loco. Le gustaba su tenacidad y la pasión que ponía en cada detalle de la investigación, la misma que hacía extensiva a cada ámbito de su vida. Los recuerdos acudieron en cascada. Su pelo suelto sobre la almohada, el dedo índice de ella recorriendo el perfil del tatuaje que él lucía en la ingle, la manera en que le quitaba la ropa a toda velocidad, como si no tuvieran toda la noche por delante. Sacudió la cabeza y desvió la mirada hacia Veiga.

—No es una cuestión de culpas. —Santi habló todavía sin mirarla—. Ya sabes que yo siempre voy por orden: primero los hechos y luego las conclusiones.

—Lo recuerdo —puntualizó ella.

—Pero mientras tanto, mientras nos movamos en el terreno de las especulaciones, no está de más intentar sonsacarle a esa mujer todo lo que sepa de la vida de Úrsula. Y cuando digo todo, quiero decir todo.

—Me pregunto cuánto hay de ella en sus libros —dijo Álex—. ¿Los habéis leído?

—Yo he visto la peli —contestó Ana.

—Yo prácticamente solo leo ensayo. ¿Qué escribe? ¿Romántica? ¿Negra?

—De todo. Es una escritora muy versátil. La trilogía que la hizo famosa es novela policial al uso, bien escrita y muy entretenida. Tiene una sobre la Guerra Civil muy interesante y muy bien documentada. El último es de relatos. Yo los he leído todos —confesó el comisario—, los siete. Soy fan.

—¡No fastidies! —Ana se rio.

—Bueno, es bastante amena. Me gusta leer.

—¿La conoces? Me refiero a si has ido a alguna presentación —preguntó Santi, intrigado.

—No, no. Lo de que soy fan es un decir. Me refiero a que me compro sus libros, pero lo de las presentaciones y firmas no me llama nada. De hecho, tampoco la seguía en redes, aunque eso no quiere decir nada porque yo no sigo a casi nadie en redes sociales. Pero hoy me ha quedado claro que es un personaje. Además de los libros, tenía una columna en el periódico.

—¿Seguidores en Instagram?

—Cincuenta y dos mil. Y ciento veintitrés mil en Twitter.

El móvil de Abad comenzó a sonar. Santi lo cogió al instante y en cuanto oyó la voz al otro lado del aparato, activó el altavoz.

—Señor Castro, está en manos libres con el comisario Veiga y la subinspectora Barroso. ¿Ha sucedido algo?

—Sí. Vengan, por favor. No se ha ido. Esto no es casualidad. Ha aparecido su móvil dentro del buzón. Se me ocurrió revisarlo por si alguien había dejado alguna carta, tal y como me indicaron. He bajado al portal y dentro del buzón estaba su teléfono. Destrozado.

—Cálmese. ¿Está seguro de que es el suyo?

—Completamente. El color, la funda, todo coincide. Vengan rápido, esto significa que alguien le ha hecho algo.

—Tranquilícese. ¿Lo ha cogido ya? Si no lo ha hecho, no lo toque.

—No lo he tocado. Lo he dejado en su sitio, por si había huellas. He cerrado el buzón y ahí sigue.

—Bien hecho. Vamos para allá. —Santi colgó el teléfono—. Vamos.

—No, mejor que vayan ya los de la científica —ordenó Álex—. Vosotros os vais directos a casa de Raquel Moreira. Yo mientras me pongo con el papeleo para la geolocalización.

—Me apuesto lo que quieras a que ese móvil lleva desde el viernes por la tarde en el buzón —dijo Santi.

—Y yo a que está reseteado y sin información dentro. —Ana negó con la cabeza—. Tendremos que buscar los secretos de Úrsula B. en otro lado.

—Si los hay —dijo Álex levantando una ceja.

—Siempre los hay, jefe. —Santi hablaba con gesto serio—. En eso consiste nuestro trabajo, en encontrar la mierda que todo el mundo esconde debajo de la alfombra.

Nolimits.Psycho

Si guardase sus correos electrónicos, la policía podría localizarlo. Aunque seguramente él ya contaba con eso. Nunca usó su nombre en esos correos, seguro que Nico tampoco es su nombre real.

«Hola.»

Eso era lo único que decía el mensaje.

Un «hola» que llegaba después de veinte «holas» más: en Facebook, en Twitter, en Instagram, en Messenger, en Apalabrados, en Telegram... En todas y cada una de las aplicaciones que admitían mensajería. Incluso en aquellas que Sabela había descargado para jugar en mi móvil y en mi iPad.

El origen de todos los «holas» era un perfil desconocido: Nolimits.Psycho.

Y me hizo gracia.

Guardé su nombre en ese instante. Sentí una excitación absurda, como si al guardar su nombre, su presencia fuera más real; como cuando eras niña y escribías el nombre del chico que te gustaba en la puerta de los servicios del colegio. De repente alcanzaba una dimensión tangible. «Nico Psycho», escribí. Luego me di cuenta de que en algún momento Sabela o Lois podían ver ese contacto, así que eliminé el Psycho y lo dejé solo en Nico.

«Hola.»

«Chica lista.»

«No ha tenido gracia.»

«Sí la ha tenido. Reconócelo.»

«Un poco. ¿Por qué nolimits?»

«Porque me gustan las relaciones sin límites.»

«Esto no es una relación.»

«Bueno, es un nolimits.»

«Esos mensajes son públicos. Mi familia podría leerlos.»

«Tu familia no suele entrar en tus redes sociales.»

«¿Cómo sabes eso?»

«¿Cómo es que sabías quién te decía hola?»

«Touché.»

«También soy un chico listo.»

«La tonta soy yo, hablando con un tío que dice que lo quiere todo de mí.»

«Eso no tiene por qué ser necesariamente malo.»

«Ni bueno.»

«Sería peor que te dijese que quiero matarte.»

«¿Y eso es lo que quieres?»

«No contestaré a esa pregunta de momento.»

«Eso no es muy tranquilizador.»

«Lo sé. Se supone que ahora es cuando te digo que era todo una broma.»

«Es un alivio.»

«No te lo he dicho.»

«Muy gracioso.»

«Sí que lo soy, pero te lo demostraré otro día. Ahora vete a abrir la puerta.»

«No han llamado.»

Aún no había acabado de teclear el mensaje cuando sonó el timbre: era Sabela que llegaba del colegio. Me asomé a la ventana, pero él no estaba. Después miré alrededor. Me sentía observada, aunque sabía que era ridículo. No podía verme.

«¿Cómo lo has sabido?»

La pregunta se quedó flotando al final de la conversación, sin respuesta.

Más tarde me entró un mensaje.

«Nico creó el grupo Nolimits.»

Un grupo de dos. Por definición eso no era un grupo, era una conversación. Recuerdo que me pareció ocurrente. Todo en él me lo parecía, hasta sus silencios.

Ahora solo queda eso: sus silencios.

Soy una polilla que danza alrededor de una lámpara. Paseo en círculos en esta habitación mientras cuento los rombos blancos y naranjas de esa vidriera. Cuento minutos. Cuento graznidos de gaviota. Cuento mi vida. Hoy debe de ser 25 de febrero. Cuento. 45 años. 541 meses. 2.354 semanas. Más de 16.000 días. Tres de ellos aquí.

¿Cómo ha ido?

—¿Cómo ha ido?

—Mejor de lo esperado —dijo Santi mientras le acercaba a Connor su caña.

—¿Agua con gas?

—Estoy de servicio, vuelvo a comisaría.

—¿El primer día? A eso le llamo yo recuperar el tiempo perdido.

—Un caso complicado.

—¿Me lo puedes contar?

—Una desaparición, ya lo verás en los periódicos. Prefiero no hablar, de momento. Por lo menos hasta que lo hagamos público.

—¿Has estado con Ana?

—He estado con ella. Hemos salido juntos, hemos hecho averiguaciones y hasta un interrogatorio. Volvemos a ser equipo.

—¿Y?

—Y nada. Todo cordial. Todo amabilidad.

—Santi..., la verdad.

Santi miró al psiquiatra con resignación. En el último año y medio había surgido entre ellos algo parecido a una amistad.

Parecido, porque Santi seguía siendo bastante incapaz de abrirse a nadie, aunque con Connor le resultaba especialmente difícil mostrarse reservado. El médico estaba acostumbrado a leer el interior de las personas.

El caso Alén los había unido de la mejor de las maneras, generando en ambos un respeto profesional mutuo, que con el discurrir de los meses se había convertido en una relación de confianza, sustentada en el hecho de que Connor se había encargado de buscarle ayuda psicológica cuando el caso Alén terminó. Él lo había llevado a la consulta de Adela.

Desde entonces, se veían a menudo, salían a correr y tomaban algo de vez en cuando. Nunca quedaban al mediodía, pero Connor estaba preocupado por su reacción al volver al trabajo, a la comisaría, a Barroso, así que había ido a buscarlo.

—Ha ido bien, en serio. No he montado ningún espectáculo. No he hincado la rodilla y dicho «Ana, te quiero, vuelve conmigo».

Se echaron a reír.

—¿Lo harías?

—¿El qué? ¿Volver con ella?

—Sí.

—No podría. Supongo que le mentí demasiado tiempo. Claro que ¿cómo le dice uno a su novia que es un maltratador? ¿Crees que alguien querría salir con un tipo capaz de partirle la cara y dos costillas a su exmujer?

—Hace año y medio no habrías sido capaz de decir esas palabras en voz alta.

—Hace año y medio estaba desquiciado. Supongo que ahora, por lo menos, he aprendido a afrontar que tengo un problema. Pero lo más importante es que hoy he vuelto a trabajar y te juro que me he sentido tan de puta madre, que no voy a dejar que nada ni nadie me alejen de esta comisaría de nuevo.

—Nadie te alejó de esa comisaría.

—Nadie salvo yo. No te pongas en modo psiquiatra, anda. Tú y yo ya hemos superado esa fase.

—No me pongo en modo psiquiatra. Me preocupo por ti porque soy tu amigo.

—Mi amigo el psiquiatra.

—Mira que te cuesta dejarte ayudar. En fin, ¿qué tal con tu nuevo jefe? ¿Qué tal es?

—Es inteligente, resolutivo y tiene cierta tendencia a hacer mi trabajo. Pero no tenemos por qué llevarnos mal.

—Santi, si necesitas cualquier cosa...

—Lo sé. Te repito que no hace falta que te pongas en modo psiquiatra conmigo.

—En serio, ¿cómo ha ido?

¿Cómo había ido? Siempre imaginó que ella le echaría en cara su silencio durante tanto tiempo. Tumbado en su cama, la misma que había compartido con Ana, solía recrear esa primera conversación tras su regreso a la comisaría. En esa charla, él conseguía explicarle lo mucho que la había echado de menos. La de veces que había estado a punto de contarle lo sucedido con Sam. La rabia y la impotencia que había sentido al encontrar a su mujer con otro, solo superada por la conciencia de que él solito se había cargado su matrimonio, con sus continuas ausencias y su dedicación a un trabajo que le absorbía todo su tiempo y energía. Sabía que Ana lo entendería, porque a ella le sucedía exactamente igual. Pero cuando llegaban a ese punto, la imagen de Sam en el hospital, con el labio partido y las costillas vendadas, se interponía entre ambos.

Así que esa mañana con Ana al lado, sin conversaciones pendientes ni reproches, haciendo lo que más le gustaba hacer, era mucho mejor que lo que se había atrevido a imaginar en todas esas noches de insomnio, y compensaba con creces la necesidad que tenía de volver a estar con ella, una necesidad que no había desaparecido. Tenía serias dudas de que nunca lo hiciese.

—Bien —dijo finalmente—, muy bien.

¿Cómo ha ido?

—¿Cómo ha ido?

—Mejor de lo que pensaba —respondió Ana después de pedir un pincho de tortilla y una Coca-Cola.

—El jefe tiene buen aspecto —tanteó Javi.

Tras la instrucción en Ávila, él se había convertido en su mayor apoyo. Siempre se habían llevado bien, e incluso una vez se habían enrollado en una cena de Navidad. Un error que ambos achacaron a la bebida y que no les había impedido continuar su relación de amistad fuera de la comisaría. Ahora Javi estaba saliendo con una estudiante de periodismo a la que sacaba casi diez años, pero siempre encontraba tiempo para quedar con Ana.

—Yo también lo tendría después de año y medio de baja.

—¿En todo este tiempo no lo habías visto?

—No. Te lo habría contado. De todas formas, tampoco es tan raro: la mitad del tiempo estuvimos en Ávila, en la instrucción.

—¿Y no vas a hablar con él de lo vuestro?

—¡Qué pesado! Eso se acabó. Lo acabó él. Nunca me dio una explicación y tampoco sé si se la habría aceptado. Cuando su exmujer se plantó en la comisaría y me contó lo que le había hecho... Más que saber de lo que era capaz me dolió que nunca me hubiera contado nada. Y no fue solo eso, nunca me buscó. Nunca. Ni siquiera me cogió el teléfono cuando al fin me decidí a llamarlo. No soy idiota, Javi. Por supuesto que sé que ha estado mal. También yo lo he estado. La diferencia es que yo no me he podido permitir el lujo de hacer un paréntesis en mi vida.

—Pero a ti nunca te hizo nada, ¿no?

—No, nunca —contestó Ana al instante. Mentía.

Pum. El eco del empujón en su despacho resonó en su cabeza. Aquel día habían discutido porque Lojo quería sacarla del caso Alén. Santi le había permitido ayudarle en la investigación y ella se había dejado la piel intentando hacerse merecedora de esa confianza, trabajando mil horas. Ella sola había descubierto la conexión de la escenografía del crimen con una obra artística, pero para el comisario Lojo eso no había sido suficiente y cuando se enteró de que Santi y ella se veían fuera de la comisaría, la apartó del caso sin que Santi moviese un dedo para evitarlo. Gilipollas. En cuanto el insulto salió de su boca, él la empujó bruscamente contra la pared con una mano. Pum. Solo fue eso. Un empujón. Se recordaba a sí misma saliendo a toda prisa de su despacho, para correr hacia el baño de la comisaría, llorando, con las piernas encogidas sobre el retrete para que nadie adivinase que se escondía allí de Santi.

—Nunca me hizo nada —repitió—. No sé por qué te he contado lo de su ex.

—Porque soy tu mejor amigo. Y porque sabes que no le diré nada a nadie. Es mi jefe también. Además, siempre me pareció un buen tipo, supongo que sería algo puntual. En fin, ¿qué vais a hacer después de comer?

—Ir a ver a la asistente de Úrsula B. Hay que moverse rápido, pronto hará tres días que ha desaparecido.

—Puf... Tiene pinta de que vas a pringar mil horas. Prepárate.

—Una mujer está en paradero desconocido y su móvil ha aparecido destrozado en el buzón de su casa. Puede que esté en una zanja con el cuello roto. Pero si está viva y secuestrada, se merece que alguien pringue mil horas.

—Lo sé. —Javi la miró con cariño—. En serio, Ana, ¿sigues sintiendo algo por él?

Ana atacó el pincho de tortilla, mientras buscaba la respuesta correcta. Finalmente se decantó por un monosílabo.

—No.

Y Javi por otro.

—Ya.

Moreira y Mora

El gato de Raquel Moreira recibió a Abad y Barroso con el lomo erizado. A Ana no le gustaban los animales, circunstancia que no solía compartir públicamente con nadie porque sabía que era más problemático manifestar su manía a las mascotas que hablar de fútbol o de política en una cena familiar de Nochebuena. Además de esa repulsión natural que sentía desde pequeña por perros, gatos y demás bichos de compañía, tenía bastante alergia al pelo de gato, así que en cuanto entró por la puerta se concentró en contener los estornudos.

La casa estaba en la rúa de San Pedro, en plena ruta de entrada del Camino Xacobeo. Por fuera conservaba la esencia de todas las casas de la zona vieja de Santiago. En la fachada de piedra destacaban la puerta y las ventanas de madera perfectamente integradas para no desentonar con el resto de los inmuebles, protegidos por una férrea política de conservación del patrimonio cultural, pero dentro la asistente había acometido una reforma integral de la casa, con espacios abiertos y decoración minimalista. Lo que Santi solía denominar decoración de hotel: fría, aburrida y carente de personalidad. Solo esa bola de pelo negro, que parecía dispuesta a abalanzarse sobre Barroso de un momento a otro, rompía la monocromía blanca. Aun así, Santi estaba seguro de que era el tipo de decoración que entusiasmaría a un interiorista de moda o al reportero de un suplemento dominical.

Sacó su identificación y se la mostró a la asistente de Úrsula.

—Buenas tardes. Soy el inspector Abad y mi compañera es la subinspectora Barroso. Queríamos hacerle unas preguntas con relación a Úrsula Bas Pereira.

—Claro, pasen —dijo—. ¿Ha sucedido algo?

—Úrsula está en paradero desconocido desde el pasado viernes.

—¿Qué quieren decir con eso? Lois me llamó el sábado y me preguntó por ella. Daba por hecho que había vuelto a casa.

—¿Y hasta hoy no le ha preguntado a Lois por ella? —intervino Ana sin moverse ni un milímetro del vestíbulo ni quitarle ojo al gato.

—No. Cuando me llamó ni siquiera me dio la sensación de que estuviese preocupado y no se ha vuelto a poner en contacto conmigo. Pasen al salón, por favor —dijo mientras cogía al animal en brazos—, no tenga miedo de Mora, es muy mansa.

Ana asintió con poca convicción.

—¿Dice que Lois no estaba preocupado? —preguntó con extrañeza—. Ese mismo día puso una denuncia y a mí me dio justo la impresión contraria.

—Quizá no quiso preocuparme. —Raquel se encogió de hombros—. ¿Le ha pasado algo? —añadió, alarmada.

—Es imposible saberlo, pero tres días es un lapso lo suficientemente importante para empezar a preocuparse.

—Por supuesto. ¿Han comenzado a buscar?

—Eso es lo que estamos haciendo. ¿No le extrañó no recibir ningún mensaje de ella estos días?

—Pues un poco sí, pero a veces, si se va con Lois de viaje o se encierra a escribir, suele pasar del móvil. Precisamente hoy le he mandado un par de correos e iba a llamarla por teléfono en un rato.

—Raquel, la vida de su jefa puede estar en peligro —insistió Ana—, por eso necesitamos que nos diga todo lo que sabe.

—Es que no sé nada. Hablé con Úrsula el viernes por la mañana y le dije que seguramente no iría a la charla en la biblioteca porque me iba a Cambados, a casa de mi madre; que podíamos quedar el domingo para tomar el vermú o un café por la tarde, si le apetecía, porque teníamos que concretar algunas cosas. Luego la volví a llamar para decirle que no regresaría a Santiago hasta hoy, porque mi madre me pidió que me quedase todo el fin de semana. Desde que murió mi padre se siente un poco sola.

—¿Qué cosas tenían que concretar? —Ana retrocedió un paso para mantener la distancia de seguridad respecto de la gata.

—Diversos aspectos relativos a la gira de Italia. Le han propuesto ir al Instituto Cervantes en Milán a mediados de marzo y yo le dije que debería hablar con su agente para hacer alguna presentación en Roma, quería que ella me diera su aprobación. Últimamente no tenía muchas ganas de viajar.

—¿Y eso era normal? Me refiero a si había algún cambio en su actitud habitual.

Raquel se quedó callada.

—No sabría decirle —dijo finalmente.

Abad y Barroso cruzaron una mirada de entendimiento.

—Raquel —dijo Ana—, según nos han contado, usted no es solo la asistente de Úrsula, usted es su amiga. Como yo lo veo, si la policía se plantase en mi casa preguntándome las intimidades de mi amiga y jefa y yo supiera algo que pudiera afectar a su vida personal o profesional, me callaría la boca. Pero resulta que hay algo que debe tener en cuenta: si Úrsula se ha fugado en plan Agatha Christie y usted sabe dónde está y está segura, puedo entender que se quede usted callada, para encubrirla. Pero si alguien ha secuestrado a Úrsula, si alguien le ha querido hacer daño, puede que nosotros lleguemos a tiempo para impedirlo y para eso debemos disponer de toda la información. En realidad, a nosotros no nos importa si tenía un lío con alguien, si ha ido a Andorra a llevar dinero negro o si ustedes son amantes. Lo único que necesitamos saber es si ha pasado algo últimamente en la vida de Úrsula, algo, cualquier cosa, cualquier detalle por nimio que parezca, que nos ponga sobre la pista de esta desaparición.

Raquel abrió los ojos con sorpresa.

—No entiendo qué quiere decir. Úrsula nunca se habría ido o escapado y desde luego... Pero bueno... Es que no entiendo qué quieren decir.

—Raquel, piense y piense rápido. Algún enemigo, algún escritor envidioso o alguna amiga con la que hubiera tenido alguna discusión.

—Úrsula lleva una vida normal. Viaja mucho, pero también es cierto que pasa mucho tiempo encerrada escribiendo.

—¿Dónde escribe?

—En su casa.

—¿Qué estaba escribiendo ahora?

—Una novela bastante intimista. Y también está colaborando con la escritura del guion cinematográfico de la segunda parte de la trilogía.

—¿En qué consiste exactamente su trabajo?, ¿qué hace una asistente?

—Se lo resumiré en una frase que no es mía, es de ella: mi trabajo consiste en hacer la vida de Úrsula más fácil. Piense en todo lo engorroso de su vida. Desde organizar un viaje, comprar una maleta, contestar correos electrónicos o renovar el seguro de su iPad. Yo me ocupo de todo.

—¿Y eso es compatible con la amistad?

—Soy amiga de Úrsula desde el primer día en que nos sentamos juntas en un pupitre en el parvulario, hace más de cuarenta años. Eso no lo mezclo con el trabajo, pero me ayuda a hacerlo mejor.

—Entonces usted será una de las personas que mejor la conocen.

—Así es.

—Y eso nos lleva al comienzo de esta conversación —insistió Ana—. ¿Ha pasado algo extraño en la vida de su jefa últimamente?

Raquel se encogió de hombros.

—No sé nada. Úrsula se limitaba a hacer lo de siempre: escribir, presentar libros y cuidar de su hija. Más allá de la literatura, llevaba una vida como la de todo el mundo, dedicada a su familia y a sus amigos.

Abad elevó la vista para fijar los ojos en los de la asistente. Era una mujer muy alta, rondaría el metro ochenta. Tenía una mirada igual de felina que la de su gata, unos ojos de un verde aguamarina que eclipsaban el resto de su rostro. Era también muy rubia, y llevaba el pelo corto. Pese a ser una mujer guapa, no le resultaba especialmente atractiva. Santi sostuvo la mirada de Raquel hasta que esta la desvió.

—Miren, soy la mejor amiga de Úrsula y les aseguro que solo quiero que aparezca. Me han cogido por sorpresa, no sé ni qué decir. Si les parece, voy a revisar mis mensajes y mi correo, y si encuentro algo les llamaré.

Ana asintió y le entregó una tarjeta.

—Cualquier cosa, repito, cualquier cosa, puede ser importante.

Raquel asintió mientras cogía la tarjeta para, acto seguido, dejarla encima de la mesa del salón.

Igual que con Lois Castro, hasta que abandonaron la casa y se alejaron unos cientos de metros ninguno abrió la boca.

—¿Qué te ha parecido? —dijo Santi.

—¡Pufff! Yo qué sé. Leal. Y mucho. Con esa lealtad mal entendida que puede acabar matando a su jefa. Fría, desconfiada. No me gusta. Me gusta casi tan poco como el gato.

—Ya estamos con el «no me gusta».

—Es que no me gusta —replicó Ana, alterada—. Mucho decir que su trabajo consiste en hacerle la vida más fácil a su jefa, pero no ha abierto la boca. En la vida de cualquier persona normal suceden una decena de cosas curiosas por semana. Desde una bronca de semáforo hasta un encontronazo con otra madre en un parque. ¿Y pretende hacernos creer que la vida de una escritora famosa que viaja por medio mundo es una balsa de aceite? Esta tía está jugando a la asistente fiel que no suelta prenda. Mañana o en un par de días nos llamará y empezará a largar un montón de cosas que podrán ser o no de utilidad, pero nos habrá hecho perder al menos otras veinticuatro horas. Me cabrea tanta estrechez de miras, en serio.

—Pues sí que estás cabreada, sí. A mí personalmente me ha dado miedo: tiene una casa que parece la consulta de un dentista y me da la sensación de que es la típica mujer capaz de destrozarte con una llave de judo.

—Es grande, sí.

—Y muy poco femenina. ¿Será lesbiana?

—Joder, qué manía tenéis los tíos con eso —protestó Ana, indignada.

—Bueno, no me trates como si fuera un homófobo. Ya me conoces. Solo he dicho que me parece poco femenina y eso es un hecho objetivo. Además, ya sabes que no me interesa nada quién se acuesta con quién. Mi único interés se reduce a saber cómo afecta eso a su relación con la escritora. No sé, a lo mejor siente algo por ella. Aunque, sinceramente, no me entra en la cabeza que fuera tan inconsciente como para mezclar amor y trabajo, no tiene pinta.

Ana abrió la boca para decirle que la gente hace todo tipo de estupideces. Y también las dice, pensó, así que, por ese mismo motivo, la cerró y siguió caminando en silencio.

Nada

Lois Castro recogió a Sabela a las siete y media en punto a la puerta del pabellón de Pontepedriña. Saludó a un par de padres, pero no intercambió con ellos los comentarios habituales acerca del tiempo, de lo hartos que estaban de esperar a sus hijas mientras estas hacían gimnasia rítmica o de lo imposible que se estaba poniendo aparcar desde que todos los alrededores del polideportivo habían dejado de ser zona azul.

Esas eran las conversaciones de un lunes normal.

En un lunes normal, Úrsula estaría en su estudio escribiendo con su lista de Spotify a todo volumen; una lista de ciento cincuenta canciones que se repetían aleatoriamente y que él aborrecía, aunque nunca se lo decía porque sabía que a ella le costaba concentrarse en una sola cosa y por eso necesitaba que la música sonase a todo volumen: para escribir. Eso era lo único importante en esa casa ahora, que ella escribiese. Todo lo demás había pasado a segundo plano. Incluso Sabela y él se habían convertido en meros personajes secundarios de la vida de la gran Úrsula B.

Y mientras, allí seguía él, haciendo todo lo que se esperaba que hiciese: recogía a Sabela en el colegio, hacía los deberes con ella, preparaba la comida y se encargaba de que todo funcionase en su hogar. También hacía cosas que nunca confesaría; hacía mucho que no prestaba atención a las interminables charlas de Úrsula sobre sus entrevistas, libros y promociones. Le aburrían las películas que elegía; todas tenían que ver con argumentos de sus novelas. Ya nunca hacían nada por pura diversión. Y nunca le contaría a su mujer que acostumbraba a llegar con diez minutos de antelación al colegio, solo para hablar con la madre de Inés, la mejor amiga de Sabela. Le gustaban sus ojos grises y su cabello pelirrojo, idéntico al de su hija. Sus conversaciones le recordaban a las que tenía con Úrsula, cuando vivían en ese piso horrible en Fontiñas, al que se fueron a vivir apenas seis meses después de conocerse.

Nunca le confesaría eso a Úrsula.

Había más cosas que no le decía: que él también tenía ganas de quedarse en casa un lunes en lugar de pasarlo a la puerta de un polideportivo y que no todo giraba alrededor de su maldita necesidad de concentrarse. Echaba de menos a la Úrsula de antes, la que no era escritora, la que lo acompañaba a Coruña a ver jugar al Depor, la que iba con él y Sabela al parque. Ya nunca perdía una tarde comprándole un regalo de cumple a su sobrina o dedicaba los domingos a comer con sus suegros y a tomar el vermú en el bar de su pueblo. Ya no recordaba la última vez que habían ido juntos a Lalín, a casa de sus padres.

Esa Úrsula había desaparecido mucho antes de este viernes. Había ido desintegrándose, trocito a trocito, a medida que la Úrsula escritora firmaba contratos, vendía más libros, daba su opinión en los periódicos o simplemente se dedicaba a mostrar en las redes sociales fragmentos de una vida en la que había cada vez menos sitio para Sabela y para él.

No, no le había dicho nada a ella, ni tampoco a esos dos polis, porque tampoco tenía nada que contar, salvo que no sabía nada. Y aunque era verdad, ese «nada» era ya de por sí muy significativo.

—Papi, ¿cuándo vuelve mamá?

—Pues no estoy muy seguro.

—Déjame tu móvil, que voy a llamarla.

—Está sin teléfono, se le ha estropeado. —La mentira le salió con naturalidad.

Sabela tenía un móvil que le habían comprado las pasadas navidades, pero solo se lo dejaban usar durante el fin de semana.

—¿Mamá está sin móvil? No me lo creo.

—Pues créetelo, acabo de hablar con ella. Se tuvo que ir para hablar con sus editores de Madrid y al final se ha quedado porque tienen que decidir algunas cosas de la nueva peli que van a hacer. Además, están en la sierra, casi sin cobertura. —Lois repitió la historia que llevaba todo el día preparando.

—Pero vendrá para el festival de gimnasia, ¿no?

—Aún faltan quince días, cariño, claro que vendrá.

—No lo dices muy convencido.

Lois se limitó a sonreír con serenidad para tranquilizar a su hija.

Ya en casa, le ordenó que hiciera los deberes. Él se dirigió a su habitación y se quitó los zapatos. Abrió el armario y cogió sus zapatillas. Su lado del armario estaba perfectamente ordenado. En el de Úrsula, la ropa se apiñaba sin control: prendas de invierno y de verano; de esta temporada y de hace mil años; prendas de cuando usaba dos tallas menos y de cuando usaba dos tallas más. Le exasperaba su desorden. Él siempre le estaba pidiendo que retirase la que ya no usaba, pero ella siempre decía que lo haría mañana. Mañana era hoy y todo seguía igual. Algún día lo tiraría todo a la basura. Respiró hondo para calmarse. Cogió un par de jerséis que estaban hechos un bollo bajo un pijama, los dobló escrupulosamente y después hizo lo mismo con el resto de la ropa. Recordaba bien la que llevaba cuando salió el viernes: jersey rojo, vaqueros, botines negros de tacón, cazadora negra de cuero y bufanda negra y roja. Todo eso faltaba de ese armario desde hacía exactamente setenta y dos horas. Así constaba en la denuncia que había presentado el sábado y eso era lo único que tenía para aportar a esa investigación: unas cuantas prendas de ropa.

Abrió los cajones de la mesilla de Úrsula. La subinspectora Barroso ya los había revisado el sábado. Nada de menos ni nada de más: conjuntos de ropa interior, calcetines, medias, un joyero, un estuche con gafas, sobres de ibuprofeno y relajantes musculares que en realidad le servían para dormir de un tirón cuando estaba muy estresada.

Nada.

No sabía nada.

Cerró el cajón de golpe y salió de la habitación para preparar la cena. Tortilla de patatas. Como en un lunes normal.

La mano

Son las hormonas. Las putas hormonas.

Un día te levantas y súbitamente una mano enorme te empuja de nuevo dentro de la cama. De repente ya no tienes ganas de nada. Cada día se te antoja una repetición del día anterior y por delante solo tienes quince horas que serán exactamente iguales a las quince que viviste ayer y a las quince que vivirás mañana. Y no pasa nada. Te levantas, esquivando esa mano gigante e invisible, te vistes, vas al trabajo, vuelves a casa, comes, vuelves a salir, vuelves a trabajar, vas a buscar a tu hija a la guardería, la llevas a natación o al parque, vuelves a casa, cenas, te duchas, lees o ves la tele, te pones el pijama, das la espalda a tu marido, o no, en cuyo caso echas un polvo rápido y reconfortante, e intentas dormir. El sueño es intermitente. A veces aparece. Otras no. Cuando eso sucede te quedas en la cama esperando a levantarte de nuevo y cierras los ojos para no ver aparecer esa mano, para no sentir ese empujón silencioso que te impide salir de la cama.

Hasta que un día no puedes. Te falta el aire y sientes que te cuesta respirar. Las piernas no te responden, no puedes abrir los ojos y lo único que sientes es el nudo en la garganta y las lágrimas que, calladas, te resbalan por el cuello y empapan el pijama. Te quedas inmóvil, metida en la cama, sin parar de llorar y tratando de concentrarte en el ritmo de tu propia respiración, porque eso es lo único para lo que te alcanzan las fuerzas, para respirar. Y para llorar, claro.

Regueiro, mi médico de cabecera, dijo que era depresión. Las putas hormonas, dijo Lois. Así dicho, sonaba mejor. Sabela tenía casi dos años, así que no sabía exactamente a qué se refería, porque la depresión posparto ya me cogía lejos, pero yo asentía, asumiendo que era yo la culpable de esta pena crónica, de estas ganas de llorar. Me convencí de que algo no estaba bien dentro de mí, y que ese algo tenía que ver con la química y no con mi cabeza.

Después llegó el tratamiento, los antidepresivos, los ansiolíticos, la terapia. Y esa frase de mi psicólogo que me sacó del aletargamiento: «Debes hacer algo solo tuyo. Más allá de tu marido, de tu hija, de tu trabajo, de tus padres o de tu familia política».

Y así fue como un día comencé a escribir. Ese día nació Úrsula B.

A veces, la mano gigante volvía, pero entonces recordaba que levantándome de la cama era dueña de otra vida, en la que ahora era capaz de hacer algo distinto que ser una abogada, una esposa o una madre. Y sobre todo no me permitía olvidar nunca esa sensación. Miedo, desolación, pena, angustia, ansiedad, ahogo: un cóctel de sensaciones que mantenía en estado letárgico desde hacía más de ocho años.

Luego llegó Nico.

Y me sentí tan viva que comprendí que no eran las putas hormonas. Era simplemente que llevaba diez años estando triste. Así de simple.

Nico convirtió mis días en una sucesión de momentos distintos. Pronto me di cuenta de que estaba pendiente de todos mis movimientos y de todo lo que decía. Si daba una entrevista en la radio, recibía un mensaje en tiempo real, en el que rebatía lo que acababa de decir. En dos semanas, cruzamos cientos de mensajes. Me desconcertaba su visión de las cosas, pero a la vez me sorprendía su ingenio y me sentía identificada con sus opiniones, que coincidían por completo con las mías, hasta el punto de que me hizo plantearme si esto era así o si, instintivamente, yo estaba cambiando mi forma de pensar para amoldarme a él. Reconocía en él mis psicosis e histerias. Me sorprendió lo pronto que él las había descubierto, pero lejos de burlarse de ellas, las sublimaba, diciendo que eran estas las que me hacían ser distinta. También él lo era. Y sí, me sentía idéntica a él en nuestras diferencias. El emoticono que más usábamos era el de las gemelas de WhatsApp. Nos sorprendíamos escribiendo el mismo mensaje cada uno desde nuestras casas. Gemelas. Risas. *Crazy*. Más risas. Los dos a la vez, pulsando las mismas teclas de nuestros móviles, dibujando nuestros pensamientos con los mismos emoticonos, emitiendo mensajes sincronizados desde esa distancia en la que nos manteníamos «juntoseparados», como solía decir él. Mensajes duplicados de dos mentes idénticas que funcionaban como una sola. Esa complicidad dio lugar a ese extraño vínculo que él comenzó a denominar la «intensarrelación». Así, todo junto, como solía hacer con todas esas palabras que empleaba para hablar de nosotros, como si no hubiera en el diccionario ningún término capaz de recoger lo que estábamos viviendo. No había definición mejor, porque la intensidad marcó nuestra relación desde el primer día. Estar a su lado era como entrar en un mundo ultrasensorial. Todo se potenciaba: el deseo, la felicidad, los nervios, la alegría, la impaciencia. Solo vivía para el instante en que el móvil se iluminaba para dar paso a un mensaje suyo.

No fui consciente del lugar que ocupaba en mi vida hasta que un día, camino de A Coruña, aparqué en el arcén de la autopista para leer un mensaje suyo. En el momento en que el móvil emitió el característico sonido y la pantalla se iluminó, ya no pude pensar en nada más que en leerlo. Siempre era así. El sonido del claxon de un camión que me precedía me hizo tomar conciencia de que estaba poniendo en peligro mi vida porque él hacía saltar por los aires todos mis mecanismos de sensatez. Allí, sentada en el coche, me di cuenta de que no era capaz de controlar mis reacciones, y esa sensación me provocó un vértigo inmenso. De inmediato entró otro mensaje.

«No deberías parar ahí.»

Sabía que me vigilaba, y no había descubierto cómo. De la sorpresa pasé al temor. Del temor, a la curiosidad. De la curiosidad, al interés. Del interés, a la obsesión. No era prudente, lo sabía, pero era excitante.

Excitante. Esa era la palabra. La excitación es un fenómeno biológico que da lugar a una liberación energética. Es una palabra con múltiples acepciones y tiene que ver con la pasión, con la física y con la química. También despertó mi deseo. Mis sentidos se agudizaron. Me volví más carnal. Comencé a buscar a Lois a todas horas, en parte porque me sentía culpable y en parte porque necesitaba experimentar placer, mi cuerpo me reclamaba otro cuerpo. Comencé a fantasear con hacer el amor con Nico. Ni siquiera sé si lo deseaba a él o simplemente deseaba experimentar esa sensación, ese chute de dopamina que él me inyectaba con cada mensaje. Supongo que esa sensación me hacía sentir más viva que nunca.

Eso es lo paradójico de este asunto. Que me hizo sentir viva y eso es lo que me va a matar.

Denuncia 948/19

Instructor: 18579

Atestado: 948/19

Comisaría: Santiago de Compostela

Fecha: 23/02/2019. 19.05 horas

- Nombre y apellidos de la persona desaparecida: Úrsula Bas Pereira.
- Denunciante: Lois Castro Aneiros.
- Relación que mantiene con la persona desaparecida: esposo.
- Fecha de nacimiento de la persona desaparecida: 15/01/1974 (45 años).
- Sexo: mujer.
- Nacionalidad: española.
- Dirección de su domicilio habitual o residencia: avenida de la Libertad, n.º 11. Escalera A. 5.º A. Santa Marta. Santiago de Compostela.
- Día, hora y lugar en el que se produjo la desaparición: viernes 22 de febrero de 2019. 19.00 horas. Desaparición tras abandonar el domicilio familiar.
- Motivo de la desaparición y su tipología: motivo desco-

nocido. Sin causa aparente. Sin discusiones previas en el hogar familiar. El esposo apunta a una desaparición no voluntaria. Sin indicios en el hogar familiar de un abandono voluntario del mismo. Sin indicios de violencia en la desaparición. La desaparecida se dirigía a la biblioteca Ánxel Casal de Santiago de Compostela para dar una conferencia.

- Descripción física de la desaparecida: 1,65 de estatura, 68 kilos, cabello negro (media melena) y ojos negros. En el momento de la desaparición vestía jersey rojo, pantalones vaqueros, cazadora de cuero negra, bufanda negra y roja, botas negras.
- Sin adicciones conocidas.
- Sin antecedentes de desaparición.
- Indicadores de riesgo: la desaparecida es escritora. El esposo manifiesta que es bastante conocida. No hay constancia de amenazas de terceros por dicho motivo.
- Se informa con la presente al denunciante de la posibilidad de proceder a la difusión de la imagen de la desaparecida en la web del CNDES, en el supuesto de que se active la Alerta AMBER o la Alerta MAYOR DESAPARECIDO, y demás herramientas establecidas o creadas por el Ministerio del Interior con tal finalidad.

Santi releyó la denuncia a conciencia, aunque sabía que no le aportaba nada nuevo. En el anexo a la denuncia constaban los datos de la desaparecida: teléfonos de contacto suyo y de sus familiares, cuentas de correo electrónico, perfiles de redes sociales, datos de su vehículo —un Mazda CX5, que permanecía en el garaje de su casa—, y demás datos complementarios que exigía el protocolo de personas desaparecidas. Barroso había hecho su trabajo minuciosamente, como era habitual en ella.

Un escalofrío le recorrió la espalda. Se acercó al radiador y comprobó que estaba apagado. Hacía frío en el despacho. Echó una ojeada a través de la ventana y vio que había comenzado a lloviznar. A pesar de que, según el dicho, Santiago era la ciudad en la que la lluvia se convertía en arte, lo cierto es que a estas alturas del año los santiagueses estaban ya bastante hartos de ese cielo plomizo que envolvía la ciudad desde hacía meses. La zona vieja era una vorágine de chubasqueros amarillos de los que se venden en los bazares turísticos a los peregrinos. En los meses anteriores, Santi había tenido la sensación de que esa niebla baja que descendía para calarlo todo era tan solo el reflejo de su estado de ánimo. Echó un vistazo a su reloj y vio que pasaban de las ocho. Antes de cerrar el ordenador advirtió que tenía un correo electrónico del comisario Veiga, un escueto mensaje en el que le informaba que al día siguiente a primera hora comunicaría a los medios la desaparición de la escritora y le pedía que informase a Lois Castro de esta circunstancia para que estuviese preparado. Santi no recordaba haber recibido nunca un correo electrónico de Lojo más allá de las tres de la tarde. Las cosas habían cambiado mucho en la comisaría en los últimos meses, aunque eso no le parecía malo en absoluto.

Cuando salió por la puerta abrió el paraguas. Lo cerró al momento y decidió caminar bajo la lluvia a pesar de que llevaba el frío metido en los huesos. Necesitaba despejarse. Hoy hacía seis semanas que había dejado la medicación, pero le asaltó el absurdo pensamiento de que esa lluvia era lo que le hacía falta para acabar de despertar del todo. El día había transcurrido, por primera vez en meses, a la velocidad exacta: sin espacios, sin huecos, sin vacíos. Hasta ese momento no se había dado cuenta de que llevaba meses viviendo en estado casi letárgico. Ralentizó el paso. Delante del portal, con la llave metida en la cerradura, se sintió incapaz de subir, de terminar con ese lunes, el primero en meses que había merecido la pena, así que dio media vuelta.

Sus pasos lo llevaron hasta el barrio de Úrsula B. Apenas había gente en la calle. Apostado frente al portal de la escritora, inspeccionó con la mirada los locales de alrededor. Se acercó y observó las placas del portal. En algún instante entre el viernes, y ese día la persona que retenía a Úrsula B. probablemente había vuelto para dejar el móvil de la escritora dentro de su buzón, un riesgo que podría antojarse innecesario, así que tendrían que adivinar la importancia de ese gesto.

Recorrió la calle dos veces, examinando los portales y los negocios. Eran casi las nueve cuando decidió volver a su casa, mientras pensaba en el tiempo que hacía que no caminaba bajo la lluvia de Compostela. Durmió toda la noche de un tirón.

Un alto en el Camino

Pontevedra, 8 de octubre de 2016

—Os presento mi kit para venir a trabajar a las seis y media de la madrugada: mi móvil, mis llaves y un espray de pimienta. Vivo a menos de cinco minutos de la emisora y cada sábado y domingo de madrugada salgo de casa con miedo. El año pasado un coche con tres tíos tuvo la amabilidad de seguirme desde Benito Corbal a Sagasta diciéndome cosas preciosas desde el interior y hoy he recibido un abrazo que, como podéis intuir, no me apetecía. Era un tío con una camiseta más ajustada que la mía. Venía caminando en mi dirección y cuando nuestros pasos se cruzaron me vi dentro de sus brazos. ¿Merecía el espray de pimienta en los ojos y la llave clavada en el hígado? Yo opino que sí. Así están las cosas para nosotras.

»Son las nueve de la mañana y esto es *Un alto en el Camino*, mi nombre es Susana Pedreira y hoy vamos a hablar de las muchas amenazas que sufrimos todas por el simple hecho de ser mujeres.

La locutora dio paso al avance informativo. Aprovechó para ir al baño e incluso le dio tiempo a prepararse un café y a repasar todas las notas sobre las estadísticas de acoso y agresiones sexuales en España en lo que iba de año con las que abriría la segunda hora de programa.

La primera llamada fue la de una chica de dieciséis años a la que habían agredido en el instituto. La segunda, la de una mujer acosada por su jefe que no se atrevió a dar su nombre por miedo a ser despedida. Susana insistió en que hiciera la denuncia en la policía; la mujer dijo que se lo pensaría.

Ella fue la tercera.

—¡Buenos días! ¿Con quién hablamos?

—Prefiero no decir mi nombre.

—¿Y desde dónde nos llama?

—Tampoco quiero decirlo.

—¿Qué tiene que contarnos?

—Tengo miedo. Mucho.

—¿De qué tiene miedo?

—De él. Estoy segura de que quiere matarme. Él... él dice que no puedo dejarlo, que no me lo permitirá. Ya no aguanto más. Tengo mucho miedo. —La voz de la mujer se quebró en un sollozo.

—Eso es muy serio. ¿Está segura? ¿Quién quiere hacerle daño? Debe buscar ayuda.

—No es tan fácil. No puedo contarlo.

—Debe hacerlo. Si realmente está en peligro, la única manera de parar esto es denunciarlo. Si quiere, podemos ayudarla a hacer la denuncia en privado.

—No, si lo hago se volverá loco.

De repente se oyó que alguien decía algo a lo lejos y la comunicación se cortó.

Susana continuó con el programa, sin sacarse de la cabeza la angustia en la voz de esa mujer. Tras repasar la actividad cultural, hablar de cine, teatro y moda, dio paso por fin al informativo de las doce.

La técnica de sonido, Xulia, comenzó también a recoger sus cosas.

—Buen programa, Xulia. Oye, ¿antes de marcharte podríamos escuchar la grabación de la mujer que nos dijo que creía que querían matarla, la que colgó sin decirnos su nombre ni el de su maltratador?

—Claro.

—¿Estoy paranoica o me pareció que tenía acento gallego?

—Sí que parecía gallega.

—¿Podríamos limpiar un poco el sonido? Me dio la sensación de que la llamaban por su nombre.

—Lo intento.

—¿Tienes prisa?

—No me llevará mucho. A mí también me dio muy mal rollo.

Xulia cogió el corte de la tercera llamada y trabajó con él unos minutos. Susana la observaba con curiosidad porque solo Xulia escuchaba el original de la grabación a través de sus cascos. En cuanto vio su sonrisa, Susana se puso los suyos.

«No, si lo hago se volverá loco», decía la mujer.

Un silencio y después, de fondo, una voz masculina pronunciando un nombre que ambas oyeron con nitidez.

Catalina.

Cuando pasó aquello

Yo no sería Úrsula B. si Lois no me hubiese regalado un curso de escritura «cuando pasó aquello». Así era como él se refería a la época en que me quedé en la cama sin salir y sin parar de llorar. Yo era mucho más clara. Para mí, esa era la época en que «me volví loca».

Apenas tengo recuerdos de esas navidades. Las calles eran una confusión de luces desenfocadas. Yo apenas salía. Mi mente elaboraba listas interminables de tareas pendientes de hacer.

Me dejé llevar. Me quedé en la cama y me negué a continuar con mi rutina. Eso supuso que Lois tuvo que ocuparse de todas las cosas de las que siempre me ocupaba yo. Entre otras, llevar al pediatra a Sabela, que cumplía dos años ese 21 de diciembre. En el centro de salud se encontró con Raquel y meses después me confesó que fue ella la que le sugirió que me regalase un curso de escritura, porque desde pequeña yo siempre me había dedicado a inventar historias y a decir que quería escribirlas.

A veces una puede rebobinar su vida hasta un punto exacto de bifurcación que te conduce a tu presente actual. Del consultorio del pediatra a este sótano húmedo. Ya está. Estoy en este sótano porque me regalaron un curso de escritura en lugar de una bufanda y un bolso.

No. No es tan simple. Estoy aquí porque guardé su contacto y contesté sus mensajes. Y la primera vez que me dijo: «Escritora, ¿tomamos un café?», yo dije sí.

Estábamos comiendo. El teléfono vibró, a mi derecha, pero no hice ademán de cogerlo, porque durante las comidas Sabela había impuesto la norma de «no hacer caso al móvil». Realmente lo que significaba es que debía hacerle caso a ella. Desde que escribía estaba todo el rato pendiente de las redes sociales, de los periódicos, de las críticas, de mis seguidores. Intentaba contestar a todos, sola o con ayuda de Raquel. Me pasaba la vida pendiente del móvil, porque en ese móvil estaba mi otra vida, y en el fondo temía que, si levantaba la vista, si miraba de frente a mi vida de antes, volvería a ese momento. Volvería a «cuando pasó aquello».

Nico y yo llevábamos un mes escribiéndonos a todas horas. Descubrí que era más fácil hablar con un desconocido que con mi marido, con mi mejor amiga o con mi psicólogo. Nico buceaba dentro de mis libros, y me descubría a mí misma dentro de ellos.

Llegó un punto en que lo compartía todo con él: desde la ropa que elegía hasta la comida que había preparado Lois, la panorámica desde mi estudio o las películas que veía. Si leía un libro, me mandaba los mejores párrafos subrayados. Si iba a un concierto, me mandaba los vídeos de las mejores canciones en directo. Yo hacía lo mismo con él. Si tomábamos una cerveza o una copa de vino, me enviaba la fotografía y hacíamos un brindis virtual. Se convirtió en una extensión de mi vida. Lo sentía siempre a mi lado. Lo estaba.

Así que aquel día, cuando el teléfono vibró, me levanté de la mesa tras guardar el móvil en mi bolsillo trasero. Me fui al baño, que es lo que hacía cuando quería hablar con él, y vi ese «Escritora, ¿tomamos un café?». Y lo tuve claro.

Tiré de la cisterna para disimular y escribí a toda velocidad mi respuesta.

«Cuando quieras.»

Paradero desconocido

Santiago de Compostela, 26 de febrero de 2019

«La escritora Úrsula B. está en paradero desconocido desde el pasado viernes, según un comunicado emitido por la Policía Nacional. La escritora fue vista por última vez al salir de su casa el pasado viernes 22 a las 19 horas, cuando se dirigía a dar una charla en la biblioteca pública Ánxel Casal en Santiago de Compostela. En ese momento vestía pantalones vaqueros, jersey rojo, botas negras, cazadora de cuero también negra y una bufanda negra y roja. En la página web de la Policía Nacional, www.policia.es, podrán encontrar fotografías de la desaparecida.

»Úrsula Bas Pereira, más conocida como Úrsula B., es una de las escritoras más relevantes del panorama literario actual. Saltó a la fama hace siete años, tras la publicación del primero de los libros de la trilogía *Proencia*, recientemente llevada al cine. Ganadora de numerosos premios, sus libros se encuentran siempre entre los más vendidos y ha sido traducida a dieciocho idiomas.

»La policía solicita la colaboración ciudadana a través de la citada página web y de su cuenta de Twitter @policia...»

Mientras escuchaba el teléfono de contacto para notificar

cualquier información sobre Úrsula B., Ana miró su reloj. Las nueve y cinco. Iba en el autobús, camino del trabajo. Hoy entraba a las nueve y media y le sorprendió lo pronto que había saltado la noticia; estaba claro que Veiga no les iba a permitir que se durmieran con este asunto. Ayer por la tarde, después de interrogar a la asistente, había llamado a la biblioteca, pero el tipo que la atendió no tenía mucho más que decirle que la rubia del turno de mañana: Úrsula simplemente no había aparecido. La radio lanzaba a los cuatro vientos la desaparición de la escritora. Ahora ya era real. En breve comenzarían a llegar a la comisaría llamadas de gente que la habría visto en Pontevedra, Vigo o Coruña; ellos se dedicarían a rastrear todas y cada una de esas informaciones, ninguna les proporcionaría una pista fiable hasta que por fin, algo, cualquier detalle, los llevaría hasta ella, o al menos en eso confiaba.

Ana apuró el paso y llegó a la comisaría diez minutos antes de su hora de entrada. Se quitó los auriculares, guardó el móvil y dejó su paraguas y su abrigo en el perchero antes de dirigirse al despacho de Veiga. Al pasar por delante de la puerta de Santi, contuvo el impulso de mirar si él ya estaba allí. Todavía le costaba acostumbrarse a su presencia, casi tanto como a su ausencia. Sin embargo, antes de entrar en el despacho del comisario se lo pensó mejor: su jefe directo era Santi, así que dio media vuelta, hizo un esfuerzo por serenarse y llamó a su puerta.

Abrió en cuanto él le dio permiso.

—El jefe ha mandado el comunicado a todos los medios.

—¿Ya? Aún no he avisado al marido.

—¿No te dijo que lo haría?

—Sí. Me mandó un correo diciéndome que lo haría hoy y

me pidió que avisase al marido a primera hora. No sé qué entiende este hombre por primera hora. ¿Las seis de la mañana? Voy a llamarlo ya. Me fastidiaría que escuchara las noticias y no se enterase por nosotros.

Santi descolgó el teléfono y aún estaba marcando el número cuando Veiga irrumpió en el despacho.

—Abad, acabo de recibir una llamada de un tal Lois Castro bastante enfadado.

—Mierda. Justo ahora lo estaba llamando. Ana me acaba de decir que ya has lanzado a los medios el comunicado.

—Lo dejé preparado ayer antes de irme. Te dije que avisases a Castro a primera hora.

—Pensé que no saldría tan temprano. Lo llamo ya.

—No lo hagas, ya me he disculpado —le espetó molesto Veiga.

—De todas formas, no debería importarle que hagamos todo lo que está en nuestra mano por encontrar a su mujer.

—No se trata de eso. Es la niña: aún no le ha dicho nada y no quiere que se entere por la prensa o por sus compañeros. Dice que irá a buscarla al colegio para contárselo.

Ana observó a Santi, que apenas se inmutó con el reproche de su jefe.

—Deberíamos hablar con ella —intervino.

—¿Con la niña? —preguntó Santi.

—Sí, con la niña. A menudo los niños son los que mejor captan lo que sucede a su alrededor. Y lo que es más importante, no tienen problemas a la hora de contarlo. A lo mejor nos sorprende con algo.

—Sí, tienen poco filtro. Le diré a Castro que esta tarde iréis a hablar con la niña, en cuanto salga del cole o mañana, si no os da tiempo hoy —dijo Álex—. Mejor que se ocupe Ana. Sola. La niña estará más tranquila y a su padre le gustará más que lo haga una mujer.

—No creo que le importe con tal de encontrarla —añadió ella—. Setenta y dos horas son muchas; ayer ya estaba casi fuera de sí.

El comisario asintió con un gesto.

—Ya está subida la desaparición a la base de datos de señalamientos nacional. Los agentes que mandamos ayer a su domicilio podrán decirnos algo sobre el móvil hoy a lo largo del día o a lo sumo mañana. Necesitamos saber qué hay en él y desde cuándo está en ese buzón, aunque seguro que, como dice Ana, lleva ahí desde el viernes y está vacío. También tenemos cabello de la desaparecida para un eventual análisis, si apareciera algún cuerpo.

—Está viva —murmuró Santi.

—¿Cómo dices?

—No me preguntes por qué, Álex, pero estoy convencido de que está viva.

—Bueno, las investigaciones no se sustentan con intuiciones —puntualizó el comisario—. Y si esto es un secuestro, ya deberíamos saber algo. Me refiero a algo más que lo que nos indique el instinto de un detective.

—Se han molestado en traernos su móvil. Ese hecho sustenta mi intuición —le rebatió Santi.

—A lo mejor el secuestrador está esperando a que lo hagamos público —intervino Ana—. Es famosa. No puede ser casualidad y no sería extraño que estuviera buscando algo de ruido. Quizá el secuestrador está esperando a que demos el primer paso.

—Para empezar, no sabemos si es un secuestro. A lo mejor está en un spa o tal vez la han matado, no tenemos indicios que nos hagan decantarnos por ninguna de esas posibilidades, así que quiero que vayáis a ese barrio y os dediquéis a reconstruir la salida de Úrsula de su casa. Necesito saber qué cámaras tenemos por ahí y si podremos sacar algo en limpio de ellas.

—Ninguna decente —contestó Santi—. Ayer por la noche me di un paseo por esa calle: hay un restaurante en el bajo del edificio, sin cámaras, y un Mercadona un poco más arriba, pero no tuvo por qué haber pasado por delante. Examinaremos todas las cámaras públicas que hay en los alrededores si logramos la autorización judicial.

—Hablaré con la juez. Ya he mantenido un primer contacto con ella y he remitido la información al Ministerio Fiscal.

—Lo que sí podemos hacer es intentar rescatar alguna imagen del portero automático. Quizá llamó alguien en el momento que ella salía.

—¿Vas a ir piso por piso? No voy a pedir una orden judicial para que me dejen entrar en las cámaras de los interfonos de todos y cada uno de los vecinos. No quiero cabrear a su señoría con mil requerimientos teniendo en cuenta que la posibilidad de captar algo por esa vía es bastante remota.

—No tanto —le corrigió Santi—. Es un portal con bastante movimiento. Hay un par de consultas médicas, una dietista y una asesoría fiscal. Acabamos de hacer pública la desaparición. Estoy seguro de que nos encontraremos con muchos vecinos dispuestos a colaborar.

—¡Cuánta fe en la bondad de la ciudadanía! —exclamó Ana.

—Es una famosa. No sabes lo que le gusta a la gente tener un ápice de protagonismo.

—De acuerdo. —Álex miró directamente a Santi—: Pasad por su edificio y probad suerte con las cámaras de los videoporteros de los vecinos, además de hacer las comprobaciones usuales en los negocios cercanos. Con un poco de suerte la colaboración ciudadana nos puede dar alguna pista sobre lo que sucedió el viernes en las inmediaciones de ese portal. Mientras hacéis el trabajo de campo, voy a poner a Javi a verificar todas las llamadas y avisos que nos lleguen. Él separará el grano de la paja. Si hay alguna denuncia con visos de veracidad, os encargáis vosotros, pero que él os vaya haciendo el filtro previo.

Santi y Ana asintieron a la vez.

—Y sobre todo quiero que os hagáis visibles —continuó Álex—, nada de investigaciones discretas. Ya es oficial. Que se note que la estamos buscando.

Santi se levantó y sin mediar palabra cogió su cazadora y su bufanda, mientras Veiga salía del despacho. Ana no tenía claro si lo que había presenciado era o no una bronca, de lo que no cabía duda es de que Álex iba a dirigir esta investigación, y la pasividad de Abad le resultaba desconcertante.

Fue a coger su abrigo y esperó a Santi en la puerta de la comisaría. Salieron juntos.

—¿Prefieres conducir tú? —le preguntó.

Él se encogió de hombros, así que ella se puso al volante.

—Parece que el jefe no está muy contento hoy —dijo en un intento de iniciar una conversación.

Él no contestó. Ana condujo en silencio los cinco minutos que los separaban de Santa Marta y aparcó cerca del portal de la escritora.

—¿Por dónde empezamos, jefe?

—Por donde digas.

—Estoy empezando a pensar que te han abducido los extraterrestres durante la baja. No replicas a Veiga, no me dices lo que tengo que hacer, me dejas conducir...

—No tengo nada que decirle al comisario. Primero porque es el jefe y segundo porque ha actuado de forma impecable. El que ha metido la pata hoy he sido yo.

—No te reconozco.

—No soy yo el que ha cambiado, es el comisario el que no es el mismo. Lojo se pasaba el día dando por culo, y por eso tenía que adelantarme a él. Veiga tiene razón en todo lo que me ha dicho. No he estado rápido: me avisó ayer de que difundiría hoy el comunicado. Y no sé de qué te extrañas. ¿De verdad consideras que no soy capaz de acatar instrucciones de un superior? Soy capaz de trabajar en equipo y soy un tío razonable. Tú mejor que nadie deberías saberlo. ¿Quieres conducir? Conduce. Puedo empeñarme en hacerlo yo, Ana, o puedo dejar que conduzcas, que hables la primera cuando tengamos un interrogatorio olvidando, como siempre, que yo soy el inspector que dirige esta investigación, o dejarte que me corrijas públicamente cada vez que olvide citar que ya eres subinspectora. Quizá así consiga por un instante que dejes de mirarme como si no fuera capaz de hacer mi trabajo o de controlar mis emociones.

—Yo no he dicho eso. He dicho justo lo contrario —replicó Ana, asombrada.

—Tú siempre dices justo lo contrario de lo que piensas. Eso lo recuerdo bien.

Ana lo miró a los ojos. Santi apartó la mirada y apuró el paso. Lo siguió, debatiéndose entre decirle todas las cosas que había imaginado que le diría cuando lo tuviera delante, o callar.

Ambos sabían que tenían una conversación pendiente, de la misma manera que ambos sabían que ese no era el momento de tenerla. Si algo bueno habían conseguido en el pasado era la capacidad para separar su relación de su trabajo. Separar a Santi y Ana de Abad y Barroso. Este pensamiento hizo que Ana se autoimpusiese un férreo silencio mientras entraban en el portal en el que vivían Úrsula y Lois.

Llamaron una por una a todas las puertas. En cada una de ellas, tras mostrar su placa explicaban brevemente la situación y solicitaban permiso para revisar el histórico de grabaciones del videoportero. Como Santi había dicho, cada vez que alguien llamaba y se abría la puerta, quedaba registrada una fotografía. Todos los vecinos excepto dos se mostraron dispuestos a colaborar. Examinaron las fotografías del viernes con un rango temporal entre las seis y las ocho de la tarde, aunque tan solo encontraron fotografías en casa de un vecino del cuarto y dos del segundo. Donde sí hallaron bastantes fue en el despacho de abogados y en la clínica de adelgazamiento del bajo. Barroso fotografió las instantáneas con su móvil, y las guardó, anotando meticulosamente las horas en que las tomó el videoportero.

Después recorrieron todos y cada uno de los locales de la calle, para preguntar por la escritora. Varias personas confesaron conocerla, pero nadie recordaba haberla visto el viernes pasado. Por último entraron en La Bodeguilla de Santa Marta para tomar un café. Tras pedir sus consumiciones, Santi se identificó ante el camarero y le enseñó una fotografía de Úrsula.

—¿La reconoce?

—Sí, sí. Es la escritora. Úrsula B. Es clienta. Baja casi todas las mañanas a tomar un café. También viene a veces a comer y a cenar con su marido y su hija.

Ana sonrió al camarero. Era un hombre ya cercano a la cincuentena, alto y con cara de poca salud. Fantasmagórico, pensó ella al observar su rostro blanco y sus ojeras marcadas.

—¡Qué bien encontrar a alguien que puede sernos de ayuda! No sé si ha visto las noticias. Úrsula B. ha desaparecido y el inspector Abad y yo formamos parte del operativo de búsqueda. Necesitamos que haga un esfuerzo y nos diga cuándo fue la última vez que la vio.

El camarero abrió mucho los ojos.

—¿Desaparecido? ¿No le habrá pasado algo?

—No lo sabemos. ¿Recuerda cuándo vino por última vez?

—Pues el sábado libré porque se me casó una sobrina. Y el domingo estoy casi seguro de que no la vi. Ayer estuvimos cerrados porque es nuestro día de descanso, así que juraría que el último día que la vi fue el viernes. O quizá el jueves.

—¿Por la mañana? ¿Por la tarde? —insistió Ana.

—Por la mañana. Bromeó acerca de que iba a tener que dejar de desayunar cruasán porque en marzo había que empezar con la operación bikini y yo le dije que se podía permitir un cruasán y hasta dos. No piensen que le faltaba al respeto, tenía bastante confianza con ella. A mi mujer le gustan mucho sus libros y siempre me hacía unas dedicatorias muy bonitas.

—¿Y por la tarde no la vio? Salió de casa sobre las siete, a lo mejor pasó por delante de la puerta.

—Yo no la vi, pero es normal. El garaje está más arriba y la dirección obligatoria es en sentido contrario, así que no pasa por delante del bar. Tampoco sé qué coche tiene.

—Un Mazda blanco, pero no fue en coche, así que perfectamente pudo pasar por delante de la puerta del bar, caminando —dijo Santi.

—No, no la vi. Pero ¿está seguro de lo del coche? Si iba andando, es que no iba muy lejos. Siempre iba en coche. Decía que odiaba los buses urbanos y que se gastaba una millonada en parkings. Siempre se quejaba de eso.

—Lo estamos. Dejó el coche en el garaje.

—Pues no sé. Le preguntaré a mi compañero, que vendrá por la tarde. El viernes estuvimos los dos.

Ana y Santi abandonaron el bar tras pedirle que los llamase si recordaba algo.

—El camarero tiene razón. Hasta la biblioteca hay una tirada andando.

—No mucho. —Santi hizo un cálculo rápido—: Media hora, treinta y cinco minutos a lo sumo.

—Llovía y llevaba tacones. Y una cazadora de cuero: no es lo más apropiado para la lluvia. Apostaría a que no llevaba paraguas, tenemos que ver si falta alguno en su casa.

—No cogió el coche.

—Eso solo nos lleva a que alguien la estaba esperando, y no era su asistente, porque estaba en Cambados.

—Salió de casa sobre las siete. ¿Tenemos fotos del portal de esa hora? Mira si hay algún coche en doble fila.

Ana abrió su móvil y deslizó un dedo sobre la pantalla, recorriendo rápidamente las imágenes de la galería. Había dos fotos anteriores a las siete: una de las 18.55 y otra de las 18.57. La siguiente era de las 19.12.

En las tres, tras la imagen de la persona que había llamado al timbre se observaba la calle. Y al fondo, en las anteriores a las siete de la tarde se observaba el morro de un coche negro. En la fotografía de las 19.12 ya no estaba.

Abad sonrió por primera vez en toda la mañana.

—Ahí lo tienes.

—Esto es muy circunstancial. Podría no ser nada.

—Esto es muy circunstancial, pero es lo único que tenemos. Quiero que me identifiquen este coche. Vámonos a comisaría. Ya.

Paradero desconocido

Pontevedra, 16 de febrero de 2017

«Cientos de personas acudieron ayer a la manifestación convocada por la familia de Catalina Fiz cuando se cumplen tres meses de su desaparición. La marcha que partió del Ayuntamiento congregó a la familia y amigos de la pontevedresa que, recordarán, se halla en paradero desconocido desde el pasado 15 de noviembre.

»Catalina Fiz fue vista por última vez en esa fecha, tras salir a las ocho y media de la tarde de la tienda de ropa donde trabajaba como dependienta.

»La manifestación estaba encabezada por la hermana de la desaparecida y portavoz de la familia y sus padres. Fuentes policiales confirman que el operativo de búsqueda sigue abierto, si bien los familiares de la desaparecida reclaman que dicha búsqueda se intensifique.

»Son las doce de la mañana, es mediodía y estas son las noticias de Pontevedra.»

Susana se quitó los cascos mientras Xulia daba paso a la sintonía del programa.

—Xulia, me tengo que ir ya, que voy al dentista —dijo Susana—. Después de la desconexión con Madrid metes todo lo que grabamos ayer y luego viene Martín para continuar con el programa.

—Ya, ya —respondió la técnica de sonido—. Oye, Su, ¿te has parado a pensar que esta mujer, Catalina Fiz, se llama igual que aquella que nos llamó hace unos meses? La de la grabación.

Susana cogió su abrigo y el bolso.

—La que nos colgó. No te creas que no se me ha pasado alguna vez por la cabeza, pero tampoco es un nombre tan raro.

—Ni tan normal.

—Pues no sé. ¿Tú qué crees?

—Creo que deberíamos llamar a la poli.

—¿A la poli? No sé, no lo veo claro. ¿Lo hablamos mañana? Es que no sé si hay algo que contar, no tenemos nada. Una tía que llamó y que dio la sensación de estar amenazada por su marido, pero el marido de esta Catalina ni siquiera estaba en Galicia cuando su mujer desapareció. No sé. No cuadra.

—Bueno, es solo que llevo acordándome de este asunto desde que desapareció esta mujer. Y tienes razón: todo el mundo coincide en que el marido es un tío encantador. Seguro que la liamos sin motivo.

—Venga, hablamos mañana, que no llego.

—Vale.

Xulia se puso los cascos, buscó en internet el número de teléfono de la comisaría de Pontevedra y lo anotó en un pósit antes de dar entrada a la entrevista de la concejala de Medio Ambiente que habían grabado ayer por la tarde.

Recordó al marido de Catalina, que había estado un par de veces en sus estudios para hacer un llamamiento público y movilizar a la población en la búsqueda de su mujer. Eran el único medio donde había comparecido, antes de que Helena, la hermana de Catalina, asumiera el papel de portavoz de la familia. Susana tenía razón, era un hombre roto por el dolor, no encajaba.

Cogió el pósit y lo arrugó. No lo encestó en la papelera hasta el tercer intento.

Miedo

El miedo comienza en la amígdala cerebral. Es una sensación fascinante. El cuerpo se prepara tan solo para dos cosas: luchar o huir. Es el instinto el que te hace elegir la opción correcta. Sientes la inyección de epinefrina en el torrente sanguíneo, la taquicardia, la piel de gallina, la descarga eléctrica en el hipotálamo, la respiración acelerada y el latido de tu pulso golpeándote el cuello a borbotones.

Me despierta un latigazo en la mano. Abro los ojos y veo la rata enganchada a mí. Siento sus colmillos desgarrando la carne de mi antebrazo. Emito un grito salvaje y me levanto de un salto, mientras intento quitármela de encima de una sacudida. Veo su cuerpo contonearse, oscilando en el aire mientras siento que encaja la mandíbula y aprieta la boca aún más fuerte, aferrándose a mí. Con un golpe fuerte consigo desprenderla, sale volando y rebota contra la pared. Por un instante permanece inmóvil y pienso que quizá la he matado, pero tras unos segundos eternos, se incorpora. Es de un gris sucio, que se confunde con el suelo terroso, con la penumbra constante. Cuando se mueve, su larga cola dibuja surcos. Desde este extremo de la estancia observo sus movimientos. Sé que ella me observa como yo a ella. Cierro los ojos y cuando los abro ya no está. Luchar o huir. Ahora soy consciente de que ella me temía a mí, igual que yo a ella. Me arrastro hasta el lavabo y dejo caer el agua congelada sobre la herida. Un agua que rápidamente se tiñe de sangre y discurre sobre la porcelana blanca mientras hago esfuerzos por apartar la vista de los desgarros que los dientes de la rata han dejado en mi piel. Agarro la bufanda y la envuelvo alrededor del brazo.

No sé de dónde ha salido. Me arrastro y borro sus huellas con las manos. Su rastro desaparece y el destello de sus incisivos afilados que permanece aún en mi retina es el único vestigio de su presencia.

Miedo.

Nico nunca me dio miedo. O quizá sí y yo no era consciente. Quizá siempre supe que no estaría segura a su lado, pero él me demostró que estaba harta de sentirme segura. Estaba harta de todo.

Eso fue lo que sucedió: que apareció en el que yo creía que era el mejor momento de mi vida y me hizo darme cuenta de que no era así.

A ese «Escritora, ¿tomamos un café?», le siguió un sí. A ese sí, una cita en un bar. A Lois le dije la verdad, que había quedado con un lector. No le dije su nombre. Me arreglé con esmero. Observé en el espejo mi rostro de mujer de cuarenta y cuatro años, examiné con acritud las arrugas de mi frente, las de las comisuras de los ojos, las manchas que el sol había dejado en mi tez, las raíces blancas de mi cabello, incipientes tras haberme teñido hacía apenas dos semanas. Me cambié tres o cuatro veces. Me maquillé poco, lo justo. Busqué mi aprobación en la pantalla del móvil, en el espejo del ascensor, en el del coche, en el retrovisor, en los escaparates, y finalmente en los ojos del hombre que me esperaba en la mesa del fondo de La Flor.

Se levantó y me dio dos besos. «Qué bajita eres», eso fue lo primero que me dijo. No lo era, era él el que era enorme, con su metro noventa y tantos. Lo recordaba más guapo. En ese mes de conversaciones mi mente había recreado un Nico distinto, una imagen idealizada y distinta de este Nico real.

En mi cabeza, en cada mensaje, visualizaba su cara, sus manos, su flequillo, sus ojos gris oscuro y pequeños, aunque los veía bajo la perspectiva del hombre que me había absorbido completamente en las últimas semanas. El hombre que me hacía reír, pero que, sobre todo, me hacía pensar. Era una de las pocas personas que había conocido últimamente que me cuestionaba, que me hacía replantearme mis declaraciones públicas. Me hizo enfrentarme a mí misma, darme cuenta de qué inútiles y vacías eran las reflexiones que llenaban mi literatura. Todas mis verdades eran réplicas de otras que había escuchado. Procesaba pensamientos ajenos y los hacía míos, los vestía con mi voz. Y, sobre todo, lo que Nico hizo fue descubrirme otra Úrsula. La que no era ni madre, ni esposa, ni escritora, ni abogada. Todo eso hizo.

Por eso, esa segunda vez que lo tuve frente a frente, estaba nerviosa. Ansiosa por estar a la altura de ese hombre que estaba tan interesado por mí que era capaz de colarse sin tapujos en mi móvil y en mi vida, sin pedir permiso. Me sentía halagada y nerviosa como cuando era una adolescente y el chico que me gustaba se sentaba en las gradas del instituto para ver mi entrenamiento de baloncesto.

Y si de camino a La Flor me preguntaba qué le diría o de qué hablaríamos, en cuanto me senté enfrente de él desapareció todo pudor y toda premeditación.

Ese día hablamos de las cosas que nos apasionaban: los aeropuertos, los hoteles decadentes, las duchas de agua muy caliente, ver la tele sin volumen, Johnny Cash, la tarta de queso, Audrey Hepburn, las pelis de Kubrick y Hitchcock, Iván Ferreiro, el último capítulo de *Friends*, los semáforos en rojo y en general todos aquellos lugares en los que la gente espera para algo, ya sea la cola de la charcutería o el andén de una estación. Esto último era algo que me apasionaba desde siempre. Observar a la gente cuando esperas para algo, porque en la cola del banco o en la antesala de la consulta del dentista no tienes nada más que hacer que eso: observar a la gente a tu alrededor. Y esa era mi pasión: observar vidas para después contarlas.

Ese día también hablamos de las cosas que detestábamos: el rap, el ruido de los tubos de escape, los libros de autoayuda, las tazas con mensaje, las galas de los Goya, las tertulias de políticos, los vídeos de gatos, las revistas de decoración, el olor a anestesia.

Aún ahora no sé si lo que sentía por él tenía que ver con el sexo. En los casi veinte años que llevaba con Lois solo me había acostado con otros dos hombres. Habían sido dos polvos esporádicos, subrepticios y que apenas me habían dejado huella. El primero sucedió con un compañero de bufete hacía ocho años, en un curso que hicimos en Salamanca. El segundo fue en Munich, hacía tres años, con un periodista que conocí durante una presentación. Ninguna de esas veces había tomado yo la iniciativa y desde luego ni siquiera me planteé contárselo a Lois. Al día siguiente me había levantado y continuado con mi vida. A veces recreaba en mi mente las imágenes de ese sexo furtivo con Julio y Mike sin remordimiento. Había sido un sexo menos satisfactorio que el que tenía con Lois, y si busco una explicación a esos dos encuentros, no hallo ninguna otra que no sea la necesidad de romper con la rutina, de reafirmarme a mí misma e indirectamente reafirmar mi relación y mi matrimonio. La primera vez que quedé con Nico no sentí deseo, o por lo menos no en el sentido convencional de la palabra. Era una primera cita con alguien a quien conocía ya más que a muchas personas. Me recuerdo hablando a toda velocidad y sin control, con un entusiasmo desbordante y absolutamente impropio de mí. Por fin éramos de verdad y eso para mí era más importante que pensar en llevármelo a un hotel o a mi cama. En su mirada tampoco había deseo, y eso también resultaba desconcertante. Porque desde ese primer encuentro dejó claro que yo le interesaba lo suficiente para estar pendiente de mí todos los días y a todas horas, y descubrir la causa de ese interés se convirtió para mí en el motor de nuestra relación. Esa relación extraña, intensa y que rozaba lo obsesivo, por lo menos en lo que a mí se refería.

Apenas me contó nada de su vida. A la pregunta de dónde vivía, contestó que lejos. Le pregunté también a qué se dedicaba y me dijo que era ingeniero informático. Bromeé con el hecho de que fuera un hacker y me reí cuando contestó que esa era la única explicación posible al hecho de que hubiera conseguido mi teléfono y mi dirección o de que supiera siempre dónde estaba.

Me acompañó al aparcamiento y, a la entrada de este, me acerqué a besarlo. No sé por qué lo hice. Simplemente quería que el tiempo se detuviese como en esos semáforos en rojo que tanto nos gustaban a ambos. Esquivó mi boca y me ofreció su mejilla, y yo me sentí pequeña de repente. Apenas alcancé a rozar la comisura de sus labios. Me dije a mí misma que no entendía nada. Que este hombre me mandaba mil mensajes al día, me vigilaba y seguía y sin embargo no quería que lo besara. Me abrazó y me dijo al oído: «No te quieras tan mal. No soy un buen tipo».

Sentí la descarga de adrenalina, me temblaron las piernas, se me aceleró el pulso. Una sensación muy parecida al miedo, igual de fascinante y de turbadora. La diferencia es que con el miedo el cuerpo se prepara tan solo para dos cosas: luchar o huir. Y yo no hice ninguna de las dos.

Operación Proencia

Santi se levantó en cuanto sonó la alarma de su móvil, aunque ya llevaba dos horas despierto. Dos horas en las que había revisado la pantalla de su móvil mil veces. También había repasado mentalmente los acontecimientos de los dos días anteriores. Sentía que Úrsula B. estaba viva, pero eso era un presentimiento, y como bien había dicho Veiga, con presentimientos no se resolvían los casos. A pesar de todo, el instinto le decía que Úrsula conocía a la persona que se la había llevado, porque se había subido a ese coche por voluntad propia.

Desayunó con calma mientras veía la tele y navegaba por los distintos canales: comprobó que el rostro de Úrsula invadía las noticias. El jefe les diría hoy si la colaboración ciudadana les había conducido a algún sitio. Ayer se había mostrado escéptico cuando le enseñó las fotos del coche negro. Santi sabía que ese era el papel de un jefe: rebajar la euforia, centrarse en hechos probados, dar un punto de cordura a esta investigación, pero la vida de una mujer estaba en juego, así que él estaba dispuesto a caminar a ciegas y a tirar de todos los hilos posibles. Sabía que nada probaba que la escritora se hubiese subido a ese coche, pero tenían que intentarlo porque no perdían nada con ello.

Caminó despacio hacia la comisaría. Durante su baja había evitado ese trayecto de apenas unos cientos de metros. Las pocas veces que salía de casa daba rodeos imposibles con la única finalidad de no toparse con Ana. Por lo menos así fue al principio. Luego comprendió que su forma de ser se había llevado por delante su matrimonio con Samanta y su relación con Ana, pero que aún estaba a tiempo de impedir que acabase con una parte fundamental de su vida.

Siempre había tenido claro que quería ser inspector de policía. Estudió psicología y criminología y aprobó las oposiciones a la primera. Ser policía lo ayudaba a dar sentido a toda esa ira que crecía dentro de él sin control. Reconocía ese monstruo que llevaba años caminando a su lado. Había días en que sentía que, tras la puerta de su casa, nada transcurría como debía, y le asaltaban unas ganas irremediables de acabar con todo a golpes. El reconducir su energía a un procedimiento policial reglado le aportaba sosiego y estabilidad y nunca dejaba que nadie avistase a ese Santi, capaz de perder el control cuando algo no encajaba en su concepto de justicia o de orden. No podía permitirse renunciar a esto también. Necesitaba volver, y eso pasaba por enfrentarse a Ana. Así que en las últimas semanas comenzó a pasear sin temor a encontrarla, casi deseándolo para probarse a sí mismo que podía hacerlo, que podía entrar en esa comisaría y trabajar con ella. Creía estar preparado para todo, pero lo sucedido la tarde anterior le demostró que no iba a ser fácil. No le gustaba esa Ana que permanecía alerta todo el tiempo, acechando, en permanente búsqueda del monstruo que le había descrito Samanta. Bajo los reproches de ella del día anterior, subyacía la sorpresa de descubrir a un nuevo Santi que medía sus respuestas y reacciones. Durante estos dos días ambos se habían comportado como si ese paréntesis no hubiera existido, y el caso Alén y ese mes de julio de hacía casi dos años no hubieran sido reales. Pero ambos sabían que seguían estando ahí, latentes.

Fue a su despacho para dejar las cosas y se dirigió al de Álex. Eso también había cambiado, ahora tenía un jefe con el que podía hablar.

Cuando entró, comprobó con sorpresa que Ana ya estaba con él.

—¡Buenos días!

Ellos le saludaron al unísono con un ademán casi idéntico.

—¿Alguna novedad? —preguntó Santi.

—Estamos revisando el trabajo de Javi de ayer —dijo Álex—. Tenemos llamadas de gente que la ha visto en distintos lugares de la geografía gallega, desde Gondomar hasta Viveiro. De locos. De momento nada fiable. Lo que ya sabemos es el modelo de ese coche que asoma en las fotos de los videoporteros: nos dicen que es un Golf negro, pero yo no me entusiasmaría, no tenemos nada que nos asegure que la escritora se subió a ese coche.

—Nada, excepto la lógica —replicó él—. No iba preparada para la lluvia. Salió sin chubasquero ni paraguas y con un calzado poco apropiado para caminar los más de dos kilómetros que separan su casa de la biblioteca pública. No cogió el coche. No podía ser un encuentro casual. Si Úrsula subió a ese coche, quien se la llevó es alguien de su círculo. Yo no le perdería la pista a ese coche negro. ¿Volvemos a hablar con la asistente? Quiero saber más cosas: quiénes eran sus mejores amigas, si iba al gimnasio, a pilates o a yoga. ¿Qué hacía cuando no estaba escribiendo? No conocemos nada de esa mujer y su marido no nos lo va a contar. No es un tipo hablador.

—Me parece bien. Volved a hablar con Raquel Moreira. Algo sacaremos. Esa escritora que sonríe en Facebook a la fuerza debía tener más vida que todos esos eventos que colgaba compulsivamente.

—¿Te vienes? —preguntó Santi mirando a Ana.

—Salvo que el jefe diga otra cosa —contestó ella mirando al comisario.

—Sí, id juntos. Si algo funciona bien, no hay por qué cambiarlo.

Ninguno de los dos contestó. Se dirigieron al despacho de Santi y fue ella quien rompió el silencio.

—¿Hacemos venir a la asistente o vamos nosotros?

—Yo voto por hacerla venir. A ver si le impone un poco la comisaría.

—De acuerdo. Llámala. Yo me voy a poner con un par de cosas que tengo pendientes, pero avísame en cuanto llegue.

Santi la observó mientras salía de la estancia. Por un instante la recordó acostada a su lado, dormida. Le gustaba observarla así, con los ojos cerrados y limitándose simplemente a escuchar su respiración y a ver cómo arrugaba el ceño cuando soñaba. Él imaginaba sus sueños y luego se los contaba. Ella se reía y decía que no había acertado, para después confesarle que nunca los recordaba. Borró la imagen de su cabeza; el recuerdo le parecía terriblemente cursi, ahora. Daba igual. Aquellos ya no eran, ni volverían a ser, ellos.

Llamó a Raquel Moreira para citarla en la comisaría tan pronto como fuera posible. Tras la sorpresa inicial, la asistente le confirmó que llegaría en menos de una hora.

Santi encendió el ordenador y decidió abrir una carpeta en red de uso compartido con Álex, Ana y Javi.

Metió dentro todos los documentos y fotos de los últimos días. Después pensó en qué nombre darle. El caso de la niña Alén no lo habían bautizado. Siempre fue el caso Alén. Echó una ojeada a los libros de Úrsula en la Wikipedia. El nombre de la trilogía aparecía destacado en negrita al lado del cartel de la película basada en la primera de las novelas que la componían, y lo tuvo claro al instante. Se colocó sobre la carpeta y tecleó el nombre. En mayúsculas.

«OPERACIÓN PROENCIA.»

Veintitrés minutos

Lois Castro decidió que ese día Sabela no iría al colegio. Si bien sabía que lo que la niña necesitaba era normalidad, el día anterior había llegado de clase llorando, porque le habían dicho de todo, desde que su madre estaba muerta hasta que se había escapado de casa y nunca volvería a verla. Le había explicado que quizá su madre se había perdido o tenido algún accidente, pero que todo se arreglaría ahora que la policía la estaba buscando y que seguramente la encontrarían pronto. Lois pronunciaba todas esas palabras con convicción, ocultándole que el móvil de su madre había aparecido destrozado en el buzón. Se limitó a asegurarle que todo iría bien, mientras aparentaba tranquilidad y disimulaba su enfado. Por dentro lo único que sentía era una furia que intentaba ocultar por el bien de su hija.

Cuando escuchó el comunicado de la policía en todos los boletines de noticias sin que el inspector Abad le hubiese avisado, sintió que estaba en manos de unos irresponsables e incompetentes. Sabela, la familia de Lois y los familiares directos de Úrsula no sabían nada y se habían enterado al mismo tiempo que el resto del país.

Ira. Eso era lo que sentía. También hacia Úrsula, por anteponer su escritura a ellos, aunque esto no lo diría nunca en voz alta. Él la apoyaba porque estaba orgulloso de ella. Él llevaba ahora el timón de esta familia y garantizaba el equilibrio y la normalidad. Él era el que esperaba ahora a las puertas del polideportivo. Este era el resumen y no se iba a apartar ni un milímetro de este discurso delante de la policía.

La realidad era distinta. Úrsula se limitaba a considerarlo un mero elemento estable en su vida, como un jarrón en el aparador de la entrada, en el que uno no repara nunca pero que echa en falta al instante si desaparece. Jamás valoraba lo que él hacía por ellas, o al menos no se molestaba en demostrarlo. Era él quien había decidido adoptar ese rol, era lo natural, dado que fue él quien se empeñó en tener un hijo. Había renunciado a una carrera profesional a cambio de pasar más tiempo con su familia. Con lo que no contaba era con que su familia se redujese a Sabela y a él. Úrsula consideraba su tiempo al lado de ellos como un regalo que les hacía. Así había sido su maternidad: una concesión. No, no podía contarle todo eso a la policía.

Se sentía como un león enjaulado, sin saber qué hacer ni dónde buscarla. Dejó a la niña en el salón y le permitió jugar con la tablet, aunque normalmente esto solo sucedía los fines de semana. Sentía la urgente necesidad de hacer algo. La tarde anterior había revisado todos sus libros, su correspondencia, sus notas, sus cajones, su armario, aun sabiendo que no encontraría nada. Después de la visita del inspector y la subinspectora, habían venido un par de agentes que habían revisado escrupulosamente toda la casa, pero aun así necesitaba seguir buscando. La inactividad lo estaba matando.

Llamó a Raquel. La notó preocupada. Iba camino de la comisaría para un interrogatorio. Sentía su respiración acelerada, aunque no supo si achacarlo a los nervios o a la caminata. Volvió a preguntarle sobre el posible paradero de Úrsula y ella volvió a repetirle que no tenía ni idea. Lois desistió de seguir preguntando. Sabía que Raquel tenía acceso a todos los detalles de la vida de Úrsula y que era reservada y discreta, pero tenía que confiar en ella, porque de lo que sí estaba seguro es de que ella, al igual que él, haría todo lo que le pidieran para colaborar con esa investigación. Raquel lo sorprendió sugiriéndole la posibilidad de contratar a un detective privado, algo que Lois no se había planteado. Es cierto que Abad y Barroso no habían andado muy finos al emitir ese comunicado público, pero ignoraba si un detective privado supondría una injerencia que la policía estuviera dispuesta a soportar. Raquel insistió en esta posibilidad al tiempo que le anunciaba que estaba a punto de entrar en la comisaría. Lois le pidió que quedasen esa tarde para poner en común sus impresiones de cómo estaban llevando el caso. Además, ya había recibido varias llamadas de medios y sería conveniente que ella asumiera el papel de portavoz de la familia. Raquel le dijo que lo haría sin problema y se apresuró a colgar.

Fue al salón a echar una ojeada. Sabela seguía jugando con la tablet; era una niña tranquila, muy parecida a él en su forma de ser, aunque físicamente era clavada a Úrsula. Si cogía una fotografía de Úrsula con esa edad, no había lugar a dudas. El mismo cabello oscuro, los ojos negros y la misma frente despejada que la niña disimulaba con un flequillo al que Úrsula había renunciado hacía tiempo, porque decía que resaltaba su nariz ligeramente aguileña. Las dos tenían los labios carnosos y una barbilla puntiaguda y también la misma mirada inteligente. Idénticas, aunque solo por fuera. Sabela era callada, introvertida, observadora, tímida y retraída. Lois veía en ella al niño que un día fue.

Dejó a la niña en el salón y entró en el estudio de Úrsula, donde estaban su ordenador y su tablet, que permanecían apagados. La policía había preguntado por sus contraseñas, pero Lois no las sabía. Seguramente se llevarían ambos dispositivos pronto. Echó una ojeada al reloj. Apenas eran las diez. Tenía tiempo.

Encendió el ordenador y se puso a trabajar.

John the Ripper era una de las aplicaciones más conocidas para el crackeo de contraseñas; rápida, gratuita y de código abierto. No hacía falta ser ingeniero informático como él para descifrar una clave. Además, Úrsula era un verdadero desastre con la informática, estaba seguro de que sus contraseñas no serían alfanuméricas ni estarían plagadas de mayúsculas y minúsculas. La compleja clave original de la wifi la había sustituido por «Sabela2008». Lo más probable es que consiguiese abrir ese ordenador en apenas unos minutos y que no encontrase nada dentro.

Mientras el ordenador ejecutaba la herramienta de crackeo, Lois echó una ojeada a los cuadernos que estaban encima de su escritorio: notas de su reciente libro de relatos *Pasión adjetivada*, así como otras relativas al guion de la segunda novela de la trilogía *Proencia*. Nada destacable. Cerró los cuadernos y abrió la prensa en su móvil. Úrsula era portada de casi todos los diarios digitales; la mayoría reproducían la foto que habían colgado en la página web de la policía, un retrato de hacía algo más de un mes, durante la fiesta de su cuarenta y cinco cumpleaños. En otros habían optado por fotografías de archivo.

Contempló el rostro de su mujer y sintió un profundo desasosiego.

El ordenador se iluminó de repente. Bingo. Hackear el ordenador de Úrsula le había llevado exactamente veintitrés minutos. Comenzó a abrir los archivos de su disco duro, revisó su correo y su historial de navegación en internet y finalmente entró en su cuenta corriente, aunque eso ya lo había hecho desde su propio móvil, porque tenían cuentas conjuntas.

Nada, absolutamente nada extraño. Y eso era lo más resaltable. Todas las sesiones de sus app cerradas. Ninguna contraseña guardada. El historial de navegación limpio. Se había desactivado la sincronización con otros dispositivos. Ni una foto. Tan solo encontró los archivos con sus textos y algunos otros que había recopilado para la documentación de su nueva novela. No iban a sacar nada, salvo el hecho de que Úrsula se había preocupado de que su ordenador no mostrase nada de ella. Y que la barrera digital era tan débil que cualquiera podía acceder a su correo, a sus cuentas, a su ordenador y, por extensión, a toda su vida solo con utilizar una aplicación gratuita.

Veintitrés minutos.

Ese era el tiempo que tardaría cualquiera en apropiarse de la vida de Úrsula Bas.

Hola

Santiago de Compostela, 27 de febrero de 2019

Raquel Moreira entró en la comisaría y preguntó por el inspector Abad. La asistente encajó con naturalidad el examen visual del agente que la atendió. Estaba acostumbrada a que la gente la mirase con curiosidad, aunque en su trabajo, al lado de Úrsula, ella pasaba siempre a un segundo plano.

La llevaron a una sala situada al fondo de la comisaría y le dijeron que el inspector estaría con ella enseguida. Le había parecido un tipo callado e inteligente, no compartía con Lois la sensación de que estaban en manos de unos irresponsables. Se acomodó en la silla y ojeó el móvil. Los periódicos seguían hablando de la desaparición de Úrsula. Consultó los principales rankings de ventas de libros. La saga *Proencia* y *Pasión adjetivada* ocupaban ahora los primeros puestos. La desaparición de Úrsula estaba resultando muy efectiva como campaña de marketing.

—¡Buenos días!

Raquel levantó la vista de su móvil y respondió al saludo del inspector Abad. La subinspectora Barroso le dedicó tan solo un gesto.

—Raquel, no sé si usted ha estado en contacto con Lois Castro.

—Lo estoy, hace un instante he hablado con él por teléfono y me ha contado lo del móvil. ¿Piensan que se trata de un secuestro?

—No sabemos si secuestro o algún tipo de agresión. Si se trata de un secuestro, desde luego no ha habido contacto con la familia ni petición de rescate —contestó Ana—. ¿Ha pensado en lo que hablamos? ¿Ha recordado algo que nos pueda ser de utilidad?

—Sí, he pensado mucho. Y tienen ustedes razón: Úrsula estaba rara, esquiva. Me daba la sensación de que me ocultaba algo y eso de por sí ya era extraño porque ella siempre me lo contaba todo. En los últimos meses había empezado a quedar con gente sin decirme con quién. También me pidió que le liberase la agenda un par de días a la semana, siempre por la tarde. No me daba explicaciones.

—¿Y no consideró esto lo suficientemente relevante para decírnoslo ayer?

Santi le dirigió una mirada de reprobación a su compañera.

—Está bien, Ana. Estoy seguro de que la señora Moreira ya ha entendido la importancia de facilitarnos todo tipo de información.

Ana prefirió morderse la lengua.

—Raquel —continuó Santi—, ¿cuándo comenzó a notar este cambio en su comportamiento?

—Aproximadamente el verano pasado.

—¿Nunca le preguntó la causa?

—Por supuesto que sí. Ella decía que quería tiempo libre para escribir, pero sé que me mentía.

—¿Por qué?

—Conozco a Úrsula desde hace cuarenta años. Me contaba sus cosas, igual que yo le contaba las mías, y otras nos las ocultábamos muy conscientes de que la otra sabía que eso estaba sucediendo, porque respetábamos nuestros silencios. La amistad también es eso, aceptar sin preguntar. Aun así, yo siempre sabía cómo se sentía ella y lo mismo le pasaba a ella respecto a mí. Y esto había cambiado, no sé explicarlo. Si me preguntan cómo era el estado de Úrsula de estos últimos meses, diría que de excitación.

—¿Excitación? —repitió Santi.

—Sí. Excitación, aunque ella nunca me hizo partícipe de la causa. De repente estaba más activa y empezó a preocuparse por temas por los que jamás se había interesado.

—¿Por ejemplo?

—La filosofía y las matemáticas se convirtieron en sus temas centrales de lectura y conversación cuando nunca le habían importado.

—¿No tendría que ver con algún trabajo de documentación para un nuevo libro?

—Su nuevo libro era una novela intimista, sobre el duelo de una mujer que ha perdido a su pareja. Está ambientada en Amsterdam. Yo he leído las primeras ochenta y cinco páginas y no encuentro ninguna conexión con estos temas.

—¿Es posible que hubiera conocido a alguien? ¿Que hubiera iniciado una relación?

—Tengo dos cosas claras. Sé que Úrsula estaba rara. Muy rara, de hecho. Y también sé que quiere mucho a Lois. Son una de esas parejas que una no se cuestiona, se entienden, se respetan. Ella nunca dejaría a Lois, eso es una realidad.

—No le estoy preguntando si dejaría a su marido, le estoy preguntando si es posible que tuviera un lío con otra persona.

—Eso siempre es posible.

—¿Ha comentado esto con Lois Castro?

—No, y dudo mucho que lo haga. No ganaría nada sembrando dudas en Lois. Las cosas entre Úrsula y yo se quedaban siempre entre nosotras. No sé cuál es su concepto de la amistad, pero el mío no pasa por ir a hablar con el marido de mi mejor amiga para contarle que sospecho que está teniendo una aventura. No sé nada en concreto. Miren, no sé cómo explicarlo. Lo único real es que Úrsula estaba alterada, pero eso no es tan extraño, ella había vivido un cambio vital muy importante en los últimos años. Desde el momento en que fue madre se sintió desubicada.

—Explíquenos eso.

—Ella no quería tener hijos, pero Lois insistió. Al poco tiempo de dar a luz a Sabela sufrió una depresión fortísima.

—¿No quería a la niña?

—Al contrario, la quería muchísimo, pero ella siempre me explicaba que sentía que la maternidad la hacía sentirse fuera de lugar.

—¿En qué sentido?

—Tenía asociada la depresión a ese periodo de su vida. La escritura la ayudó a superar ese episodio, pero su nuevo trabajo trajo consigo un inmenso sentimiento de culpa. Decía que escribía para evadirse, pero el mero hecho de experimentar esa necesidad de evasión la hacía sentirse mal. Podría decirse que estaba inmersa en una especie de crisis existencial.

—Ese tipo de crisis siempre tiene un detonante. Intente recordar. ¿Qué pasó el año pasado? ¿A quién conoció? ¿No sucedió nada extraño en su vida?

—No lo recuerdo. Sí que es verdad que se estaba empezando a cansar de este circo mediático que acompañaba a la literatura. Las cosas que al principio le emocionaban, giras, presentaciones, entrevistas, habían empezado a aburrirle mucho. En privado no hacía más que decirme que ser escritora le había quitado tiempo para escribir.

—Sin embargo, en redes sociales siempre parecía muy correcta, siempre sonriente —matizó Santi.

—Era una profesional, siempre atenta con sus lectores. Eso sí que lo tenía claro. Ella siempre decía que eran la clave de su éxito, y eso que se le acercaban todo tipo de tarados.

—¿Qué quiere decir con eso? ¿Algún acosador?

—Tampoco los definiría así: una buena tanda de salidos que le mandaban de todo a través de las redes sociales. Lo usual cuando se es una mujer conocida y con éxito.

—¿Alguno que destacase? —intervino Ana.

—No, que yo recuerde. Bueno, en verano tuvimos una especie de loco que plagó sus redes sociales de «Holas».

—¿Holas?

—Sí. En todas sus redes apareció al mismo tiempo un mensaje que decía «Hola». Eso no me preocupó. Me preocupó el perfil del que lo publicaba, un nombre raro. Algo de psicópata o así.

—Eso puede ser importante. ¿En todas sus redes?

—Sí, pero también en sus aplicaciones del móvil, según me contó ella. Yo borré todos los mensajes. En realidad, esto tampoco es tan extraño: una vez un tío se dedicó a colgarle ramos de rosas todos los días. Y tenía otro que la bombardeaba con canciones de Melendi. Pero sí es cierto que respecto al tipo de los «Holas», ella me dijo que estuviera tranquila porque sabía quién era.

—¿Recuerda el nombre? ¿Le dijo si era hombre o mujer?

—Pues no, no me dijo nada. El perfil era raro, por eso me ha venido a la cabeza. Algo de Psycho. Es lo único que recuerdo.

—Lo investigaremos —le aseguró Ana.

—Pensándolo bien, esa fue la época en que ella comenzó a estar un poco más rara. Diría que sí, que a la vuelta de vacaciones comencé a notarla más distante.

Eso último lo había dicho mirando directamente a Santi, que frunció el ceño.

—¿Está segura?

—No, no estoy segura de nada, inspector. Estoy muy asustada. Ella es mi jefa y mi mejor amiga y siento que algo malo le ha pasado. Ya no sé si imagino cosas raras.

—Por cierto, ¿alguno de los amigos o amigas de Úrsula tiene un Golf negro?

—Que yo sepa no. Bueno, no podría afirmarlo, pero a bote pronto creo que no. Tenía muchos conocidos, pero pocos amigos íntimos. Había mucha gente en su vida, aunque era muy reservada con su privacidad. ¿Tienen alguna pista?

—Nada importante. —Santi cruzó una mirada con Ana—. Hagamos esto: nosotros vamos a intentar recuperar esos mensajes y a investigar ese perfil, y usted va a examinar sus mensajes de WhatsApp y sus correos y a hacernos una lista minuciosa de las «cosas raras» que en su opinión hizo Úrsula, como por ejemplo cancelar una entrevista para pedirle una de esas tardes de agenda libre.

Los tres se quedaron en silencio.

—Lo haré —dijo Raquel al fin—. ¿Ya está? ¿Me puedo marchar?

—Sí, claro. Llámenos en cuanto tenga preparada esa lista.

Raquel se levantó y se dirigió a la salida, tras estrecharles la mano.

—Vaya, vaya, parece que ya conocemos un poco más a la escritora. Bajo esa apariencia de afabilidad y simpatía tenemos a una mujer poco maternal y reservada —dijo Abad en cuanto la asistente abandonó la sala.

—Necesitamos acceso a todos los dispositivos de la escritora. Voy a hablar con Veiga. ¿Han traído ya su ordenador y su tablet?

—Los iban a traer hoy. Y quiero una orden para leer todas las conversaciones que tiene con esta mujer, así que necesito echar una ojeada al móvil de Raquel Moreira.

—Ya has visto que Veiga no es de los que les gusta apremiar a los jueces. Pedirá lo justo, pero estoy segura de que Raquel va a colaborar. —Ana negó con la cabeza—. Te dije que reflexionaría y vendría aquí a contárnoslo todo después de habernos hecho perder un par de días.

—¿Qué conclusión sacas?

—Que no me convence la teoría de la crisis existencial —contestó ella—. Me parece muy bien todo ese rollo místico de escritora atormentada buscando el sentido de la vida, pero para mí es todo mucho más fácil: tenía un lío, blanco y en botella. La gente cuando se enamora a los cuarenta entra en efervescencia preadolescente. Mi tía hasta aprendió a patinar. A la escritora le dio por las matemáticas y la filosofía.

—Me encanta tu capacidad para simplificarlo todo, desde tu perspectiva de mujer de treinta años. —Santi se rio.

—La distancia más corta entre dos puntos es la línea recta. Siempre decías eso.

—No puedo creer que recuerdes esa frase.

—Lo recuerdo todo, Santi.

Él alzó la vista y la miró a los ojos. Sí, claro que lo recordaba. Ambos lo hacían.

—Necesitamos investigar lo del «hola» ese en redes —dijo él, finalmente, tras unos instantes de silencio.

—Lo haremos, pero ¿qué tipo de acosador se pone a sí mismo de nombre «Psycho»?

—Alguien que no lo es.

—O todo lo contrario.

Hola

Santiago de Compostela, 27 de febrero de 2019

Mentir. Siento que eso es lo único que he hecho estos últimos meses.

Desde que conocí a Nico exploré todas las formas de ocultación posible. Viví dos vidas —la de siempre y la otra—, y nadie notó nada. Aprendí a mentir sin sonrojo, a desdoblarme. Era capaz de mantener una conversación con Lois al tiempo que contestaba los mensajes de Nico, sin inmutarme. Hablaba por teléfono a escondidas. La puerta de mi estudio empezó a estar permanentemente cerrada, porque necesitaba interponer todo tipo de cerrojos físicos y psíquicos entre Nico y mi familia. Salía de casa sin dar explicaciones y me convertí en una experta en borrar rastros. Ni un solo correo, ni un solo mensaje. Lo borraba todo. Cada día lo mandaba todo directo a la papelera de reciclaje. Colocaba un dedo encima de su nombre y lo trasladaba a la nada, al vacío. Esa fue mi única victoria sobre él, porque en ese instante sentía que tenía el control sobre esta extraña relación, cuando con carácter general yo iba siempre por detrás.

Hola.

La carta llegó un martes, sin remite, solo mi nombre destacaba en mitad del sobre blanco. Úrsula Bas Pereira. Mi dirección. Lois la cogió del buzón y la dejó encima de la mesa de mi estudio.

Una cuartilla. Cuatro letras de periódico recortadas pulcramente.

H-O-L-A.

Me eché a reír. Saqué una fotografía. La subí como icono del grupo «Nolimits».

«Podía haberlo visto mi marido.»

«Es solo una carta.»

«Que indica lo mal que estás.»

«Te ha gustado.»

«Tú no sabes lo que me gusta o no.»

Claro que me gustaba. Lo imaginaba recortando minuciosamente las cuatro letras. Me recreé en la perfección de su forma. Cuatro cuadrados de distintos tamaños, que había colocado con esmero sobre el papel, midiendo la distancia entre ellos y la distancia respecto de los márgenes, de manera que quedaran perfectamente centrados, antes de pegarlos e introducirlos en un sobre blanco.

Pero lo que de verdad me gustaba es que se tomase tantas molestias para acercarse a mí. Y yo, puestos a elegir, prefería la obsesión a la depresión. Sustituí mi tristeza crónica, esa que nunca había desaparecido del todo, por una obcecación persistente.

Pensaba en Nico a todas horas. Nuestro grupo «Nolimits» acumulaba conversaciones durante las veinticuatro horas del día. A veces me levantaba al servicio a las dos de la mañana.

Cogía el móvil de mi mesilla y entraba en el WhatsApp. Si debajo de su perfil aparecía «en línea», me apresuraba a escribirle.

«Dime cómo lo hiciste.»

«¿El qué?»

«Todo. Saber mi número de teléfono, entrar en mi móvil y en mis redes...»

«Como siempre, haces las preguntas erróneas.»

«¿Y cuál es la pregunta correcta?»

«La pregunta correcta no es cómo. Es por qué.»

«No pienso preguntártelo, o serás capaz de responderme eso de que quieres matarme.»

«Si ya estabas muerta antes de conocerme.»

«SQDE.»

«B.»

«Sabía que dirías eso.»

«Bah.»

Parecíamos quinceañeros, hablando con siglas, utilizando gifs.

B.

Mi inicial.

Nada ejemplificaba mejor mi relación con él. Era la cara B de mi vida. Era Úrsula B. más que nunca. La Úrsula de Nico era una versión mejorada de mí, más aguda, más inteligente, más atractiva, con más autoestima. Más B. Eso es lo que me angustia. No sé si saldré de aquí, pero mi vida B ya ha muerto. No era real. Él no era real. Siento un peso en el estómago. Es más tristeza que miedo. Observo esta vidriera. Es de noche. Hace ya un rato que las farolas iluminan esta ventana. Los rombos naranjas brillan en la oscuridad. Siento un retortijón seguido de un cólico agudo y me retuerzo de dolor. Al principio pienso que es la angustia la que me produce ese calambre, aunque luego me doy cuenta de que es una sensación física que trasciende a la desesperación y a la ansiedad. Me arrastro hasta el retrete y observo estupefacta las bragas manchadas de sangre. La vida completa su ciclo, incluso aquí abajo. Me desnudo y enjabono las bragas en el pequeño lavabo que hay junto al retrete, donde me lavo cada día con agua helada. Bajo el lavabo hay una bolsita con artículos de aseo, dos mudas de ropa interior y compresas.

Por supuesto, ha pensado en todo. Seguro que cuando recortaba esas letras en el periódico ya sabía que acabaría en este sótano. Sabe Dios el tiempo que lleva planeando todo esto. Somos gemelos, no dejamos nada al azar.

Me visto. Me acurruco sobre mí misma y respiro profundo, para atenuar los calambres que atraviesan mi barriga.

Hola

Pontevedra, mayo de 2016

«H»

«O»

«L»

«A»

La mujer observó los cuatro wasaps seguidos en la pantalla. Cuatro letras. Una sola palabra. Llevaba dos semanas recibiendo ese tipo de mensajes. Alguien ahí fuera lo sabía todo acerca de ella.

Si pensaba en comprarse unos zapatos, ese Nico que se había colado en su móvil le mandaba la mejor oferta para esas sandalias que necesitaba para combinar con el vestido verde que estrenaría ese fin de semana. Si abría Spotify, le llegaba un mensaje con un enlace a una canción nueva: la de hoy era «Fake Plastic Trees» de Radiohead. Si compraba entradas para el cine, al momento le entraba un wasap recomendándole otra película. Si veía un episodio de *Black Mirror* con su marido, Nico le recordaba que desde enero estaba disponible en Netflix la quinta temporada de *Downton Abbey*, esa que su marido nunca vería con ella.

Era como si tuviese una cámara detrás. No sabía quién era, pero algo le decía que tras ese Nico había alguien que la conocía y, sobre todo, alguien que estaba todo el día pendiente de ella. Se planteó que podría ser un compañero de trabajo, aunque su entorno era mayoritariamente femenino. Sentía que ese hombre la conocía. Resultaba excitante saber que alguien pensaba en ella a todas horas. Hacía tiempo que su marido no se preocupaba de preguntarle qué le apetecía hacer, ni tenía en cuenta sus gustos. Nunca hacían referencia al hecho de que él era muy brillante, el número uno de su promoción en la facultad, mientras que ella ni siquiera había terminado el bachillerato, pero esa circunstancia, que nunca hasta ahora se había interpuesto entre ellos, era cada vez más patente. A ella le fastidiaba el aire condescendiente que él adoptaba cada vez que ella elegía la música en el coche, o cuando decidían su próximo destino turístico. No era nada explícito, solo que las diferencias que nunca habían importado resultaban cada vez más irritantes. Cuando le asaltaban esos pensamientos, ella se apresuraba a borrarlos. Sentía que era muy injusta con él, porque nadie podía negar que estaba loco por ella, pero esto era distinto: había un hombre que llevaba meses observándola en silencio y se preocupaba por profundizar en sus gustos e inquietudes. Se lo contó a Maite, su compañera de trabajo, y a Marga, su mejor amiga. Ambas coincidieron en que parecía peligroso. Un loco.

Pero un loco no la conocería como la conocía Nico. Sus mensajes llenaban todos los huecos que salpicaban sus días. Se sorprendió a sí misma esperando sus wasaps, sus consejos, sus canciones, sus chistes, sus reflexiones y sus ocurrencias. Pero lo más excitante eran las fotos que él le hacía desde la distancia. Al menos una vez a la semana, ella recibía una instantánea en tiempo real.

La de ayer fue en el supermercado. El móvil sonó, indicando que le acababa de entrar un mensaje de Nico. Había personalizado el tono de sus wasaps. Lo abrió y se vio a sí misma delante de la zona de refrigerados del súper. Revivió lo que estaba pensando hacía apenas dos minutos —¿yogures desnatados edulcorados, o cuajada?—, observó la imagen y desvió la vista a los dos tarros de cuajada que descansaban en el carrito, junto al pan de molde, unos espaguetis y una botella de godello. Dejó el carro abandonado en mitad del pasillo e inspeccionó los demás antes de abandonar el establecimiento y recorrió, esta vez con la vista, la calle a derecha e izquierda.

No estaba, por supuesto que no. Él no iba a permitir que ella lo descubriera así como así. Volvió a entrar en el supermercado y abrió el WhatsApp. Nico vivía solamente dentro de su móvil.

Nunca se había planteado hablar con él, aunque tampoco borraba los mensajes que se acumulaban en ese número desconocido que no tenía guardado. Sus amigas habían insinuado que debía denunciarlo, aunque a ella eso le parecía desproporcionado, en la medida en que él siempre era correcto. También se había planteado bloquearlo; incluso había llegado a hacerlo, pero al cabo de un par de horas le podía la curiosidad y lo desbloqueaba. En efecto, en ese lapso le habían llegado una multitud de mensajes curiosos a los que ella nunca respondía. Se acostumbró a esa rutina en la que él le hablaba y ella se limitaba a escucharlo, bajo el manto protector de la distancia que le garantizaba la comunicación telefónica.

Hasta hoy.

Hoy sentía la necesidad de comprobar quién estaba al otro lado de la línea telefónica. Así que sin pensarlo cogió el móvil y tecleó su primer mensaje para Nico.

«H»
«O»
«L»
«A»
Escribió los cuatro seguidos. Cuatro letras. Una sola palabra.
Al momento el móvil se iluminó con la respuesta.
«¿Te ha gustado "Fake Plastic Trees", Catalina?»

Stalking

—Nos vamos al hospital —dijo Santi.

—¿Al hospital? —Ana frunció el ceño—. Javi ya se ha encargado de eso. No hay nadie de las características de Úrsula en ningún hospital.

—No se trata de eso. Quiero hablar con Brennan.

—¿Con Brennan? ¿Connor Brennan?

—¿Cuántos Brennan que trabajen en el hospital conoces?

—Muy gracioso, Santi. En serio. ¿Para qué quieres hablar con él?

—Tenemos un perfil de acosador sobrevolando este caso. Quiero que nos aclare ciertas cosas.

Ana no replicó, asintió y le siguió al coche. El último día de febrero había amanecido menos frío. Él se montó en el asiento del conductor y ella se limitó a sentarse en el del copiloto sin rechistar, mientras pensaba que este Santi se parecía más al que ella recordaba. Al Santi que tanto había echado de menos. Desechó el pensamiento; pensar en lo que había sentido y aún sentía por él era doloroso.

—¿Cómo crees que nos recibirá? —preguntó Ana.

—¿Quién? ¿Brennan?

—No, el celador del hospital —contestó ella alzando una ceja.

—Pues... ¿cómo nos va a recibir?

—No lo recuerdo como el tío más colaborador del mundo.

—Solo quiero que me aclare el perfil psicológico de un acosador. Además, ahora somos amigos.

—¿Sois amigos?

—En este tiempo... Bueno, no lo hemos hablado, pero ya imaginarás que he estado en terapia. Connor me ha echado una mano.

Ana agradeció que condujese él y que no apartase la vista de la carretera.

—En efecto, no lo hemos hablado. Ni de eso ni de nada —se atrevió a decir ella.

—Ana, no, por favor. He vuelto, ya te dije ayer que me encuentro bien. Estoy preparado para trabajar contigo, de verdad, pero no quiero ni puedo hablar contigo de lo que pasó con Sam. Por lo menos, no de momento.

—Lo que sucedió con Samanta ya me lo contó ella y no me incumbe —dijo Ana, incapaz de callarse—. Lo que me incumbe es que no me contaste nada. Teníamos una relación, Santi. Te recuerdo que en esa época dormías en mi cama, en mi casa y de repente... no te volví a ver en más de año y medio. Te llamé y no me contestaste. Quedaste con Lojo, pero no viniste a su jubilación. Te esforzaste mucho en poner distancia. Hace meses quería una explicación, saber qué te había pasado. Estaba dispuesta a escuchar tu versión de los hechos. Pero eso fue antes. No soy una cría, Santi, aunque tengo que esforzarme en recordártelo permanentemente. Soy madre soltera desde los dieciséis años y policía desde los diecinueve y eso significa que he afrontado muchas cosas en mi vida. Tampoco soy una idiota. Sé que me quieres fuera de tu vida y lo acepto, pero una cosa tiene que quedarte clara: no voy a ceder ni un milímetro del respeto que me he ganado dentro de esa comisaría tras aprobar la oposición de subinspección, y voy a hacer todo lo posible para recordártelo.

Se calló de golpe. No había podido contenerse. Confiaba que el dolor que todavía sentía quedase oculto bajo esa reivindicación de su carrera profesional.

Santi aparcó delante del Complejo Hospitalario Universitario de Santiago y, antes de bajar del coche, se giró hacia Ana. Parecía inmensamente cansado.

—Está bien. Hablemos. He estado más de un año medicado, con depresión severa y ansiedad. Hace unas semanas que he dejado la medicación. He asistido regularmente a terapia. No sé si estoy curado o no, aunque decir en voz alta que tengo un problema de gestión de la ira es algo que no podía hacer antes. No te mentí nunca, pero era muy difícil contarte que le partí dos costillas y un labio a mi exmujer. Si esta conversación hubiera tenido lugar hace año y medio, te habría contado las causas que me empujaron a hacerlo. —La voz de Santi parecía apagarse—. Ahora, otra de las cosas que he aprendido es que nada justifica lo que hice. También he aprendido que sigo teniendo el mismo problema, y que estoy seguro de que siempre lo tendré. Y supongo que el hecho de ser consciente de ello no me hace mejor persona, solo más desgraciado. Así que ya está, esta es la conversación que debí tener contigo cuando estábamos juntos. —Su voz fue adquiriendo un tono más firme e impenetrable—: Y espero que sea suficiente, porque no volveré a hablar de esto. Ya tienes tu explicación, y ahora si te parece sigamos investigando, porque hay una mujer desaparecida que no se merece que tú y yo perdamos el tiempo hablando de cómo fueron las cosas entre nosotros. Eso ya no se puede cambiar.

Ana se quedó estupefacta. Buscó sus ojos y él esquivó su mirada. Sentía ganas de abrazarlo, pero él, impasible, ya había salido del coche. Tardó unos segundos en reaccionar y seguirlo en silencio hasta la planta de psiquiatría.

Lo observó aún conmocionada mientras Santi preguntaba por Connor. No le había dicho nada que no supiera o imaginase, pero para lo que no estaba preparada era para verlo así. Tan indefenso. La resignación siempre le había parecido un sentimiento cobarde, y eso era lo que Santi le había transmitido: resignación. Y desde luego no dejaba lugar a dudas: no estaba dispuesto a volver al pasado. Ana se percató de que, hasta ese instante, había estado esperando una señal, algo que reviviese lo que habían tenido. Se sintió estúpida.

La auxiliar les hizo pasar cuando salió el paciente que estaba dentro de la consulta.

En cuanto entraron, Connor Brennan se levantó y se acercó a saludarlos. Le estrechó la mano a Ana y a Santi le dio una palmada en la espalda.

—Menuda sorpresa. ¿Qué os trae por aquí?

—Es por el caso de la desaparición que te comenté el lunes. Me imagino que ya habrás descubierto en la prensa que la mujer a la que buscamos es la escritora Úrsula B.

—Sí, ya lo he visto en el periódico. No pinta bien, ¿no? ¿Qué barajáis? ¿Secuestro? ¿Agresión?

—De momento vamos a ciegas, pero estamos tras la pista de algo. Queremos consultarte de forma extraoficial.

Connor asintió y Santi siguió hablando:

—Sabemos que una especie de acosador estuvo dejando

mensajes en sus redes sociales. Querría que nos hablases del perfil psicológico de los acosadores de celebridades.

—Me imagino que el concepto de *stalking* ya lo conocéis vosotros.

—Claro —se apresuró a contestar él.

—Como ya sabéis el *stalking* es una intromisión no deseada, obsesiva y persistente de una persona hacia otra. El acoso se da a través de todo tipo de medios. Tenemos desde acosadores telefónicos, hasta el que merodea por el domicilio o por el lugar de trabajo. Y ahora con las redes sociales y la mensajería tendríamos lo que se ha denominado *cyberstalking*, que abarca todos los espectros de relación. Tenemos desde el acosador desconocido hasta el que mantiene o ha mantenido cualquier grado de relación con la víctima. Tratándose de un famoso, lo más probable es lo primero. Nosotros distinguimos al acosador psicótico del no psicótico. El primero es el que padece un trastorno obsesivo. Si tenemos implicado a un famoso al que no se conoce, casi me atrevería a hablar de una erotomanía, que es un trastorno mental también conocido como síndrome de Clérambault, en el cual alguien cree que mantiene una relación de amor imposible con alguna persona famosa o de posición social más alta. Suele ser más común en mujeres que en hombres, y es un hecho que es un síndrome que manifiestan los pacientes esquizofrénicos.

—¿Deberíamos buscar a un paciente esquizofrénico?

—Es imposible saberlo. Veréis, esto visto desde fuera lleva la carga de todos los estigmas aparejados con la enfermedad mental. A lo mejor estamos ante un caso de un *stalker* que está sano como una manzana, pero que es un hijo de puta integral que se dedica a perseguir a alguien con quien tuvo una relación. El *stalking* abarca una gran tipología de perfiles. Es prácticamente imposible que pueda haceros un retrato robot de la psicología de un acosador sin conocer su grado de relación con el acosado. No puedo decir nada que no encontréis en un manual de psiquiatría, pero eso no os ayudará hasta que conozcáis los detalles de esa relación.

A Ana le resultaba desconcertante la confianza con la que Santi se dirigía a Connor. Se notaba que estaba cómodo con él. Se le ocurrió que igual era eso lo que pasaba: que Santi nunca estaba cómodo con nadie. Sabía lo mucho que le costaba abrirse. También solía reírse con ella. Lo recordó en su cocina, mientras le preparaba un café y hacía bromas sobre su dependencia de la cafeína, y ella peleaba por abrir los ojos antes de ir a trabajar. Sintió que se ruborizaba. Sacudió la cabeza y fijó la vista en la bata blanca de Connor y en la etiqueta con su nombre prendida en la solapa, todo para evitar mirar a Santi a la cara.

—Tengo un par de estudios muy buenos sobre este tema. Os los mando por correo en cuanto acabe las consultas de hoy. ¿Os parece?

—Nos parece —dijo Santi.

—Bueno, pues hacemos eso y si tenéis alguna duda, me llamáis y lo comentamos. Y, oye, ¿estás libre esta tarde para el pádel?

—Creo que mientras no aparezca esta mujer tendré que olvidarme del pádel. En serio. Estamos liados. Hablamos en un par de días o el fin de semana.

—Este fin de semana estoy ocupado. Pero si cambias de idea entre semana, me llamas.

—Lo haré. Si hago un hueco, tomamos un café —contestó Santi mientras salían de la consulta.

Ana y él no cruzaron ni una palabra más camino de la comisaría. Ella pensó en preguntarle de nuevo por su relación con el psiquiatra; sin embargo, no fue capaz de despegar los labios. Ni siquiera se miraron a los ojos. En cuanto entraron en la comisaría, Ana se excusó para ir al baño, se encerró y se sentó con la mirada fija en el pomo de la puerta mientras reprimía las ganas de llorar. «Estoy preparado para trabajar contigo», había dicho él. Ojalá ella pudiera decir lo mismo.

Sabela

Ana Barroso observó a la niña y esbozó una sonrisa con la intención de tranquilizarla. Era la primera vez que estaba con ella a solas, pero reconoció fácilmente a la escritora en ese rostro infantil. Estaba segura de que, si buscaba una foto de Úrsula con esa edad, apenas se distinguirían la una de la otra. La frente despejada, la curiosa forma de su ceja izquierda que dotaba su rostro de una asimetría singular, el mentón puntiagudo... Era una Úrsula en miniatura.

Santi se había quedado con Lois en el salón. Estaban en la habitación de Sabela. Era una habitación quizá demasiado seria para una niña de su edad: una cama inmensa —calculó a ojo un metro sesenta de ancho—; un escritorio de cristal con caballetes de acero; una estantería con libros. Unos muñecos y un portátil rosa eran la única concesión al hecho de que la habitación perteneciera a una niña de diez años.

Sabela estaba sentada en la cama y cruzaba y descruzaba los pies sin responder a la sonrisa de Ana.

—¡Qué habitación tan chula! Esta cama es enorme.

La niña no contestó. «En realidad tampoco le he hecho una pregunta», pensó Ana. Iba a hacer un comentario sobre los libros, o sobre las vistas desde el ático, pero se dio cuenta de que nada de lo que dijese le haría olvidar el hecho de que ella era una policía. De súbito le invadió un sentimiento de lástima. Imaginó lo que sentiría Martiño si la cara de ella estuviera en la portada de todos los periódicos con el cartel de «Desaparecida» debajo.

—Oye, Sabela, estoy segura de que tu mamá está bien.

—Cómo puedes saberlo. Nadie sabe nada —dijo la niña.

—Lo sé porque soy policía, y cuando a la gente la secuestran con intención de hacerle daño, los secuestradores se ponen en contacto con la familia.

—¿Mi madre está secuestrada? —preguntó la niña.

—No.

Al instante se arrepintió de haberlo dicho. No podía mentirle así.

—Bueno, realmente no lo sé —rectificó—. Puede haber tenido un accidente o puede que haya perdido la memoria. O puede que haya decidido alejarse para aclarar un poco las ideas. Los adultos a veces tomamos decisiones extrañas cuando estamos estresados, y tu madre es una mujer que trabaja mucho. A lo mejor necesitaba descansar. Lo que he dicho antes no es verdad: no te puedo prometer que esté bien, aunque sí te puedo prometer que el inspector Abad y yo vamos a trabajar muchísimo para encontrarla y para que vuelva a casa. Y para eso necesito que me ayudes.

—Yo no puedo ayudarte.

—Claro que puedes. Eres la persona a la que más quiere tu mamá y una de las personas en el mundo que más la conocen. Necesito que me digas si tienes alguna idea de adónde puede haber ido.

—No tengo ni idea, pero si Raquel no lo sabe es que entonces no lo sabe nadie. Raquel lo sabe todo de mamá. Se pasaba todo el día pendiente de mamá y mamá de ella. Bueno, de Raquel y de todo lo que tuviera que ver con sus libros. De lo que dice la gente de sus novelas en las redes sociales, de las listas de ventas, de los periódicos en los que sale. Siempre dice que le da pena marcharse de viaje, pero estoy segura de que le encanta.

—¿Te dijo ella si tenía pensado hacer algún viaje?

—Los viajes de mamá están en el tablero de corcho de la cocina. Yo creo que el mes que viene iba a Italia. Y en verano íbamos a ir todos juntos a Estados Unidos.

—Me refiero a algún viaje que no estuviera ahí y del que te hubiera hablado a ti.

—No, si no ya se lo habría dicho a papá. Está muy preocupado. —Sabela la miraba fijamente.

—Es normal cuando dos personas se quieren. Y ellos se quieren mucho, ¿no?

—Como todos los padres.

—Claro, aunque a veces los padres discuten. ¿Los tuyos suelen hacerlo?

—¿Discutir? No. A veces mamá se enfada, pero cuando pasa eso, papá dice que está muy cansada y que debemos dejarla en paz. Entonces, mamá se encierra en su estudio o se acuesta muy pronto y toma una pastilla para dormir. Cuando la toma es imposible despertarla. Luego se le pasa. Él dice que para ella es muy importante escribir y que por eso debemos procurar que descanse y no molestarla. Mamá siempre dice que si yo entro en su estudio mientras escribe, la historia en su cabeza cambia y ya es distinta.

Ana se preguntó qué clase de familia era esa en la que todo

giraba alrededor del confort y el bienestar de esa mujer de la que apenas sabían nada. Ningún niño debería vivir pendiente de no molestar a su madre.

—¿Y mamá hacía cosas raras últimamente? —preguntó Ana.

—¿Raras? No te entiendo.

—Si mamá estaba distraída, salía más, hacía compras extrañas, leía cosas que antes no leía... No sé, si hacía algo distinto a lo habitual.

—Nada de lo que hace mi madre es normal. Una vez trajo a casa a un señor que había asesinado a su mujer y que acababa de salir de la cárcel, porque necesitaba entrevistarlo para algo de una novela. Papá se enfadó mucho. Lo raro en mamá sería que hiciese cosas normales. —Lo pensó unos segundos—. Desde el verano se queda más en casa. Viaja menos. Y dijo que el miércoles sería el día madre-hija: vamos de compras o al cine. Tenía que ser el miércoles, porque los lunes y viernes tiene cosas de los libros y los martes y jueves sale siempre.

—¿Sale siempre? ¿Adónde?

—No lo sé, pero se pone siempre muy guapa.

—¿Todos los martes y jueves?

—Casi todos.

—¿Puede ser que quedase con Raquel?

—No lo sé, pregúntaselo a ella. A lo mejor queda con la gente del grupo ese de WhatsApp con el que habla todo el día.

—¿Qué grupo?

—Se pasa el día hablando con un grupo y aunque esconde el móvil cuando llego yo, siempre la pillo. Hicimos un trato, yo no me chivo a papá de que ella no escribe y se pasa el día chateando y ella me dedica un día solo para mí. Así empezó el miércoles madre-hija.

—¿Y tu padre lo sabía?

—¿Qué?

—Lo de su grupo de amigos.

—Pues no lo sé. Me imagino que sí. Todo el mundo tiene amigos. Además, ellos están en muchos grupos juntos. Eso no es raro —dijo la niña—, ¿no?

—¿Cómo se llamaba el grupo?

—Un nombre rarísimo.

—¿Lo recuerdas?

—Sí, claro. Nolimits.

Gente sola

Cada vez que Santi entraba en la consulta de Adela Ballesteros se sentía como si estuviese a punto de interrogar a alguien en comisaría. Mirarse a sí mismo era como mirar a los ojos a un hijo de puta tarado. Tenía que hurgar y hurgar hondo para hacerlo confesar. No debía de ser tan difícil, llevaba años haciéndolo. La diferencia es que aquí sabía todas las respuestas y tenía pocas ganas de escucharlas. En comisaría, los sospechosos recitaban sus mentiras en voz alta. Él siempre había tenido un sexto sentido para saber si mentían o no, y escuchar su propia voz dentro de esa consulta era igual. Tanto daba. Nuestras mentiras a veces son igual de reveladoras que nuestras verdades. Hoy había hablado con Ana y le había soltado, palabra por palabra, ese discurso que había construido mentalmente durante los últimos meses. Parecía improvisado pero, en el fondo, muy en el fondo, buscaba que lo perdonase, que le dijese que lo que había sucedido sí que podía cambiarse. Delante del portal de Adela, supo que hoy no tenía ganas de mirarle a los ojos al hijo de puta tarado. Le mandó un mensaje a su psicóloga: «Lo siento, tengo mucho trabajo. No llego a tiempo». Después se encaminó hacia la zona vieja, entró en el pazo de Fonseca y se paseó por la exposición de fotografía de un artista local: Calrús. La vida en blanco y negro parece menos de verdad, menos cruda. Los ojos de unos niños africanos le interrogaron. Estaba solo en la sala. Sintió el teléfono vibrar en su bolsillo, pero no contestó. Eran las tres y cuarto de la tarde. No podía sostenerle la mirada a la imagen de la fotografía. Salió de la sala y se adentró en el claustro del edificio, se apoyó en la columna y cerró los ojos para huir de esos otros ojos que lo espiaban desde la sala de exposiciones como si pudieran adivinar sus mentiras o sus verdades.

En el otro extremo de la zona vieja de Santiago, Lois Castro tomaba un café. Había quedado con Raquel a las cuatro de la tarde. Sabela estaba en casa de su hermana Patricia; al día siguiente la llevaría al colegio de nuevo porque necesitaba que algo volviera a la normalidad. Hoy la habían interrogado y a simple vista ella estaba tranquila, pero él sabía que no era así: su hija era lo bastante madura e inteligente para darse cuenta de que estaba pasando algo muy grave. Observó de reojo los periódicos apilados en la barra del bar. La cara de Úrsula seguía estando en todas partes. Era incapaz de ver las noticias en la televisión o de abrir el móvil. Los vecinos se acercaban a él y le preguntaban, le consolaban y le daban ánimos. Lo peor es no saber nada, decían. No saber nada. Esa era la respuesta a cada pregunta de la policía. «No sé nada.» «Éramos un matrimonio normal.» Pero no era cierto. Él sabía que ella nunca se habría ido de casa, que nunca los habría abandonado. De la misma manera que sabía que hacía meses que ya no eran un matrimonio normal que solo disimulaba el enfado y el rencor. En un matrimonio normal, tu mujer no se pasa la vida hablando con otro por teléfono. Ese otro cuya presencia reconoces en los ojos de ella y hace que ella mienta, se esconda en su cuarto, en su estudio, en el baño. Ese que no sabes quién es y cuya presencia niegas, pero que está presente cada martes y cada jueves, cuando ella llega a casa tras estar con él. Lo sabes porque tú fuiste ese hombre una vez, hace mucho tiempo. Y como eso es lo único que sabes, no dices nada, excepto esa letanía de que no sabes nada, y lo peor de todo es que es verdad.

Mientras, Raquel Moreira estaba sentada delante de su ordenador. Había revisado la agenda de Úrsula de los últimos seis meses y anotado todo lo que le parecía anormal. Lo único extraño que había sucedido últimamente en la vida de Úrsula es que esta se había vuelto más monótona y predecible: eventos literarios en lunes, viernes o fin de semana; los martes y los jueves sin actos, con la agenda liberada, excepto que coincidiese con algún viaje: los miércoles reservados para estar con Sabela. Nada que ver con la vorágine de actos que solían programar antes. Había sido un otoño tranquilo. Ella se justificó diciendo que tenía que descansar y escribir más. Raquel recordó que había enviado a Úrsula un pantallazo de los mensajes del psicópata del verano. Abrió el WhatsApp y no le costó encontrar la imagen. Reconoció el nombre del perfil al instante y maldijo su mala memoria, esa de la que Úrsula siempre se burlaba. Abrió el correo y les envió a Santi Abad y Ana Barroso un mensaje con esa información. Al instante recibió un correo de vuelta, pero no era de la comisaría. «No hables más o contaré lo que le has estado haciendo a Úrsula.» Se quedó paralizada delante de su portátil. La gata Mora se subió encima de la mesa y se paseó sobre el teclado sin que ella fuera capaz de reaccionar. Después

Raquel se echó a llorar y borró el mensaje de la bandeja de recibidos y de la papelera de reciclaje, en un intento desesperado de hacer desaparecer a Nolimits.Psycho de su ordenador.

Y en la comisaría Ana Barroso comía un sándwich que se había traído de casa, mientras esperaba que Abad volviese. Le echó una ojeada al correo electrónico. Tenía uno de Brennan con dos manuales adjuntos sobre el perfil psicológico de los acosadores. Otro con la interminable lista de los propietarios de vehículos Volkswagen Golf de color negro en Galicia. Otro de Raquel Moreira sin archivos adjuntos. Tan solo una frase para decirles que había recordado el nombre del perfil que colgó todos aquellos «Holas» en las redes de Úrsula: «Nolimits.Psycho». Ana sonrió mientras daba el último mordisco al sándwich. Después cogió el móvil para llamar a Abad. El teléfono sonó hasta que saltó el contestador y ella colgó en cuanto oyó la voz mecánica y el pitido. Antes, Santi siempre le contestaba, fuera la hora que fuera. Pero ya nada era como antes, eso ya se lo había dejado claro hoy. Hizo la búsqueda en internet de «Nolimits. Psycho». 1.970.000 resultados. El mundo estaba lleno de pirados, pensó mientras se dirigía al despacho de Veiga.

En ese mismo instante, el hombre que se hacía llamar Nico cerraba su ordenador y fichaba a la salida de su trabajo. Juan, su compañero de proyecto, le preguntó si iría a la jubilación de Antonio y él negó con la cabeza. Juan le sonrió, con esa sonrisa que Nico conocía tan bien: una mezcla de indulgencia, lástima y comprensión. Recibió la consabida palmadita en el hombro. Se alejó de la oficina y se dirigió a un supermercado, donde compró un kilo de manzanas y una barra de pan. Después condujo los ochenta y dos kilómetros de distancia que había entre su casa y la casa de la playa, aparcó el Golf negro delante y entró. Ya en la cocina, abrió la nevera y sacó un poco de jamón cocido que le había sobrado el día antes, preparó un bocadillo y guardó el resto del pan en un armario. Observó el cuchillo con el que había partido el pan. Podría bajar y matarla con ese mismo cuchillo. Dirigió la vista hacia sus zapatos de suela de goma y el recuerdo acudió en el acto. Fue a finales de octubre. Estaban sentados en el paseo de la Herradura de Santiago, en el banco que está enfrente de la estatua de Valle Inclán. Delante de ellos, dos torres barrocas recortaban el cielo. No sentían necesidad de hablar, se limitaban a permanecer en silencio, con las piernas estiradas a lo largo y sus pies casi rozándose. Él sacó el móvil e hizo una fotografía. Ella llevaba unos zapatos granates de tacón y él unos de color beige con cordones azules. Esa fue su única fotografía juntos. La envió al instante al grupo «Nolimits» y la ilusión iluminó los ojos de Úrsula. Sintió pena por ella, pero al instante recordó que merecía morir y rechazó el sentimiento mientras la cogía de la mano y fijaba su vista en la fachada de la catedral.

En el piso de abajo, Úrsula abrió los ojos en cuanto oyó el sonido de la puerta de entrada. Se había quedado dormida y había soñado con Sabela. La recordó con tres años, en el parque del Campus Sur, que era su favorito. Se preguntó si volvería a ver de nuevo a Sabela y a Lois. También se preguntaba si cuando Nico bajase a traerle la comida, tendría fuerzas suficientes para abrir los ojos y suplicar.

Conversaciones

«Dime la verdad, ¿cómo has conseguido mi número?»

«No pienso hacerlo. Eres lo bastante lista para adivinarlo.»

«Seguro que eres informático o algo así.»

«Lo que dije. Chica lista.»

«No sé qué hago hablando contigo a todas horas.»

«Sí lo sabes.»

«No. No te conozco de nada.»

«Yo a ti sí.»

«Tú no tienes ni idea de mi vida.»

«Hablas conmigo porque es lo más emocionante que te ha sucedido en los últimos años y eso ya dice mucho de ti.»

«Eso te lo has inventado tú.»

«Niega que estás aburrida de que tu marido no te haga caso. Niega que es más fácil sincerarse con un teléfono de por medio con un desconocido que con el hombre con el que vives. Niega que te hace ilusión que se ilumine el móvil porque cuando eso sucede sabes que será un mensaje mío. Niega que cada mañana estás esperando que llegue mi primer mensaje. Si me he equivocado en algo, dejaré de escribirte.»

«No voy a contestar.»

«¿Por qué?»

«Porque has dicho que si te equivocabas en algo dejarías de escribirme.»

«Ya me has respondido.»

«Odio esto.»

«¿El qué?»

«Que sepas mejor que yo lo que estoy pensando, cuando apenas nos conocemos.»

«Nos conocemos más que mucha gente que desayuna, come, cena y duerme junta.»

«Pues yo siento que no te conozco nada.»

—Catalinaaaaa...

La voz de su marido sonó desde el vestíbulo. Sintió sus pasos aproximándose y con rapidez dejó el móvil encima de la mesa, cogió una revista y simuló leer.

—Hola, cariño. ¿Qué tal ha ido hoy en el trabajo?

Catalina sonrió a su marido y cerró la revista. Se levantó y le dio un abrazo.

—Como siempre —le susurró al oído, mientras lo besaba sin perder de vista el móvil que reposaba encima de la mesa del comedor.

Conclusiones

—Hemos avanzado bastante —dijo Ana.

Santi asintió con la cabeza, pero Álex no parecía de acuerdo:

—¿De verdad lo crees? Pues dime algo que yo no sepa, porque analizo la información que tenemos y os juro que no tengo ni la menor idea de dónde está esa mujer. Estamos igual de lejos que el lunes a primera hora.

—Hombre jefe, igual, lo que se dice igual, tampoco —replicó ella—. Sabemos que no se ha ido voluntariamente. Sabemos que la persona que se llevó a Úrsula B. dejó su móvil en el buzón. Sabemos que la había acosado en redes sociales y que ese acosador tenía un perfil que se llamaba Nolimits.Psycho. En breve sabremos quién abrió esa cuenta. Tenemos el ordenador y la tableta de Úrsula con sus claves. El marido las consiguió con un programa de crackeo. Y también tenemos lo del Volkswagen Golf negro aparcado en doble fila delante de su casa minutos antes de la desaparición de la escritora. Estoy con Santi en que no es descabellado pensar que alguien la recogió para acompañarla a la biblioteca y que ella contaba con ello, ya que no salió de casa preparada para caminar en un día de lluvia. Hemos averiguado que en los últimos seis meses había liberado su agenda, de manera que pasaba los martes y los jueves fuera de casa porque se estaba encontrando con alguien y que esto coincide con la aparición de Nolimits.Psycho en su vida. La colaboración ciudadana no ha dado mucho de sí, aunque Javi está investigando un par de llamadas que nos ponen sobre la pista de su presencia en Noia y Cambados hace unos meses. De este fin de semana no tenemos nada, lo cual quiere decir que la hicieron desaparecer en ese momento porque no se ha dejado ver en ningún sitio público. Todo esto sabemos.

—Vale, Ana —dijo Álex—. Pero contéstame a una pregunta: ¿cómo puede todo eso ayudarnos a encontrar a Úrsula B.?

Fue Santi quien contestó:

—Úrsula B. conoció a ese personaje, Nolimits, a raíz de esa campaña de mensajes. Quien sea le cuelga «holas» en todas sus redes y aplicaciones, y a ella le hace gracia. Sabemos también que ella ya había tenido un contacto previo con él, porque cuando esto sucede le dice a Raquel que esté tranquila porque sabe quién es. Eso nos lleva a un perfil que encaja con el de un acosador de famosos, pero a quien sea le sale bien la jugada: ella le entra al trapo y comienzan a verse. Creo además que el acosador es un hombre.

—¿Por qué? —le interrumpió Ana.

—Porque aquí hay una relación de tipo afectivo y Úrsula B. es heterosexual, o por lo menos eso parece. A raíz de esta relación, ella cambia sus hábitos de vida: sale todos los martes y jueves y se arregla mucho para esas salidas, hasta el punto de que esto no pasa desapercibido ni para su hija. Mi teoría es que se lio con Nolimits. Durante todo este invierno han mantenido una relación clandestina. El pasado viernes quedó con él para que la acompañase a la biblioteca. A partir de aquí tengo dudas. No sé si él la secuestra y es algo premeditado o si hay alguna cosa que precipita los acontecimientos. Imaginemos que él la golpea sin querer y la mata. Este tipo de casos los hemos visto un montón de veces.

—Esta teoría tiene sus puntos débiles —dijo Álex.

—El primero, el del teléfono de Úrsula. —Ana coincidía con el comisario—. ¿Para qué demonios se tomó Nolimits el trabajo de borrar su contenido y resetearlo? Imaginemos que tienes razón. La recoge en su casa, la mata y esconde el cadáver. ¿Por qué dejar entonces el móvil en su buzón?

—El último lugar donde estuvo encendido ese móvil es cerca de su casa. Eso nos indica que Nolimits sabía lo que iba a suceder; que lo apagó y destruyó aquí al lado. Pero no solo lo destruye. Vuelve y lo deja en el buzón, con el riesgo que eso supone. Ese móvil es un aviso para nosotros. —Álex miró a ambos a los ojos—. El mensaje es alto y claro: Úrsula no se ha ido por su propia voluntad. Le ha pasado algo malo y esta es la prueba. Y esto no es ninguna tontería. La persona que dejó ese móvil en el buzón tuvo que volver a propósito a casa de ella, aunque en ese momento ya tendría las llaves del portal en su poder. No es casual. Se toma la molestia de hacerlo para que sepamos que la desaparición de Úrsula no es voluntaria.

Santi asintió con la cabeza.

—Tienes razón. El tipo quiere notoriedad. Quiere dialogar con nosotros. Desde que apareció ese móvil sé que Úrsula está viva. Si analizamos la información que acaba de resumir Ana, todo nos conduce a la existencia de un plan para hacer desaparecer a la escritora.

—¿Y si es todo un montaje? —intervino ella—. Sus libros

encabezan los rankings de ventas desde que anunciamos la desaparición. Hoy los he revisado.

—Nadie monta este espectáculo para vender libros —le rebatió Álex.

—Vale, jefe, era una idea absurda, pero hay otra que me está rondando.

—¿Cuál?

—Que no sea una sola persona. La niña nos dice que hablaba constantemente con un grupo de WhatsApp, no con una persona en concreto. ¿Quién estaba en ese grupo?

—A lo mejor eran solo dos.

—¿Un grupo de dos personas, Santi? —se extrañó Ana—. Eso es una conversación. ¿Y si era un grupo de esos que captan gente? No sé. Una secta. Tenemos claro que estaba mostrando un patrón de conducta extraño. Y sabemos que eso es lo que hacen las sectas: anular tu voluntad dentro del grupo.

—Muy rebuscado —dijo Santi—, no perdemos nada por ver si hay algún tipo de secta con ese nombre, pero yo no me dispersaría. Sigamos con la teoría de que tenía un lío y que la cosa se ha ido de madre. Concuerdo contigo con que esto era un mensaje, Álex, pero no tengo tan claro que ese mensaje vaya dirigido a nosotros.

—¿Y a quién va dirigido? —preguntó Veiga.

—A su marido —contestó Santi—. Ahora mismo Lois Castro tiene claro que su mujer tenía una aventura con alguien. Nadie vive veinte años con alguien sin saber lo que le pasa por la cabeza. Si ella estaba rara, él es el primero que se habrá dado cuenta. Ha llegado la hora de hacerle un tercer grado a ese hombre.

—Estupendo. ¿Os ocupáis mañana a primera hora? Ya son las siete y media. Mejor lo dejamos aquí.

—Vale, me llevo a casa el listado de las operaciones con tarjeta de Úrsula de los últimos seis meses —dijo Santi—. Voy a centrarme en las operaciones de los martes y los jueves.

—No es mala idea —convino Ana—. Yo haré lo mismo con sus redes, me centraré en esos dos días. Y además, pediré la lista de sectas que operan en Galicia de las que tenemos conocimiento, a ver si soy capaz de encontrar alguna conexión con Nolimits.Psycho.

—Me parece bien. —Álex se puso en pie, dando la reunión por concluida.

Santi se apresuró a despedirse y a salir del despacho del comisario. Se dirigió al suyo a recoger sus cosas. Antes de marcharse a casa, abrió el ordenador para imprimir el estado de los movimientos bancarios de Úrsula. Tenía tan solo una cuenta corriente, de titularidad conjunta con su marido y este les había proporcionado el listado de los movimientos del último año. Observó que tenía un mensaje de la unidad de informática: le comunicaban que el perfil Nolimits.Psycho estaba asociado al correo electrónico Nolimits.Psycho@gmail.com, y que lo había abierto alguien que decía llamarse Úrsula Bas Pereira.

Maldijo por lo bajo. O ella se enviaba mensajes a sí misma o alguien llevaba mucho tiempo preparando esta desaparición y había utilizado el nombre de la escritora para crear ese perfil.

Salió de su despacho y buscó a Ana con la mirada. Ya no estaba. Se encaminó hacia la salida mientras cogía el móvil. Abrió su contacto en el WhatsApp. Los últimos mensajes de ella eran del 30 de julio de 2017. Llevaba meses releyéndolos. Comenzó a teclear uno nuevo que en nada se parecía a los anteriores.

«El perfil de Nolimits está asociado a un correo a nombre de la escrito.»

Aún no había acabado de escribir cuando vio pasar el coche. Álex conducía y Ana iba a su lado.

Se quedó paralizado. Después, intentó convencerse a sí mismo de que era normal. Ella vivía en las afueras. Él mismo la había llevado decenas de veces. Imaginó a Álex Veiga entrando en casa de Ana. En su habitación. En su cama. Se dio cuenta de que estaba apretando el móvil con fuerza. Fijó la vista en la pantalla. Borró el mensaje inacabado. Luego, sin pensarlo, entró en los ajustes de la aplicación y pulsó la opción de «Vaciar chat». Con el roce de su índice hizo desaparecer todo. Su primera cita aquel sábado de julio en el que ella le preguntó su dirección y se plantó en la puerta de su casa. Sus discusiones. Sus disculpas. Con un solo gesto borró su pasado. Con la vista fija en la luminosidad azul de la pantalla vacía, comenzó a contar. Primero de diez a cero. Luego de cero a diez. Tal y como le había indicado Adela que debía hacer cuando sintiese que necesitaba controlar la ira.

No funcionó.

Patrones

—No hacía falta que me trajeses —dijo Ana.

—Ya lo sé, pero os estáis quedando hasta muy tarde. Desde Los Tilos a tu casa son apenas cinco minutos más en coche. Ya te lo dije el otro día, no me cuesta nada. De hecho, puedo traerte alguna mañana también, si quieres.

—La verdad es que te lo agradezco. Estoy hecha polvo. No estoy durmiendo bien.

—¿Problemas? —preguntó Álex.

—Nada especial. Supongo que es el estrés del caso. Saber que esa mujer puede estar viva y sufriendo me genera bastante ansiedad. No es como resolver un caso en el que ya tenemos un cadáver o un delito consumado. Es la primera vez que me enfrento a uno en el que no se trata solo de saber quién es el culpable, sino de intentar salvar una vida.

—Tienes muy claro que está viva.

—Santi lo está, y después de casi seis años en esta comisaría, trabajando con él, he desarrollado un profundo respeto por el famoso instinto Abad.

—Las intuiciones no son hechos.

—No, pero si Santi cree que está viva es porque la forma en

que se desarrolla el caso así se lo indica. No suele equivocarse. Créeme.

—No voy a ponerlo en duda. Sé que es un gran poli, pero yo, como vuestro jefe, tengo que actuar siguiendo indicios racionales.

—No es un gran poli: es el mejor —contestó Ana—. Es la clase de poli que yo quiero ser.

—Formáis un gran equipo.

Ana guardó silencio.

—Sé que estuvisteis juntos —soltó de repente Álex.

Ella lo contempló con sorpresa y sintió que se ruborizaba.

—No sé por qué he dicho eso. Disculpa, sé que no es de mi incumbencia —añadió él.

—Esto es increíble. No soporto esto, de verdad. Por supuesto que no es de tu incumbencia. Sé que eres mi jefe, pero esto no afecta a mi trabajo. Ni ahora ni hace dos años he sido peor policía por haber tenido una relación con Santi Abad. Solo respóndeme a una cosa. ¿Le has ido a él con la misma mierda? ¿Le has dicho «Oye, Abad, sé que estuviste liado con Barroso»? No me respondas. No lo has hecho porque tenéis ese código de tíos. No te importa con quién se acuesta Abad, porque en tu cabeza eso no afecta a su capacidad para investigar y para hacer bien su trabajo. En tu cabeza soy yo la que no es capaz de cumplir con su deber y al mismo tiempo quedar con quien le dé la gana cuando su jornada se acaba. E incluso se te enciende una lucecita protectora. Pobre Barroso, seguro que no es capaz de formar equipo con su ex y rendir como lo hacía hasta ahora. Seguro que llega a casa y se pone a llorar en su almohada.

—Yo no he dicho nada de eso.

—No hace falta que lo digas. Llevo once años trabajando con tíos. Os sale el ramalazo protector por las orejas. ¿Sabes cuál fue la reacción de Lojo en el caso Alén cuando se enteró de que estaba saliendo con Santi? Sacarme del caso. ¿Y sabes cuál fue la reacción de Santi? Aceptarlo. ¿Por qué me sacan del caso a mí? ¿Por qué no a él? Te lo digo, por ese rollo protector que tenéis conmigo y con todas mis compañeras. En vuestra cabeza no somos iguales. Llevamos pistola, nos enfrentamos a toda la mierda que está fuera de la comisaría, pero en el fondo pensáis «hay que protegerlas». No necesito que reconozcas que no es de tu incumbencia, Álex. Necesito que me dejes en el caso si consideras que soy la persona idónea para buscar a Úrsula B. y te aseguro que lo soy. Santi y yo trabajamos bien juntos. Y también necesito que me valores por lo que hago dentro de esa comisaría, no por lo que te cuentan que hago fuera de ella. Y lo que hubo y ya no hay fuera de esa comisaría con Santi Abad no tiene que afectarte a ti, porque te puedo asegurar que a mí no me afecta nada. Lo que me afecta es ver a todos mis jefes repetir una y otra vez los mismos patrones de hace mil años. De Lojo era de esperar. De ti me sorprende, de verdad.

Álex aparcó el coche delante de casa de Ana.

—¿Ya has acabado de echarme la bronca?

Ella lo miró sin saber si estaba enfadado o de broma.

—Supongo que no es muy inteligente echarle semejante bronca a tu jefe.

—No estamos en comisaría. Aquí no soy tu jefe. Y voy a decirte que a pesar de que ese tono entre vehemente y desquiciado me pone bastante nervioso, voy a reflexionar sobre lo que me has dicho. Tienes razón. No he tenido esta conversación con Abad y por lo tanto es injusto que la tenga contigo. Me gusta cómo trabajáis y me gusta la pasión que ponéis en vuestro trabajo y como comisario no tengo derecho a preguntarte sobre lo que haces fuera de la comisaría. Pero ahora que estamos fuera de horario de trabajo, quiero pedirte una cosa.

—¿Qué? —preguntó Ana.

—Que si alguna vez te sientes incómoda por trabajar con Abad como consecuencia de lo que pasó, tengas la confianza para contármelo. Y yo te prometo que entonces evaluaré con toda ecuanimidad cuál de los dos se queda con el caso y le asignaré un nuevo compañero. Y si decido que sea él el que se quede con el caso, será porque es el inspector y porque consideraré que puede seguir. Y si pienso que no está preparado para continuar porque no se ha recuperado bien de la enfermedad que lo llevó a coger la baja, lo apartaré del caso. Esto es lo único que te puedo prometer.

—Me parece justo.

—Pues entonces, ¡hasta mañana!

Ana salió del coche.

Álex la observó caminar hacia al portal. Clavó la mirada en su culo. Luego se imaginó lo que diría ella si se diera la vuelta y lo pillase. Sabía que ella estaba en lo cierto: había cosas que estaban demasiado arraigadas. Sonrió, giró la llave en el contacto para encender el coche y se dirigió hacia su casa.

El lado bueno de la naturaleza humana

—¡Buenos días! Somos Abad y Barroso.

El portal se abrió y Ana y Santi entraron. Ana había vuelto a dormir mal y los tres cafés que se había tomado no le habían ayudado a estar más despierta. Santi estaba más callado de lo habitual, si es que eso era posible. En el coche escucharon las noticias en silencio. La desaparición de Úrsula ocupaba cada vez menos tiempo, relegada por el resto de la actualidad nacional e internacional: se limitaron a decir que la escritora seguía en paradero desconocido y que la policía mantenía el operativo de búsqueda abierto, además de proporcionar los números de teléfono de contacto.

En el portal, Santi observó el reflejo de Ana en el cristal de la entrada. Tenía cara de no haber pegado ojo. Él conocía bien esa expresión. Era una dormilona empedernida. No le preguntaría por cómo había pasado la noche, porque sabía que eso ya no era de su incumbencia. Tampoco lo era si la había pasado sola o no. Intentó borrar su reacción de ayer. Inconscientemente se tocó la mano derecha, que aún sentía dolorida después de media hora golpeando el saco de boxeo en el gimnasio. Ignoraba qué le fastidiaba más: saber que aún le importaba con quién se acostaba o ser consciente de que no podía controlar lo que sentía al imaginarla con otro tío.

Como la vez anterior, Lois Castro los esperaba ya con la puerta de su piso abierta.

—Por poco no me encuentran en casa. Acabo de llegar de llevar a Sabela al colegio.

—No le entretendremos mucho —prometió Ana—. Solo queremos aclarar una cosa.

—Pues ustedes dirán. ¿Hay novedades?

—No lo sé, señor Castro. Eso es lo que veníamos a preguntarle.

—No le entiendo.

—Hablemos claro —continuó Ana—. Hemos estado indagando en las rutinas de Úrsula de los últimos meses. ¿Y sabe qué? Hasta su hija de diez años se ha dado cuenta de que su madre estaba rara. En los últimos meses Úrsula dejó de viajar y organizó su agenda. Dedicó todos los miércoles a Sabela y los lunes y los viernes a sus actos literarios. Los martes y los jueves liberó su agenda de eventos y salía. Se arreglaba mucho, según Sabela. Y según Raquel, esto sucedía desde el verano. Se pasaba el día hablando con un grupo de WhatsApp, pero usted no notó nada raro.

Lois bajó la cabeza, como el niño que recibe una reprimenda esperada.

—Lo que la subinspectora Barroso quiere decir es que no nos creemos que usted no haya observado nada raro en la actitud de su esposa —intervino Santi—, así que, si le parece, empezaremos por el principio. Responda por favor a esta pregunta, y esta vez díganos la verdad. ¿Notó algo raro en la actitud de su esposa en los últimos meses?

—No era ella, simplemente. Es lo único que sé. Seguía viviendo aquí, pero estaba siempre ausente.

—Y si estaba tan rara, ¿por qué no nos dijo nada?

—Porque no sé nada. Solo que estaba todo el día colgada de su móvil, hablando con alguien. Alguna vez me habló de él: me dijo que había quedado con un lector. A menudo me decía a mí mismo que Úrsula estaba teniendo una aventura, pero confiaba en que se acabaría. Lo único que sabía es que ella se alejaba, aunque mantenía la esperanza de que se le pasase. Ese tipo de cosas suceden. Uno lleva media vida con su pareja y de repente se tiene un lío. Pero eso no es real, un día u otro se acaba. Confiaba en que ella se cansase y todo volviera a ser como antes.

—¿Le ha sucedido a usted?

—¿El qué?

—Lo de tener una aventura. ¿Le ha sido alguna vez infiel a Úrsula?

—¿Eso es lo que piensan? ¿Que Úrsula tuvo un lío en venganza?

—Eso lo ha dicho usted, no yo. Yo solo le he preguntado si alguna vez le ha sido infiel a su esposa —insistió Ana.

—No creo que eso importe.

—¿Me va a contestar?

—Nunca he tenido una aventura —concluyó Lois, tajante.

Ana asintió.

—¿Ve? No es tan difícil contestar a nuestras preguntas.

—Háblenos de ese lector con el que se veía —insistió Santi—. ¿Qué sabe de él?

—Nada. Ni siquiera sé quién era. Lo único que sé es que un día me dijo que había quedado con un lector.

—¿Era esto normal?

—Ella siempre ha sido muy amable con sus lectores. Nunca

ha negado una foto, estuviera donde estuviera. Iba a todos los clubes de lectura que le pedían, colaboraba en causas benéficas. Pero tampoco solía quedar con los lectores a solas, por eso lo recuerdo, porque me extrañó.

—¿Recuerda cuándo fue?

—Pues sobre septiembre u octubre. Acababa de comenzar el curso.

—¿Tiene algún indicio certero de que ella estaba teniendo una aventura, más allá de que la encontraba distante?

—No.

—Está bien. Dejémoslo aquí por ahora. Llámenos si recuerda algún detalle sobre ese supuesto amante.

—¿Han averiguado algo más?

—Aún estamos lejos de saber dónde está su mujer. —Santi le hizo un gesto a Ana—. En fin, nos vamos. Y sobre todo no dude en ponerse en contacto con nosotros si recuerda algún detalle más.

Lois asintió y los acompañó a la puerta.

—Estoy alucinando —dijo Ana en cuanto el ascensor se puso en marcha.

—¿Por qué?

—¿Qué clase de tío se da cuenta de que su mujer tiene una aventura y se queda a esperar a que todo pase?

—Te sorprendería saber la cantidad de parejas que sientan la base de su relación sobre el engaño mutuo. A veces, lo que comparten, matrimonio, hijos, intereses económicos..., está por encima de una mera infidelidad.

—Yo no digo que no se perdone una infidelidad. Estoy hablando de ignorarla, de continuar como si nada.

—Que tú no lo hagas no quiere decir que no sea un patrón de conducta bastante extendido, y no estoy hablando de relaciones abiertas. Estoy hablando de relaciones en las que hay silencios consentidos y cómplices. De todas formas, este tío me desconcierta. Parece que toda su vida está dirigida a complacer a su mujer. Ha pasado completamente a segundo plano, pero sin embargo ha sido capaz de callarse el hecho de que creía que su mujer tenía una aventura con un lector con el que quedaba, cuando sabe que la vida de ella podría estar en juego. No me digas que te encaja. A mí, desde luego, no. Deja de buscar el lado bueno de la naturaleza humana.

—Y tú deja de ser tan cínico —replicó Ana, molesta—. Y tan condescendiente.

Santi encajó el golpe casi sin pestañear.

—Ya sabes cómo soy. Mientras no tenga claro quién es el culpable seguiré pensando lo peor de todos y cada uno de los sospechosos. Creí que te había enseñado algo.

—Deja de hablarme como si fuese una novata, ¿vale? Tú también sabes cómo soy. Y un poco de humanidad no te hará peor detective. Este hombre lleva casi una semana sin saber nada de su mujer.

Santi negó con la cabeza y se metió en el coche, en el asiento del acompañante, esta vez.

—Claro que sé cómo eres: una blanda. Pero veo que en estos meses has perdido algo que te hacía ser la mejor poli de la comisaría.

—¿El qué? —preguntó Ana, visiblemente irritada.

—Tu curiosidad. Te dije que revisaría los movimientos de las cuentas y tarjetas de la escritora.

Ana arrancó el coche y se lo quedó mirando.

—¿Quieres decir que has encontrado algo importante y no me lo has dicho en toda la mañana?

—Te lo estoy diciendo ahora. Y no sé si es importante o no, lo sabremos cuando lleguemos allí. Tira para Cambados.

Hotel San Marcos. Habitación 201

Cambados, 11 de julio de 2016

El hotel estaba un poco apartado del centro de Cambados. Era un complejo de esos con piscina y programas de animación que en verano seguramente estaría lleno de turistas, pero que en invierno sobrevivía a base de celebrar bodas, bautizos y comuniones.

Se dirigió a recepción y preguntó por una habitación a su nombre, tal y como él le había indicado.

La tarde anterior él le había dicho que se verían allí.

«No me parece buena idea.»

«¿Me tienes miedo?»

«¿Te olvidas de que ya he estado contigo, #señorserio? No me das miedo.»

«A lo mejor te mato.»

«De aburrimiento.»

«Creí que habías dicho que te gustaban los ingenieros. Y los ingenieros somos aburridos.»

«Ya sabes que sí. Ahora en serio, no es buena idea.»

«Pues no vengas, pero yo te esperaré en una habitación reservada a tu nombre.»

«No te atreverás a reservarla a mi nombre. No lo harás.»

«Ya lo he hecho.»

Después de ese mensaje, le envió la ubicación del hotel. Luego dejó de estar en línea. Ella contestó con un «No te creo» que aún ahora mantenía el doble check gris. Recibido. No leído.

Dio su nombre al recepcionista, entregó su carné de identidad y recogió la llave de la habitación. Ya en el ascensor comprobó su aspecto en el espejo. Estaba nerviosa y le sudaban las palmas de las manos.

La habitación estaba vacía. Era sencilla pero confortable, decorada en tonos blancos, a juego con el mobiliario y con un ramo de margaritas frescas en la mesilla de noche. Se acercó a la ventana y observó la piscina. El cielo estaba cubierto. Pronto comenzaría a llover.

Pensó por un segundo en su marido, y desechó el pensamiento en cuanto sintió el golpe de unos nudillos en la puerta. Respiró hondo y echó un último vistazo al espejo.

Abrió y le sonrió. Él no se inmutó. Tampoco es que fuera muy dado a sonreír, eso ya lo sabía. Entró y se acercó a ella.

Fue ella la que lo abrazó y se apresuró a besarlo.

Era su primer beso.

Él le subió la blusa blanca y, sin desabotonársela, se la quitó, como si se tratase de una camiseta, mientras seguía besándola y susurrando su nombre.

Catalina.

Hotel San Marcos. Habitación 201

Cambados, 8 de noviembre de 2018

Nadie recuerda las segundas veces. Y las primeras, aunque inolvidables, están sobrevaloradas.

La primera vez que me acosté con Nico fue rápido y decepcionante. Habíamos quedado en un hotel de Cambados. «Territorio neutral», había dicho él, como si fuera necesario decretar un armisticio. Así fue en cierta medida.

Era un jueves de noviembre. Lo recuerdo todo. Las horas previas: los nervios, la comida apresurada antes de que llegase Sabela del colegio, para poder prepararme a toda velocidad. La ropa interior que elegí, los vaqueros, la blusa celeste, la chaqueta de lana del mismo color. El beso a Lois antes de salir de casa. El trayecto en coche. Cincuenta minutos, que daban para escuchar nuestra canción, «El equilibrio es imposible», dieciséis veces. A él le gustaba más la versión de Los Piratas y a mí la de Ferreiro con Balmes.

Llovía. Me encontré con Nico en el aparcamiento y pagué yo antes de subir, mientras él me esperaba al lado del ascensor. Nada más entrar en la habitación, me quitó la ropa y follamos como lo hacen los que ya están aburridos de hacerlo. Ni siquiera nos besamos. Después nos quedamos dormidos.

Cuando despertamos había parado de llover. Nos vestimos en silencio, cada uno sentado en su lado de la cama, dándonos la espalda. Él con la mirada fija en la puerta y yo en la ventana. Parecíamos personajes de un cuadro de Hopper, sin nada más que ofrecer que nuestra propia soledad.

Fui la primera en abandonar la habitación. Antes de marcharme me acerqué a él, que seguía sentado en la cama con la mirada perdida. Me agaché hasta quedar a su altura y le aparté el flequillo de la frente. Nos miramos y lo besé. Por un momento creí que se echaría a llorar. Nunca lo había tenido tan cerca, pero tuve tan claro que no me quería, que solo deseé olvidar esa tarde. Sin embargo, muy a mi pesar, las primeras veces son inolvidables.

De camino a casa fui incapaz de escuchar de nuevo nuestra canción.

Hotel San Marcos. Habitación 201

Cambados, 1 de marzo de 2019

—¿Qué es exactamente lo que has encontrado en Cambados? —preguntó Ana mientras cogía el desvío hacia la autopista.

—Un cargo en su tarjeta de crédito del hotel San Marcos el 8 de noviembre de 2018, a las cinco de la tarde. Además, he cotejado con Javi los datos de las llamadas que hemos recibido. Parece ser que alguien asegura haberla visto en un hotel de Cambados hace unos meses, aunque no es capaz de concretar la fecha exacta.

—Igual comió allí.

—Igual. O a lo mejor quedó con ese Psycho o como *carallo* se llame.

—¿Quién paga un hotel con tarjeta si tiene una cuenta conjunta con su marido? Este tipo de gastos se pagan en efectivo. Esto es de manual de primero de infidelidades.

—A lo mejor le importaba todo una mierda, y estaba buscando que su marido la descubriese. Conozco casos así: no tienen huevos de plantear en casa que tienen un lío, pero no les importa nada que su pareja lo descubra por sí misma. O quizá solía ir a los hoteles a escribir, con lo cual tenía una excusa perfecta para un cargo de ese tipo.

—A lo mejor es eso. Se fue a un hotel para comer o para aislarse y poder escribir.

—Lo comprobaremos cuando lleguemos allí.

El aparcamiento estaba prácticamente vacío.

En la recepción había una chica muy joven. Morena, con el pelo recogido en un moño. Ana no pudo evitar pensar que parecía una azafata de Iberia con acné.

—¡Buenos días! Policía. —Santi mostró la placa.

A Ana no le extrañó la brusquedad de su jefe. No se le daban bien los preliminares. Decidió intervenir para suavizar el asunto.

—¡Hola! Somos el inspector Abad y la subinspectora Barroso y formamos parte del operativo de búsqueda de la escritora Úrsula B.

La chica apenas consiguió articular un breve saludo mientras se recuperaba de la sorpresa.

—Hemos detectado un cargo en la tarjeta de la escritora del 8 de noviembre del año pasado y querríamos comprobar a qué se corresponde. Si se alojó aquí, o si solo comió. Si alguien recuerda haberla visto.

—Sí que vino —respondió la chica rápidamente.

—¿La recuerda?

—Sí. Bueno, no recuerdo si era el 8 de noviembre, pero sí que vino hace unos meses. Yo no la reconocí de buenas a primeras, es un poco distinta, en las fotos suele salir más guapa. Al natural no es que fuera fea, pero era como más normal. Cuando rellené la ficha me fijé en su nombre y la reconocí. Estuve a punto de decirle algo, porque a mí me encanta, la saga *Proencia* me la he leído dos veces, pero en las prácticas de la Escuela de

Turismo siempre nos recalcan que no debemos hacer comentarios de índole personal a los huéspedes. A veces vienen buscando privacidad. Ya me entiende.

—La entiendo perfectamente. Y eso nos lleva a la siguiente pregunta —dijo Santi—: ¿Estaba sola?

—El *check-in* lo hizo sola.

—No es eso lo que he preguntado.

La joven guardó silencio, dubitativa.

—¿Cómo te llamas? —preguntó Ana tuteándola.

—Irene. Irene Pazos.

—Escúchame bien, Irene, esta mujer está desaparecida, y cualquier cosa que recuerdes nos puede ayudar a encontrarla. Lo que nos digas tal vez le salve la vida. Nadie va a cuestionar tu profesionalidad por decirnos con quién estaba.

—Entró acompañada de un hombre, pero él no se registró, no sé si subió con ella o no. A veces pasa: vienen parejas, uno se registra y el otro no. No perseguimos a los clientes hasta sus habitaciones para ver si suben solos o acompañados.

—¿A él lo recuerdas?

—Apenas.

—¿Lo reconocerías si lo volvieses a ver?

—No lo creo. Es difícil saberlo. Quizá.

—¿No recuerdas nada? ¿Era rubio o moreno?

La joven negó con la cabeza.

—Lo siento. Solo recuerdo que era muy alto.

—Eso es interesante. ¿A qué le llamas tú muy alto?

—Pues no sé. Uno noventa o un poco más, quizá. Tampoco lo recuerdo muy bien. Solo que era muy alto.

—¿Tenéis cámaras en el aparcamiento? —Santi cambió de tema.

—Sí.

—¿Guardáis los registros?

—Me parece que se borran a fin de mes.

—¿Se fueron esa noche o al día siguiente?

—No lo recuerdo. Tampoco podría asegurar que estuvo con ella. Quizá solo la acompañó al hotel. O a la habitación. No puedo asegurarles que estuvieran juntos en la habitación.

—Nos has ayudado mucho, Irene —dijo Ana—. Quédate esta tarjeta con el teléfono de comisaría. Si recuerdas algo, llámanos, a cualquier hora. Es muy importante.

Ella asintió.

En cuanto salieron del hotel comenzó a llover, como si el aguacero hubiera estado esperando a que abandonaran el edificio. Corrieron hacia el coche patrulla.

—Joder, menuda mierda —dijo Santi.

—Vivimos en Galicia.

—Estoy hasta arriba de la lluvia.

—Y yo, pero después de la instrucción en Ávila te puedo asegurar que tenemos un clima buenísimo. Ni te imaginas el frío que hace allí.

—Ana, ¿dónde te crees que hice mi instrucción, en el Caribe?

—Tienes razón. Pero hace ya tantos años que no te acordarás.

—No soy tan mayor.

—Treinta y cinco, ¿no?

Santi se echó a reír.

—Venga, voy a confesarte una chorrada. Tengo cuarenta.

—¿Cuarenta?

—Cuando me preguntaste mi edad, ya me habías dicho que tenías solo veintisiete años; vi que te llevaba más de diez y me salió la mentira de forma natural, y te dije treinta y tres.

Pero en aquel momento tenía treinta y ocho y muchas ganas de gustarte. Cumplí cuarenta el día 6 de febrero.

Ana se echó a reír también.

—No me lo puedo creer.

—Bueno, uno tiene su vanidad.

—Alucino.

—No me extraña. En fin, ya te lo he dicho. Una cosa menos que contarte.

—¿Tienes una lista?

—Creo que no. Es una forma de hablar. Pero, en fin, volvamos al trabajo: quiero una felicitación. Acerté: vino aquí con su Psycho.

—Un aplauso para las corazonadas de Abad. Acertaste. Y ahora ya sabemos que es un tío de metro noventa que probablemente conduce un Volkswagen Golf.

—También sabemos que ya entonces se preocupó de no registrarse en este hotel.

—A lo mejor también estaba casado, o quizá ya entonces planeaba secuestrarla.

—Esto no es un secuestro al uso. No han pedido rescate, no han mandado una prueba de vida. No tenemos nada.

—Nada, excepto su coche, su estatura y el famoso instinto Abad.

—Hemos estado peor.

Ana sonrió. La lluvia arreciaba, así que aumentó la velocidad del limpiaparabrisas y disminuyó la del coche.

—Tienes razón —dijo ella—, hemos estado peor.

Manos

Cuando estoy nerviosa me muerdo los pulgares. Busco pieles sueltas y las atrapo entre los dientes, tiro lentamente hasta que siento el pequeño desgarro y paladeo en mi lengua el sabor metálico de la sangre. Al día siguiente en el pulgar se forma una costra dura. Me paso el día con la mirada fija en esa costra hasta que me rindo y vuelvo a morder, a tirar, a sangrar. Cuando estoy muy estresada, mis pulgares son un campo de guerra. Cuando estoy de vacaciones, les doy un descanso y las heridas dan paso a una piel rosada.

Desde que estoy aquí, no le doy tregua a mis dedos. Mientras duela, sé que sigo viva. Incluso las heridas de esa rata me ayudan a tomar contacto con mi nueva realidad.

Nico también se mordía los pulgares. Lo observé el primer día, en aquella presentación. Y en nuestra primera cita, en La Flor. Sabía lo que eso significaba: que éramos compulsivos, inquietos y con tendencia a la autolesión. Todas esas características eran las mismas que hacían que yo no dejase a Nico a pesar de que sabía que me estaba haciendo daño. Y cometí el error de perder la perspectiva. ¿Qué hacía que un tío como él, tan reservado, compartiese toda su vida conmigo? Me dije a mí misma que lo más seguro es que me admirase como escritora. Probablemente me había descubierto a través de los libros y se había reconocido, de la misma manera que sus mensajes me habían hecho sentir que éramos casi idénticos en todas y cada una de nuestras diferencias. Estábamos tan conectados, que nos comunicábamos mediante siglas: YTS («ya tú sabes»), SQDE («sabía que dirías eso»), DMV («diriges mi vida»), EPE («estamos para encerrar»). Miles de acrónimos que contribuían a crear un idioma que solo entendíamos él y yo, como si dentro de ese móvil hubiésemos creado una relación paralela, en la que éramos infieles al Nico y a la Úrsula que se encontraban en los bares y en los hoteles. También hacía juegos de palabras y chistes malos, que me hacían reír a carcajadas. A fin de cuentas, su capacidad para distorsionar la realidad, de verlo todo desde otro punto de vista o coincidir con mis más íntimos y alocados pensamientos era lo que más me había gustado de él.

Por eso no lo vi venir. Me envolvió con esa vorágine de coincidencias. Ahora ya no sé si él era así o dibujó ese personaje para mí. Intento recordar el escalofrío que me recorrió la espalda cuando lo sentía vigilándome en la Feria del Libro o en mi propia casa.

Aparecía en mi vida, se inmiscuía en ella, obligándome a disimular mi sorpresa ante los demás. Llegó a ir sentado a mi lado en un vuelo Santiago-Madrid sin dirigirme la palabra. Yo iba con Raquel. Él apareció sin avisar, como siempre, y se sentó a mi lado. Ni siquiera me miró. Tampoco levantó los ojos de su libro. Me pasé los cincuenta minutos del vuelo en tensión. Salió del avión delante de mí y sin girarse en ningún momento. Cuando le mandé la ubicación de mi hotel, me contestó diciendo que tenía migraña.

Hacía esas cosas para demostrarme que tenía el control de mi vida. A esas alturas yo ya había deducido que, aunque ignoraba cómo, lo hacía a través de todos mis dispositivos: mi móvil, mi correo electrónico, mi agenda.

Cuando abrí aquella carta y observé aquel H-O-L-A que mostraba a todas luces que no estaba bien, no me inquieté a pesar de que sabía que no era normal. Me relajé. Olvidé que había una opción real de que quisiera hacerme daño. Bajé la guardia.

«Hoy tengo que ir a Santiago, por trabajo.»

El móvil se iluminó en la oscuridad. Lois dormía a mi lado. Cogí el teléfono y escribí, sin preocuparme de que pudiera despertarse.

«¿A qué hora?»

«Quedaré libre sobre las seis.»

«Yo tengo una charla en la biblio.»

«Lo sé. A las ocho, en la Ánxel Casal. Y ahora es cuando te preguntas si es casualidad o no que tenga que ir a Santiago.»

«Deja de leerme la mente, maleducado.»

«Si quieres te recojo a las siete en tu casa y te llevo.»

«A lo mejor no es muy buena idea que vengas hasta mi casa.»

«Ni te imaginas cuánta razón tienes.»

No, no me imaginaba cuánta razón tenía. No lo razoné. Solo podía pensar que llevaba ocho días sin verlo. Esa semana yo había viajado a Valladolid, para dar una charla y hacer una presentación y había aprovechado para acercarme a Madrid a hablar con mi agente. Raquel había venido conmigo. Solo podía pensar en volver a verlo y me daba igual que eso supusiese permitirle asomarse al borde de mi vida, esa que compartía con el hombre que dormía a mi lado.

Así que me monté en ese coche, y no lo besé, porque estaba delante de mi portal. De mi casa. De mi realidad. Fijé la vista en sus manos, aferradas al volante. Observé las pequeñas heridas.

Sangre seca. Esa es mi última imagen de ese día. Imagino que me drogó. Así que no sé si estoy a cien o a mil kilómetros de mi portal.

Desperté aturdida, en esta habitación. Abrí los ojos y observé esa ventana de vidrio naranja y blanco. Al principio no conseguía enfocar la vista. Luego, mi nueva realidad fue adquiriendo consistencia. El retrete, el lavabo, la manta, el plato con provisiones, una bolsa con útiles de aseo, el suelo terroso, la puerta. Y nada más. Nada: eso es lo que me ofrecía el hombre que lo quería todo. Tampoco entiendo por qué tuvo que hacer esto. Entrar en mi vida, en mi mente, hacerme dudar de todo: de mi obra, de mi matrimonio, de mi maternidad y, por extensión, de todas y cada una de mis decisiones vitales. Habría sido más fácil que me hubiera matado la primera vez que estuvimos a solas, pero no era suficiente; necesitaba tenerme así, totalmente entregada a él. Muerta antes de dejar de respirar, mientras me mordía los pulgares maltrechos.

Tampoco entiendo lo que hizo ayer.

Entró con la comida y cerré con tanta fuerza los ojos que sentí que lagrimeaban debido al esfuerzo. Un paso, otro. El plato sobre el suelo. Esperé sin éxito a que se marchase. Lo sentí a mi lado. Sabía que podía abrir los ojos y contemplar su rostro una vez más. Y sabía que no quería vivir mis últimos días con esa imagen. Escuché su respiración cerca de mi cara. Sus manos tocaron las mías. Reprimí el deseo de aferrarme a esas manos, de rozar sus pulgares dañados. Sus dedos acariciaron mi mano derecha y empujaron mi alianza hacia arriba, haciendo que recorriese el camino inverso de hace quince años, el día que Lois la introdujo en mi dedo, una mañana de mayo. Me sentí despojada de mi marido. Otra forma de morir.

Se marchó y hasta que oí que se cerraba la puerta no abrí los ojos. Cuando lo hice, lo primero que vi fue un sándwich de queso y un plátano. Luego, mis manos desnudas y despojadas de mi identidad. Las heridas de mis dedos. Mis heridas. Eso es lo único que me queda. Heridas.

De repente, oigo un ladrido y una sombra se recorta sobre la vidriera de colores. Reconozco la silueta de un perro y comienzo a gritar, aunque sé que es improbable que nadie pueda oírme. Me quito el jersey y formo una pelota con él. Lo lanzo contra la ventana, pero apenas la roza sin hacer ruido. Mi vista recorre la habitación a la desesperada en busca de un objeto contundente. No tengo platos ni útiles de cocina. La comida viene siempre envuelta en papel de aluminio y solo tengo vasos de plástico, tan livianos que desisto al instante. Me quito el pantalón. Los dientes comienzan a rechinarme. Hago otra pelota con él, pero no tiene la suficiente consistencia para que su golpe contra el cristal se escuche fuera. Maldigo mi costumbre de no usar cinturón. Me quito una bota y la lanzo hacia arriba. Apenas consigo que roce la ventana y el sonido es casi imperceptible. Carezco de un buen ángulo para el lanzamiento y la ventana está muy alta. La sombra del perro sigue parada frente a ella. Contengo la respiración, a la espera de una figura humana que se una a él. Quizá es un perro callejero y mis esfuerzos son inútiles. Sigue ladrando. Miro desesperada hacia el lavabo: un cepillo de dientes y una pequeña pastilla de jabón. Ha pensado en todo. La próxima vez esconderé una manzana. Quizá ese perro tiene dueño. A lo mejor vuelven mañana.

Solo por si acaso, vuelvo a gritar con todas mis fuerzas.

Gente sola rodeada de gente

En cuanto llegaron a la comisaría, Santi dijo que esa tarde no estaría disponible, que tenía un asunto personal que resolver. Caminó tranquilamente hasta la plaza de Galicia y llamó al timbre del portal de Adela, a quien ya había mandado un mensaje desde el coche. Su psicóloga estaba a punto de jubilarse y Santi solía bromear diciendo que no debía hacerlo hasta que consiguiera convertirlo en un tipo normal; ella contestaba que prefería rodearse de gente especial. Subió a la consulta, se sentó frente a Adela y comenzó a hablar a toda velocidad, como solo era capaz de hacerlo con ella. Se lo contó todo. Sus paseos bajo la lluvia. La sensación de estar despertando después de meses de letargo. Le habló de la escritora, del miedo a fracasar y no llegar a tiempo para salvarla. De lo que le costaba asumir la autoridad de Álex, ya que por primera vez en muchos años no iba por libre. Le habló de Ana, de lo que disfrutaba mirándola de reojo mientras conducía; de lo diferente que la encontraba, tras esos casi dos años de ausencia. Adela insinuó que aún estaba enamorado de ella y él contestó que era consciente de ello, porque lo único que sintió al verla en el coche con Veiga fue un deseo incontrolable de partirle la cara a él. A ella. A ambos.

En su casa, Lois se preguntó si debería haber contado antes lo de ese lector, el que hablaba a todas horas con ella, el que pasaba más tiempo con Úrsula que él mismo y la veía cada martes y jueves. Había callado y al final Abad y Barroso lo habían adivinado. No. No sabía nada más. Su única realidad era que lo que él intuía de ese hombre estaba en el teléfono de Úrsula y ese móvil ya no existía. Era lo único que sabía, aunque en las últimas horas una sospecha se había abierto camino en su mente. No era más que una intuición e ignoraba cuánto había de cierto en ella, pero sabía que esto tampoco podía decírselo a la policía. Hasta ese momento, lo más importante era que Úrsula volviera, pero en cuanto empezó a sospechar que alguien quería hacerles daño, algo cambió. Le asaltó un temor irracional: que la persona que retenía a Úrsula lo supiese todo de ellos. Si eso era así, debía guardar silencio. Había algo más importante que Úrsula: la niña. Él había renunciado a su carrera profesional y se había conformado con ser la parte invisible de esa familia. Era lo justo. Él se empeñó en ser padre. Esa familia era fruto de una decisión exclusivamente suya y que Úrsula había asumido. Así que lo importante ahora era proteger a su hija, por encima de su madre. Tocaba estar callado y esperar que ese hombre siguiese callado también.

Mientras, Ana decidió escaparse de comisaría para comer en casa. Cogió un bus y se dirigió a casa de su madre. Ángela vivía en el edificio contiguo al suyo, lo cual siempre había sido de mucha utilidad porque cuando Ana tenía mucho trabajo, ella se podía quedar con Martiño. También lo había cuidado mientras ella hacía la instrucción en Ávila. No habría sido capaz de sacar adelante al niño de no haber sido por ella. Llegó a tiempo para comer con su madre y con su hijo. Después el niño se fue a hacer los deberes mientras ambas tomaban café en la cocina. Ana le habló de la escritora, de Álex, de Santi, y Ángela la escuchaba mientras pensaba que su hija era una policía inteligente y brillante. Estaba segura de que acabaría encontrando a esa mujer, de la misma manera que sabía que volvería a estar con Santi si él le daba pie a ello. Y no pudo evitar pensar que era una pena que ese hombre no siguiese de baja; Santi Abad no le gustaba. Sabía por lo que había pasado Ana. Se limitó a sorber el café. Hay cosas que una madre no puede ni debe decir.

Raquel Moreira apagó el ordenador. Acababa de traspasar todos sus fondos a un nuevo banco. Sabía que el hombre que tenía a Úrsula la vigilaba. Estaba dentro de su ordenador. Seguramente era un pirata informático. Tan pronto como recibió ese mensaje, supo que no podía ocultarle nada: tenía a Úrsula y en cualquier momento podría tenerla a ella. Raquel observó una foto de ambas, enmarcada en su habitación. En esa foto tenían diecisiete años y estaban de excursión en Lloret de Mar, con el instituto. Llevaban toda la vida juntas. Le daba pánico no volver a verla. Era un miedo real. Por las noches soñaba que aparecía muerta. Pero por el día aún temía más que apareciese y enfrentarse al hecho de que ella supiese que la había traicionado.

A unos cincuenta kilómetros de Santiago de Compostela, una mujer cruzó la carretera que separaba su casa de la pequeña playa. La arena estaba cubierta de vegetación. Hasta que llegase el verano, los servicios municipales no acometerían su limpieza, de cara a dejarla lista para los turistas. Su perro se le adelantó, pero en lugar de emprender la habitual carrera hacia la orilla, se detuvo delante de la casa amarilla. La ventana del sótano quedaba a la altura de los pies. El pastor alemán comenzó a ladrar sin control y la sonoridad de sus ladridos inundó la playa. La mujer recibió una llamada en su móvil y charló unos minutos, sin perder de vista a Max, que correteaba nervioso alrededor de la ventana. Un par de gotas cayeron sobre ella, alzó la vista y observó los nubarrones que avanzaban sobre la ría. El mar se oscureció súbitamente. Colgó el teléfono. La lluvia comenzó a arreciar, así que llamó a Max, y se apresuró a cruzar la calle, tras asegurarse de que el perro la seguía. Ya en casa, tras quitarse el jersey mojado y secar al perro, le asaltó una inquietud absurda al recordar a Max ladrando ante la ventana del sótano de la casa de Carmen. Después de meditarlo, decidió llamar al sobrino de Carmen, pero no le contestó. Por si acaso, mientras se preparaba un café con leche para entrar en calor, le escribió un mensaje. «¿Hay alguien en tu casa? ¿Estás aquí?»

Justo en ese momento, Álex Veiga entró en la comisaría y buscó a Ana, con la intención de pedirle que fueran a tomar algo. Lo cierto es que quería disculparse por la conversación del día anterior. Al margen de que detestaba esa actitud de ella que la hacía estar permanentemente a la defensiva, seguía pensando que tenía algo de razón. No debía de haber sido fácil enfrentarse al anterior comisario en plena investigación del caso Alén, mientras tenía una relación con su jefe. Desconocía qué había pasado entre esos dos, pero debía de haber sido gordo, porque había dejado a Abad para el arrastre, y por lo poco que sabía de él, parecía un tipo lo suficientemente frío para sobreponerse a un tema amoroso con facilidad. Ni siquiera parecía un tío capaz de perder la cabeza por alguien. Lo único importante, y en eso tenía razón Barroso, es que los dos eran unos investigadores tenaces, intuitivos y sobre todo incansables. En cuatro días habían hurgado en la vida de la escritora para adivinar lo que esa tanda de irresponsables que rodeaban a esa mujer les había ocultado desde el principio. Ni el marido ni la asistente parecían darse cuenta de que la vida de Úrsula estaba en juego.

Entró en su despacho. Revisó el correo electrónico y cogió un par de cartas que le habían dejado sobre la mesa. La primera era una invitación de la Academia Gallega de Seguridad para ir a dar un curso. La segunda era un sobre acolchado. Lo abrió y observó el interior. Al principio creyó que estaba vacío, pero cuando lo sacudió boca abajo, una alianza de oro tintineó sobre su escritorio. Observó la cara interna del anillo: «Lois 22-5-2004».

Abad tenía razón en todo. Úrsula B. estaba viva. Y el cabrón de Nolimits quería protagonismo.

Reproches

—El secuestro es un delito extraño. En el anuario estadístico del Ministerio del Interior apenas tenemos datos, si excluimos el histórico de víctimas del terrorismo. No sé qué está buscando este tío. Publicidad, notoriedad... Normalmente tenemos dos tipos de secuestros: el que busca dinero y el vinculado al crimen organizado. Y no estamos en ninguno de esos casos.

Se habían reunido en el despacho de Veiga, después de que tanto Abad como Barroso recibieran un mensaje en el móvil pidiéndoles que volviesen urgentemente a comisaría.

—Esperemos que no pase a engrosar la lista de personas desaparecidas de las que nunca más se vuelve a saber nada —dijo Santi—. Esa estadística sí que es escalofriante.

—He estado leyendo la documentación que nos dio Brennan sobre los acosadores —dijo Ana—. Había algunos capítulos dedicados al secuestro. Con carácter general los acosadores son tíos insensibles y fríos, con incapacidad para generar empatía con la víctima. Son antisociales, egoístas y solo buscan su propio beneficio. Lo que sí tengo claro es que este no es un caso de erotomanía. En esos casos el acosador tiene una relación ilusoria con el secuestrado, vive un delirio. Sin embargo, creo firmemente que aquí hay una relación real entre el secuestrador y la escritora. Tenemos la declaración de la hija y la constancia de que estuvo con él en un hotel.

—Y eso sin olvidar el perfil de nuestra víctima. Una mujer famosa. ¿Qué quiere? ¿Dinero? Si fuera así ya lo habría pedido.

—¿Estamos seguros de que no lo ha pedido, Abad? —preguntó Álex—. No me gusta Castro. Ese tío oculta cosas.

—Por supuesto que sí. La gente tiene la manía de ocultarlas pensando que son innecesarias o que no tienen relación con el caso.

—Pues no sé en qué punto estaba este hombre cuando decidió que el hecho de que Úrsula se estuviese viendo con otro no era determinante, teniendo en cuenta su desaparición.

—Tal vez prefirió callarse los detalles... —apuntó Santi.

—Ahora ya da igual. Ya lo sabemos. Lo que habéis averiguado esta mañana está muy bien: vamos a tirar del hilo de ese hotel de Cambados.

—De todas formas —continuó Santi—, hay algo que me chirría. Si el fin era el secuestro, ¿para qué liarse con ella primero? Si rompen y tiene un arrebato, es más probable que la agrediese, pero este jueguecito de hacerla desaparecer y luego hacernos llegar objetos de ella no encaja en el perfil del amante despechado. Vería más normal que hubiésemos encontrado el cuerpo en una cuneta, pero si la está reteniendo y se molesta en proporcionarnos primero su móvil, luego su alianza... ¿Qué será lo siguiente?

—Vamos a hablar con Castro.

—¿Le has dicho ya lo de la alianza?

—No. La he mandado directamente a la científica. Le he hecho una foto. Id a su casa, enseñádsela y que os confirme que es de ella. Y contadle lo del hotel. Quiero que le apretéis.

—¿Creemos realmente que ha podido ser el marido? —Ana no parecía muy convencida—. Solo por ver si me estoy perdiendo algo.

—Mi compañera tiene tendencia a pensar lo mejor de todo el mundo —dijo Santi.

—Y mi jefe tiene tendencia a ser condescendiente conmigo —añadió ella.

Álex alternó su mirada entre ambos y decidió guardar silencio.

—Por lo que a mí respecta, este tío nos ha mentido —dijo Santi—. Vive a la sombra de su mujer, que es el sostén económico de su familia, y sabía que ella tenía un lío. Si resulta que ha contratado a un asesino a sueldo por treinta mil euros y está montando todo este tinglado para despistar, no me sorprendería.

—Imagino que esa es la diferencia entre tú y yo —replicó Ana—, que para ti esa es la reacción normal cuando te enteras de que tu mujer te ha engañado.

Santi se la quedó mirando sin parpadear. Luego, sin mediar palabra, salió del despacho de Veiga.

El comisario alzó una ceja e interrogó a Ana con la mirada.

—Joder —masculló ella.

—¿Me vas a contar lo que ha pasado?

—Que he dicho una estupidez. Discúlpame, jefe, voy a hablar con él.

Ana salió del despacho de Veiga y entró en el de Santi sin llamar a la puerta.

—No iba por ti.

—No mezcles mi vida privada con el trabajo.

—No lo he hecho.

—¡Y una mierda! —gritó Santi—. ¿A qué ha venido eso? ¿Estás haciendo méritos delante de Veiga? ¿Vamos a jugar al poli bueno y al poli malo? ¿Eres tú la que me reprochaba que no sabía separar el trabajo de la vida privada? Si no vas a estar a la altura, le diré a Veiga que seguiré adelante solo o con Javi.

—Eso no es justo.

—Lo que no es justo es que utilices cosas que sabes de mi vida personal para hacerme quedar mal delante de mi nuevo jefe. ¡Joder! —soltó Santi—. Sabes que ese comentario que he hecho es del todo normal en el contexto de una investigación. La cantidad de asesinatos a manos de parejas como consecuencia de infidelidades o simplemente de conflictos conyugales es muy alta. De eso sí tenemos estadísticas, y deberías conocerlas, ya que presumes tanto de leer informes fuera de horas de trabajo.

Santi estaba fuera de sí. Ana lo miraba atónita.

—No me grites —le dijo intentando aparentar calma—. Respira y tranquilízate. Me voy a ir y cuando se te pase este cabreo, ven a buscarme a mi mesa. Cogeremos el coche e iremos a casa de Castro a exprimirle como quiere el jefe. Pero no vuelvas a montar un espectáculo así delante del comisario.

—Yo no he montado ningún espectáculo.

—¿Estás seguro de que esa terapia te ha servido de algo? —preguntó ella, ya sin disimular su enfado—. Nunca te he reprochado nada. Ni siquiera que no me dieses ninguna explicación en este año y medio.

—Sal de mi despacho —le ordenó Santi.

—Será un placer, jefe.

Salió dando un portazo que ahogó el sonido del puñetazo de Santi en la mesa.

Mordazas

—Hola. Gracias por avisar. He venido a echar un ojo. Me dejé la radio encendida... Sí, sí, claro... Vengo bastante últimamente, por eso ves el coche. Voy a reformar el baño, a pintar y restaurar algunos muebles. En fin, ya sabes, se trata de adecentar esto un poco. La casa lleva muchos años abandonada. Mi tía solo la utilizaba en vacaciones y ya hace casi tres años que murió. Le hace falta un buen lavado de cara. Te agradezco el interés, aunque si entrasen a robar no se llevarían nada: un par de botes de pintura, muchos muebles viejos y poco más. Lo dicho, gracias por todo, Lola.

Cuelga el teléfono y se agacha, hasta quedar a mi altura. Me libera las manos. Antes de hacer lo mismo con la mordaza de mi boca, me habla al oído:

—Si vuelves a gritar, mataré a Sabela. La esperaré a la salida del pabellón de gimnasia rítmica y la mataré. Lo haré. No me pongas a prueba, Úrsula.

Después, desata el pañuelo y se lo guarda en el bolsillo. Los dos sabemos que no volverá a ser necesario.

La culpa

—¡Vamos!

Ana levantó la vista y vio a Santi delante de su mesa con la cazadora puesta. Ella no le dirigió la palabra. Sabía lo que vendría ahora: una sesión de disculpas. A él se le daba bien. Su relación en el pasado había sido una sucesión de encuentros y desencuentros en las que él se equivocaba y se disculpaba todo el tiempo. Sus reacciones no eran nunca normales. Sus disculpas nunca llevaban aparejadas explicaciones. Era de esas personas que parecían creer en el poder infinito de una mera frase hecha. Ana sabía que se subiría a ese coche con él y habría un «perdón» o un «lo siento» que no iría acompañado de ninguna explicación. Ese era el problema, que no las había. O las que había no se podían contar.

Cogió su cazadora y las llaves del coche, se las alargó en silencio. Él las cogió y salió detrás de ella.

—Tomemos un café en el Marte, por favor —dijo Santi.

Ella se encogió de hombros.

El Marte estaba justo enfrente de la comisaría, a la entrada de la zona vieja de Santiago, y era famoso por sus tapas. Estaba siempre lleno y toda la comisaría desayunaba allí, el menú habitual de café y tortilla. Santi se sentó y pidió dos cafés sin consultarle: un americano triple para ella y un cortado descafeinado con leche y sacarina para él. Recordaba perfectamente cómo le gustaba el café, y ella se dio cuenta de lo poco que habían cambiado las cosas. A él no se le ocurría pensar que sus gustos pudieran haber variado en estos casi dos años. Ana no le dirigió la palabra.

—¿Ya no fumas? —preguntó Santi.

—Lo dejé hace un año y pico —contestó, recelosa—. Soy la única persona del mundo que cumple sus propósitos de Año Nuevo.

—Ana —comenzó él—, no podemos permitirnos lo que acaba de suceder.

—No ha pasado nada. O, mejor dicho, ha pasado lo de siempre. Has perdido los nervios. Eso se te da muy bien. Luego pides perdón, yo te perdono y así hasta la siguiente vez que los vuelvas a perder. Tengo un máster en Santi Abad, que no se te olvide.

Santi asintió con la cabeza.

—Tienes razón, por eso tengo el firme propósito de que esta vez no sea igual. Nunca me había pasado esto con ningún compañero, siempre he sido bueno compartiendo información y trabajando en equipo. Realmente eres la única persona con la que he tenido problemas en el marco de una investigación, y los dos sabemos que eso se debía a lo que me gustabas y a la relación que tuvimos. Por eso ahora tiene que ser diferente. Ahora sabes que si te pido que tomemos un café, es simplemente porque quiero aclarar esto y no porque quiera acostarme contigo. Es muy difícil gestionar la culpa. Eso es lo que he intentado superar en la terapia. He aprendido que no puedo cambiar el pasado y que debo concentrarme en mejorar mi futuro. Esto ya no me vale con Samanta, pero sí contigo. Estamos aquí, juntos en una investigación. Tengo que conseguir no ser un obstáculo en tu carrera y en tu vida. Somos increíbles trabajando en pareja y no te voy a repetir lo buena profesional que me pareces, lo sabes. Así que vámonos a casa de Lois Castro a informarle de que ha aparecido el anillo de su mujer y veamos qué nos dice. Y si se me va la olla, mándame a tomar por culo. O recuérdame que lo único que nos une ahora es encontrar a Úrsula B. y yo te prometo contar hasta diez antes de salir de un despacho dando un portazo o de contestarte mal.

Ana continuó sin mediar palabra. Estaba claro que este no era el Santi Abad de hacía dos años, pero no se fiaba de él. O, mejor dicho, prefería no hacerlo y mantenerse alerta.

—¿Cómo dijiste que se llamaba tu terapeuta?

—Adela. Adela Ballesteros.

—Le pagas muy poco —dijo Ana; apuró el café y se levantó.

Santi sonrió. No volvieron a cruzar una palabra hasta que llegaron a casa de Lois.

Eran las siete y media de la tarde, pero apenas había gente en la calle. El tiempo continuaba desapacible. Llamaron un par de veces al timbre antes de que el marido de la escritora les abriera el portal.

—¿Este hombre está siempre en casa? —dijo Ana mientras entraban en el ascensor.

—Es lo normal, si de verdad está esperando noticias de su mujer.

—Tiene una hija, tendrán que continuar con su vida.

—Si realmente no tiene nada que ocultar, debe de estar viviendo un infierno. No es solo enterarte de que tu mujer tiene un lío con otro tío, la vida de ella está en serio peligro y además todo el país es espectador de tu drama personal. Y todo quedará ahí para siempre. Nunca nos paramos a pensar lo que sucede cuando nuestro trabajo acaba. Aunque logremos resolver el caso, aunque esa mujer aparezca, no se recuperarán tan fácilmente —contestó Santi llamando a la puerta.

El aspecto de Lois Castro cuando les abrió vino a dar la razón al discurso de Santi. Su barba lucía descuidada, y podían apreciarse unas profundas ojeras, aunque, dadas las circunstancias, lo raro hubiera sido que durmiese.

—¿Han tenido noticias? —dijo Lois omitiendo el saludo y cerrando la puerta a sus espaldas. Se le notaba muy alterado.

—Pues sí, aunque no tenemos claro lo que significan —dijo Santi—. Hemos recibido una carta y esto es lo que había dentro.

Sacó el móvil y le mostró al hombre varias fotografías del sobre y la alianza. La inscripción con el nombre de Lois podía leerse claramente en el interior de esta.

El rostro de Lois se contrajo en una mueca rápida, como si hubiese recibido una descarga eléctrica.

—¿Es la de ella? —preguntó Ana.

Lois asintió solo con un ademán antes de dejarse caer en una silla del salón al que los había conducido. Se cubrió el rostro con las manos y comenzó a llorar. Ana alargó la mano y la colocó sobre el hombro de Castro, obviando la mirada de desaprobación de Santi. Sabía que a él le gustaba mantener una fría distancia con todos los implicados en los casos.

—Esto no significa que le haya pasado algo malo. Es más, parece ser una muestra de que la persona o personas que la tienen quieren comunicarse con nosotros —continuó ella—. Creemos que Úrsula está viva.

Lois descubrió el rostro y alzó la mirada.

—¿Y eso cómo lo sabe? Va a cumplirse una semana. No han pedido dinero, ni nada. Esto es lo peor que podía pasar. La tiene un loco. Si quisiera dinero esto sería más sencillo, pero no sabemos qué quiere.

—Exacto —asintió Santi—, no sabemos qué quiere, por lo tanto no se altere de momento. Mientras se comunique con nosotros, hay motivos para creer que su esposa sigue viva.

—No se ofendan, pero no veo muchos progresos. Estoy pensando en hacer caso a Raquel, que insiste en que debemos contratar a un detective privado. Hasta ahora no le veía mucho sentido, pero conforme pasan los días, empiezo a planteármelo.

—Está usted en su perfecto derecho a hacer lo que considere más conveniente, pero quiero que le quede clara una cosa: esto no es una película. En la vida real, la policía no está formada por un conjunto de idiotas, mientras que un tío espabilado viene a sacarnos los colores. Contamos con los mejores medios para encontrar a su mujer. No hablo de nosotros. Hablo de todo el cuerpo: de la policía científica, de la unidad de investigación informática, de nuestra capacidad para analizar las respuestas de la colaboración ciudadana. Contrate a quien le dé la gana, pero entienda que no toleraré injerencias de alguien ajeno al cuerpo que venga a perjudicar nuestra investigación. —Santi habló con un tono firme que no daba lugar a réplica.

—Yo solo quiero hacer todo lo posible para que mi mujer aparezca.

—Pues limítese a contarnos todo lo que sepa y a permanecer atento —le cortó Santi sin disimular su malestar.

—¿Cómo está su hija? —Ana cambió de tema en un intento de rebajar la tensión que se había generado en la estancia.

—Está en casa de mi hermana Patricia. Estar con sus primos le sienta bien. Patri tiene dos hijos de once y nueve años. Yo me esfuerzo por aparentar normalidad, pero no lo consigo.

—Nos vamos a ir. Es ya muy tarde. Recuerde...

—Debo llamarle si sucede algo —le interrumpió Lois—. Lo sé. Y usted recuerde que soy el primer interesado en que mi mujer vuelva a casa.

—¿Incluso sabiendo que le ha sido infiel? —le soltó Santi a bocajarro.

El hombre se quedó descolocado por unos segundos.

—Eso lo ha dicho usted —replicó al fin con una frialdad que no pasó desapercibida para los policías.

—Es lo que se infiere de la deriva que está tomando la investigación. Vuelvo a insistirle: ¿tenían una relación abierta? ¿Le era usted fiel a Úrsula?

—Ya contesté a esa pregunta esta misma mañana —respondió Lois, visiblemente incómodo—. Dejen de hurgar en nuestra intimidad y busquen a mi esposa.

Santi calibró su respuesta y desistió de continuar preguntándole. Se dirigieron a la puerta de la casa.

Salieron a la calle en silencio. Ana no quería reprocharle la brusquedad con la que trataba al marido de la escritora, ya habían tenido suficientes reproches por un día. Sabía que Santi no podía evitar desconfiar. Por eso funcionaban tan bien como equipo, porque ella estaba allí para equilibrar la balanza, para tranquilizar a la gente, mientras que Santi les recordaba que sobre ellos pesaba la sombra de la sospecha. Un juego de poli bueno y poli malo de toda la vida, que en ellos resultaba natural y nada impostado.

—Ese hombre me da mucha pena.

—Todos te dan siempre pena, Ana —replicó Santi.

—No miente, estoy completamente segura. No tiene ni idea de dónde está su mujer.

—No sé si sabe dónde está, pero sabía lo de ese hombre.

—¿Por qué le has vuelto a preguntar por su relación?

—Porque esconde algo. Se pone muy nervioso en cuanto tocamos ese tema. No sé qué oculta ni si está detrás de la desaparición de su mujer, pero tengo claro que se siente culpable.

—¿Culpable?

—Culpable, responsable, me da igual. Reconozco esa mirada, créeme —dijo él mientras arrancaba el coche y se dirigía a casa de Ana sin preguntarle antes a ella si quería que la llevara.

La llamada

El teléfono sonó apenas unos minutos después de que los policías hubiesen salido de su casa.

Reconoció la melodía. «Sweet Child O'Mine» de Guns N' Roses.

Echó la mano al bolsillo, cogió el móvil y observó la pantalla apagada.

La melodía seguía sonando, el volumen ascendía a cada nota. Lois se acercó al sofá y apartó los cojines. Observó el teléfono que acababa de enmudecer. Pasados unos segundos, comenzó a sonar de nuevo. Ese no era su móvil, ni el de Sabela. Ni, por supuesto, el de Úrsula. No lo había visto nunca. Era un modelo sencillo, de los que se venden con una tarjeta prepago por menos de treinta euros en un hipermercado.

Lo cogió con temor. Tras un instante de silencio, la voz sonó nítida, como si estuviese muy cerca.

—La tengo yo. Ya sabes lo que quiero.

Lois colgó de inmediato y arrojó el móvil sobre el sofá.

No reconoció la voz.

Pero sabía quién era.

Volver

Parado en el quicio de la puerta, Santi se preguntó qué haría cuando ella abriese y lo viese allí. Martiño dormía este viernes en casa de su madre, según había oído en una conversación telefónica de ella. No estaba bien que espiase con disimulo sus conversaciones. Había tantas cosas que no estaban bien dentro de él.

Quiero aclarar las cosas, no acostarme contigo, le había dicho él por la tarde. Mentira. Desde el mismo instante en que la vio en la comisaría, lo único que quería era volver a plantarse en la puerta de su casa. Quería besarla, dormir con ella, acariciar su pelo mientras ella descansaba de espaldas a él. Quería oírla jadear en su oído, y que ella recorriese con su dedo índice la S que tenía tatuada en la ingle. Pero sobre todo quería que ella supiese que no la había olvidado.

Cogió aire y pulsó el timbre.

Ana se quedó paralizada al verlo allí. Durante estos meses había imaginado lo que le diría si esto sucedía, pero no sucedió, nunca estaba al otro lado de la puerta. Llegó a convencerse a sí misma de que él no sentía la misma necesidad. De que podían ser Abad y Barroso sin volver a ser Santi y Ana. Y ahora, él contradecía el sentido común y se plantaba en la puerta de su casa.

Él le sonrió, mientras se encogía de hombros, dándole la razón. Sabía lo que estaba pensando.

Ana llevaba el pelo suelto, un forro polar azul y unas mallas deportivas. No recordaba haberla visto nunca con gafas, aunque ella le había dicho un día que las necesitaba para ver la tele. Lo agarró de la mano y le hizo entrar.

Se miraron en silencio, sintiendo que todo encajaba. Necesitaban eso, que el tiempo se diluyese. Y, sobre todo, no hablar más, porque nunca habían sido tan felices como cuando se habían dejado llevar y se habían limitado a estar juntos. Cuando él callaba para evitar que ambos sufriesen. Por eso, cuando ella abrió la boca para hablar, él se apresuró a besarla. Desde que la vio de espaldas, en comisaría, había tenido ganas de hacerlo. Habían perdido el tiempo en explicaciones que los conducían al pasado, cuando él solo quería volver a ese presente, en el que le quitaba las gafas con cuidado. Continuó besándola, mientras la despojaba del forro polar y la camiseta de camino a la habitación.

Tras desnudarla, se emocionó al descubrir bajo su axila una pequeña ancla similar a la que él tenía tatuada en la muñeca. Sintió que esa imagen los unía un poco más. La besó despacio.

—Me haces cosquillas —dijo ella.

Había olvidado cuánto le gustaba su risa.

Asco

Pontevedra, 1 de noviembre de 2016

«Quiero volver a verte.»

«Ya te dije el otro día que no es buena idea.»

«Es igual de buena que hace un mes.»

«No me presiones.»

«No me provoques.»

Ella se apresuró a encerrarse en el baño para continuar con la conversación. Hacía meses que se había comprado un móvil con un número nuevo para hablar con él, porque no se sentía segura hablando con su propio teléfono. No se reconocía a sí misma ni sabía cómo se había dejado arrastrar hasta este punto. De repente todo le parecía sórdido: las citas clandestinas, las conversaciones a puerta cerrada, las mentiras a su marido, los hoteles, las excusas. Todo le daba asco. Un asco infinito.

Quería volver atrás. Al momento en que recibió el primer wasap. Ignorarlo. No entrar en su juego. No acudir a ese hotel, ni a los siguientes.

El primer día que le puso una excusa fue el primero en que sintió miedo. Estaban en un motel de las afueras. Ella lo prefería así, porque nadie podía verla entrar. Él le preguntó si estaba libre el jueves de la siguiente semana y ella improvisó una negativa alegando una cita en el médico. Ambos se percataron de lo falsa que sonaba su respuesta. Él la agarró por el brazo. «¿Qué te pasa?» Rodeó su cuello con las manos. Comenzó a apretar lentamente. «No me estarás mintiendo, ¿verdad?», le susurró al oído. No se molestó en contestarle, porque él sabía lo que le pasaba. Por supuesto. Leía dentro de ella.

Ahora todo el control era de él. Él podía decirle a su marido la verdad y toda su vida se tambalearía. Quizá la perdonase. Quizá no. No, estaba segura de que su marido lo haría, estaba loco por ella, pero ella no sería capaz de seguir como si nada hubiese pasado. Como si Nico no hubiese entrado en su teléfono primero, y en su cama y en su vida después.

«No me dejes el mensaje leído y sin contestar.»

Observó la pantalla del móvil, totalmente paralizada. Nolimits. Psycho estaba escribiendo. Al instante entró el nuevo mensaje.

«Recuerda que yo lo sé todo de ti.»

Catalina soltó el móvil como si quemase. Después rompió a llorar, en silencio, para que su marido, en la habitación de al lado, no la oyese.

Doce días

Pontevedra, 13 de noviembre de 2016

«Recuerda que yo lo sé todo de ti.»

La amenaza no había surtido efecto. Ese era el último mensaje de nuestro grupo que ella había leído. Después de ese, decenas de mensajes en los que yo reclamo su atención. A veces de forma amable, a veces con amenazas. «Contéstame, Catalina. Coge el teléfono.» Fotos de ella a la salida de la tienda, con la única finalidad de recordarle que yo la vigilaba. Canciones de desamor, párrafos de libros que sabía que ella no había leído ni leería nunca pero que sabía que le gustarían, porque encajaban con sus gustos. Ni siquiera los recibe.

Doce días sin saber nada de ella. Vuelvo a marcar su número y salta otra vez el contestador. De nuevo apagado. De nuevo me está provocando. Es más un gesto que un reto. Sabe que yo podría llamarla a su casa o a su móvil. Al otro, al que usa día a día delante de sus amigos y de su marido. Ese lo sigue teniendo. El nuestro seguro que lo ha tirado a la basura, al igual que quiere hacer con nuestra relación.

Su rebeldía me excita y me enfurece a partes iguales. Ese

carácter que hasta ahora había mantenido agazapado me hace desearla aún más. Recuerdo su sumisión inicial, cómo seguía mis instrucciones aun siendo consciente de que eso ponía en peligro su matrimonio. Pagaba hoteles y hacía reservas en restaurantes solo porque yo se lo exigía, aunque nunca llegamos a ir porque siempre me echaba atrás. Pero me gustaba presionarla. Saber hasta dónde era capaz de llegar por mí.

Sin embargo, después del verano, algo cambió. Se volvió cautelosa. Se negó a hacer ninguna reserva a su nombre y tuve que recurrir a una identidad virtual para hacer yo las reservas y borrar mis huellas digitales. Siempre a través de la web a nombre de usuarios ficticios. Moteles con entradas ocultas a los ojos de miradas indiscretas. Ella me exigió oscuridad. Al principio me resultó emocionante, pero luego caí en la cuenta de lo que significaba: no quería poner en riesgo su matrimonio. Lo valoraba más que nuestra relación, y eso me enfureció. Había llegado a imaginar una vida a su lado. Eso fue antes, cuando ella me esperaba ansiosa. Pronto me percaté de que la fascinación inicial se había evaporado; la devoraban la culpa y el arrepentimiento. Y algo ha cambiado en mí también. Ella hace saltar por los aires los resortes de mi autocontrol. Hacía años que esto no me sucedía. Cada vez que se muestra esquiva, que no me mira a los ojos o no contesta a mis wasaps al instante, siento una furia sorda. Me entran ganas de gritar. De golpear a algo o a alguien. A ella.

Lo peor es que ella lo percibe. Nunca nadie había penetrado antes en mi zona oscura. La odio por ello, sin que eso me impida desearla más y más. Renunciar a ella no es una opción.

Está muy equivocada si cree que se va a librar de mí.

Veo a su marido a punto de entrar en su coche, un Honda rojo. Capturo la imagen.

Al instante se la envío a su móvil, ese que un día encontré en una cafetería y me abrió las puertas de su vida.

«El próximo martes. Te mandaré la ubicación. Y no te molestes en poner excusas. Sé que estarás sola. Él estará de viaje.»

Tarda apenas unos segundos en leer el mensaje, pero no contesta. Sé que la imagen de su marido la ha impresionado. No, no me contestará, pero irá a la cita.

«No tienes opción», escribo. Y ahora soy yo el que apaga el móvil.

Gente sola que hace lo que no debe

Ese sábado Raquel lo dedicó a revisar su ordenador. A hacer copias de seguridad en discos duros externos. A reiniciar todos sus equipos, restaurando sus valores de fábrica y borrando todo vestigio de actividad. Cuando acabó eran más de las doce. Se vistió con ropa deportiva y salió a correr. Solía hacerlo por la alameda de Santiago, generalmente después de que anocheciese, pero ese mediodía sentía la necesidad de liberar energía. A cada zancada pensaba que lo que había hecho no estaba mal. Que lo que había pasado con Úrsula no tenía que ver con ella. Paró en seco y se sentó en un banco; el favorito de Úrsula y también el de ella. Se sintió reconfortada por la visión de la catedral y de un cielo azul que había aparecido por primera vez en ese año, con la llegada del mes de marzo. Cerró los ojos y se dejó acariciar por el sol de invierno. De repente la invadió una gran tranquilidad, la sensación de que todo pasaría pronto, de que fuera quien fuese el que estaba reteniendo a Úrsula pronto la soltaría. Quizá antes de que la soltase podría intentar... La vibración del móvil interrumpió sus pensamientos. Sacó el teléfono del soporte con el que lo sujetaba a su brazo mientras corría. Era otro correo electrónico. Dos de los archivos que había borrado esa mañana aparecían como adjuntos. Soltó el móvil que se estrelló contra el suelo. Y, desde el suelo, aún lo sintió vibrar de nuevo.

A las once de la mañana ya no quedaban casi mesas libres en el Airas Nunes. Santi pidió su segundo café del día y se resistió a un trozo de tarta de chocolate. Echó una ojeada al periódico. Más noticias de Úrsula: puro relleno. Los artículos se limitaban a recopilar datos biográficos de la escritora sin aportar novedades respecto de su desaparición. Tan solo en un medio se hacían eco de un testimonio poco fundado y en absoluto contrastado que afirmaba haber visto a la escritora en Chantada el pasado martes. Saboreó el café. No le gustaba abusar de la cafeína, pero apenas habían dormido. Cuando despertó, Ana estaba en la cocina. Habían desayunado en silencio, ella se fue a la ducha y cuando salió le dijo que tenía que hacer un recado en Compostela. Se ofreció a llevarla, pero ella negó con la cabeza. Clac. Santi se dio cuenta al instante de que lo que habían compartido esa noche había quedado atrás. Luego habló. No deberíamos cometer el mismo error, no podemos permitirnos esto, hemos cerrado un capítulo, necesito centrarme en la investigación. Pum. Patada en el estómago. Y esta vez, él ni siquiera tenía argumentos para insistir. Si pudiera leer sus pensamientos, vería a una Ana con miedo, que se protegía, que estaba intentando recomponerse. No voy a ceder ni un milímetro del respeto que me he ganado dentro de esa comisaría, repitió ella. Lo había dejado sin palabras. La entendía, aunque resultaba irónico, porque él llevaba toda la vida haciendo eso: dejando que las investigaciones se antepusieran a todo lo demás. Solo Abad y Barroso, le había contestado él. Aunque no era eso lo que quería, quería llevarla de nuevo a la cama, como si allí no existiera todo lo que los separaba. Pero existía, y la imagen de Sam volvía a interponerse entre ellos. Intentó borrar a Ana de su cabeza, pero era imposible. No era capaz de comprender cómo había podido resistir todos estos meses sin verla. No sabía si ella lo estaba castigando, y ahora, desde la distancia de estas pocas horas sin ella, se sentía aún más huérfano, más solo. Pagó el café y dirigió sus pasos a la biblioteca. Tenía un largo fin de semana por delante y durante la baja había adquirido el hábito de leer. Prácticamente solo leía ensayo, pero esta vez se sorprendió a sí mismo frente a la sección de narrativa. El primer libro de la trilogía *Proencia* estaba disponible. Se dirigió al mostrador. La rubia de las camisetas molonas llevaba hoy una negra con una cita de Pirandello: «La vita o si vive o si scrive». Le sonrió mientras anotaba el préstamo en el ordenador y Santi esperó que le comentara algo sobre el caso, aunque no lo hizo. Cogió el libro y se dirigió a la salida. Hasta que llegó a casa no reparó en la nota que había dentro del libro. Un número de teléfono y un nombre: Lorena. Le gustaba casi tanto como sus camisetas.

Álex Veiga terminó de planchar a la una y media. No tenía asistenta, porque no quería a nadie invadiendo su intimidad y el precio que pagaba por ello era perder parte de su fin de semana haciendo limpieza en el apartamento, ya que entre semana apenas lo pisaba más que para dormir. Cuando acabó, abrió el Tinder y echó una ojeada. No le apetecía intentar quedar con nadie. Bueno, sí que le apetecía. No le apetecían los preliminares. El *match*. Hablar. Mensajes. Quedar. Descubrir que la mujer no se parecía en nada a la de la foto. Decidir darle una oportunidad, para descubrir que en realidad no tenían nada en común, y que la única razón por la que había hecho ese *match* era porque su pelo o su sonrisa o sus tetas le habían recordado a Carlota, aunque hacía tanto que no sentía nada por Carlota que no podía entender por qué lo hacía. Luego pensó en llamar a Barroso, aunque sabía que eso no era justo porque ambos trabajaban juntos y ella ya había estado una vez liada con su jefe y la cosa, intuía, no había acabado bien. Pero Ana era de verdad, no una fotografía. Era inteligente, aguda y joven. Bastante más que él. Y tan distinta de Carlota, que se sintió tentado a llamarla con una excusa. Sabía que no debía, que estaba mal. En eso pensaba, mientras cerraba el Tinder y abría el WhatsApp.

Mientras, Lois Castro dejaba a su hija de nuevo en casa de su hermana Patricia. El día anterior había pasado toda la tarde con ella. Fueron al centro comercial As Cancelas y vieron una película en la sala iSens, la más grande. Después cenaron en el Burger King. Ya en casa, Sabela le pidió que la dejase dormir con él y durmieron abrazados, sintiendo mutuamente cómo el calor del otro los reconfortaba. Seguían siendo una familia. Lo que quedaba de ella. Lois se despertó confundido a las cinco de la mañana. El cabello de la niña olía igual que el de Úrsula. Cuando se percató de que no era Úrsula le asaltó un abatimiento súbito, se levantó y se fue al salón. Ya no pudo dormir más. No podían seguir así. Cogió el móvil que había aparecido en su casa. No quería pensar en el hecho de que ese hombre había estado allí. Borró el pensamiento. Devolvió la llamada. «¿Qué es lo que quieres?» Eso le dijo. La voz al otro lado le dijo lo que ya sabía. Lo que se esperaba de él. Y ahora, seis horas después, aún seguía dudando entre ir a la policía y contarlo todo o darle a esa voz lo que le pedía. Miró a la niña que se despedía desde el portal mientras se debatía entre hacer lo que debía, o lo que simplemente podía. Debería ser lo mismo. Pero no lo era.

Y ya por la tarde, Connor Brennan se encontró en la terraza del bar Costa Vella con Santi Abad y una chica de la que Connor no había oído hablar nunca y que resultó ser la bibliotecaria de la Ánxel Casal. Santi lo invitó a unirse a ellos. Él miró a la rubia dubitativamente y ella le pidió que se sentase. Lorena resultó ser una chica divertida que hablaba por los codos. Tenía un sentido del humor ácido y consiguió arrancarles varias carcajadas con anécdotas sobre los usuarios de la biblioteca. Cuando se despidieron, Connor le hizo un gesto de aprobación a Santi con la mirada. Santi no prolongó la cita. Se despidió de ella a la entrada de la zona vieja. Le prometió que la llamaría.

Lo que no sabía ninguno de los dos es que Ana estaba justo enfrente de ellos, parada delante del semáforo de la Porta Faxeira. Antes de que se pusiera en verde, Ana ya se había dado la vuelta y caminaba en sentido contrario para no cruzárselos. Hacía unas horas que había recibido un mensaje de su jefe. Comisario Veiga. Así lo tenía guardado. Le preguntaba si le apetecía tomar algo para comentar el caso. Ana no le contestó. No tenía activado el doble check, así que su jefe no sabía si lo había leído o no. La última vez que había quedado con un compañero un sábado no salió de su casa en dos días. Es verdad que con Santi había sido ella la que había tomado la iniciativa porque sabía que él no era muy dado a seguir sus impulsos, y sin embargo la pasada noche no había sido así. Ahora le tocaba a ella poner un punto de cordura y no repetir los mismos errores. Ella había decidido abrir un paréntesis y separar su relación del caso de Úrsula de B. No quería mezclar la investigación con la necesidad que tenían el uno del otro. Necesidad. Esa era la palabra. Ambos se habían buscado con ansiedad la noche anterior. Por eso, cuando la luz del día trajo consigo la serenidad para pensar en lo que acababa de suceder, decidió que ahora le tocaba a ella marcar los tiempos, hacer una pausa para concentrarse en el trabajo. Y, sobre todo, darse un margen a ella misma para intentar descubrir al verdadero Santi, porque no sabía si el Santi que su exmujer le había descrito seguía ahí y la respuesta le daba miedo. En su cabeza, Santi estaba en terapia porque quería curarse para ella. «Así de gilipollas somos las tías», pensó Ana. Como si alguna vez ellos hicieran lo que deben. Tampoco ella lo hacía. Cogió el móvil y contestó al mensaje de Álex. Un Ok. La llamada de Álex tardó menos de un minuto.

Mientras, el hombre al que Úrsula conocía como Nico se dirigía a la casa de la playa. Era antigua, revestida de azulejos amarillos y marrones, con ventanas de madera blanca y barrotes del mismo color salpicados de la herrumbre. En invierno apenas había movimiento en el pueblo. Aparcó el coche a la entrada y saludó a Lola, que se encaminaba hacia la playa a pasear a su perro. Acarició la cabeza de Max mientras comentaban lo agradable que resultaba dejar atrás la lluvia por unas horas. Según entraba en la casa, sintió una vibración en el bolsillo. No de su móvil particular, del otro. Allí estaba. Leyó el mensaje y le entraron ganas de acabar con todo. De bajar al cuarto y matarla.

Úrsula oyó el coche. La puerta. Los pasos. Esta vez no se demoraron en la cocina, bajaron directamente. Abrió la puerta. Lo vio de frente. Pensó en acercarse a él. «Nico», pronunció su nombre con desesperación. Solo después se dio cuenta de que él tenía en la mano un cuchillo. El brillo de su filo le recordó al de los incisivos de esa rata que aparecía y desaparecía a su antojo, haciendo que ella envidiase su libertad. Sabía que debía implorarle. O enfrentarse a él. Pedir clemencia. Recordarle que ella lo había querido. Que aún lo quería. O lo odiaba. ¿Acaso no era lo mismo? ¿No lo sentía con la misma intensidad? Debía recordarle su primer beso, su primera cita, su primer polvo. O el último, en el asiento trasero de su Golf negro, en el aparcamiento exterior de un hotel al que no llegaron a entrar, porque estaban ansiosos, o más bien era ella quien lo estaba. Debía hacerlo. Plantarle cara. «Nico», repitió. Como si esas cuatro letras encerrasen la salvación. Él debía perdonarle la vida. Debía hacerlo.

Como si la gente hiciera siempre aquello que debe hacer.

La mujer de las bragas azules

Nunca pensé en matarla.

Sabía que algún día esto terminaría, pero nunca imaginé que sería así. Cada vez que imaginaba un final, me abatían sentimientos contradictorios. Deseaba no volver a verla, pero todos los días me despertaba con la necesidad de seguir hablando con ella, de un nuevo mensaje, de una nueva forma de inmiscuirme en su realidad a través de su móvil, de su ordenador o de su tablet.

A veces deseaba no haberla conocido. No haber entrado en su teléfono ni haberla perseguido. Ese no era el plan, pero lo hice. La perseguí, me empeñé en atraerla y atraparla, en anular su voluntad. Una campaña de acoso y derribo que carecía de plan predefinido. Ella me había despertado, y echando la vista atrás tengo la sensación de que hasta que la encontré caminaba dormido.

Me enganché a ella, a sus conversaciones y a nuestras citas clandestinas. Cada día me levantaba con el reto de hacer algo nuevo para sorprenderla, para ir siempre un paso por delante de ella. No fue difícil. Era vulnerable, predecible. Nunca hasta entonces me había obsesionado así con alguien. Ella era confiada e inocente, y me admiraba. Me gustaba verme en los ojos de ella, como un hombre capaz de educarla, de mostrarle la vida desde mi propia óptica. Y esa mezcla de admiración y dependencia me excitaba tanto que no podía pensar más que en volver a verla y poseerla. Dominarla. Sentir que el control estaba solo en mi poder.

Lo que nunca imaginé fue que esto terminaría así.

«No me toques.» «No quiero verte más.» Ella había pronunciado las frases con voz temblorosa. Su miedo me excitaba e irritaba a partes iguales. Mi mano se cerró sobre su cabello y la atraje bruscamente hacia mí. Ella se relajó y pareció rendirse, me abrazó y me acercó a su oído. «Me das asco», susurró.

Observé el cadáver en el suelo y los restos de sangre en el pisapapeles.

Asco. A cada golpe con el pisapapeles intentaba borrar de la cara de ella esa expresión de miedo y repugnancia. Yo también sentía asco. Le abrí los ojos y comprobé que sus pupilas no respondían. Recordé la primera vez que nuestras miradas se habían cruzado. Recorrí con el dedo índice el perfil de su nariz. Su rostro. Descendí por su cuello y me detuve. Le quité la ropa. Todo, excepto unas bragas de encaje azul petróleo. Tenía un gusto exquisito para la ropa interior. Sentí que me excitaba. Me detuve en su pecho, aún caliente, aunque ausente de latido. «Adoro tus tetas», solía decirle, y ella siempre se reía a carcajadas y colocaba mi cara entre ambas. Aunque eso había sido antes. Antes de que ella empezara a temerme, a vislumbrar lo que había por debajo de este Nico y adivinar que el hombre del móvil escondía un Nico turbio. Distinto. Me recordé besándolas, lamiendo sus pezones. Podría follármela de nuevo. Así. Se me ponía dura solo de pensarlo. Luego, en un último resquicio de cordura recordé que estaba muerta. Y otra vez ese sentimiento contradictorio. Se acabó. Al día siguiente volvería a mi vida insulsa y gris y esto no habría pasado. Borraría todo lo que quedaba de ella. Me repetí que este no era el plan inicial, pero me había sacado de mis casillas en cuanto entré en la habitación. Llorando. Suplicando. Me enervó ese terror en su cara, que no hacía más que demostrar que todo lo que ella decía sentir era falso.

Así que sucedió.

Nunca pensé en matarla, pero en el fondo sabía que solo había un final posible, me dije a mí mismo mientras arrastraba su cuerpo desnudo por la habitación y su melena barría el suelo del motel. No podía dejar de observar su rostro, consciente de que esta sería la última vez que lo haría. Me asaltó de nuevo el deseo de besarla. Me detuve. Me agaché a su lado y la abracé. Le besé el lóbulo de la oreja, el cuello, los labios, y comencé a llorar mientras repetía su nombre.

Catalina. Catalina. Catalina.

Atlántico

—¿Qué tomas?

—Una Estrella.

—Que sean dos —le dijo Álex al camarero.

Estaban en el Atlántico. A esas horas aún podía uno tomarse una cerveza o una copa sentado y el volumen de la música les permitía charlar. Ana echó una rápida mirada a su alrededor. Ya se había arrepentido de haber cedido al impulso de contestar a su jefe. No era para nada normal quedar con él un sábado por la noche. Lo observó como si fuera la primera vez que lo hacía, realmente así era, porque nunca se había parado a examinarlo de cerca. Era un tío muy atractivo que sabía que lo era. Llevaba el pelo algo largo, y una barba que ya empezaba a teñirse con alguna cana. Debía de ser de la edad de Santi. Ana calculó a ojo que mediría un metro ochenta. Cualquier mujer que no estuviera en su situación estaría apurando la cerveza para llevárselo a su casa. Se preguntó cómo era posible que no tuviera nada mejor que hacer un sábado que complicarse la vida con una compañera de trabajo.

—¿Por qué me has llamado? —Ana se sorprendió a sí misma al dejar escapar en voz alta sus propios pensamientos.

Él sonrió.

—Porque llevo medio año en esta ciudad y aún no tengo muchos amigos. Me divorcié hace un año y todavía me cuesta pasar solo los sábados. Y porque prefiero quedar con una colega inteligente que habla mi mismo idioma que abrir el Tinder y cruzar los dedos.

—Muy bien resumido, jefe.

—No me llames, jefe. Aquí, no.

—No lo haré, pero te informo de que no voy a olvidar que lo eres y este encuentro no va a acabar como la cita de Tinder.

—Me parece justo. —Álex dudó un instante y luego le soltó—: ¿Por qué has aceptado salir conmigo?

—Porque yo tampoco tengo nada mejor que hacer un sábado y nunca quedo con nadie por Tinder. Me da mal rollo.

—¿Sin novio desde hace mucho?

—Tengo un crío de trece años. Lo tuve con dieciséis, así que tengo otras prioridades y estas nunca coinciden con las de los tíos con los que quedo. Se me da muy bien elegir mal a los tíos. El padre de Martiño es un gilipollas que nunca lo reconoció. Mi relación más larga fue de tres años y acabó hace cinco. Con Santi salí muy poco tiempo, hace algo más de año y medio, y tampoco acabó bien. Desde entonces algún lío poco importante. Tengo muy claro que mi hijo es lo primero.

—Buen resumen. Yo me divorcié hace un año de Carlota, mi novia de toda la vida. El ascenso llegó en el momento adecuado, porque necesitaba salir de Lugo. Desde entonces muchos rollos, nada serio y con cero ganas de volver a tener pareja.

—Eso nos lleva a que nos tomaremos esta cerveza, hablaremos de la Operación Proencia y el lunes volveremos al trabajo como si nada hubiera pasado.

—Tú mandas fuera de comisaría —concluyó él al tiempo que ambos se echaban a reír.

Ana sintió que se relajaba.

Hablaron de lo habitual en una primera cita, porque a los efectos es lo que ese encuentro era: pelis, libros, series, casos complicados, estudios. Cuando se dieron cuenta, eran las dos y media y el local estaba lleno. Ana echó una ojeada al reloj y le pidió a Álex que la llevase a casa.

Caminaron tranquilamente por los soportales de la rúa del Villar.

—Voy a confesarte algo: si vine fue por un impulso, pero cuando entré en el local estaba bastante agobiada. Sin embargo, tengo que decir que me lo he pasado muy bien. Eres un tío muy entretenido.

—Entretenido no es un adjetivo que mole mucho.

—¿Y qué querías? Eres mi jefe.

—Otra vez. Déjalo ya, vale. ¿No puedes quedar con un colega fuera de horas de trabajo?

—Quedo con muchos colegas fuera de horas de trabajo. Javi es mi mejor amigo, y con el otro Álex, Costa, el que se fue de la comisaría dos meses después de que llegases tú, salía casi todos los fines de semana. Pero lo de hoy ha sido raro.

—Bueno, pero ahora ya ha dejado de serlo. ¿Puedo llamarte de vez en cuando para ir al cine, o simplemente para charlar?

—Cualquiera te dice que no, estás poniendo carita de perro abandonado.

—Lo sé. Me funciona siempre.

Era un tío encantador. «Stop, Ana, ya has pasado por esto», pensó. Realmente esa no era la razón por la que no podía permitirse llevarse a Álex esa noche a su casa. La razón era que la imagen de Santi con la bibliotecaria rubia todavía le pateaba el estómago.

—Quedamos cuando quieras. Si no me hubieses rescatado del infierno de Ponferrada, ahora yo estaría sola en esa ciudad, mendigando a mis compañeros que se tomasen una cerveza conmigo.

—Yo no te he rescatado de nada. Gestioné lo de retenerte porque estábamos en cuadro. Fue un acto egoísta.

—Que te agradeceré toda la vida.

Estaban llegando ya al aparcamiento donde él había dejado su coche.

Durante el trayecto hablaron principalmente de literatura. Como Álex les había dicho, era un gran lector. Le comentó a Ana todos y cada uno de los libros de Úrsula.

—Parece una tía brillante.

—Lo es. Y muy versátil. A raíz del caso, me he vuelto a leer el último: *Pasión adjetivada*. Son diez relatos, todos deliciosos. Tan pronto te habla de una señora que hace lasaña en la Thermomix como de la soledad de un mimo en la plaza de la Quintana. Esto nos lleva a que esta mujer es seguramente una gran observadora. Inteligente, seguro. Y sin embargo, estamos barajando la hipótesis de que tenía una aventura con un acosador que se autodenominaba psicópata en redes sociales.

—Bueno, las tías inteligentes también se enamoran de gilipollas. Yo soy una prueba viviente de ello.

Soltaron una carcajada.

—Abad no es ningún gilipollas —dijo Álex.

—No voy a hablar contigo de mi relación con Santi —le cortó ella.

Álex paró el coche delante del edificio de Ana.

—Aún estás tocada, ¿no?

—Acabar una primera cita hablando de otro tío no es un buen comienzo para una relación de amistad.

—También es verdad —contestó Álex mientras escudriñaba los ojos de Ana, esos ojos pequeños y demasiado juntos pero inquisitivos que le daban un aire resuelto.

Entendía que Santi hubiera perdido la cabeza por ella. Joven, no especialmente guapa, pero con un sentido del humor agudo, y una personalidad avasalladora. Había hombres que se sentían amenazados por esa clase de mujeres. Abad no era de ese tipo. Él tampoco. Estaba claro que era de las que tomaban la iniciativa, y también que esta noche no lo haría, pensó mientras ella salía del coche y le daba las gracias.

Volvió a observarla de espaldas mientras se dirigía al portal y arrancó pensando en lo mucho que le apetecía subir a su casa. Y en cómo entendía que ella no se lo permitiera.

Adrián

Ana observó a Santi al otro lado de la mesa, buscando un indicio que le indicase qué había cambiado. Cómo había pasado de ese «He estado más de un año medicado, con ansiedad severa y depresión» a pasear con la bibliotecaria de la Ánxel Casal, tras haber pasado de nuevo por su cama.

Él estaba leyendo un informe que les acababa de llegar, con los resultados del contenido del ordenador de la escritora. De manera inconsciente comenzó a compararlo con Álex, aunque la comparación no era justa. Santi era un tío más normal, por lo menos en lo que a su aspecto se refiere. Cuando lo conoció, su físico le pareció del montón. Se rapaba la cabeza, seguramente porque había empezado a perder pelo desde joven. Sus ojos negros presidían un rostro siempre serio, aunque ella sabía que cuando sonreía se le marcaban los hoyuelos y su cara se transformaba. Tenía una pequeña ancla tatuada en la cara interna en la muñeca que ella había replicado en su cuerpo, cediendo a un impulso del que se había arrepentido casi al instante. También tenía tatuada una S en la ingle que ella pensó en un primer momento que era de Santi y que luego supo que era de Samanta. No era un tío atractivo, no, por lo menos hasta que una lo conocía. Porque a ella le gustaban los hombres así: los que escuchan más que hablan y que cuando lo hacen, piensan muy bien lo que dirán; los que son inteligentes y analíticos; los intuitivos; los que son capaces de sacar conclusiones sin juzgar. Santi siempre le había gustado y dar un paso más allá de la relación de trabajo había sido un error por parte de ella. Un error que había vuelto a cometer a pesar de que se había prometido a sí misma que esta vez todo sería distinto. Saber que él había sido capaz de pasar página apenas unas horas después de haber estado con ella le había abierto los ojos, aunque si era justa, había sido ella la que le había pedido que lo dejasen correr.

—El móvil reseteado, el ordenador y la tablet no contienen nada reseñable a no ser que quieras conocer el argumento de su nueva novela. Aquí hay una carpeta con un texto de casi cien páginas y bastante documentación sobre Amsterdam —dijo Santi sacando a Ana de sus pensamientos.

—Estaba liada con el Nolimits ese. Si fuera una relación normal, habría algún indicio. Los infieles del siglo XXI procuran dejar sus ordenadores limpitos.

—Lois Castro abrió este ordenador antes que nosotros. Quizá eliminó algo de forma permanente, ya nunca lo sabremos.

—¿Y para qué iba a hacerlo? ¿Me equivoco o no te gusta nada ese hombre?

—No me gusta ni un poco. Calla muchas cosas.

—Eso lo tenemos claro, pero hay cosas que no se pueden disimular y yo te digo que la angustia de ese hombre es real.

—Lo sé. O eso o estamos perdiendo muchas facultades De hecho, estoy convencido de que no tiene ni idea de dónde está su mujer, pero también tengo muy claro que sabe algo que no nos cuenta. Entró en este ordenador antes que nosotros. Puede fingir toda la ingenuidad que quiera, aunque eso demuestra que está buscando algo y que tiene miedo de que nosotros lo encontremos antes. Así que no me gusta. No sé lo que esconde, pero será algo chungo seguro porque lo antepone a la integridad física de su mujer.

—¿Cómo de chungo?

—Pues hasta se me ha ocurrido si no habrá algo turbio relacionado con la niña. Abusos o algo así.

—Yo he hablado con esa niña. Es muy madura.

—Y reservada.

—Igual que su padre. No me dio la sensación de ser víctima de abusos.

—No eres una experta.

—No, pero esa niña es una niña equilibrada.

—¿Podrías intentar una nueva entrevista para sondear esta posibilidad?

—Podría, pero sinceramente, no me parece una buena idea. No podemos olvidar que esta niña ya está angustiada porque ha perdido a su madre y la presión mediática habrá comenzado ya a hacer sus efectos en esa familia. No tenemos ni el más leve indicio que fundamente un interrogatorio de ese calibre.

—Tienes razón. Es una menor, debemos andar con cuidado. Supongo que no puedo evitar pensar que Castro nos está ocultando algo. ¿Has visto a Álex?

—¿Cómo dices? —respondió Ana sintiendo que se sonrojaba.

—Que si has estado hoy con el jefe. Yo me he venido muy temprano y él todavía no había llegado. Llevo dos horas leyendo este informe que no entiendo porque los de informática no hablan el mismo idioma que nosotros. Deberíamos comentarle que es un informe limpio.

—Yo tampoco lo he visto. Tres días a la semana vengo a las nueve y media porque mi madre no se puede quedar con Martiño a primera hora, aunque la verdad es que si se quedase solo en casa no pasaría nada. Ya tiene trece años.

—¿Cómo está?

—¿Martiño?

Santi asintió.

—Mayor, adolescente, contestón... Sigue sacando buenas notas. Ya no le parezco la madre más molona. En fin, lo normal. Este año irá a Irlanda en julio. Tres semanas, para aprender inglés.

—Siempre me pareció increíble que hagas todo esto tú sola.

—No estoy sola —contestó Ana.

—¿No? —replicó Santi.

Ana se dio cuenta de que él pensaba que se refería a que tenía pareja.

—Tengo a mi madre.

—Toni sigue sin hacerse cargo.

—Vivimos mejor sin él. Estamos acostumbrados.

El teléfono sonó y Santi se apresuró a cogerlo. Lo colgó al instante.

—El jefe. Dice que vayamos a su despacho. Parece que nos ha oído hablar de él. No descartes que nos haya puesto micrófonos.

—Vamos. —Ana se levantó de un salto.

En cuanto entraron en el despacho del comisario se dieron cuenta de que encima de la mesa había otro sobre acolchado y otra alianza.

Santi estiró la mano de manera instintiva, pero Álex le agarró el brazo enérgicamente.

—No la toques.

—¿Ya te la han devuelto los de la científica?

—No es la misma.

Les señaló la cara interior de la alianza.

«Adrián 24-07-2010.»

—Qué cojones... —dijo Santi.

—Tiene a otra mujer —contestó Álex—. Y tiene ganas de jugar.

—Va a resultar que es un psicópata de verdad. —Ana desplazó la mirada de la alianza al comisario—. ¿Un secuestrador en serie?

—Eso parece. O un asesino. Y con ganas de que se hable de él.

—Estamos jodidos. —Santi apretó los puños.

—No —concluyó Álex—. Es él el que lo está. Vamos a por él. Os quiero a tope. Entrad en la base de datos de desaparecidos. Quiero saber qué mujer casada con un tal Adrián ha desaparecido. Este cabrón ha movido ficha. Nos toca.

Frío

El cuchillo.

Solo puedo ver eso. Sé que es capaz. Me amenazó con matar a Sabela si no me quedaba callada en este agujero. Fijo la vista en su mano derecha. Tiene los nudillos blancos de tanto apretar el mango.

—No lo hagas —musito.

Se acerca hasta quedar frente a mí. Estoy sentada en el suelo. Desde esta posición parece aún más alto. Cierro los ojos, pero lo noto a mi lado. Imagino que se ha agachado, porque de repente siento su respiración cerca. Cada vez más cerca. Siento el filo del cuchillo. Está frío. Sus manos también lo están. El filo helado me acaricia el rostro. Pienso en defenderme, o en suplicar.

—Nico. —Eso es lo único que consigo hacer: murmurar su nombre.

Aprieto los ojos, hasta que me lagrimean. El filo del cuchillo se adentra en mi cara y el dolor me hace abrir los ojos. Me agarra fuerte. Intento defenderme. Siento la sangre correr por mi rostro. Me inmoviliza con los brazos, hasta paralizarme, como si una camisa de fuerza me rodease. Siento el sabor de la sangre, y grito, grito como no había gritado hasta ahora, con una mezcla de furia salvaje y terror. Me revuelvo y le empujo con todas mis fuerzas. Doy rienda suelta al miedo y la rabia que llevo días acumulando dentro de mí y la imagen de ese Nico al que amé desaparece y es sustituida por la de ese cuchillo de mango negro sujetado por esas manos que ya no reconozco. No consigo moverlo ni un milímetro. Me revuelvo otra vez y siento que me empuja hasta separarme apenas unos centímetros. Me percato de que baja su mano y entre su cuerpo y el mío de repente no hay nada más que el cuchillo. Me muerdo el labio con fuerza y el sabor de la sangre es aún más patente.

El filo del cuchillo atraviesa el jersey y vuelvo a cerrar los ojos, para no ver los suyos, para que la última imagen en mi retina no sean esos ojos color gris hielo que me miran con odio.

—No os merecéis nada —me dice al oído.

Comienzo a sollozar.

—Nada —repite.

Solo puedo pensar en Sabela, en Lois, en los martes y jueves que desperdicié sin estar a su lado. En el tiempo que no nos queda. Un llanto convulso, casi histérico se apodera de mí. Ya no puedo pensar. Ni siquiera cuando retira el cuchillo y siento sus pasos encaminarse a la puerta se serena mi llanto. Trago saliva y sangre y rabia. El picaporte emite su graznido de cuervo herido. Y de nuevo me quedo sola, acompañada tan solo por el murmullo de esas olas que me cercan, por el olor a salitre y el recuerdo de sus ojos gris hielo.

Me trago mis gritos, mi rabia, mi saliva y mi sangre. Hasta que solo queda silencio.

La rabia

El rugido del coche me hace dar un respingo. Echo una ojeada al retrovisor: es un Ibiza rojo tuneado que adelanta por la derecha a un viejo Mondeo. Parece uno de esos coches de videojuego que avanza a toda velocidad esquivando a los que se interponen en su camino. Un eslalon desquiciado que me obliga a apartarme ligeramente a la derecha para que me adelante. El chirrido de sus ruedas me hace clavar el freno. Nos quedamos ambos parados delante del semáforo y le hago luces. El gilipollas que conduce saca la mano por la ventanilla y levanta el dedo corazón.

Maldito cabrón.

Todo es rojo, de repente. Como el semáforo, el coche y su puta sangre que imagino esparcida sobre el salpicadero.

Me contengo. Dejo de mirar el coche, pero no me resisto a memorizar su matrícula. No tiene ni idea de lo que le haría, pero no lo haré, porque puedo contenerme. Sé que puedo, aunque con Catalina no pude. Con Úrsula, sí. Soy un tío encantador, cuando quiero. Úrsula nunca adivinó lo que se escondía dentro de mí.

Con Catalina fue distinto, porque ella me encendía más en

todos los sentidos y me hizo perder los nervios. No se diferenciaba en nada del idiota del Ibiza. Tocó la tecla equivocada. «Me das asco. Asco.» Deseé que se tragase sus palabras. Alargué la mano y cogí el pisapapeles y la golpeé con todas mis fuerzas, hasta que la rabia se fue haciendo cada vez más pequeña, hasta hacerla desaparecer. También la hice desaparecer a ella. Metí su cuerpo en el coche. Era de noche y el motel tenía aparcamiento privado, nadie nos había visto entrar y nadie nos vio salir. Recorrí los casi setenta kilómetros en silencio. Sabía que nadie la buscaría tan lejos. También sabía que, aunque limpiase mi coche, la policía encontraría algún resto. Siempre dejan rastro. Lo bueno es que nadie podía relacionarme con ella. Nadie nos había visto juntos nunca, así que nadie inspeccionaría mi coche. Tiré todas sus cosas en un contenedor a decenas de kilómetros de su casa. Se convirtió en basura confundida dentro de más basura.

Me gustaría reducir al tío del Ibiza a escombros. Golpearlo hasta destrozarle la cabeza y mandarlo al vertedero dentro de una bolsa de plástico gris.

El semáforo cambia a verde. Yo también proceso un clic interior para hacer desaparecer la rabia. Como cuando era niño, y mi madre me llamaba para decirme que era la hora de comer. Su voz me apaciguaba. Da igual lo enfadado que estuviese, ni cómo ahogase esa rabia que siempre estaba ahí dentro acechando: en cuanto oía su voz me calmaba y sabía que tenía que volver a ser su hijo. Porque ella no podía adivinar que debajo de ese niño tranquilo, obsesionado con la informática, había alguien que disfrutaba con el crujido de una cucaracha bajo la suela de su zapato. Tampoco Úrsula lo adivinó. Se creía muy lista pero nunca me vio por dentro, como Catalina, que pronto se dio cuenta de que a veces me llenaba de esa rabia que yo creía tener domesticada. Asco. Yo le daba asco. El sonido de su cráneo al quebrarse era como el de un insecto bajo mi pie.

Verde.

Respiro y me sereno.

6496JSF.

Te tengo, gilipollas.

Catalina

—Catalina Fiz Montero. Treinta y ocho años. Dependienta de Zara. Desaparecida en Pontevedra desde el 15 de noviembre de 2016. Casada con Adrián Otero Cal. Tiene que ser ella —dijo Álex.

—Pensé que sería más difícil —dijo Ana—. Recuerdo el caso: Amancio Ortega llegó a ofrecer una recompensa para el que aportara una pista de su paradero.

—Por supuesto que recuerdas el caso. Lo de la recompensa fue de locos, no te creas que fue de gran ayuda; eso desató una expectación extraordinaria y generó decenas de pistas falsas.

—Si es que no nos dejan trabajar. Lois Castro también anda dándole vueltas al asunto de contratar a un detective privado. Si los dos casos están relacionados, se va a montar un circo. En fin, ¿y ahora qué se supone que tenemos que hacer? —dijo Santi—. ¿Nos vamos a Pontevedra Ana y yo?

—No sé cómo enfocarlo, pero supongo que sí, aunque lo primero es ponernos en contacto con la comisaría de allí.

—¿Con quién hablamos en Pontevedra? —preguntó Ana.

—Con César Araújo —dijo Álex—. Lo conozco bien.

—¿Quién es? ¿El comisario?

—No —intervino Santi—. Es el inspector que lleva el caso. Buen detective. Tranquilo y racional. Justo lo que hace falta cuando un caso levanta tanta expectación. Se puso en contacto con nosotros porque un indicio situaba a Catalina en la estación de tren de Santiago la semana de su desaparición, aunque resultó ser una pista falsa. Después de eso no supe mucho de él, pero me consta que seguían buscando. Por desgracia hay casos que no dan más de sí.

—El comisario es Anxo Rial —dijo Álex—. Voy a llamarlo y a decirle que vais para allá. A ver cómo cae esto en esa comisaría. Sé de buena tinta que estaban bastante desesperados con el caso. Nunca se me habría ocurrido que hubiera una conexión entre esa mujer y la escritora.

—Es que no parece haberla. —Santi negó con la cabeza—. Este giro no me lo esperaba. Lo de Catalina Fiz parece el típico caso de mujer desaparecida que tiene detrás una agresión sexual y probablemente un homicidio. No creo que la familia conserve la esperanza de que esté viva. Sin embargo, el de la escritora tenía toda la pinta de ser un secuestro.

—Nada sustenta ninguna de las dos hipótesis. La que ahora cobra fuerza es la de que alguien las ha secuestrado a ambas y que ese alguien es un secuestrador en serie que quiere notoriedad. Y no descartemos que sea un homicida. Igual las secuestra para matarlas después, aunque esa mierda de mandarnos las alianzas solo tiene sentido porque quiere repercusión pública.

—¿Y si no se la damos? ¿Y si silenciamos esta conexión? —preguntó Ana—. Si no trasciende nada de esto, lo frustraremos.

Santi no lo veía como ella.

—Eso sería un error. Es un juego peligroso, en el supuesto de que sigan vivas. No debemos perder la esperanza de encontrarlas. Solo si le seguimos la corriente llegaremos a él. Es la única manera de avanzar.

Álex no tomó partido.

—Id tirando para Pontevedra. Yo llamaré a Anxo y a César. El comisario es peculiar, ya me ocupo yo de él. Con Araújo no tendréis problema, lo conozco bien, fuimos compañeros en su día. Ahora lleva cuatro años en Pontevedra y hace tiempo que no lo veo. Santi tiene razón, es un buen poli.

Ana y Santi asintieron y se fueron a recoger sus cosas. Ana aprovechó para llamar a su madre y decirle que no llegaría a comer y pedirle que se llevase a Martiño a su casa.

Ya en el coche, Santi volvió a sentarse en el asiento del copiloto. Ella lo prefería: conducir le hacía olvidar el hecho de que lo llevaba al lado. Pontevedra estaba a unos sesenta kilómetros. Ana se percató de que su jefe estaba preocupado. Apenas despegaba los labios y le contestaba con monosílabos. Finalmente desistió de iniciar una conversación y volvió a concentrarse en la autopista.

En cuanto llegaron a la comisaría se identificaron y preguntaron por el inspector Araújo. El agente que los atendió les dijo que el inspector los estaba esperando.

César Araújo era un hombre de casi sesenta años. Bajo, entrado en kilos y con poco pelo. Ana se sorprendió, porque de su conversación con Álex había deducido erróneamente que sería de la edad del propio comisario.

—¡Hola, César! —dijo Santi—. Esta es mi compañera, la subinspectora Ana Barroso. ¿Has hablado con nuestro jefe?

—Sí. Nos llamó hace un rato. Habló con el comisario y luego me llamó a mí. Habéis tenido suerte con Veiga, es un tío *caralludo*. Ya me ha contado que venís con noticias del caso de

Catalina Fiz y que tiene conexiones con la desaparición de la escritora. No nos ha dicho más, así que soy todo oídos.

—Se resume rápido. Hace unos días, aunque no lo hemos hecho público, recibimos por correo ordinario la alianza de casada de Úrsula B. Y hoy hemos recibido otra alianza: en su interior puede leerse el nombre de Adrián. Consultando la base de datos de desaparecidos hemos llegado a la conclusión de que puede ser la de tu Catalina. Tampoco hay tantas mujeres desaparecidas casadas con alguien que se llame Adrián.

—Pinta que puede ser de ella. ¿Qué decía la inscripción?

—«Adrián 24-07-2010.»

—Tendremos que comprobarlo. Como sea la de ella, esto les da una nueva dimensión a los dos casos.

—¿Cómo está el vuestro? —inquirió Santi.

—En vía muerta —reconoció César—. Desapareció hace más de dos años.

—Recuerdo que estuviste en Compostela investigando.

—Aquello quedó en nada.

—Sí, sí..., me lo dijiste. ¿Cómo es el marido?

—¿Adrián? Un buen tipo. Enamorado hasta las trancas y además con una coartada muy sólida. Estaba en Bruselas cuando Catalina desapareció.

—Las coartadas muy sólidas siempre me hacen desconfiar —intervino Ana.

—En este caso estaba más que probada: Adrián Otero dio una conferencia ante más de quinientas personas el día en que desapareció Catalina.

—¿No pudo encargarle el trabajo a alguien? —insistió ella.

—Nada es imposible, pero nuestra principal línea de investigación nunca se centró en el marido.

—¿Y cuál fue? —dijo Santi.

—Tenía un lío con alguien. Se lo confesó a su mejor amiga, pero sin detalles. Y encontramos un par de reservas a su nombre en un hotel. No conseguimos saber con quién estuvo, pero pasó un par de tardes allí. Nadie se va a un hotel a pasar la tarde. Además, su marido nos confirmó que no había ninguna causa aparente que justificase esas reservas. No fue con él.

—¿Qué hotel era? —preguntó Ana.

—Uno de Cambados —respondió Araújo—. Espera que busco el nombre.

—No lo busques —dijo Ana con convicción—. Sabemos cuál es. El San Marcos.

El mensaje

Marcó el número de la casa de Úrsula. Imaginaba que cuando Lois descolgase, la llamada sería grabada, así que se había preocupado de distorsionar su voz.

—Si quieres volver a ver a Úrsula viva, debes reunir doscientos mil euros. Tienes un plazo de cuatro días para conseguirlos. Pronto recibirás instrucciones. Si no pagas, Úrsula morirá. Si llamas a la policía, también.

Tras estas breves palabras se oyó, esta vez sin distorsión alguna, la voz de Úrsula:

—Quiero volver a casa.

Interrumpió la grabación y colgó.

La huida

Raquel abrió su armario y cogió toda su ropa en una enorme brazada. No se molestó en separarla ni en doblarla, solo la metió como pudo, sin orden ni concierto, dentro de su maleta más grande, la que usaba cuando viajaba en coche, porque en avión siempre excedía del peso reglamentario. Cogió una bolsa de deportes, que solía utilizar para ir al gimnasio, y metió en ella algunos pares de zapatillas, dos pares de botas y otros dos de zapatos planos. No usaba casi nunca tacones. Cogió un par de libros, su portátil y un neceser tipo maleta con todos sus útiles de aseo. Sacó del cajón de su escritorio dos discos duros externos y un sobre con dinero. Lo contó rápidamente: tres mil quinientos euros. Observó la fotografía de Úrsula y ella, con sus insultantes diecisiete años en Lloret de Mar, y la metió también en su bolso. Hizo dos viajes al coche para cargarlo todo. Finalmente, metió a Mora en el transportín de siempre, y una bolsa con pienso para gatos.

Hasta que dejó atrás la ciudad no se sintió tranquila. Continuamente miraba por el retrovisor para comprobar, por enésima vez, que nadie la seguía.

La melodía del móvil le hizo dar un respingo. Era Lois. Dejó que sonase hasta que saltó el contestador. Lo imaginó escuchando el mensaje. «El teléfono móvil al que llama no contesta. Deje su mensaje después de la señal.» Recordó que Úrsula le había dicho una vez que quería escribir un libro de mujeres solas que dejan llamadas en un contestador automático. A ella le había parecido una idea ridícula. «Nadie habla con un contestador hoy en día», le había dicho.

Nadie, excepto Lois.

«Raquel, llámame. Tienes razón, voy a contratar a un investigador privado. Son ya diez días. Necesitamos a alguien que descubra la verdad.»

Raquel estuvo a punto de devolver la llamada, pero desistió enseguida.

La verdad. La verdad no les devolvería a Úrsula. No podían contratar a un detective. Había sido idea de ella, pero eso había sido antes, ahora mismo no necesitaba a nadie más hurgando en su vida. Se había vuelto loca. No debería haberlo hecho. Borró su mente. De nada servía arrepentirse, necesitaba alejarse. No sabía adónde iba, solo sabía que no aguantaba ni un día más en su casa.

Paró en el área de servicio de Ordes, llenó el depósito y le mandó un breve mensaje a Lois. «Sin apenas cobertura en la aldea con mi madre. Volveré en unos días. Tengo un asunto familiar urgente. Mantenme informada si sucede algo», mintió.

Volvió a mirar hacia atrás, convencida de que alguien la observaba. «Estás histérica», se dijo.

Se metió en el coche. Al instante el móvil se iluminó. Un mensaje de un número desconocido. «Sé lo que has hecho.» Se quedó paralizada delante de la pantalla. Una pequeña vibración, ahora provocada por un email. Lo abrió para descubrir otro archivo de los que había eliminado. Y solo una palabra.

«Vuelve.»

Sabía lo que había hecho. La había descubierto. Lo sabía todo. Se echó a llorar mientras giraba la llave en el contacto y conducía hasta la siguiente salida de la autopista para cambiar de sentido.

Veintisiete meses y medio

—Es increíble. Se lía con ellas, las lleva a los mismos hoteles, las secuestra y probablemente las mata.

—No me encaja. Nada en este caso me encaja. Llevamos más de dos años sin saber nada de Catalina y de repente salta a la palestra —dijo Santi.

—Ya sabes lo que opina el jefe: que quiere notoriedad.

—¿La quiere ahora y no la quería hace dos años?

—La gente cambia —replicó ella.

Estaban en un italiano cercano a la comisaría de Pontevedra. Después de confirmar con las notas de Araújo que las reservas de hotel de Catalina habían sido, efectivamente, en el hotel San Marcos, habían decidido quedarse en Pontevedra y estar presentes cuando César informase a Adrián del hallazgo de la alianza. Lo habían citado en comisaría a las cuatro de la tarde.

—No tanto —dijo Santi—. No, cuando estamos hablando de delincuentes seriales. Lo sabes. Tienes la teoría mucho más fresca que yo. Un delincuente serial, ya sea un asesino o un agresor sexual, se caracteriza por seguir siempre el mismo *modus operandi*.

—Tienes razón, pero a lo mejor hay un patrón oculto que

tenemos que encontrar. Para empezar, ambas son mujeres de mediana edad, felizmente casadas, o por lo menos eso parece, que aceptan por las buenas tener una aventura con él.

—Con Catalina no lo tenemos claro.

—Fue a ese hotel. Y repitió.

—Vale. Tenemos una especie de donjuán que se lía con tías casadas, luego las secuestra y las hace desaparecer. Imaginemos que las mata. Aunque no sepamos lo que ha hecho con ambas después de secuestrarlas, una cosa es clara: a partir del momento de la desaparición, su metodología varía. A la desaparición de Catalina le sigue el silencio. Sin embargo, desde el minuto uno de la desaparición de Úrsula ese tío está en contacto con nosotros.

—No te voy a mover de ahí, ¿verdad? —dijo Ana mientras le pedía la cuenta al camarero.

—Sí, si encuentras un argumento sólido.

—Mira que eres cuadriculado.

—No lo soy. —Santi echó mano a la cuenta.

—Me toca invitar a mí —dijo ella.

—¿Cómo dices?

Ana se dio cuenta al instante de lo inoportuno del comentario.

—Nada. Una chorrada. La última vez que comimos juntos, pagaste tú.

—Buena memoria. Pero esto es trabajo. Pasaré la dieta, no te preocupes. —Le tendió su tarjeta de crédito al camarero.

Ana sintió que se sonrojaba.

—Por supuesto —dijo mientras se ponía su abrigo.

Llegaron a la comisaría con diez minutos de antelación. César ya los esperaba en la sala de interrogatorios.

—¿Habéis comido bien? —preguntó.

—De maravilla —contestó Santi—, tenías razón, la pizza es espectacular.

—Os lo dije. Siento no haber podido acompañaros, pero tenía que recoger a mi hijo en la estación de tren y llevarlo a casa. En fin, el marido debe de estar a punto de llegar. Dejadme que se lo explique yo. Esto no va a ser fácil para él.

Aún no había acabado de hablar cuando llamaron a la puerta.

El inspector Araújo hizo las presentaciones. En cuanto identificó a Santi y a Ana como policías de la comisaría de Santiago, Adrián Otero se mostró visiblemente nervioso.

—¿Ha pasado algo? —preguntó—. ¿Alguna pista sobre Cata?

—Tranquilícese —intervino Santi—, en efecto, ha sucedido algo en relación con la desaparición de su esposa.

—Mis compañeros están al frente del operativo de búsqueda de la escritora Úrsula B. —dijo César—. Hace unos días se recibió en comisaría una carta anónima que contenía la alianza matrimonial de la escritora. Y hoy mismo les ha llegado otro sobre con esta otra.

César extendió sobre la mesa una copia de la fotografía de la alianza. La inscripción podía leerse claramente.

Adrián contempló la fotografía en silencio.

—No puede ser —dijo al fin.

—Adrián, ¿es la suya?

—Es la fecha de nuestra boda.

Adrián se quitó la alianza de su dedo y mostró la inscripción. «Catalina 24-07-2010.»

—Sin verla no puedo asegurarlo, pero parece la de ella. Tenía las manos muy pequeñas.

—¿Sabe la talla?

—Sí. La diez. Le gustaban las joyas, solía regalarle anillos.

—Lo comprobaremos. Otra cosa, Adrián —intervino Santi—, ¿sabe si hay alguna relación entre Catalina y Úrsula? ¿Se conocían?

—Rotundamente no. A Cata ni siquiera le gustaba leer.

—¿Y no cabe la posibilidad de que se conocieran por algo que no estuviera relacionado con la literatura?

—Nunca le oí hablar de ella. Pero lo importante es que ahora tenemos una pista que nos puede llevar hasta mi mujer.

—Adrián, ya sabes que seguiremos haciendo todo lo posible —dijo César.

—Soy consciente. Estoy preparado para lo peor. En mi interior siento que Catalina está muerta, pero necesito estar seguro, que encuentren su cuerpo. No hablo solo por mí. Sus padres, mi cuñada... Todos lo necesitamos.

—Hasta que no haya indicios racionales de que su esposa está muerta, debería conservar la esperanza de que aparezca con vida. —Ana trató de consolarlo.

Adrián la miró a los ojos, con desconcierto.

—¿Esperanza? ¿Viene usted aquí a hablarme de esperanza, veintisiete meses y medio después de que haya desaparecido? Cata está muerta porque al que se la llevó no le sirve de nada viva. No tenemos dinero, no somos influyentes. Ella era dependienta y yo trabajo en una fundación. Ni siquiera apareció cuando la empresa de mi mujer se movilizó y ofreció una importante recompensa. Veintisiete meses. ¿Es capaz de echar la vista atrás y calcular la cantidad de cosas que pueden pasar en ese tiempo? No hay ninguna razón para que nadie mantenga con vida y recluida a una mujer sin intentar pedir un rescate. Tengo muy claro que Cata está muerta, pero lo que necesito ahora es estar seguro. Y, sobre todo, necesito que encuentren a la persona que se llevó a mi mujer.

La sala se llenó de un silencio incómodo.

—Disculpe, inspector Araújo, esto no va contra ustedes —añadió Adrián—. Sé que han trabajado muchísimo en este caso.

—No pretendía decirle cómo tiene que sentirse, señor Otero —dijo Ana—, pero hay antecedentes de reclusiones muy largas. Recuerde el caso de Natascha Kampusch. Nos enfrentamos a todo tipo de delincuentes todos los días.

—Pues demuéstrenlo y encuentren a mi mujer.

—De eso se trata —dijo Santi—. Ha dicho que trabaja usted en una fundación. ¿En cuál?

—LinGal. Fundación para el desarrollo de la lengua gallega.

—¿Es una fundación pública?

—Sí. Depende de la Consellería de Cultura.

—¿Y qué hace exactamente allí?

—Es difícil resumirlo: podríamos denominarlo ingeniería lingüística, que básicamente consiste en idear dentro del departamento de I+D herramientas que sirven para procesar el lenguaje natural, ya sea escrito con texto, u oral con herramientas de audio y vídeo... Por ejemplo, traductores automáticos, tratamiento de la voz, correctores automáticos, diccionarios electrónicos, extracción terminológica, creación de corpus, análisis de sentimientos... Mi perfil ha cambiado en los últimos años y he pasado a ser más desarrollador que investigador, así que la mayor parte de mi tiempo lo paso programando y apenas me dedico al I+D.

—Parece interesante —dijo Ana—. ¿Es usted lingüista o informático?

—Informático.

—¿Y cuánto hace que trabaja en la fundación?

—Doce años. Pero no entiendo en qué puede eso ayudar a Cata.

—Estamos intentando encontrar conexiones con Úrsula B.

—Claro, claro —dijo Adrián con tono conciliador—. Perdonen, estoy muy nervioso. Ver el anillo de Cata me ha trastornado.

—Lo entendemos —asintió Ana.

Santi sacó su tarjeta y se la entregó a Adrián.

—Si recuerda algo relacionado con Úrsula, no dude en llamarnos. Pregunte a sus amigos y familiares. A lo mejor ellos conocen algún dato que establezca un nexo entre su mujer y la escritora. Y no descarte que lo llamemos para seguir indagando en esa línea.

—Llamen y pregunten lo que quieran, pero sigan buscando.

—Lo haremos. No lo dude.

En cuanto Adrián abandonó el despacho, Ana y Santi recogieron sus cosas y se despidieron de Araújo, que prometió enviarles esa misma tarde un correo electrónico con toda la información disponible del caso.

Ya en el coche, Ana le cedió a Santi el asiento del conductor.

—¿Qué te ha parecido? —preguntó él.

—Ya sabes que me ha dado pena. Y no hace falta que me repitas tu discurso de que ya te dará pena cuando encontremos a Catalina y a Úrsula y que hasta ese momento absolutamente todo el mundo es sospechoso. Sé muy bien que no te permites sentir pena por nadie. Así que ahórratelo.

Santi sonrió.

—Estás muy resabiada, tú.

—Sé muy bien cómo reaccionas.

—Y yo sé que te dejas llevar por los sentimientos y eso no te permite analizar los hechos con claridad.

—No tengo ni idea de por qué piensas eso, pero no es verdad en absoluto.

—No deberías dejarte influir tanto por tus sentimientos.

—No puedo evitarlo. Me da pena él, me da pena Castro y sobre todo me da pena la niña, Sabela. Y todavía me dan más pena las dos mujeres, Úrsula y Catalina. Pero no te confundas, esto no me impide asimilar toda la información.

—¿Sí? ¿Y qué has deducido de esta charla?

—Lo mismo que tú: que tanto Úrsula como Catalina están casadas con un ingeniero informático. Y yo seré una idiota sentimental, pero no creo en las casualidades.

Santi la miró con sorpresa.

—Joder, es verdad. —Se quedó callado unos instantes y luego se echó a reír—. Eres una crack, Ana.

—Lo sé. Una crack sentimental. Anda, arranca de una vez, que llevo diez horas fuera de casa.

Heridas

—¿Me vas a contar lo de la bibliotecaria con calma?

—Es maja, ¿verdad?

Connor sonrió. Estaban tomándose una cerveza después de un partido de pádel en el que Santi le había dado una buena paliza.

—No te estoy preguntando si es maja. Ya sabes que me cayó bien. Te estoy preguntando cómo demonios has pasado de estar encerrado en tu cueva a quedar con una tía de la que nunca me habías hablado.

—Tampoco hay mucha explicación: fui a la biblioteca a buscar un libro y me dio su teléfono. Hace tiempo que la conozco de vista y el otro día la interrogamos porque la escritora tenía un acto allí el día de su desaparición. Tiene un rollo muy guay. Siempre me lo pareció y ahora que la conozco, mucho más.

—¿Y qué tal con ella?

—Nada, no pasó nada. Simplemente tenía ganas de conocerla. Nos tomamos el café contigo, y nos despedimos. Seguramente la llame esta semana.

—Sabes que me voy a poner en modo psiquiatra y a decirte que estas ganas de quedar con otras mujeres tienen mucho que ver con el hecho de que hayas vuelto a ver a Ana todos los días, ¿verdad?

—No hace falta ser psiquiatra para establecer esa conexión. Si ella ha podido pasar página, yo también puedo.

—Ahhh, ya hemos llegado al meollo del asunto. Así que Ana ha pasado página.

—Juraría que hay algo entre Veiga y ella.

—¿Veiga?

—El comisario nuevo.

—¿Estás seguro de eso?

—No. Pero si no es Veiga, será otro. Y también tengo claro que no seré yo. El otro día fui a su casa y pasamos la noche juntos. Fue..., bueno, en un primer momento fue genial, pero al día siguiente estaba fría, distante. Me pidió que no volviésemos a mezclar la vida profesional con la personal. Y no es que le falte razón. No he olvidado el daño que le hice pero... Estaba preparado para escuchar todos y cada uno de sus reproches y enfados, ya sabes lo visceral que es, pero verla así, hablando fríamente de su futuro profesional mientras me servía un café... Así que me fui. Es como si no fuese la misma.

—Tampoco tú eres el mismo.

—Me repito que estamos comportándonos como dos personas maduras. Sé que tiene razón, no es bueno que mezclemos lo nuestro con el trabajo. Quizá por eso quedé con Lorena. Necesito dejar de pensar en Ana. Y si ella se ve con Veiga, tengo que asumir que no soy nadie en su vida para impedirlo.

—¿Me vas a decir cómo te sientes de verdad, o vas a seguir recitando el manual de técnicas de autocontrol que te da Adela Ballesteros?

—Los vi un día en el coche juntos —se rindió Santi finalmente—, y lo único que deseé en ese momento fue matarlos a hostias. No suena agradable dicho así en voz alta, pero te juro que en mi cerebro suena incluso coherente.

—Pues si tu reacción ha sido invitar a una tía a tomar un café un sábado, la cosa no va tan mal.

—Los dos sabemos que algo sigue funcionando mal dentro de mí.

—¿Has indagado con Adela en el origen de tu violencia?

—No he sido un niño maltratado ni he vivido en un entorno violento. El problema no va por ahí. Adela dice que tiene mucho que ver con un déficit de autoestima.

—Estoy de acuerdo con ella.

—Hablando de perfiles psicológicos, necesito tu ayuda. Todo indica que nos enfrentamos a un delincuente serial.

—¿Asesino? ¿Delincuente sexual?

—Aún no lo sabemos, pero tenemos a dos mujeres desaparecidas. Al parecer el causante de ambas desapariciones es el mismo tío.

—¿Hay un patrón claro en la metodología?

—Hasta el momento de la desaparición, sí. Por lo visto el hombre inicia con ellas una relación, mantienen una aventura. Incluso coinciden los hoteles donde se citan. Luego las hace desaparecer. Si me preguntas, yo diría que para matarlas. Un psicópata de libro, vamos.

—En contra de la creencia popular, el asesino en serie no tiene por qué tener necesariamente asociado un trastorno mental o psicótico concreto o específico más allá de su incapacidad para empatizar con las víctimas. Esa es la clave. Esa falta de capacidad para empatizar con las víctimas suele encontrar su origen en un desarrollo anómalo de su personalidad en los primeros años de su vida.

—¿Te das cuenta de que me acabas de poner a la altura de un asesino en serie?

—Santi, lo que le hiciste a Samanta es imperdonable y tus problemas de gestión de ira son muy preocupantes. No voy a permitirme restarle un ápice de importancia. Te aprecio y lo sabes. Por eso mismo, no voy a consentir que te autoflageles y te compares con un asesino en serie. Tú eres plenamente consciente de las fronteras entre el bien y el mal. Conoces tu problema y te rebelas contra tu propia naturaleza intentando ponerle remedio. En las estadísticas de reinserción de maltratadores, se cuantifica como resultado positivo el reconocimiento de su problema por parte del maltratador, de que lo que sucedió no es imputable a la víctima sino a sí mismo. Casi un cincuenta por ciento de los maltratadores que se tratan llegan a ese punto. Pero en tu caso, llegaste a ese punto tú solo. Siempre fuiste consciente de que el problema estaba en ti. Tienes ya un largo camino recorrido, Santi.

—Eres mi amigo, no intentes justificarme.

—Y también soy psiquiatra y estoy muy lejos de justificar nada. Tienes una enfermedad crónica que no se curará, pero trabajas duro para controlarla y te has ganado mi respeto por eso.

—¿Lo ves?, eres un buen amigo.

—Lo soy.

Ambos se echaron a reír.

—Sé por lo que has pasado, Santi. Fue todo muy doloroso. Todos tenemos heridas, pero ya sabes lo que dicen: un clavo quita otro clavo.

—Tantos años estudiando psiquiatría para acabar acudiendo al refranero popular. Te haré caso. La llamaré hoy y la invitaré a ir al cine un día de esta semana.

—Y no te flageles. No eres ningún psicópata, ¿vale?

El sonido del móvil interrumpió la conversación. Santi se apresuró a cogerlo. No emitió una sola palabra. Colgó y sacó la cartera.

—Yo invito. Tenemos novedades, me voy a comisaría.

—¿Me lo vas a contar?

—Buena pregunta viniendo del defensor a ultranza del secreto profesional.

—*Touché*.

—Te llamo en un par de días y tomamos algo.

—Mejor vete al cine con Lorena.

—Deja de dirigir mi vida, Brennan. Tengo que encontrar a una mujer —dijo Santi, y, tras ponerse la cazadora, salió del bar.

Más heridas

—La verdad es que salí con Álex el sábado porque vi a Santi con otra tía.

Javi la miró incrédulo.

—¿Te has vuelto loca? ¿Liarte con el comisario? ¿Es que no aprendiste nada de tu relación con el jefe?

—No me he liado con el comisario, solo tomamos una cerveza en el Atlántico.

—Siempre llevas a los tíos al mismo bar. Ese camarero se conoce todos tus ligues de los últimos cinco años.

—El comisario no es un ligue y ya se lo he dejado claro.

—Me alegro. Si tengo que aguantarte llorando en mi hombro otros dos años, me va a dar algo.

Ana le dio un leve puñetazo en el brazo.

—Hay algo más —dijo Ana.

—Soy todo oídos.

—El viernes Santi vino a casa. Pasamos la noche juntos.

Javi abrió aún más los ojos, intentando asimilar la noticia.

—¿Y?

—Y nada. Resulta que al día siguiente me puse digna y decidí en ese momento que mi prioridad era mi carrera y que no quería repetir los errores del pasado. De verdad que cuando me escuché sonaba coherente. Luego me lo encontré en Santiago con la bibliotecaria de la Ánxel Casal y me di cuenta de que sin embargo, para él, su prioridad no soy yo ni nuestra relación.

—También te digo que lo tienes merecido. Nunca entenderé ese juego que tenéis las tías de mandar mensajes contradictorios. Si le dices que se abra y lo hace, no sé por qué te pones así. ¿Qué es lo que esperabas? ¿Que se quedase a dormir en tu felpudo hasta que le abrieses la puerta de nuevo?

—¡Joder, Javi! ¿De lado de quién estás? No se trata de eso. Una cosa es que haga su vida, y otra cosa es que se busque a otra tía unas horas después de salir de mi cama. Yo solo quería espacio. No sé, a la luz del día me entró miedo.

—¿Miedo de qué? —preguntó Javi, receloso—. ¿Tienes miedo de que te haga algo? ¿No decías que nunca te había hecho nada?

—No es eso —Ana esquivó la pregunta—, pero no puedo olvidar lo que me dijo Samanta. ¿De verdad quiero estar con un tío capaz de hacerle eso a una mujer? Además, no puedo perder la concentración; no mentí cuando dije que encontrar a Úrsula B. es ahora lo más importante para mí.

—He visto las últimas notas del caso. Un informe sobre una nueva alianza que al parecer perteneció a Catalina Fiz.

—Hemos confirmado con el marido que se corresponde con la fecha de la boda. Estamos a la espera de los resultados de la científica, a ver si tenemos huellas o ADN.

—Ana, tienes que olvidarte del jefe. Si prefieres que te coja el relevo, hablamos con Veiga. Tú te quedas en comisaría y yo me dedico a patear Galicia con Abad para encontrar a la escritora. Sabes que prefiero estar tranquilo en la oficina, pero no tienes que estar con él a todas horas. No sé hasta qué punto es buena idea.

—No lo es en absoluto, sé que no engaño a nadie cuando digo que ya no siento nada por él. Pero lo que le dije el otro día, es verdad: no voy a permitir que una relación personal lastre mi carrera profesional. Nunca había tenido la oportunidad de enfrentarme a un delincuente serial.

—¿Tenéis claro que lo es?

—Yo sí. Abad tiene sus dudas.

—¿Por qué?

—Dice que no le encaja que ahora quiera protagonismo y antes no lo quisiera.

—Eso es una chorrada.

—No. No lo es, no subestimes al jefe. Tiene mucha razón, pero ambos casos presentan similitudes. Y, sobre todo, hay que tener en cuenta que es el propio secuestrador el que nos ha mandado pruebas que conectan los dos casos.

—En serio, Ana, puedo hacerlo. Si quieres quedarte en comisaría, hablaré con Veiga. Y por el amor de Dios, si no tienes con quién salir un sábado, tengo media docena de amigos que me pagarían por conseguirles una cita contigo, o abre una cuenta en Tinder, pero deja de salir con tus superiores.

—Está bien. Pero en serio que no pasó nada, ni va a pasar, te lo aseguro. Puedo ser amiga de Veiga igual que lo soy tuya.

Comisario Veiga. La mirada de ambos se dirigió hacia la pantalla del móvil de Ana.

—Ahí tienes a tu comisario. —Javi sonrió.

Ana descolgó.

—En un minuto estoy ahí —dijo, tras escuchar a su jefe.

Javi levantó una ceja.

—No es lo que piensas —se defendió Ana—. Paga tú. Novedades en el caso de la escritora. Me voy volando.

—Claro, claro, a las nueve de la noche.

—A veces me pregunto cómo te aguanto.

—Anda, lárgate. Me debes una caña. Y ábrete un Tinder.

El rescate

—Doscientos mil euros —dijo Santi—. Parece un rescate asumible. ¿Está usted en condiciones de pagarlo, señor Castro?

—Sí, imagino que sí, aunque necesitaré algunos días para reunir el efectivo.

—No sabemos si querrá efectivo. Sería más normal que pidiese un pago en criptomoneda.

Álex Veiga asintió con un gesto y tomó la palabra:

—De momento no ha especificado nada. Ya están analizando el origen de la llamada: la voz de Úrsula es una grabación.

—¿Qué significa eso? —preguntó Lois.

Estaban en el despacho del comisario. Santi y Ana aún no habían comentado con Álex los resultados de su investigación en Pontevedra, y ambos se entendieron con una sola mirada. Hablar de Catalina Fiz delante de Lois solo contribuiría a alarmarlo aún más.

—Nada en especial —contestó Álex—. Solo que no estaba presente cuando montó la grabación, lo cual es normal si mantiene a Úrsula oculta en algún lugar. Por lo menos sabemos que está viva y que estamos ante un caso de secuestro.

—Ahora solo nos queda esperar esas instrucciones para decidir cómo proceder y ver si la entrega de ese rescate nos da margen para atrapar al secuestrador.

—Nos ha dado cuatro días —dijo Lois.

—Haga todo lo necesario para reunir el dinero, y no sea discreto —le indicó Álex.

—¿Y si me han seguido? ¿Correrá peligro la vida de Úrsula?

—El secuestrador cuenta con que nosotros estemos informados. De todas formas, faltan cuatro días para que vuelva a mover ficha. Por ahora la pelota sigue en su tejado.

—Me voy a casa, si les parece bien. Tengo que recoger a Sabela, la he dejado con mi hermana.

—Claro, vaya —dijo Ana—, y no le quepa duda de que ha hecho lo correcto. Que el secuestrador dé un paso al frente es una buena noticia.

Lois asintió.

—Supongo que ustedes pueden calificarlo así.

—Lo que la subinspectora Barroso quiere decir —intervino Santi— es que ahora tenemos la seguridad de que Úrsula está viva. Reconozca conmigo que esto es más de lo que sabíamos esta mañana.

Ana lo miró con agradecimiento.

—Yo no tengo ninguna seguridad —replicó Lois—. No sabemos de cuándo es esta grabación. En fin, tengo que irme.

Ninguno de los tres abrió la boca hasta que Lois Castro abandonó el despacho del comisario.

—¿Qué tal en Pontevedra? —preguntó Álex.

Ana cruzó una mirada con Santi antes de tomar la palabra:

—Existe conexión. No tenemos claro cuál es el origen, pero Catalina Fiz también inició una relación extramatrimonial antes de su desaparición y frecuentaban los mismos hoteles.

—¿Y hubo petición de rescate también?

—No, en el caso de Catalina, no. —Ana negó con la cabeza.

—Eso no encaja.

—Tenemos mil flecos sueltos —intervino Santi—. El perfil del acosador no encaja con el de secuestrador y el de secuestrador no encaja con el de asesino.

—Nadie ha hablado de asesinato —dijo Álex.

—Catalina Fiz lleva más de dos años desaparecida —contestó Ana—. Ni siquiera su familia tiene la esperanza de encontrarla con vida.

—Ambos casos ahora alcanzan otra dimensión. —Santi guardó silencio unos segundos antes de añadir—: Por cierto, ese plazo de cuatro días para conseguir el dinero indica que el secuestrador conoce la situación financiera de Lois Castro. Sabe que necesita tiempo para reunirlo. Veremos adónde nos lleva la petición de rescate.

—A mí me va a llevar directa a la tumba si no me voy a casa a descansar. —Ana se puso en pie.

—Sí, claro. Seguimos mañana. —Álex sonrió.

Santi fue el primero en abandonar la estancia.

Un puente colgante

—¿Qué haces? —preguntó Ana al ver que Santi no levantaba la vista del ordenador para devolverle el saludo.

—Mandar un correo electrónico a Adrián Otero y otro a Lois Castro. Quiero saber de qué promociones son, dónde estudiaron y si han coincidido alguna vez a nivel profesional. Recuerda que Castro nos dijo que había trabajado en una empresa de servicios informáticos.

—A lo mejor no es más que una casualidad.

—Yo te enseñé a no creer en las casualidades —dijo Santi.

—Ya. Ayer hice la asociación natural de ideas, pero hoy ya no lo veo tan claro. Me refiero a que no es muy de asesino en serie dedicarse a matar a mujeres de informáticos.

—Puede que contactara con ellas gracias a eso. Quizá es un amigo común de ambos y ellos desconocen esa circunstancia.

—¿Se te ha ocurrido como a mí lo bien que encaja un ingeniero informático en el perfil de Nolimits.Psycho? Capaz de entrar en las redes de esas mujeres y posiblemente en todos sus dispositivos. Hoy en día toda nuestra vida está dentro de nuestros teléfonos y tablets; ese tío era capaz de tener controladas a la escritora y a Catalina simplemente con hackearles sus cuentas.

—Sin embargo, no sacamos nada del móvil ni de la tablet de Úrsula. ¿El de Catalina llegó a aparecer?

—No, nunca. En casa de Catalina no estaba. Y es lógico. Lo normal es que lo llevase encima cuando desapareció.

—¿Ya te has leído el dosier de Araújo?

—Ayer, después de llegar de Pontevedra aún me dio tiempo a tomarme una caña con Javi, a venir a comisaría a reunirnos con Castro y a leerme el informe que nos pasó el inspector antes de dormir.

—Sí que te cunde el tiempo. Yo estaba con Brennan cuando nos llamó el jefe. Aproveché para preguntarle por la psicología de los delincuentes seriales.

—¿Ahora sí crees que lo es?

—No estoy seguro. Para que un asesino sea considerado serial, tradicionalmente suele hablarse de la existencia de al menos tres casos con un patrón común. Y además el caso ha dado un giro que lo diferencia del de la mujer de Pontevedra: ahora tenemos una petición de rescate.

—¿Y qué te dijo Brennan?

—Nada en especial. Lo de siempre. Que son asesinos con muy poca capacidad para generar empatía con otras personas y, fundamentalmente, con las víctimas. Pero sobre todo me llamó la atención una cosa. Brennan hizo hincapié en el hecho de que se trata de delincuentes en los que, sin descartarlo, es posible que no haya un trastorno psicótico concreto.

—Y frente a eso tenemos a un hombre que se autodenomina Psycho.

—Parece que este hombre está construyendo un personaje.

—¿Para quién?

—Para nosotros, por supuesto.

—Está bien, dispara.

—No es un psicópata y ha unido artificialmente ambos casos. No tiene ni idea de dónde está Catalina Fiz.

—Mira que eres complicado. ¿Y la alianza?

—Si consigue el dato de la fecha de la boda, puede encargar una. Es cuestión de investigar. En un registro civil, por ejemplo. Incluso puede haberla grabado él, con cierta pericia, para que no quede constancia en ninguna joyería. No se te olvide que no tenemos aún ninguna prueba física de que sea la alianza de Catalina.

—¿Cómo encaja la petición de dinero en todo esto?

—Encaja poco. A mí me ha descolocado. Hay indicios objetivos de que tenía una aventura con Úrsula. ¿Para qué iniciar una relación si solo quería dinero? Si Úrsula estaba muy enamorada, pudo sacárselo a ella directamente.

—¿Crees que es de ese tipo de mujer?

—No lo sé. ¿Acaso tenemos idea de qué tipo de mujer es? Necesitaríamos saber más de ella. No tenemos ni idea de la mujer que había tras la escritora. Nadie parecía conocerla mucho, excepto su marido y su asistente.

—No puedes con ella tampoco, ¿eh?

—Ni con ella ni con Castro. Nos mienten descaradamente.

La puerta se abrió de golpe y Álex entró en el despacho.

—Otro sobre.

Las miradas de Barroso y Abad se clavaron al instante en el sobre manila que el comisario tenía entre las manos.

—Acaba de llegar —dijo Veiga.

Ana se puso pálida.

—Por el amor de Dios, que no sea otra alianza. ¿A cuántas mujeres ha secuestrado ese tío?

—No lo sé, pero tiene muchas ganas de hacérnoslo saber —dijo Santi.

Veiga abrió el sobre con cuidado y echó una ojeada dentro.

—Es una foto —dijo—. Dadme unas pinzas. No tendrá huellas, pero no quiero arriesgarme.

En cuanto extrajo la fotografía y la colocó encima de la mesa, los tres fijaron la vista en ella. Era de tamaño convencional, 10 × 15 centímetros, y reproducía un paisaje. Un río caudaloso con vegetación espesa en sus márgenes. En la parte superior de la fotografía podía verse un puente de estructura metálica.

—¿Qué *carallo...*? —dijo Santi.

—Yo conozco ese sitio —le interrumpió Ana.

Ambos se la quedaron mirando, atónitos.

—O mucho me equivoco o es el puente colgante del Xirimbao. Está relativamente cerca de mi casa.

—Conozco el lugar en el río Ulla, pero yo no lo hubiera reconocido tan rápido.

—Tú no tienes hijos, Santi. En el colegio de la Ramallosa los llevan todos los años de comida en fin de curso. Tengo mil fotos de mi hijo debajo de ese puente. Pero ¿para qué nos mandará esta foto ahora?

Santi alzó la vista y fijó la mirada en el comisario.

—Tenemos que ir allí con los perros y desplegar el operativo completo. A ninguno se nos escapa lo que significa esta foto.

La búsqueda

«El comisario Alejandro Veiga, de Santiago de Compostela, ha emitido un comunicado confirmando que hoy al mediodía la Policía Nacional ha continuado con el operativo de búsqueda de la escritora Úrsula B. en el área recreativa del Xirimbao. Como les informamos ayer, varios dispositivos comenzaron a peinar la zona alrededor del puente colgante sobre el río Ulla que une los ayuntamientos de Teo y la Estrada.

»Según el comunicado oficial, en la jornada de hoy el operativo se realizará en una zona de quinientos metros de longitud y unos doscientos de ancho, tanto en tierra firme como en el río, con la presencia de buzos y el apoyo de una embarcación.

»Según hemos podido comprobar, los agentes han instalado una carpa en un punto que solo es accesible para los cuerpos de seguridad, ya que la zona ha sido acordonada.

»También nos han informado desde el Instituto de Medicina Legal de que el operativo ha solicitado la colaboración de médicos forenses, y, aunque no se ha confirmado, todo parece indicar que existe la expectativa de que aparezca el cuerpo de la escritora.

»El comunicado oficial informa también de que los trabajos de búsqueda se desarrollarán hoy hasta las cinco de la tarde, con un descanso para los buzos entre las dos y las tres y media.

»Les recordamos que la escritora santiaguesa Úrsula B. desapareció el pasado 22 de febrero cuando se dirigía a dar una charla en la biblioteca Ánxel Casal. No han trascendido los detalles de la investigación que han conducido al operativo actual en el área recreativa del Xirimbao.

»La portavoz de la familia y asistente de Úrsula Bas, Raquel Moreira, ha realizado unas breves declaraciones a las puertas del domicilio de la escritora, indicando que los cuerpos de seguridad no han facilitado ningún dato a la familia que justifique dicho operativo. Ha manifestado también el disgusto del esposo de la escritora y del resto de la familia por no haber sido informados de los detalles del operativo y ha agradecido las muestras de apoyo recibidas, así como la colaboración ciudadana producida desde su desaparición...»

Santi apagó la radio del coche patrulla y aparcó junto al cordón policial. Veiga y Ana estaban en la zona de búsqueda desde las once de la mañana y no la habían abandonado para ir a comer. Él se había acercado a la comisaría para revisar los informes periciales de las alianzas y la fotografía remitida. No había rastro de huellas ni presencia de ningún indicio fiable que los condujese al remitente, como habían intuido. La fotografía enviada era la que figuraba en la página web del Ayuntamiento de Teo para promocionar el turismo en el área recreativa. Respecto al teléfono desde el que se había hecho la petición de rescate, se había comprado en un centro comercial de Santiago y pagado en efectivo.

Cogió su chubasquero en la parte de atrás del coche. Caía un orvallo lento y fino, de los que calan lentamente. Frente a la zona acordonada había varias furgonetas y observó a más de media docena de reporteros que retransmitían en directo, aunque Santi sabía que no había nada nuevo de lo que informar, más allá del comunicado oficial emitido por Veiga esa mañana.

Habían iniciado el día anterior las actuaciones de búsqueda y por decisión del comisario no habían avisado a la familia de Úrsula. Santi le había advertido a Álex que los medios se harían eco del operativo, pero él decidió no dar datos de los avances en la investigación. Santi tenía claro que su decisión se debía en parte a que no sabían aún lo que estaban buscando y en parte a que el comisario no había previsto la intensidad mediática de la desaparición de la escritora. La tarde anterior habían mantenido una conversación muy tensa en la que Santi había insistido en avisar a Lois Castro y a Adrián Otero, y Álex le recordó que él tomaba las decisiones en esa comisaría. A la vista de todo el revuelo que se estaba montando, era evidente que Santi no andaba desencaminado.

Se acercó a Álex y a Ana, que compartían paraguas.

—Acabo de escuchar las noticias —dijo a modo de saludo—: La familia de Úrsula está muy disgustada.

—Ya tuvimos esta conversación ayer, Santi. No voy a darle al cabrón de Nolimits el espacio que está buscando en el telediario. Hablar con Castro implica explicar la conexión con el caso de Catalina Fiz.

—Ha trascendido que hemos llamado a los forenses —insistió él.

—Eso es protocolo puro y lo sabes —contestó Veiga.

—Obvio. Son ellos los que no lo saben.

—Santi, ayer tomé una decisión. —El comisario lo miró contrariado—. Ya vale. Estoy pensando en la víctima. Si sigue viva y el Psycho ese está simplemente jugando con nosotros, no quiero darle cancha.

—Tienes razón, Álex, ya lo decidiste ayer, solo quería advertirte que se ha montado una buena.

—Vale. Lo he pillado. —Álex zanjó el tema y se dirigió a Ana—: Son casi las cuatro y todavía no has comido. ¿Por qué no te vas?

—Marchaos los dos —dijo Santi—. Yo he tomado algo al salir de comisaría. Si hay novedades, os llamo.

Álex negó con la cabeza.

—No tengo hambre, no puedo dejar de pensar en el tipo ese, sea quien sea, plantado delante de su televisión, mirándonos como si estuviéramos en un *reality*.

—Es su *reality*, él lo ha montado.

—¡Comisario!

Los tres se giraron hacia la voz. Un agente les hacía señas desde las inmediaciones del puente colgante, a unos cientos de metros del puente.

Los tres echaron a correr. Y los tres sabían lo que encontrarían al llegar allí.

Un móvil. Una vida

Sentado frente al televisor, observo las furgonetas aparcadas delante de los precintos policiales. Los periodistas no dicen una palabra de la foto que envié. No me puedo creer que hoy vayan a encontrarla. Estoy nervioso. Me sudan las manos. Al fondo se ve el río y soy capaz de visualizar el lugar exacto donde la enterré, cerca del puente. Recuerdo el silencio de la noche extendiéndose dentro de mi cabeza. Me retumbó dentro. Aún me retumba ahora. Sigo sintiendo cómo ese silencio me taladra la cabeza casi tanto como el sonido del cuerpo mientras lo arrastraba entre la hojarasca húmeda que se enredaba en su cabello impregnado de sangre. Ese sonido se confunde con el del pisapapeles contra su cráneo. Vuelvo a ver ante mis ojos el golpe en la sien izquierda, la palidez de su cuerpo prácticamente desnudo y sus bragas de encaje azul.

Desecho el pensamiento y prefiero recordar la primera vez que la vi: fue en mi facultad, en Coruña. Ella hablaba por teléfono con una amiga. Recuerdo su melena larga, su cuerpo, su culo, sus tetas. Me puse cachondo observándola en la distancia.

La seguí a la cafetería, me senté cerca de ella y la observé mientras revolvía su café y dibujaba con el dedo la contraseña de su móvil. Una M. Entró en Instagram. Después dejó el móvil a un lado y se tomó el café de un sorbo, mientras ojeaba un periódico que el anterior cliente había abandonado en la mesa. No levantaba la vista, así que me concentré en su perfil, en su lengua cada vez que se mojaba los labios y en sus manos con una manicura perfecta de color rojo sangre. No podía apartar la mirada de ella. Luego, tras una ojeada rápida al reloj, se levantó y salió del bar. Yo hice lo mismo, rápidamente, para coger el móvil que había dejado bajo el periódico. Salí tras ella, pero al llegar al vestíbulo no pude localizarla. Pensé que estaría en el servicio y aguardé fuera unos instantes antes de dirigirme a la salida. Alcancé a verla en el aparcamiento, a punto de entrar en el coche acompañada de un hombre. No llegué a tiempo.

Tenía su móvil. Tenía su contraseña. Eso significaba que tenía toda su vida.

Todo estaba allí.

Sus horarios en el gimnasio. Su cuenta corriente. La aplicación que controlaba su menstruación. Los detalles de su vida sexual y matrimonial que comentaba con sus amigas sin pudor. Sus viajes debidamente archivados en las aplicaciones de dos compañías aéreas y en tres de búsqueda de hoteles. El promedio de pasos caminados al día. Cuándo había hecho el amor por última vez, porque la app de salud vinculada al reloj registraba su sueño y su ritmo cardíaco durante la noche. Sus insomnios. Las recetas que había consultado. Los artículos del periódico que le interesaban. Los comentarios que hacía en Twitter. Sus cantantes favoritos y sus listas de Spotify. Las series que veía en las plataformas de pago. La ropa que había comprado. Su talla de sujetador. De calzado. De pantalón. Las entradas de cine. La galería de fotos, que me sirvió para saber cuál era su playa favorita, sus preferencias gastronómicas, sus restaurantes más frecuentados. Me masturbé sobre las fotografías de sus tetas, de su coño rasurado, esas que compartía solo con su marido. Lo conocí a él, Adrián. Supe que no tenían hijos porque según un informe médico que ella guardaba en su correo, él era estéril. Deduje que él era un tipo aburrido cuyos gustos no coincidían para nada con los de ella. Lo sabía por sus discusiones por WhatsApp en las que no se ponían de acuerdo sobre qué película ver o sobre los planes para el fin de semana.

Lo supe todo.

Tuve el móvil en mi poder dos días, cuarenta y ocho horas para hacer una copia de toda esa información. Después lo dejé en la comisaría.

Le devolví el teléfono, pero no su vida.

A la semana siguiente la seguí a la salida de su trabajo. Era abril, aunque hacía un día soleado, de esos que llenan terrazas en las ciudades. Ella había quedado en una de ellas con una amiga en la plaza de la Verdura. Desde la distancia le saqué una foto con mi móvil nuevo, cuyo número no conocía nadie. Cuando me alejé lo suficiente para desaparecer de su vista, se la mandé. Me excité al imaginarla mirando a su alrededor, intentando adivinar quién le enviaba la fotografía.

Luego, le escribí mi primer mensaje.

«Me llamo Nico.»

Después vinieron las conversaciones. Me convertí en el retrato robot de ese hombre perfecto que había construido con todo lo que sabía de ella. El hombre a la medida de sus preferencias y sus fantasías. El hombre al que ella conoció como Nico.

Vuelvo al presente y fijo la mirada en la televisión. Ayer buscaron al otro lado del río, pero hoy están en el margen correcto. No enterré el cadáver muy profundamente, pronto la encontrarán. Hoy. Mañana a lo sumo.

Estaba convencido de ello, igual que sé que en los próximos días aparecerá Úrsula.

También.

Los que callan

—Voy a demandarlos —explotó Lois, fuera de sí.

—No tienes ningún motivo para ello.

—No me jodas, Raquel. Están transmitiendo en directo cómo los cuerpos de seguridad peinan el río Ulla buscando el cadáver de mi mujer, y ni siquiera nos han avisado para preparar a Sabela. Si esto fuera Estados Unidos, les caería una demanda gigantesca de responsabilidad civil por daños morales a una niña de diez años.

—No te pongas así.

—Primero lo de ayer: todo ese despliegue sin decirnos nada. Y esos dos sin cogerme el teléfono, como si fuéramos meros espectadores —dijo Lois—. Y hoy se descuelga el comisario con ese comunicado. No volveré a hablar con Barroso y Abad ni aunque me lleven detenido a esa comisaría.

—A lo mejor tienen sus razones para no decirnos nada. Quizá manejan información que no pueden divulgar.

—¿Qué información? Raquel, no me tomes por gilipollas. Quiero que llames a un abogado. Lo del detective privado ya no tiene ningún sentido, pero necesito que nos asesoren. ¡No pueden hacernos esto!

—Imagino que pueden hacer lo que les dé la gana. Llámalos

de nuevo —dijo Raquel—. Diles que necesitas saber por qué creen que Úrsula está muerta y pregúntales qué los ha llevado a organizar todo ese dispositivo de búsqueda. Está claro que han averiguado algo que desconocemos. Necesitas saber la verdad.

—Yo ya no sé lo que necesito. —Lois negaba con la cabeza—. O puede que sí. Necesito que todo esto acabe. Aunque eso suponga lo que ambos sabemos.

—No voy a abandonar la esperanza de que Úrsula sigue viva. Estás desquiciado, Lois. Llevas todo el día pegado al televisor. Seguro que no has comido nada.

—Como si pudiera pensar en comer. —Guardó silencio unos instantes—. Raquel...

—Dime.

—Necesito que me digas qué sabes. ¿Tenía un lío con alguien? Si es así, tengo derecho a saber quién es.

Raquel se sentó a su lado en el sofá.

—¿Qué sé? Solo ella sabe la verdad. Sé lo mismo que tú. Ella no me dijo nada, pero estoy casi segura de que tenía un lío con alguien. Iría más allá, Lois: se enamoró. Pero esto, si no me equivoco, es lo mismo que tú ya intuías. La conocías tan bien como yo.

—¿Quién era?

—No me lo dijo. Ni siquiera me lo confirmó. Pero una cosa está clara: no era ella misma. Imagino que tú también lo notaste. Estaba ida. Nunca en todos estos años la había visto así: parecía que todo le daba igual, era como si hubiese perdido su identidad y estuviera poseída por otra persona. Yo ni siquiera me atrevía a preguntarle. Alguna vez intenté sonsacarla, pero ni me contestaba. No es que disimulase, es que ni se inmutaba. Era como si nada le importase.

—Era exactamente así. No le importaba nada. Ni siquiera Sabela.

—Tampoco diría tanto.

—Yo sí.

—De todas formas, dudo mucho que estuviera pensando en dejarte.

—Lo sé. Eso es lo peor, ¿sabes? Que seguía estando aquí. Seguía siendo mi mujer, durmiendo a mi lado, diciendo que me quería cuando tocaba, pasando con Sabela el tiempo reglamentario que ella establecía. No discutíamos.

—Es que ella te quería.

—Ese, Raquel, es el problema. Y quizá eso es lo peor que le puede pasar a una pareja como la nuestra.

—No te entiendo.

—Todo habría sido más fácil si nos odiásemos o simplemente nos tolerásemos. Pero nos queríamos, por eso no era capaz de preguntarle por ese otro hombre. Eso habría acabado con nuestro matrimonio.

—¿Y por qué no le contaste todo esto a la policía?

—Porque no tengo ni un solo dato objetivo. No sé quién era, dónde se veían, si realmente estaba teniendo una aventura o si se había enamorado de otra persona, si eran amigos o si era una relación platónica.

—¿Nunca llegasteis a hablarlo?

—No, por supuesto que no. ¿Cómo se plantea esto? ¿Le pregunta uno a su mujer si se está acostando con otro y luego le pide que le pase la mantequilla? No sé, a veces tengo la sensación de que la perdí mucho antes.

—Cometimos el error de creer que la escritura la había salvado de la depresión. Quizá nunca resolvió del todo ese episodio.

—Jamás volvió a ser la mujer de antes. Supongo que yo nunca supe entender a la Úrsula escritora, pero me conformaba con verla feliz. Y te juro que solo deseo que no encuentren nada en ese río. Que lo que sea que los ha llevado hasta ahí resulta una pista falsa. Aun así, por otro lado, pienso que si apareciese viva, si mañana entrase por esa puerta, no sabría qué decirle.

—Como mínimo tendríais que ver qué queda de lo vuestro. Y tendríais que ver si es suficiente para continuar juntos.

—Yo solo necesito que vuelva. Y saber la verdad. Hasta ahora nos hemos callado, pero es el momento de que digamos todo lo que sabemos.

—Yo solo sé una cosa: que es alguien que sabe mucho de informática y que nos vigila a todos.

—¿También a ti?

—¿Qué sabes tú, Lois?

—Nada. ¿Y tú?

—Nada.

Bambi

—Mierda. —Ana observó cómo el perro se retorcía mientras el agente lo sujetaba con fuerza.

Todos los miembros del operativo se acercaron y los agentes de la policía científica les indicaron con gestos que guardasen distancia. El de la unidad canina seguía reteniendo al pastor alemán. «Tranquilo, Bambi, tranquilo», dijo. El equipo que componía el operativo guardó un silencio sepulcral y solo los ladridos del perro les recordaron a todos por qué estaban allí.

Comenzaron a cavar justo a los pies de ese árbol al que Bambi ladraba con furia, tras limpiar la maleza. Cuando el hoyo alcanzó un metro y medio de profundidad, aparecieron los primeros restos: el esqueleto de una mano y un antebrazo asomaban entre la tierra húmeda.

—Mierda —repitió Ana.

—Voy a llamar a Xurxo Calviño, que es el juez instructor de guardia —dijo Álex—. Quedamos en que lo llamaría en cuanto surgiera algo, porque no tenía sentido que se pasase aquí todo el día. También voy a llamar al Instituto de Medicina Legal para que venga el forense de guardia.

El experto en antropología forense comenzó a tomar muestras a su alrededor. Santi alcanzó a atisbar más restos dentro de la fosa.

El rostro de Ana se desencajó. Era una mujer fuerte y no especialmente impresionable. Ni los cadáveres ni la sangre le hacían mella, pero la tensión emocional de esos días le pasó factura. Por un instante, sintió una náusea. Tragó saliva. Se recompuso pronto, aunque Santi se había percatado de su reacción.

—Vámonos al coche, Ana.

—Puedo soportarlo, Santi. Todos sabemos lo que hay. Es solo un cadáver.

—No, es más que eso. Es la mujer a quien estábamos buscando. No te hagas la valiente.

Ana lo miró, incómoda y desconcertada. Ella no se hacía la valiente. Era policía, y el paternalismo de Santi siempre le resultaba insoportable. Iba a contestarle algo, pero al final optó por guardar silencio y dirigir la vista al comisario.

—Este cadáver lleva mucho tiempo enterrado aquí —dijo—. No es Úrsula. Jefe, quizá deberíamos acercarnos a casa de Castro y explicarle la conexión entre ambos casos y decirle que no es su mujer la que está enterrada a orillas del río. Todo el país piensa que estamos buscando a Úrsula B.

—Sí, por favor, id ambos. Esto se va a demorar. Ya sabéis lo que toca ahora: levantamiento del cadáver, extracción de restos, traslado al Instituto de Medicina Legal... Nuestro trabajo vendrá después, cuando tengamos los resultados de todos estos informes. Yo me quedo, que tengo que estar presente con el juez, pero ahora no os necesito aquí. Voy a llamar a Araújo también, para cruzar los restos biológicos que encontremos con las muestras guardadas del ADN de Catalina Fiz. Alguien de la comisaría de Pontevedra debería ir a hablar con su familia.

—Ayer tuvimos varias llamadas, tanto de Castro como de Adrián Otero —dijo Santi—. Preferí no contestarles para no generar más angustia.

—Por eso, por eso. Ahora ya estamos en el punto en que Nolimits quería. No tengo mucha experiencia en delincuentes seriales, pero todos hemos leído mucho y sabemos que no va a parar. Ahora que ha comenzado a soltarnos pistas, no va a detenerse.

—Yo no descartaría que se lance a asesinar a otras mujeres.

—En cuanto se descontrole cometerá algún error. Y nosotros estaremos ahí para pillarlo.

—Espero que no sea demasiado tarde para salvar a la escritora.

—Si es que sigue viva —añadió Veiga—. Pero no nos adelantemos, id con el marido y nos vemos en comisaría a última hora para poner en común qué hemos encontrado aquí con todo detalle.

Ya en el coche, Ana se dedicó a navegar por su móvil sin dirigir la mirada a Santi. Él se dio cuenta de que estaba molesta.

—¿Qué te pasa?

—No me pasa nada.

—Conozco tus «no me pasa nada», pero ya contesto yo: te ha dado rabia que quisiera apartarte de la escena del crimen.

—¿Tengo pinta de doncella medieval? Deja de intentar protegerme. Lo haces una y otra vez, como si yo no fuera una policía igual que tú. Claro que me impresiona un cadáver. Claro que no me gusta saber que alguien es capaz de matar a una mujer y enterrarla bajo un árbol. Pero descubrir cadáveres va con mi trabajo. Si me diera miedo ver un cadáver, sería dependienta, abogada, cocinera o contable, pero resulta que esto es lo que me gusta: ser poli. Me gusta mi trabajo. Deja de cuestionarme. Lo hiciste en el pasado y lo estás haciendo ahora.

—Eso no es verdad. Yo te he apoyado siempre. Siempre te he dado libertad para seguir las líneas de investigación que se te antojaban y te he permitido llevar el peso de los interrogatorios.

—«Te he dado», «te he permitido»... Siempre dejando claro quién manda, ¿eh?

—Soy tu jefe. Y Veiga lo es de ambos. Si no tienes claras las jerarquías, igual deberías plantearte lo de ser poli y hacerte artista.

—No puedo con esto.

—Me gustaría decir que había olvidado la mala hostia que tienes, pero no. Respira, anda. Necesitamos estar tranquilos para hablar con Castro, porque te aseguro que él no lo estará.

—¿Sabemos algo del rescate? —preguntó Ana renunciando a la discusión—. ¿Ha conseguido reunir el dinero?

Santi respondió mientras terminaba de aparcar frente al portal de la escritora:

—El móvil se compró en el hipermercado del centro comercial As Cancelas. Tengo pendiente hablar con el jefe para poner en marcha la revisión de las grabaciones de las cámaras del hipermercado. Ahora que tenemos localizada la tienda y una franja temporal, será más fácil. Hasta que lo hagamos guardaremos silencio —le advirtió—, no levantemos falsas expectativas.

—¿Cómo crees que nos recibirá Castro? —dijo Ana en cuanto entraron en el portal.

—Pues entre nervioso, preocupado e indignado.

Fue Raquel Moreira la que abrió la puerta del ático.

—Buenas tardes, Raquel. ¿Está Lois?

—¿Qué ha pasado? ¿La han encontrado? —preguntó ella.

—¿Podemos pasar, por favor? —Santi ignoró su pregunta. El descansillo no era el lugar idóneo para hablar de según qué cosas.

—Sí, claro.

Lois Castro estaba en el salón, sentado en el sofá y no se levantó a recibirlos. Tampoco abrió la boca. Ana se saltó los preliminares, no podía soportar la mirada del hombre, desvalida e impotente a partes iguales.

—No era ella —dijo abruptamente—. Sé que creen que estábamos buscando a Úrsula y están ustedes angustiados, pero el operativo de búsqueda, aunque enmarcado dentro del caso de su mujer, tenía como objetivo encontrar a otra desaparecida. Hemos localizado un cadáver, pero no es el de Úrsula.

—¿Otra mujer? —Lois elevó la voz—. ¿Qué mujer? En el comunicado de esta mañana han dicho que estaban buscando a Úrsula. ¿Qué nos están ocultando? ¿Van a decirnos de una vez qué han averiguado? Ayer estuve llamando a comisaría y a sus móviles todo el día. ¿Se pueden imaginar por lo que hemos pasado, mientras pensamos que estaban buscando a mi esposa? Quiero una explicación. Voy a quejarme a sus superiores, yo mismo daré una rueda de prensa y...

—No lo hará —dijo Santi con voz expeditiva, cortándolo en seco.

—¿Cómo dice? —El hombre se levantó del sofá de un salto y se encaró a Santi.

—Lo que ha oído. Su esposa sigue secuestrada y está en manos de un asesino. Mantenga la calma. Si no le informamos ayer del operativo es porque no estábamos seguros del vínculo entre el caso de la mujer que ha aparecido hoy y el de su esposa.

—¿Quién es la mujer?

—Creemos que es Catalina Fiz Montero, de Pontevedra, aunque necesitaremos que las pruebas de ADN y el examen forense lo confirmen.

—¿Y qué relación tiene esa mujer con Úrsula? ¿Se conocían? —Lois se giró hacia Raquel—. ¿Te suena?

—Quizá si veo alguna foto... —Ella negó con la cabeza—. En principio, podría asegurar que Úrsula no conocía a ninguna Catalina, aunque es cierto que el nombre me suena, creo que de la prensa. ¿No es una mujer que desapareció hace ya unos años?

—Sí. Desapareció a finales de 2016 y el caso, en efecto, tuvo bastante repercusión en los medios. Hagan memoria, cualquier punto de unión entre ambas será útil.

—Lo haremos —contestó Raquel.

—¿Y cómo han llegado a relacionar ambos casos? —preguntó Lois—. ¿Qué nos estamos perdiendo?

Ana y Santi se miraron, y fue él quien tomó la palabra.

—Discutiré con el comisario Veiga qué detalles del caso podemos poner en común con ustedes.

—¡Esto es increíble! Les exijo que nos den toda la información.

—¡Y yo les pido que tengan paciencia! No podemos dar pasos en falso —le cortó Santi sin darle lugar a réplica.

Lois Castro volvió a derrumbarse en el sofá.

—No se imaginan por lo que estamos pasando. Llevo día y medio pegado a esta televisión esperando que apareciera el cuerpo de mi esposa. Debería estar preocupado por esa pobre mujer que han encontrado, pero lo único que siento es un alivio inmenso.

—Lois, debemos tener paciencia —intervino Raquel—. Es evidente que están avanzando en la investigación. Debemos confiar en la policía.

Lois Castro la miró sorprendido.

—Pero si eras tú la que decías que...

—Sé lo que decía, pero las cosas han cambiado. Una mujer ha aparecido muerta y Úrsula puede acabar igual. Jamás me perdonaría hacer algo que la perjudicase.

Ana observó fijamente a Raquel, una vez más incapaz de adivinar lo que pasaba por la mente de esa mujer.

—Está bien —aceptó Lois—, guardaremos silencio públicamente. A cambio quiero que me digan qué saben. Cómo han llegado a orillas de ese río.

—Señor Castro, en cuanto se confirme la identidad de la víctima les daremos los pormenores del caso —dijo Ana—, se lo prometo. Pero a cambio necesitamos que confíen en nosotros y hagan un esfuerzo por encontrar un vínculo entre esa mujer y Úrsula.

—¿Y si no lo hay? —preguntó Raquel—. ¿Y si las secuestra al azar?

—Tenemos indicios para pensar que no es así —dijo Abad—. Descansen hoy. No hay mucho más que puedan hacer. En cuanto tengamos nuevos datos se lo haremos saber. Y otra cosa, respecto al rescate, en cuanto acabe el plazo, sean cuales sean las indicaciones, creo que no deben pagar. Al menos, no de momento.

—¿Qué demonios dice? ¿Cómo puede estar seguro? ¿Qué saben? No pueden plantarse aquí y soltar todo esto sin darnos más información. Exijo hablar con el comisario.

—Solo tenga paciencia, en cuanto podamos les informaremos pormenorizadamente —dijo Ana mientras se dirigían a la salida.

Castro calló, demasiado cansado para discutir.

Como de costumbre, Santi no abrió la boca hasta que llegaron al coche.

—¿Se puede saber por qué les prometes que les daremos todos los detalles del caso?

—Ese hombre necesita información. Ayer no les cogimos el teléfono en todo el día mientras veía en antena un despliegue policial para encontrar un cadáver que creía que era el de Úrsula. Necesitamos que vuelva a confiar en nosotros.

—No te confundas con el marido: ese hombre nunca ha confiado en nosotros. Ambos llevan dos semanas mintiéndonos. Y te aseguro que ocultan más cosas.

Santi condujo en silencio hacia la comisaría.

—¿Te importa llevarme a casa? —preguntó ella.

—¿Ya? El jefe dijo que nos veíamos en comisaría. Tengo que contarle lo del móvil.

—No sé si estaré pillando algo, no me encuentro muy bien y tengo un poco de tiritona. Igual he cogido frío.

Santi la miró de frente, aprovechando que estaban parados en un semáforo.

—¿Qué pasa?

Ella no contestó al momento.

Él arrancó y cambió de sentido para dirigirse a casa de Ana.

—Sí que se me revolvió el estómago —admitió ella cuando él paró el coche delante de su portal—, pero no por ver un cadáver, no soy tan floja. Me sentí fatal, pero no por lo que imaginas. Fue por el hecho de que estábamos justo donde ese tío quería. Nos llevó allí con una carta y estábamos haciendo lo que él esperaba que hiciéramos. Es como si nos estuviese echando miguitas de pan para llevarnos por un camino que él ya ha trazado de antemano. Lo siguiente que hará será matar a Úrsula. Hoy lo he tenido claro. Y no podremos hacer nada más que abrir otro sobre, encontrar otra pista y volver a otro bosque, con otro Bambi ladrando y otro cuerpo enterrado bajo un árbol.

—Salvo que la encontremos a tiempo.

—No sé si nos queda tiempo.

—Tenemos que pensar que sí.

—Me voy —dijo ella, aunque no salió del coche.

Parecía estar esperando algo. Santi pensó en pedirle que le dejase subir. Realmente quería acompañarla, hacerle un café, quedarse en su sofá, a su lado, abrazarla. Nada más. Solo tenía que pedírselo: déjame subir. Pero no podía. No debía.

—Bambi es un nombre de mierda para un pastor alemán —dijo él al fin.

—Lo es —dijo ella; luego bajó, cerró la puerta del coche patrulla y se dirigió al portal.

Otros

Cuando el teléfono sonó, Adrián supo que al otro lado de la línea estaba Catalina. Muerta. Sabía que en ese río no estaban buscando a Úrsula B. y que se acababa la pesadilla, pero no tenía fuerzas para responder.

Aquel martes de noviembre él no estaba en la ciudad, sino en Bruselas a punto de dar una conferencia, así que su último recuerdo con ella era el del lunes anterior cuando salió de casa a toda prisa, camino del aeropuerto. Llevaba una semana sin apenas verla: en el último mes había trabajado como un loco en el proyecto del diccionario de ideas afines que habían puesto en marcha ese año. Ella se quejaba, decía que no le gustaba estar sola en casa. Él le dijo que necesitaba acabar el proyecto y no se preguntó ni por un momento cuál era el origen de su miedo. Tenía que hacer todas esas horas extra para poder coger el puente de diciembre. Irían a Canarias, era un regalo sorpresa, porque a Cata le encantaba el sol y en diciembre haría diez años que se conocían. Lo había planeado cuidadosamente, incluso había hablado con la encargada de la tienda para asegurarse de que le darían días libres a pesar de la precampaña navideña.

Nunca llegó a reclamar el dinero de los billetes de avión que no habían usado, a pesar de que había contratado un seguro. Revisó una por una las causas de cancelación del viaje: enfermedad grave, complicaciones en el embarazo o intervenciones quirúrgicas, despido, incorporación a un nuevo empleo, presentación a oposiciones o la concesión de una beca, trámites de divorcio, llamada a una mesa electoral, declaración de zona catastrófica del país al que vas a viajar o un acto de piratería. Otros.

Otros.

La desaparición de Cata era una de esas cosas inclasificables que ni siquiera una compañía de seguros podía prever.

Se negó a incluir a Cata en ese «Otros». En ese cajón de sastre de «cosas que nunca pensamos que sucederían y que no sabemos cómo denominar».

El teléfono sonó de nuevo. La pantalla se iluminó. Inspector Araújo. Llamando.

Adrián supo que se acababa.

Cogió aire.

Apretó el botón verde.

Escuchó la voz del inspector.

Ni siquiera fue capaz de llorar.

Cámaras de seguridad

Pan, plátanos, yogures, pienso para gatos y una caja roja. La cajera retiró el dispositivo de alarma de la caja y fue pasando todos los artículos por el lector.

Santi detuvo el vídeo y amplió la imagen. En efecto, era un teléfono móvil. Le dio al Play y la mujer alta y rubia sacó de su cartera un par de billetes y pagó la compra.

Cogió el teléfono para llamar a Ana. En estos días no había cruzado más que un par de mensajes con ella, en los que había confirmado que tenía fiebre y que se cogía unos días de baja. No recordaba que se hubiera puesto enferma antes. No quería molestarla, aunque la tentación era demasiado fuerte.

Capturó la imagen, la adjuntó a un correo para su jefe y puso a Ana en copia. Eso era más impersonal. Solo Abad y Barroso, le había exigido ella.

Reanudó el vídeo hasta que la imagen de Raquel Moreira salió del plano de la cámara de seguridad.

«Valiente gilipollas», pensó Santi, con la vista fija en la asistente.

No podía decir que le sorprendiese.

Autopsia

Lugar: Santiago de Compostela.

Fecha y hora de realización: lunes 11 de marzo de 2019. 13.00 horas.

Médico legal: Salvador Terceño Raposo.

Certifica que, dando cumplimiento a: requerimiento judicial

realiza la siguiente autopsia:

- Nombre y apellidos: ----
- Ocupación: ----
- Persona que identifica el cadáver: ----

Nota: los datos de identificación están a la espera de los resultados de la prueba de ADN que confirme que se corresponde con el cuerpo de Catalina Fiz Montero. Mujer, 36 años en el momento de su desaparición el 15/11/2016.

- Edad: ----
- Sexo: ----
- Antecedentes: cuerpo hallado en Área recreativa del Xirimbao, a 400 metros del puente colgante, enterrado a 2 metros de profundidad. Los detalles del enterramiento se presentan adjuntos en el informe del antropólogo forense.

- Datos obtenidos durante el levantamiento del cadáver: tierra muy asentada por las repetidas lluvias y crecidas del río. El cuerpo estaba en posición horizontal. Sin envoltura alguna.

EXAMEN EXTERNO

Cadáver en posición decúbito supino, sobre mesa de autopsia del Instituto de Medicina Legal.

- Vestimenta: restos de ropa interior (bragas), de color oscuro.
- Complexión física: ----
- Talla: 1,62 m.
- Peso: ----
- Color de piel: no valorable.
- Cabello: escasos restos. Semeja largo, moreno.
- Ojos: no valorable.
- Dentadura: estado de conservación aceptable. Oclusión perfecta. Obturaciones en piezas 25 y 47.
- Señales particulares: ----

Otras particularidades: ninguna.

EXAMEN CADAVÉRICO

Temperatura corporal: 19 ºC (temperatura ambiente).

Fenómenos cadavéricos: órganos en estado de completa descomposición, con mínima conservación interna por un probable fenómeno de momificación parcial.

Esqueleto en muy buen estado (terreno más básico que el del resto de la comarca, sin carroñeros).

Livideces: en todo el dorso, pardas.

Fauna cadavérica: restos de:

- *Chrysomya albiceps.*
- *Tyroglyphus siro.*
- *Dermestes maculatus.*
- *Aglossa caprealis.*

Fecha aproximada de la muerte: 2 años o +.

Cráneo: fractura del cráneo a nivel de la bóveda parietal izquierda.

Tórax: nada que destacar.

Abdomen: nada que destacar.

Toma de muestras realizada:

- Restos de tejidos bajo la piel.
- Tierra en torno al cadáver.
- Fibras de ropa interior.

EXAMEN TRAUMATOLÓGICO

Fractura del cráneo a nivel de la bóveda parietal izquierda, que se extiende de forma caudal hasta la base del cráneo homolateral por los huesos temporal y esfenoidal. Profundas abrasiones cutáneas lineales en el dorso del cuerpo, unidireccionales, compatibles con marcas de arrastre.

EXAMEN INTERNO

Restos hemáticos muy oxidados adheridos al punto del traumatismo y sobre la base del cráneo.

Marca geométrica grabada en la superficie ósea en la zona del impacto, difícilmente atribuible a la naturaleza.

CONCLUSIONES

Causa de la muerte: hemorragia cerebral.

Causa inicial: traumatismo craneoencefálico.

Causa inmediata: fractura craneal.

Etiología médico legal de la muerte: muerte homicida.

Dado el avanzado estado de descomposición del cadáver, disponemos de escasas evidencias para determinar la causa de la muerte. El origen traumático, la localización de la hemorragia subcutánea (parietal), la marca geométrica impresa por el objeto y la fuerza de impacto exigida para causar tal daño implican la obligada sospecha de etiología homicida.

Fecha de la muerte: otoño - invierno de 2016.

El avanzado estado de descomposición del cadáver indica un Intervalo Post Mortem (PMI) superior a 1,5 años. El informe entomológico destaca la ausencia de los géneros de coleópteros como el *Ptinus* y el *Tenebrio*, propios de la octava oleada que ocurre hacia los 3 años después de la muerte. La *Chrysomya albiceps* aparece en los cadáveres durante los meses de octubre y noviembre, lo cual sitúa la fecha aproximada de la muerte en el otoño de 2016.

Los test de fluorescencia ultravioleta, las tinturas indophenol y Nile Blue coinciden y confirman la fecha.

La autopsia tiene carácter provisional, a la espera de los resultados de las pruebas consignadas anteriormente en el presente informe, siendo de especial interés la relativa a la confirmación de la identidad de los restos cadavéricos mediante el estudio de las muestras de ADN.

SALVADOR TERCEÑO RAPOSO

Santi esperó a que Veiga terminase de leer el informe de la autopsia.

—¿Cuándo tendremos los resultados de las pruebas de ADN? —dijo el comisario.

—Esta semana, creo, pero es Catalina: acabo de hablar con el forense y le han mandado desde Pontevedra su ficha dental. Los resultados concuerdan plenamente, pero no emitirá un nuevo informe hasta que reciba los resultados de la prueba de ADN.

—Y mientras, el calvario sigue para la familia de Catalina. Ahora acrecentado con la angustia de saber que lleva muerta todo ese tiempo.

—Si el desenlace iba a ser este, casi es mejor esto que saber que estuvo secuestrada una eternidad. Pero como tú dices el calvario continúa. También para la familia de la escritora. ¿Sabemos algo de Barroso?

—Creo que se incorpora hoy por la tarde. Iba al médico por la mañana.

—¿Qué ha tenido exactamente? —se interesó Santi.

—Una gripe. Mogollón de fiebre. Ya sabes.

—El otro día la llevé a casa y ya se encontraba mal. Me puso un mensaje diciendo que estaba enferma, pero no imaginé que le durase tanto.

—Parece que está mejor. Ayer la llamé y me dijo que venía hoy. No he intentado convencerla de lo contrario, ya sabes lo tozuda que es —dijo Álex.

—Lo sé. En fin, en cuanto venga Barroso, interrogaremos a Raquel. La he citado a las cinco.

—Tenemos que poner en conocimiento de la fiscalía la compra del móvil. ¿Crees que la ha secuestrado ella?

—Para nada, no encaja dentro de toda esta historia de Nolimits. Pero creo que vio la oportunidad de sacar provecho. Lo que no me explico es cómo pudo creer que no nos enteraríamos de esto. Y cómo pensaba sacarle doscientos mil euros a su jefa y salir indemne. —Santi lo valoró un segundo, antes de chasquear la lengua—. No me inspiraba mucha confianza, pero no esperaba que fuese tan ingenua.

—La gente hace por dinero casi tantas estupideces como por amor.

—Yo le daría la vuelta a esa frase. Tengo que ver qué me cuenta antes de hacerla confesar. En cuanto acabemos con ella, si te parece, nos escaparemos a Pontevedra. Tiene que haber un nexo entre esas dos mujeres.

—O entre sus maridos, aunque ya he comprobado que Lois Castro tiene siete años más que Adrián Otero. No coincidieron en la facultad ni en ningún trabajo. He cruzado sus respectivos currículos.

—Igual es casualidad y elige a sus víctimas al azar —se aventuró Santi.

—¿Está hablando el detective que proclama a los cuatro vientos que no cree en las casualidades?

—Yo ya no sé en qué creo o no. Solo sé que hoy es martes, 12 de marzo. El próximo viernes se cumplirán tres semanas de la desaparición de la escritora.

—Eso si sigue viva.

—Si es así, a estas alturas se habrá vuelto completamente loca.

Loca

«Cuando pasó aquello» no solo me quedé en cama. Tampoco hablaba y apenas comía. Me pasaba las horas en la habitación, llorando en silencio con la mirada fija en el techo. Era como estar en un útero. Protegida por un edredón nórdico. Caliente. En silencio. Sin nada más que hacer que pensar. ¿En qué? En nada y en todo. En lo sutil que era la frontera entre lo normal y lo irracional. En que el simple hecho de no levantarme de la cama me colocaba ya al otro lado de la línea de la cordura.

Por primera vez en mi vida me permití no hacer lo que debía. Cuestionarlo todo: desde mi trabajo normal a mi familia más normal todavía.

Me atrincheré en mi cama, acompañada tan solo de un edredón nórdico y mi tristeza. Pero era más que eso. Era un grito desesperado a la gente que me rodeaba. Miradme. Estoy mal.

Lo que mejor recuerdo de esa época es el miedo: un miedo aterrador a quedarme para siempre inmóvil, al otro lado de esa línea, sin poder avanzar.

E imagino que si Nico no hubiera aparecido en mi vida, habría acabado igual. Me dirigía a otro punto de inflexión y no era consciente de que nada en mi vida funcionaba bien, y por ese motivo no me molestaba en poner remedio a esa rutina que me estaba ahogando poco a poco, porque una puede huir de una vida desastrosa, pero nadie se plantea huir de una vida feliz. Y la Úrsula que yo era antes de conocer a Nico quería a Lois, deseaba a Lois, y hubiera dado la vida por su pequeña. Y la Úrsula en la que me convertí se negaba a sí misma. Quería no ser: no ser madre, no ser esposa, no despertar todos los días en la misma cama. Quería a Nico, pero no quería una vida con Nico. Quería no tener a Raquel detrás todos los días. Quería desaparecer. Solo deseaba una habitación frente al mar. Apagar el móvil y que nadie me buscase.

Y el destino me regala esa soledad y ese mar. Pero no es como lo había imaginado.

Los días son una sucesión idéntica de oscuridad y luz tenue. El mar avanza y retrocede sin interrupción cada día. Su sonido es como el de un ejército de insectos arrastrándose por el hormigón. Un siseo amenazante y casi vivo. Más vivo de lo que me siento yo.

He retrocedido ocho años, estoy al borde de ese precipicio, con la vista fija en una ventana. En esos rombos. Y ahora, como entonces, no tengo nada que hacer, salvo pensar. Ya no espero a nada ni a nadie. Ni siquiera a Nico.

Lleva seis días sin venir. Seis días de soledad absoluta. El último día trajo un montón de comida: pan de molde, manzanas, frutos secos.

Se sentó a mi lado, sin decir una palabra, mientras las mías se me agolpaban en la garganta. Estuvimos así un buen rato. De nuevo, no era capaz ni de mirarlo, aunque al final pude pronunciar su nombre.

—Nico —dije.

Se quedó callado. Yo seguía sin mirarlo.

—No me llamo Nico.

El sonido de su voz me sobresaltó. Tanto que no puede ni asimilar el significado de esas cuatro palabras. Su voz me sonó distinta. «Me encanta tu voz», le había dicho la primera vez que me envió un audio, cuando aún no nos habíamos visto nunca. Antes de todo. Antes de la primera cita en La Flor, de nuestro primer polvo, que fue anterior a nuestro primer beso, y de que me trajese aquí. Antes de que sospechase que Nico no era su nombre.

—¿Cómo te llamas?

No contestó.

Se levantó y se dirigió a la puerta.

Antes de salir se giró hacia mí y dijo: «Perdóname».

Después, el chasquido de la puerta me indicó que no podría abrirla. Que nadie la abrirá si él no vuelve.

Esta es mi cárcel. Y no, no estoy hablando de esta habitación. Estoy hablando de este lugar inhóspito al otro lado de la línea de la cordura.

Los que hablan

—¿Cómo estás? —preguntó Santi.

—Débil. Cansada —le reconoció Ana.

—¿Te has planteado coger la baja?

—¿Una normal o una de dieciocho meses?

Abad se echó a reír.

—Vale, veo que ya estás mejor —dijo.

—Me he leído el informe de la autopsia.

—En cuanto tengamos los datos del ADN iremos a hablar con el forense.

—Debió de matarla el mismo día que desapareció.

—Tiene toda la pinta. El cadáver estaba prácticamente desnudo, sabe Dios dónde la mató.

—Está claro que no lo hizo en ese río —concluyó Ana—. Igual quedaban en un piso, o en esos hoteles en los que entras a través de un garaje privado. Yo qué sé. Luego solo tuvo que aprovechar la noche y trasladarla lo más lejos posible de su casa.

—Y ahora nos lo cuenta con dos años de retraso. No entiendo nada.

—Lo que está claro es que no le tiembla el pulso a la hora de matar. Empiezo a dudar de tu teoría de que Úrsula está viva.

—Sigo pensando que los dos casos están relacionados, pero no hasta ese punto. No tiene por qué haber reproducido el patrón necesariamente, Santi.

—¿Has hablado con Brennan de esto? —preguntó Ana.

—No. Este fin de semana estuve con él, pero no le comenté nada. Necesitaba desconectar un poco.

—¿Y con Araújo? ¿Te ha contado algo?

—Sí, hablamos el viernes pasado. Tenemos que ir hasta Pontevedra, ya se lo he comentado al jefe.

Llamaron a la puerta y Lui asomó al instante.

—Raquel Moreira está aquí.

—Pues que pase. Me muero por escucharla y ver qué confiesa cuando le enseñemos las grabaciones del centro comercial.

Santi se calló en cuanto Raquel entró en el despacho. Como siempre que estaba ante ella, se sintió abrumado por la violencia latente que desprendía su presencia. Raquel parecía estar permanentemente enfadada y en tensión.

—¡Buenas tardes! —Santi la invitó a sentarse con un gesto, e incluso sentada, la presencia de Raquel resultaba imponente—. Raquel, no me voy a andar por las ramas. Puedo empezar a hacer preguntas para que usted nos diga lo que ya sabemos o podemos darle la oportunidad de confesar.

La asistente se quedó paralizada.

—No sé por dónde empezar —dijo al fin, consciente de su situación.

—¿Por aquello que no nos ha contado? —intervino Ana.

Raquel comenzó a hablar sin mirarlos a la cara y llorando en silencio, con la vista fija en sus propias manos, que mantenía cruzadas.

—No sé por dónde empezar —repitió—. Es un hacker. Está

dentro de mi ordenador y de mi móvil. Estoy permanentemente vigilada.

—Imagino que habla de la persona que retiene a Úrsula —dijo Santi—. ¿Sabe quién es?

—No. No sé quién es. Pero no me puedo mover sin que tenga controlados todos mis movimientos. E imagino que eso no lo hace solo conmigo. No lo he hablado con Lois, pero estoy segura de que es alguien que conoce todos nuestros secretos.

—¿Qué secretos?

—Nuestras intimidades.

—¿En qué se basa para decir eso?

—Hace unos días borré todos los archivos de mi ordenador y de mi móvil, y al momento me envió varios por correo. Si salgo de la ciudad, me manda mensajes diciendo que vuelva. Es como si me vigilase a todas horas. Estoy de los nervios.

—Necesitamos ver su móvil, su ordenador y su tablet para rastrearlo —dijo Santi—, aunque si sabe lo que se hace, los mensajes pasarán por media docena de servidores antes de llegar a su móvil.

—Yo estoy más interesada en saber por qué borró usted todos sus archivos —añadió Ana.

—Imagino que si estoy aquí es porque ya lo han averiguado. Y si le pasa algo a Úrsula, ya todo me dará igual. He estado desviando algo de dinero de las liquidaciones de Úrsula a una cuenta personal. No lo de sus libros, pero sí lo relativo a conferencias y charlas. Ella ignoraba que muchas de ellas eran remuneradas. Además, yo cobraba comisiones por algunas cosas: por llevarla a cenar a determinados restaurantes y colgarlo en redes, por que usase determinadas prendas, leyese según qué libros. Yo organizaba sus redes sociales. Cuando alguien tiene cerca de cien mil seguidores, no se imaginan lo fácil que es ganar dinero.

—Cien mil seguidores no son tantos.

—Sí, para según qué perfil. Ella no es una youtuber o una tía buena salida de un *reality*. Es una intelectual con una reputación sólida en el panorama literario y una imagen estupenda. Tiene prestigio.

Ana frunció el ceño.

—¿Merece la pena arriesgar una amistad de toda una vida y un buen trabajo simplemente por dinero?

—Ustedes no lo entenderían. ¡Ella es tan brillante! Lleva toda la vida siéndolo. Y yo simplemente soy la amiga alta y medio tonta. Ella no me ve de esa manera, por supuesto, pero para el resto de la gente yo soy la persona que le llevaba el bolso. Dirigir su vida, tomar decisiones en su lugar, me daba visibilidad, me daba poder. Me hacía sentir bien.

—Es una forma de vestirlo —dijo Ana—. Yo diría que más bien le estaba usted robando.

—Ni siquiera sé por qué lo hacía. Empezó de forma casual.

—¿De cuánto dinero estaríamos hablando? —preguntó Santi.

—Unos veinte o treinta mil euros al año.

—¿Cuándo gana usted?

—Cuarenta mil euros al año.

—¿Y Úrsula?

—Tiene una contable y una agente, así que yo no llevo sus finanzas, aun así, sé que ha habido algún año que ha ganado más de trescientos mil euros solo en derechos, sin contar premios. No al principio, pero ahora ya está muy consolidada. Piensen que todos sus libros son superventas. Sus ingresos crecen exponencialmente año tras año.

—¿Y eso la hizo pensar que intentar sacarle doscientos mil euros a su marido era legítimo?

Raquel abrió la boca, pero no fue capaz de emitir ni un sonido.

—Ustedes... No entiendo —dijo finalmente.

—Lo sabemos, Raquel. Tenemos pruebas que pondremos en conocimiento de la fiscalía. ¿De verdad creyó que no conseguiríamos rastrear ese número de teléfono?

—No sé qué me pasó —comenzó a decir con voz temblorosa—. Simplemente se me ocurrió que si conseguía algo de efectivo, podría cambiar de vida, abrir un negocio, dejar de depender de Úrsula. Con lo que se están vendiendo sus libros, ella no tendrá problemas económicos. Monté una grabación, y utilicé un audio antiguo de Úrsula. Ustedes no tienen ni idea de lo que es pasarse la vida en la estela de otra persona.

—Esa persona es su mejor amiga y le ha dado un trabajo —le reprochó Ana.

—Sí. Y también me hace vivir siempre a su sombra. Simplemente vi la oportunidad de tener mi propia vida.

El llanto silencioso dio paso a un sollozo convulso. Se cubrió el rostro con las manos.

—¿Qué me va a pasar? —dijo al fin.

—Eso lo decidirá un juez, pero le aconsejo que colabore. Se lo vuelvo a preguntar: ¿qué sabe de Nolimits.Psycho? —insistió Santi—. ¿También nos ha mentido respecto de él?

—No sé nada. Solo que me vigila: si salgo a correr, si cojo el coche, si limpio mi ordenador... Lo sabe todo.

—Si ha tenido acceso a su ordenador, puede tener acceso a toda su vida. Sus cuentas corrientes, su correo y hasta las cámaras de seguridad de su vivienda —dijo Santi—. Puede observarla en su dormitorio y en su salón mientras ve la tele. Y por extensión, controlaba la vida de Úrsula, en la medida en que usted gestionaba toda su agenda.

—No soy capaz ni de dormir —confesó Raquel.

—Quiero ver todos sus dispositivos informáticos. ¿Colaborará?

La asistente abrió el bolso y entregó su teléfono.

—Les haré llegar mi ordenador —ofreció, sumisa—. Me siento mejor ahora que lo saben todo.

—Ha cometido una terrible estupidez. No sé si es consciente de las implicaciones penales que se derivarán de esto. Por no hablar de que nos ha hecho perder un tiempo precioso del que no disponemos.

El rostro de Raquel se contrajo ante las palabras de Abad.

—¡Estaba asustada! Quiero muchísimo a Úrsula.

—Pues tiene una manera muy extraña de demostrárselo —replicó Ana—. En fin, tendrá noticias en breve del juzgado.

—¿Van a hacerlo público?

—Nosotros no, pero no podemos manejar todo lo que trasciende a la prensa. Si quiere un consejo, hable con Lois.

Ella asintió y se despidió con voz casi inaudible.

—Tú creyendo que Raquel estaba enamorada de Úrsula. Y te confieso que hasta barajé que estuviese enamorada de Lois. Los triángulos dan mucho de sí —dijo Ana en cuanto la asistente abandonó la sala—, y resulta que al final era todo cuestión de pasta. La puta pasta.

—No me interesa nada su vida sexual; lo que realmente me llama la atención es esa capacidad de nuestro Psycho de colarse en la vida de la gente a través de sus dispositivos.

—Otro ingeniero informático.

—Hay una conexión ahí. Es un hilo que los une. —Santi lo valoró unos segundos—. A lo mejor hicieron un máster juntos, un profe común... No sé, alguien de su mundo que decidió tirarse a sus mujeres y cargárselas después.

—Un donjuán 2.0.

—¡Dios, que no se enteren los medios! Sería un titular que les encantaría. No menos que el de «La portavoz de la familia detrás de la petición de rescate».

—Nolimits.Psycho también puede dar unos titulares bien jugosos.

La puerta del despacho se abrió de golpe. Era el comisario Veiga.

—Jefe, acabamos de hablar con la asistente —dijo Ana—. Ni te imaginas el montón de cosas que...

—Ya me lo contaréis —la cortó él—. Me acaban de decir que ha llegado otro sobre. Lui lo trae ahora.

—¿Qué quiere ese tío?

—Nuestra atención —concluyó Álex.

Lui entró y le tendió el sobre al comisario, que lo abrió con cuidado y echó una ojeada dentro. El contenido era más voluminoso que en los anteriores.

—¿Otro anillo?

Álex observó estupefacto el objeto dentro del sobre.

—Pues va a ser verdad que tiene ganas de hablar —dijo mostrándoles a Barroso y Abad un teléfono móvil.

Gente sola que no puede llorar

El viernes 15 de marzo, cuando se cumplían exactamente dos años y cuatro meses de la desaparición de Cata, Adrián abrió el cajón superior de la mesilla de noche y vació todo su contenido en la bolsa de basura. Repitió la operación con todos y cada uno de los cajones de su mesilla, con los de la cómoda y con los estantes del armario. Cuando terminó, observó las cinco bolsas negras de basura. No podía bajar a la calle, porque la prensa esperaba en las inmediaciones del portal, así que abrió la puerta de su piso y dejó las bolsas en el descansillo. Después entró, calentó un plato precocinado en el microondas y cenó delante del televisor. Se le ocurrió que si quitase el volumen, podría adivinar lo que estaban diciendo. Lo hizo. Daba igual el canal. Ahora la casa ya no guardaba ningún recuerdo de Catalina. Ni una fotografía. Ni su ropa, ni su cepillo de dientes, ni sus joyas, ni sus cremas en el baño. Nada. Desde que Araújo llamó para confirmar que el cuerpo que habían encontrado era con toda probabilidad el de Cata, decidió que ya no tenía sentido guardar sus cosas. Abrió el móvil y deslizó un dedo por la galería de fotos. Fotos de hacía más de dos años, en las que Cata tenía treinta y seis, y sonreía, sin saber que tendría esos treinta y seis años para siempre. Recordó la mirada compasiva de Araújo, preguntándole si Cata le había hablado alguna vez de Nolimits. Psycho. Él se limitó a negarlo. Y así llevaba tres días. Negándoselo. Negándola. Por eso lo único que quedaba de ella eran cinco bolsas negras de basura a las puertas de su casa. Y por eso él no podía hacer nada más que comer canelones congelados mientras un presentador de telediario abría la boca y hablaba sin decir nada, vomitando su silencio en el comedor. Y aunque sentía dentro un nudo duro como una piedra, ya no podía llorar. Ni siquiera de rabia.

Exactamente lo mismo le sucedía a Santi Abad. En la oscuridad del cine contempló el perfil de Lorena. Tenía el pelo rubio ondulado y había cambiado los vaqueros y las camisetas molonas por un vestido de gasa y una cazadora de cuero negro y cremalleras. Se notaba que se había preocupado por ponerse especialmente guapa. Y lo estaba. Apenas lograba atender a la pantalla. Viggo Mortensen hablaba mientras conducía un coche, pero no podía concentrarse en el argumento. Sabía que cuando saliera de allí y fuera a tomar algo con Lorena, hablarían de la película. Eso era lo que pasaba en una cita normal. Observó a la pareja de delante. Se preguntó de qué hablarían cuando salieran del cine. Quizá se irían directamente a casa de él. A casa de ella. Agarró a Lorena de la mano y la sacó casi a rastras del cine. Sin darle tiempo a preguntarle qué sucedía, la besó. Para no dar explicaciones. Para olvidar los perfiles de Ana y Veiga recortados sobre la pantalla. O simplemente para olvidar.

En ese momento, en un bar del mismo centro comercial, Raquel Moreira esperaba al chico con el que había quedado, un chaval de veintiún años, ecuatoriano y estudiante de Físicas, o por lo menos eso decía su perfil. Llegó diez minutos tarde. A Raquel no le gustaba la gente impuntual. De la misma manera que le desagradaba el desorden, la gente que la miraba de arriba abajo y la que temía a los animales. También odiaba quedar con gente de más de veinticinco años, aunque hacía excepciones. O decirles su verdadero nombre. Ir a sus casas en lugar de a hoteles. Explicar a los tíos con los que quedaba que no era lesbiana y a las tías con las que se acostaba que no era hetero. Odiaba a la gente simple sin inquietudes intelectuales. Odiaba la forma en que la subinspectora Barroso hacía recaer sobre ella la responsabilidad de que Úrsula no hubiera aparecido. Y odiaba haber sido tan estúpida como para acabar en la cárcel. Todo eso pensaba mientras apuraba la cerveza y le indicaba al chico que la siguiese. Creía recordar que se llamaba Orson. Cogieron un taxi a un hotel de las afueras, pagó ella. Guardó su móvil en el bolso, como temiendo que Nolimits fuera capaz de observarlos, aunque era un móvil nuevo, el otro estaba en comisaría. Lo desnudó deprisa. Le puso un condón. Ni se besaron ni se acariciaron. La embistió con fuerza. Cerró los ojos, exhausta de tanto odiar. De no poder llorar.

Úrsula contempló por enésima vez el ventanal que tenía enfrente. Intentó imaginar dónde estaba. Nico le había dicho que tenía una casa en la playa que había heredado de una tía suya y se esforzó por recordar el nombre del lugar. Imposible. Estaba casi segura de que no se lo había dicho. En su cabeza, sin saber por qué, ella la había ubicado en la ría de Aldán. Quizá porque él un día le había hablado de lo mucho que le gustaba esa zona. Nunca supo dónde vivía, pero siempre lo imaginó viviendo en el sur de Galicia. Tardaba casi una hora en llegar y, cuando lo hacía, se quejaba del frío que hacía en Santiago, así que imaginaba que era de Vigo o de Pontevedra. En el sur siempre había una diferencia de entre tres y cinco grados respecto de Compostela. Sin embargo, en esta casa el frío se le metía en los huesos, la humedad traspasaba la ventana bicolor y la hacía tiritar. Por las noches se acurrucaba bajo una manta que él le había dejado allí el primer día. Era una manta de lana blanca con motivos geométricos verdes y rojos, y una lana dura y áspera, que le irritaba el rostro. Por las noches dormía con la bufanda alrededor del cuello. Y a pesar de la bufanda, de la cazadora, de su jersey rojo y de esa manta, tiritaba. No estaba en el sur. Quizá en la Costa da Morte. Malpica. Laxe. Camariñas. Muxía. La costa lucense. Viveiro. Foz. Ribadeo. No. Algo en su cabeza le decía que no estaba tan lejos de casa. Intentó recordar las palabras exactas de Nico. Heredó esa casa de su tía Carmen. «Piensa, Úrsula.» Su tía. ¿Qué dijo de ella? Que había emigrado a Venezuela. Hablaron de ella una vez. Se había marchado a América después de casarse con un comercial de una empresa farmacéutica. Pobre tía Carmen, de Muros a Caracas. Muros. Eso era. Su marido era de Muros. Úrsula cerró los ojos y visualizó una a una todas las playas entre Noia y Muros. Estaba en una de ellas. O no. A lo mejor era todo un delirio. Lo recordó hablando de cómo su tía Carmen estaba desesperada por volver y de cómo murió de un infarto justo dos semanas antes de regresar a Galicia. Recordó la conversación. Lo recordó a él.

A ella misma. A ambos. Paseaban por las calles de Noia después de haber estado en un hotel. Nico la cogía por la cintura y ella lo observaba desde abajo. Siempre desde abajo. A él, el hombre de metro noventa y el flequillo largo. Recordó lo que le gustaba acostarse a su lado y enredar sus piernas en las suyas. «Estoy en Muros», pensó Úrsula. La certeza de saber dónde se encontraba la hizo sentirse viva. Tres semanas. En su cabeza llevaba la cuenta del tiempo transcurrido ayudada de un simple sistema de muescas en la pared. «Estoy en Muros», se repitió. «Estoy viva.» Veintiún días. El primero que conseguía pasar entero sin llorar.

Igual que Ana Barroso, que llevaba más de un mes deseando ver *Green Book*, porque le gustaba ver las películas ganadoras de los Oscar. También se le ocurrió que seguramente era el momento de invitar a Álex al cine. Sabía de buena mano lo duro que era estar solo en una ciudad que no es la tuya; ella misma no habría sobrevivido a la instrucción en Ávila sin Javi. Álex le gustaba, aunque no para tener nada con él. Él la respetaba. Imponía su criterio después de razonar con su equipo los motivos de su decisión. Le impresionaba que no se arrugase delante de Abad, que estaba acostumbrado a que nadie lo cuestionase en esa comisaría. Le gustaban los hombres inteligentes. Le pidió que la acompañase al cine porque Martiño dormía en casa de su amigo Iago y un comisario listo era mejor compañía que una pizza traída por un repartidor y una película en Netflix. Ambos vieron a la rubia y a Abad en la cola del cine delante de ellos. Ambos hicieron como que no los habían visto. Ana sabía que estaban en la fila de atrás. Todos decidieron evitar un saludo, aunque Ana sintió la mirada de Santi clavada en su espalda. Cuando salieron en mitad de la película, no pudo evitar observar que él la llevaba cogida de la mano. Tomó aire y se concentró en la pantalla. Pensó en lo mucho que le gustaría estar en su casa, en su sofá, con su manta naranja, con un Cola Cao caliente y viendo un episodio de *Black Mirror* o de *Mindhunter*. Y en lo mucho que le gustaría llorar, aunque por supuesto no lo hizo.

Tampoco lloró Lois Castro cuando finalmente decidió contarle a Sabela que la mujer que había aparecido en el río no era su madre. Y tampoco le mintió. Le dijo que el hombre que había matado a esa mujer tenía a mamá. La niña le preguntó si Úrsula estaba muerta y él contestó que no lo sabía, pero que esperaba que la policía lo encontrase porque algo le decía que mamá estaba viva y debían confiar en que volviese a casa pronto. Luego jugaron a hacer una lista. Úrsula jugaba a eso con Sabela. La lista de cosas que hacer con mami cuando volviese, dijo Sabela. Cosas como dejar a Lois pasar con ellas un miércoles de chicas o hacer un concurso de comer bombones, o ir de viaje familiar a ver el campeonato de España de gimnasia rítmica. Lois hizo su propia lista mental. Preguntarle quién era ese hombre. Preguntarle si quería el divorcio. O si aún quería seguir siendo parte de esta familia. Hacerle elegir entre la literatura y ellos. Le entraron ganas de llorar al imaginar las respuestas de Úrsula. Luego recordó la llamada de la otra noche y la voz del hombre al otro lado del teléfono. Había adivinado quién era. Si lo imaginaba con su mujer, se le quitaban las ganas de llorar. Volvía la furia y ese sentimiento de insignificancia que Úrsula le provocaba siempre de manera inconsciente. Sabela seguía enumerando los puntos de su lista. Ella era la razón de su vida. La abrazó mientras continuaba hablando. «Hacer un maratón de series comiendo palomitas durante un fin de semana entero.» «Contigo, papá», añadió ella. «Conmigo», repitió él. En su cabeza la respuesta correcta era «Solo conmigo».

Y en el laboratorio de la unidad tecnológica, Juan Ros, un técnico con pocas ganas de volver a casa porque allí no le esperaba nada más que una habitación vacía, extraía todos los archivos de un móvil que le habían entregado esa mañana: vídeos, mensajes, fotos. Lista de llamadas realizadas. Correo electrónico. Observó la imagen del perfil de WhatsApp. Una mujer de treinta y tantos de cabello largo y negro. Era guapa. Muy guapa. Sabía quién era. La mujer del río. En su WhatsApp solo había conversaciones con una persona, Nicolás Bendaña, además de las de un grupo integrado por ella y ese mismo hombre. Lo recopiló todo y lo envió al comisario Veiga.

Cuando el comisario Veiga recibió el correo, hacía rato que había dejado de atender a la película. La noche se había ido a la mierda en cuanto Barroso vio a Santi en la cola del cine con la rubia. Ignoraba si ella sabía que estarían allí. Por un momento se le ocurrió que la única razón por la que Barroso lo había invitado era para encontrarse con Abad y ponerlo celoso. Al instante se dio cuenta de lo ridículo de su pensamiento. Ana encajó bien el golpe, pero él se percató de que ella estaba tensa y que no estaba disfrutando de la película y mucho menos de la compañía. Notó vibrar el teléfono en el bolsillo y no se resistió a sacarlo, aun a riesgo de que Ana se enfadase. En cuanto vio el contenido del archivo le pasó el móvil a Ana. Ella lo miró entusiasmada y él sintió que la noche mejoraba. Santi y la rubia habían salido del cine hacía media hora. Álex había vigilado a Ana atentamente: ella había permanecido con la mirada fija en la pantalla, sin inmutarse en apariencia. Álex estaba seguro de que se habría echado a llorar si él no hubiera estado a su lado. Sabía que Santi aún le importaba mucho, y por eso se alegró al ver la ilusión en los ojos de Ana, que evidenciaba que había cosas que le importaban más que con quién se acostaba Abad. Tenían delante un nuevo mensaje de Nolimits.Psycho por descifrar. El móvil de Catalina Fiz. Decididamente, hoy Ana no lloraría.

El móvil

«Hola.»

Santi observó el móvil sobre la mesilla. Lorena se había marchado de madrugada sin que él hubiera hecho nada para impedirlo. Amanecer juntos no era muy buena idea después de una primera noche, no estaba preparado para dormir con ella. Ni para enfrentarse a Ana, pensó mientras tecleaba la respuesta.

«Hola.»

«Estoy en la comisaría. Tengo el contenido del móvil que nos ha enviado Nolimits.»

«¿Ya está? ¿En sábado?»

«Llegó ayer por la noche. Álex se ha tenido que ir a Lugo. Si te apetece, lo examinamos juntos.»

«Veinte minutos», contestó, y salió disparado hacia la ducha.

Vivía a apenas tres minutos del trabajo, así que llegó antes de esos veinte. Ana estaba en su mesa, con un enorme archivador y una libreta negra en la que iba tomando notas.

—¿Qué tenemos aquí? —preguntó Santi.

—Una mina. —Ana sonrió—. Vamos a tu despacho.

Cogió el dosier, sujetó su móvil con la otra mano y el bolígrafo entre los labios, y le indicó a Santi con un gesto que cogiese la memoria USB.

Ya en el despacho de él, depositó todo encima de la mesa y movió la silla de confidente al otro lado de esta, situándola junto a la de Santi. Durante el caso Alén solían pasar así horas.

—¿Le ha ocurrido algo al jefe? —dijo Santi.

—Que yo sepa, no, ¿por?

—Dijiste que se había tenido que ir a Lugo.

—Era el cumpleaños de su madre. Le dije que yo examinaría toda la documentación. Pensé que tendrías ganas de ver qué nos había mandado nuestro Psycho particular.

—¿Qué has encontrado hasta ahora? —Santi cambió de tema.

—Es el móvil de Catalina Fiz, pero hay algo muy extraño. Solo hay conversaciones con el Psycho que parece ser que se hace llamar Nicolás Bendaña. Y además, tienen un grupo en el que solo están ellos dos, llamado «Nolimits», igual que en el caso de Úrsula. No hay nada más. El muy desgraciado lo ha borrado todo y solo nos ha dejado la cronología de su relación con la víctima que acabamos de encontrar muerta.

—¿Estamos rastreando ya cuántos Nicolás Bendaña hay?

—Con antecedentes, ninguno. Fue lo primero que hice, aunque todos estamos seguros de que es un nombre falso. De buenas a primeras, si metes el nombre en Google salen más de trescientos mil resultados. Javi está con eso, a ver qué nos dice.

—¿Historial de internet?

—Nada.

—¿Correos electrónicos?

—Mucho *spam*, publicidad y poco más.

—¿Llamadas?

—Todas al tal Nico, como ella lo llama, excepto unos pocos números. Javi está comprobando esto también.

—¿Y ese carpetón?

—La transcripción de cinco meses de conversaciones entre Catalina y nuestro maldito psicópata.

—¿Has comprobado si es el móvil de Catalina?

—¿A qué te refieres?

—A si es su número habitual.

—Pues la verdad es que no. —Ana se apresuró a abrir la carpeta del ordenador donde tenía guardados los datos del caso de Catalina Fiz. Hizo la comprobación—. Pues tienes razón, no lo es.

—¿El agente de la tecnológica ha comprobado algo sobre el número? Déjame ver el informe.

—Toma. No he tenido tiempo de leerlo todo. Hay tanta cantidad de información que no sé por dónde empezar. —Ana le tendió un sobre—. Esta es para ti. De las transcripciones sí que tengo solo una copia porque son cientos de páginas.

Santi le echó una ojeada.

—Es un número prepago. Rastrearemos la compra, pero ya verás como también lo han comprado en un hipermercado. Este no es el móvil de Catalina. Este es un móvil que ella tenía para hablar con este tipo. Seguramente se lo compró cuando comenzó su relación con él. ¿De cuándo es la primera conversación?

—Del 17 de junio de 2016.

—Pero ya hay cierto grado de intimidad. —Santi señaló la primera página de las transcripciones—. Aquí ya se conocían.

«¿Ahora también vamos a hablar por aquí?»

«Ya lo hacemos por correo, en redes, ahora en este móvil.»

«Nolimits, Cata.»

«Nolimits, Psycho.»

Innumerables emoticonos. Fotos de atardeceres. Chistes. Memes. Canciones de Spotify, aproximadamente una al día.

—Tienes razón —dijo Ana—. Aquí la relación ya está avanzada. Seguramente se conocieron antes y cuando Catalina se dio cuenta de que iba a tener algo con él, se compró un móvil con tarjeta prepago. Lección número uno del manual del infiel.

—Y este tarado la mata cinco meses después. Pasados dos años repite la operación con otra mujer y decide jugar con nosotros y nos manda el móvil de Catalina. ¿Qué *carallo* quiere?

—Nos está dando información.

—Nos sigue faltando el teléfono de Catalina, el que usaba en su día a día.

—No solo eso, nos falta todo. Nos falta su ropa, su móvil, su bolso. El asesino solo enterró el cuerpo casi desnudo.

—No encaja.

—Deja de decir que no encaja, jefe.

—Joder, Ana, es que no encaja, ¿qué significa esto? ¿Un criminal que nos manda pistas? ¿Está pidiendo a gritos que lo atrapemos?

—No me ha sonado tan raro eso que acabas de decir. A lo mejor quiere que lo encontremos antes de que mate a Úrsula.

—Si quisiera eso, la soltaría.

—O es bipolar y su lado oscuro lucha contra su lado luminoso.

—Esa idiotez no la has dicho en serio, ¿verdad?

—No, pero en una peli sería exactamente así.

—Te voy a dar la razón. Todo este rollo de mandar sobres con pistas es muy cinematográfico.

Llamaron a la puerta y ambos levantaron la vista al mismo tiempo. Era Javi.

—Todas las llamadas excepto once son al móvil del tal Nicolás Bendaña. El mismo con el que tiene todas las conversaciones de WhatsApp que nos han transcrito. Diez de las llamadas son a hoteles y a restaurantes, pero todas de antes de septiembre de 2016. Vamos a comprobar si reservó mesa o habitación en ellos.

—¿Y la undécima? —le interrumpió Ana.

—A Onda Cero Pontevedra. El 8 de octubre de 2016.

—¿A un programa?

—Ni idea.

—Llama a los estudios de radio. A ver si averiguamos con quién habló.

—A eso voy —dijo Javi y salió del despacho.

—Y este, ¿qué hace aquí en sábado? —preguntó Santi.

—Guardia. En fin, vamos a leernos esto con calma.

—Parece un chat de adolescentes. Emoticonos, fotos, canciones... —Ana ojeaba las páginas antes de lanzarse a la lectura.

—Bueno, está claro que las víctimas de Nolimits se sienten solas y encuentran en este tipo a alguien que les presta atención y las arranca de su realidad cotidiana.

—Ambas están casadas con ingenieros informáticos, y ninguno de los dos tiene pinta de ser la alegría de la huerta.

—Y Nolimits será parecido, estoy casi segura. Por regla general la gente suele enamorarse de personas con un mismo perfil.

—Lo cual nos lleva a que...

—Nolimits es ingeniero informático también.

Un lugar donde llorar

Todos necesitamos un lugar donde llorar a nuestros muertos.

Ese lugar para Adrián había ido cambiando a lo largo de esos veintiocho meses. Había llorado en la cama, había llorado abrazado a la ropa de Catalina cuando esta aún conservaba su olor y antes de que acabase metida en una bolsa negra de basura; ante sus fotos y delante de los televisores que mostraban su imagen mientras hablaban de su desaparición. Había llorado en lugares que en nada le recordaban a ella. El garaje. La frutería. El cajero automático.

Ahora tenía un lugar donde llorar a Cata y, sin embargo, ya no podía hacerlo.

Adrián observó a sus suegros que, al contrario que él, eran capaces de llorar como si fuera la primera vez que lo hacían. Alrededor del nicho se habían reunido unas cincuenta personas. Él había prometido a los medios que la hermana de Cata, que había ejercido siempre de portavoz de la familia, haría unas declaraciones tras la ceremonia religiosa y a cambio les había pedido respeto e intimidad. En contra de lo que cabía esperar, ningún periodista había entrado en el cementerio. Helena, la hermana de Cata, se abrazaba a su novio y acomodaba la cabeza contra su pecho. Se mostraba más serena que sus padres. Para ellos todo había terminado.

Para Adrián, no. Aún no. Acabaría el día en que la policía atrapara al hombre que le había hecho eso a Cata.

En la lápida que habían encargado, solo podía leerse el nombre de ella y su edad. No la que tendría ahora, sino la que tenía cuando la mataron. «Catalina Fiz Montero. 36 años. 1980-2016.» Sin epitafio. Llevaban tanto tiempo despidiéndola que se les habían acabado las palabras.

Fijó la vista en las coronas de flores. Tus compañeras. Tus padres. Tu hermana. Tu familia política. Tu esposo. Su olor enmascaraba el olor de la muerte, o más bien el del tributo a ella. Desde niño sabía que el cementerio olía a flores marchitas y a agua estancada, casi podrida. Había gente a la que le gustaban los cementerios; no era su caso, a pesar de que el cementerio de San Mauro era uno de esos decimonónicos, de los que inspiraban esas historias del Romanticismo que le encantaban cuando era apenas un adolescente. Cuando aún era capaz de buscar y encontrar la belleza en lugares raros.

Le gustaría volver a ser ese adolescente, de la misma manera que le gustaría volver a llorar, aunque fuese en su coche, delante de la cabina del peaje, mientras recordaba la última vez que se detuvo ahí con Cata, en esa autopista, en esa cabina, que siempre era la misma: la segunda empezando por la derecha. Manías de Cata. Esas eran las cosas en las que pensaba mientras el sacerdote repetía velozmente las mismas palabras de todos los entierros y Adrián deseó apretar un botón y ser capaz de silenciarlo, como hacía con los locutores de los telediarios.

Cuando terminó la oración, el silencio se adueñó del lugar. Un silencio que muy pronto se vio enturbiado por el ruido de quienes sellaban el nicho. Ese sonido de la espátula con cemento extendiéndose sobre el mármol era igual de doloroso que todos los sonidos que precedieron a este: el sonido del teléfono anunciando su muerte, el de las sirenas de los coches patrulla a orillas de ese río, el sonido de las manifestaciones por las calles de Pontevedra mes tras mes, hasta completar veintisiete, gritando el nombre de Catalina. Todos esos sonidos ya eran sonidos asociados a la muerte de Cata. Uno no está muerto del todo hasta que llega ese último ruido, pensó Adrián: el del féretro entrando en el nicho. Hasta que el silencio es definitivo.

Sin apenas despedirse de nadie, Adrián salió del cementerio. Pasó al lado de los periodistas, que no lo reconocieron porque desde el primer momento se había mantenido en la sombra. Esperaban a Helena a las puertas del camposanto con sus cámaras y micrófonos, para contarle al resto del mundo que la familia de Catalina Fiz ya tenía un lugar donde llorar.

Los que podían.

Sábado. Vigésimo segundo día

—Son casi las dos y media. ¿Hacemos un parón y comemos? —dijo Ana al tiempo que echaba una ojeada a su reloj.

Santi cogió su móvil y lo revisó rápidamente.

—Vale, pero tengo que hacer una llamada.

Salió del despacho. Ana estuvo a punto de decirle que podía salir ella, si así lo quería. A fin de cuentas, ese era el despacho del inspector.

Se imaginó que estaría hablando con la rubia. Sabía que la vida social de Santi era casi inexistente. Tenía un hermano con el que apenas se relacionaba. Un par de veces al año iba a Ferrol a visitarlo a él y a sus sobrinos, aunque desde que su madre había fallecido no se prodigaba mucho por su ciudad natal. Mantenía una buena relación con todos sus compañeros de comisaría, pero no solía quedar con ellos fuera del horario laboral. No tenía aficiones que se supiera, y ocupaba la mayor parte de su tiempo con el trabajo. Claro que eso era antes. Este Santi era capaz de tener una cita con una tía que acababa de conocer en el marco de una investigación, jugaba al pádel con Connor Brennan y quedaba con él en su tiempo libre.

Este Santi no era el Santi que ella conoció. Quizá nunca conoció al verdadero Santi. Todos nos mostramos en nuestras relaciones como versiones mejoradas de nosotros mismos. Réplicas exactas de la imagen que nos gusta proyectar. El Santi del que le había hablado Sam no se parecía en nada al hombre que había salido con ella. Ella solo había atisbado algunos destellos de ese Santi. Y ya nunca sabría cuál de esas versiones sería la verdadera. Se preguntó si él le habría contado a la rubia su pasado y sus problemas psicológicos.

«Eso ya no es de mi incumbencia», pensó, en cuanto él entró en el despacho.

—¿Adónde vamos?

—Me vale un pincho de tortilla en el Marte.

—A mí también. Avisa a Javi por si quiere venir.

—Lo avisamos al salir —dijo Ana mientras ordenaba los papeles encima de la mesa.

Santi cerró con llave el despacho. Javi se unió a ellos.

—¿Cómo va esa guardia?

—Sin incidencias. Me he dedicado a seguir el hilo de toda la información que teníamos en ese dosier.

Santi abrió la puerta del bar y les cedió el paso.

—¿Y has encontrado algo importante? —preguntó.

—Pues me he topado con algunas cosas interesantes. Lo tengo todo anotado. He localizado el programa de radio al que llamó Catalina Fiz: *Un alto en el Camino*. Se grabó en los estudios de Pontevedra. Con carácter general, el programa se graba en Madrid y se emite a nivel nacional. Pero ese mes se grabó desde Pontevedra. La periodista que lo presenta es Susana Pedreira, no sé si querréis ir vosotros a interrogarla o se lo dejaréis a Araújo.

—Ana y yo iremos hasta allí el lunes, pero habrá que avisar al inspector. No quiero problemas ni malentendidos.

—Tengo también la lista de hoteles y restaurantes a los que llamó. Habrá que ir a comprobar si llegó a ir y si recuerdan con quién, si hay cámaras...

—No encontraremos registros de grabaciones de hace tres años. —Ana negó con la cabeza—. De todas formas, ese trabajo de campo podemos dejárselo a la gente de la comisaría de Pontevedra. No es bueno que piensen que metemos las narices en su caso.

—Ellos ya no tienen caso —intervino Santi—. Catalina Fiz está muerta y enterrada. Hoy se cumplen veintidós días de la desaparición de Úrsula B. y el Psycho sigue mandándonos mensajes. Somos nosotros los que tenemos una mujer desaparecida y ningún indicio que nos haga pensar que no sigue viva.

—¿Aparte de que está secuestrada por un tío que se autodenomina psicópata y que ya ha matado al menos a una mujer? —preguntó Javi.

—Si el psicópata continúa con el juego, es que está viva.

—Desde el primer día estás convencido de eso —dijo Ana.

—La verdad es que sí. Y no sabría decir por qué.

—El famoso instinto Abad —soltaron Javi y Ana al unísono.

Los tres se echaron a reír.

—Menos bromas. ¿Has avanzado algo con el nombre de Nicolás Bendaña, Javi?

—Tengo un listado de perfiles de redes con ese nombre y de resultados en Google.

—¿Qué hay de la base de datos del DNI?

—No son muchos, pero a lo mejor a través de las redes encontramos algún dato asociado al entorno de Catalina Fiz.

—Si os parece, yo me pongo con eso esta tarde —dijo Ana—. Estoy segura de que Javi preferirá irse a casa, ahora que ha terminado la guardia.

—Si al jefe le parece bien, me vendría genial —le agradeció él—. Tengo miles de cosas que hacer.

—Me parece bien —asintió Santi.

Tomaron café y pagaron. Ana tenía prisa por volver a comisaría. Santi siguió con las notas mientras revisaba las transcripciones de las conversaciones entre Nolimits.Psycho y Catalina.

—El tío tiene buen gusto para la música.

—Y para las mujeres. Catalina era una mujer muy atractiva.

—La escritora es una tía normal —dijo Santi.

—Una tía normal, pero estoy segura de que es tremendamente interesante. He leído varias entrevistas de ella en los últimos días y pagaría por tener las transcripciones de sus conversaciones privadas.

—Yo desconfío siempre de las cosas que dicen los famosos en público. Te llevarías una sorpresa con lo que esconden esas transcripciones. Fíjate que me fiaría bastante más de lo que deja entrever a través de sus libros.

—Tampoco estoy tan de acuerdo. A veces hay escritores o directores de cine que son auténticos genios y crean obras maravillosas y en su vida privada son unos absolutos gilipollas.

—También es verdad.

Durante más de media hora permanecieron en silencio. Abad reproducía en Spotify las canciones que le enviaba Nico a Catalina. También anotaba las localizaciones de las fotografías de atardeceres y amaneceres que le mandaba. Ninguno era de la misma ciudad. Mientras, Ana se sumergió en la búsqueda de Nicolás Bendaña en la red.

—Hay poquísimos perfiles con este nombre. No lo entiendo. Yo si me inventase un nombre para acosar y asesinar a una mujer, me llamaría José Pérez.

—¿No dijiste que había un montón de entradas en Google?

—Casi todas relacionadas con el Pazo de Bendaña. Listados de oposiciones, censos y notificaciones administrativas en las que coincide el apellido, pero no el nombre, y viceversa.

—Mete algún filtro en el buscador.

—¿Nicolás Bendaña asesino? ¿Psicópata?

—Vamos, Barroso. Tú puedes hacerlo mejor.

—Estaba de broma.

A Ana le gustaba cuando la llamaba por su apellido. Sabía que lo hacía cuando la veía simplemente como a una colega. Su relación profesional había evolucionado de la condescendencia inicial con la que la trataba de manera casi inconsciente a la admiración. Una admiración que ella quería mantener a toda costa, porque le seguía encantando trabajar a su lado.

—Nicolás Bendaña ingeniero informático —tecleó Ana.

—Eso tampoco te dará resultado. No será tan idiota.

Ana levantó la vista y señaló a la pantalla del ordenador.

—Yo no estaría tan seguro.

Santi se colocó a su lado y observó la primera entrada de Google que respondía a la búsqueda de Ana.

«Nicolás Bendaña Bello. Catedrático de la Facultad de Ingeniería Informática de A Coruña.»

¿Quién es Nicolás Bendaña?

—¿Me estás diciendo que ese tío existe de verdad y es tan gilipollas como para usar su nombre auténtico? —dijo Santi.

—No me lo creo. Nolimits no es él. Será alguien que le quiere colgar el muerto.

—Mete en el buscador el nombre y los dos apellidos, a ver qué encontramos.

Ana introdujo los datos en el ordenador.

—Por salir, sale hasta en la Wikipedia. —Ana pinchó el primer enlace que le ofreció la búsqueda.

Ambos leyeron rápidamente el artículo.

—Joder, está muerto.

—Sí. Murió en 2011. Ya te dije que no sería nuestro Psycho, jefe.

—Catedrático de Ingeniería del software de la Universidad de A Coruña. Nacido en Narón en 1952.

—Cincuenta y nueve. Murió bastante joven.

—Imagino que sería profesor de Adrián Otero y de Lois Castro. Ambos estudiaron en esa facultad. Ahí tienes tu vínculo —dijo Santi.

—Eso no es un vínculo, es un hecho circunstancial.

—Encima es sábado. No tenemos a quién llamar en la universidad.

—Podemos llamarlos a ellos.

—Me parece bien, pero antes quiero seguir buscando algo más sobre este hombre.

Ana volvió a la página principal.

—La noticia aparece en varios periódicos. Murió en un accidente de tráfico en la AP-9, cerca de Vigo. En la prensa destacan el hecho de que era una persona muy conocida en A Coruña y muy apreciada por la comunidad académica.

—Lleva casi ocho años muerto. Está claro que él no secuestró a estas mujeres.

—¿Y si tiene hijos que se llamen como él?

—No, no puede ser eso. —Santi guardó silencio unos segundos—. Me inclino a pensar que hay algo que une a Lois y Adrián con el verdadero Nicolás Bendaña.

—Lo mejor que podemos hacer es llamar a ambos por teléfono.

—Vamos a dejarlo para más adelante, quizá encontremos algo en estas transcripciones del falso Nico y Catalina.

—¿De cuándo es la última?

—Del 1 de noviembre de 2016 —respondió él tras un vistazo rápido a sus notas.

—Dos semanas antes de que desapareciese Catalina.

—Sí, hacia el final la relación se había enfriado mucho. Ella casi no le contestaba a los mensajes y hay bastantes reproches por parte de ese Nico.

—Parece claro que ella quiso cortar la relación y él no lo asumió y acabó matándola —concluyó Ana agitando las hojas en la mano.

—Eso me parece coherente dentro de la relación entre Nico

y Catalina. Pero lo que sigue sin encajarme es el asunto de la escritora. Piénsalo bien, Nico mata a Catalina y dos años después vuelve al ataque. Se lía con otra mujer casada. Según lo que nos contó la hija de Úrsula, esta se pasaba todo el día hablando con el tal Nico, así que el patrón es exacto a este. Si el móvil de Úrsula no estuviera destrozado, estoy seguro de que nos encontraríamos muchos mensajes similares a estos. Hasta ahí repite metodología. Pero a partir de ese punto las historias se bifurcan. A Catalina la mató probablemente el día de su desaparición y se preocupa por ocultar el hecho. Nunca la hubiéramos encontrado a casi setenta kilómetros de su casa, en un bosque. Sin embargo, con Úrsula no tenemos ningún motivo especial para creer que la haya matado, y además no se esconde. No solo se empeña en comunicarse con nosotros, sino que se esfuerza en que relacionemos ambos casos.

—Nos utiliza para unir a Catalina y a Úrsula. E indirectamente a Lois y a Adrián.

—Necesitamos a Brennan —decidió Santi—. El perfil psicológico de este tío me desconcierta.

—Asesino, delincuente serial, acosador. Hay múltiples perfiles.

—Voy a hacer una cosa: le enviaré a Connor el informe por correo y le pediré que estudie estas conversaciones. Mañana por la tarde quedo con él para que me dé su opinión.

—¿Puedo ir yo también? —dijo Ana. Al momento se arrepintió de habérselo pedido. No quería que malinterpretase su interés.

—Claro, aunque mañana es domingo y ya has trabajado hoy todo el día. La semana que viene será dura. Pero si te apetece, ya sabes que eres bienvenida. No tienes que pedirlo, estamos juntos en esto.

Ana sonrió levemente.

—Son las siete y media y es sábado —continuó Santi—, deberíamos parar ya.

—Déjame hacer una prueba —contestó ella.

Metió el nombre de Nicolás Bendaña juntó con el de Adrián Otero en el ordenador. En la pantalla apareció un solo resultado:

> Adrián Otero Cal impartirá el próximo 7 de abril a las 18 horas una conferencia en el Aula Magna Nicolás Bendaña de la Facultad de Informática de A Coruña (Campus de Elviña) en el marco del V Congreso anual de Estudiantes de Ingeniería informática, titulada «Presente y futuro de la inteligencia artificial en el procesamiento del lenguaje natural». Inscripciones en la página web del Congreso. Asistencia gratuita hasta completar aforo.

—¿Qué coño significa esto? —dijo Santi.

—No lo sé. En principio parece una casualidad, pero he aprendido de ti a no creer en las casualidades. Esto fue en 2016.

—Hay algo que se nos escapa.

El móvil de Santi comenzó a sonar y aunque lo silenció al momento, Ana alcanzó a ver el nombre: Lorena.

—Tengo que irme. Voy a llamar a Brennan y le explico. Pásame las transcripciones a mi correo, que ya se lo reboto desde el móvil. ¿Hablamos mañana?

—Hablamos —dijo Ana.

—¿Vienes ya?

—Me quedo un rato.

—¿Necesitas que te lleve?

—Vete, en serio. Cogeré un taxi. Prefiero seguir con esto. El niño se queda hoy con mi madre, así que no tengo prisa.

—Vale. Acuérdate de cerrar con llave.

Él cogió su cazadora y se despidió con un gesto.

En cuanto salió por la puerta, Ana se recostó contra el respaldo de la silla.

Nada era normal. No era normal lo triste que se sentía, las ganas de llorar y la sensación de vacío. Tampoco lo era el hecho de que Santi obviase que ella aún pudiera sentir algo por él. Hacía dos semanas se había plantado a la puerta de su casa y aunque era cierto que ella le había pedido distancia, no podía acostumbrarse a que su relación fuese tan fría y aséptica.

Cogió el móvil e instaló Tinder. Hacía más de tres años que lo había desinstalado. Abrió su viejo perfil y casi no se reconoció en la foto. Sustituyó las fotografías por otras más recientes: una en la playa, el verano pasado, otra de un día que había salido de fiesta en Ávila y un primer plano del pasado fin de año, con un vestido de cuero ajustado.

Empezó a deslizar el dedo. Lo encontró rápidamente.

Eirik. Noruego. Estudiante de Erasmus en Compostela. Rubio, ojos claros, con barba y cierto aire de vikingo.

Match.

Ya lloraría mañana.

Un domingo agradable

Ana pulsó el timbre del segundo piso, mientras pensaba que no sería fácil entrar en el apartamento de Santi y hacer caso omiso de todos los recuerdos que la abatirían de golpe en cuanto esa puerta se abriese.

Santi le había mandado un mensaje a las cuatro de la tarde para decirle que Connor Brennan llevaba todo el día en su casa, trabajando con la documentación del caso. «Pásate por aquí si te apetece.» Ella le contestó con un simple «Ok». Sabía que su actitud era infantil. La de ayer por la noche también lo fue, pensó mientras subía las escaleras.

Connor y Santi habían desplegado sobre la mesa del salón un montón de papeles. La mayoría eran transcripciones del chat de Catalina y Nico, subrayadas en distintos colores.

—¡Hola! —Connor se levantó y le dio dos besos.

Ana pensó que el gesto, tan poco usual, hablaba de por sí de lo extraño que resultaba esa reunión de domingo en casa de su jefe con un psiquiatra que no estaba relacionado en absoluto con el caso que les ocupaba.

—¿Cómo vais?

—Connor ha analizado las conversaciones y estábamos

poniendo en común impresiones. ¿Quieres un café? ¿Otra cosa?

—No quiero nada, gracias. En fin, Connor, soy toda oídos.

—Estoy desconcertado, la verdad. Por lo que había ido hablando con vosotros me había hecho a la idea de que era un delincuente serial. Y ya sabéis cuáles son los rasgos básicos del denominado psicópata o asesino en serie: frialdad, falta de empatía, tendencia a la manipulación, transgresión de las normas básicas de convivencia... No suelen tener en consideración la opinión social, el juicio social no les importa nada. Son muy narcisistas y desde luego son aparentemente personas con un férreo autocontrol. Solo lo pierden en el instante en que ejercen la violencia extrema. Si eso es lo que estamos buscando, este hombre no da el perfil. Sí que es cierto que es un tipo inteligente, bastante más que ella. La maneja a su antojo, la dirige. Y también es cierto que es manipulador. En todo momento es él el que inicia la maniobra de seducción y lleva el timón. Diría que esta es la parte de la relación que le resulta más atrayente a él. Le gusta el rol dominante, se siente superior a Catalina. Luego todo se tuerce: una vez iniciada la relación, cuando ella intenta romper, él se descontrola. Es aquí cuando él comienza a perder el dominio de la situación. Lo veo más cercano al rol del maltratador de género que al de un asesino en serie. Se ve que es un hombre con un bajo nivel de asertividad, sin capacidad para aceptar decisiones ajenas. Seguramente también es bajo su nivel de autoestima, por eso inicia este tipo de relaciones, para reafirmarse a través de la conquista, de ahí que se sienta cómodo en ese rol dominador. Si tuviera más datos, podríamos ahondar en el perfil del síndrome de Don Juan o Casanova. Estaríamos en el supuesto del conquistador crónico que Freud vinculaba con las relaciones edípicas. Y si tengo que encajar este asesinato en un perfil psicológico, no lo encuadraría en el de un asesino en serie que planifica sus actos. ¿Cómo la mató?

—El cadáver presenta una lesión importante en el cráneo. La hipótesis es que la golpeó con un objeto contundente —dijo Santi, y Connor asintió.

—Eso encaja más con el perfil del maltratador psicológico. Celos, una relación posesiva, inestabilidad emocional e impulsividad. Un cóctel que perfectamente puede determinar un episodio de violencia no planificada.

—Hasta aquí vamos bien. —Santi miraba los papeles desplegados en la mesa—. Sin tener tus conocimientos, he llegado prácticamente a la misma conclusión. El problema es que no me encaja con lo de la escritora.

—O sí —dijo Ana—. Pasados dos años tiene ganas de una nueva aventura. Persigue a la escritora, imaginamos que utiliza la misma técnica de seducción con ella. La sigue, la acosa por el móvil, como hizo con Catalina, y Úrsula se enamora de él. Eso lo tenemos claro. Yo sí veo un patrón.

—Un tío que se ha molestado en enterrar a una mujer a setenta kilómetros de su casa no se preocupa luego en mandar toda esta cantidad de información —replicó Santi.

—Lo único que se me ocurre es que haya cometido un asesinato parecido y que desee que lo encontremos.

—Eso ya lo hablamos el otro día y me parece descabellado, Ana. Si quisiera eso, se entregaría, o como mucho nos daría pistas sobre Úrsula. Y no lo hace.

—Lo único que os puedo decir es que el Nico que traslucen estos mensajes es simplemente un hombre inmerso en una relación que se le escapa de las manos y cuyo fin no acepta —intervino Connor—. No veo planificación de un asesinato. No lo veo. También es verdad que no conozco el grado de veracidad de estas conversaciones. En qué medida son reales o si simplemente este hombre está fingiendo o interpretando un papel. Pero a priori, no parece un asesino en serie. Si tuviera que firmar un informe pericial, esto es lo que concluiría.

—Pues me pareces de gran ayuda. —Ana le dedicó una sonrisa—. No sé hacia dónde avanzamos, pero lo hacemos. Lo siguiente que tenemos que averiguar es el vínculo entre Adrián y Lois. O lo que es lo mismo, entre Catalina y Úrsula.

—Es un perfil de mujer muy distinto —dijo el psiquiatra.

—Físicamente, Catalina es mucho más guapa —admitió Ana—. La escritora es una mujer más del montón, con el atractivo de ser un personaje público. Recordemos que hay gente a la que eso le pone mucho.

—En fin —dijo Connor—, yo me voy ya. Llevo todo el fin de semana fuera de casa. Ayer estuve en Cangas, en casa de mis padres, y hoy llevo todo el día aquí, leyendo transcripciones. Mañana toca madrugar.

—Yo también me voy —se apresuró a decir ella.

—¿Te llevo?

—Gracias, Santi. Cogeré el bus. No te preocupes.

—No, te llevo. Llevas todo el fin de semana trabajando.

—No habría podido quedarme en casa con esa mujer aún desaparecida.

—Vamos. —Santi cogió las llaves y la cartera en la entrada.

Tenía un viejo Seat León y una plaza de aparcamiento alquilada cerca de la comisaría. A pesar de que Connor no quería, lo acercaron a Pontepedriña. Ana vivía en A Ramallosa, en Teo. Apenas quince minutos en coche por la carretera de A Estrada.

Santi intentó varias veces iniciar una conversación, pero Ana le contestaba con monosílabos.

Ella estaba deseando bajarse del coche. No sabía por qué había aceptado que la llevase a casa. Acudieron a su mente algunos flashes de la noche anterior: los chupitos de tequila, la música hortera del Choiva, la casa del noruego, un estudio en Pelamios, pequeño y sin calefacción, el sexo agradable. Agradable. El sexo nunca debería ser solo agradable. Agradable es merendar chocolate, leer el periódico mientras desayunas el domingo o la colonia de los bebés.

El sexo con Santi nunca fue solo agradable. Lo era, pero también era necesario, acuciante, desesperado, satisfactorio, casi doloroso. Sublime, no por el acto físico sino por lo que venía después. Hablar. Callar. Tocarse. Saber que después del sexo no solo agradable vendrían momentos que sí lo serían. Agradables. Mucho.

Cuando Santi paró el coche, ella se quedó quieta.

Sin hacer ademán de quitarse el cinturón de seguridad, ni de bajarse. Pensó en besarlo. Lo hizo.

Él la empujó suavemente.

—Estoy conociendo a alguien —dijo.

—Lo sé.

—No creo que pudiera volver a pasar por lo mismo. Y fuiste tú la que dijo que no podíamos mezclar lo nuestro con el trabajo. Y tenías razón.

Ella asintió.

—¿Tienes algo con Álex? —preguntó Santi de sopetón.

—Usando tus propias palabras, eso sería casi como volver a pasar por lo mismo. —Hizo un ademán de negación—. Y ya me has dejado claro que no es buena idea.

—Ana, no nos hagamos más daño.

Ella salió del coche.

—Hasta mañana —dijo antes de cerrar la puerta y dejar atrás a Santi.

«No nos hagamos más daño.» Como si fuera tan fácil.

Pontevedra, otra vez

Susana Pedreira resultó ser mucho más joven de lo que Santi Abad se había imaginado. Era una mujer de poco más de treinta años, rubia, de ojos verdes y con un aire de estudiante sueca de intercambio del que se despojó en cuanto comenzó a hablar.

—Imagino que están aquí por Catalina Fiz —dijo la periodista tras saludarlos y hacerlos pasar al estudio de grabación.

—¿Y por qué lo imagina? —preguntó Ana.

—Desde que apareció el cadáver me he estado preguntando si la llamada que recibimos hace un par de años era de ella. Xulia, la técnica de sonido, y yo lo hemos comentado alguna vez.

—De eso venimos a hablarle. Catalina llamó a su programa en octubre de 2016. Ayer por la noche estuve buscando el podcast del programa. El inspector Abad y yo lo hemos vuelto a escuchar de camino hacia aquí y ella no dice su nombre. ¿Por qué imaginaron que podía ser ella? Y si lo pensaban, ¿por qué no lo comunicaron a la policía?

—Bueno, aquel día Xulia y yo nos preocupamos bastante. Xulia limpió un poco el sonido y llegamos a oír claramente el nombre de la mujer: Catalina. Cuando se hizo pública la desaparición de Catalina Fiz, nos planteamos que fuera la misma mujer. Pero también es verdad que este programa se emitió a nivel nacional, por lo que no podíamos estar seguras de que quien llamaba fuera de Pontevedra.

—¿Es eso normal? ¿Suelen emitir a nivel nacional?

—Normalmente hacemos la actualidad de Pontevedra. En verano grabamos el magacín del fin de semana, cuando las estrellas radiofónicas de Madrid se van de vacaciones.

—¿En provincias no tienen vacaciones?

—*Show must go on* —dijo la periodista.

—Pero esto fue en octubre.

—Cubrimos la baja de maternidad de su presentadora. Ese año *Un alto en el Camino* se emitió desde Pontevedra para el resto de España desde verano hasta navidades. Esa fue la razón por la que no pensamos que esta Catalina fuera de Pontevedra, aunque recuerdo haber comentado con Xulia que nos parecía que la mujer de la llamada tenía acento gallego. Xulia les está preparando una copia de la grabación en la que se distingue el nombre de la mujer.

—¿Y no se plantearon llamar al inspector Araújo y contarle todo esto? —Ana no pudo evitar un ligero tono de reproche en la voz.

—Es que la verdad, el perfil de Catalina Fiz no encajaba con el de mujer amenazada por su marido que traslucía esta llamada. Llegué a entrevistar a su marido un par de veces antes de que Helena Fiz pasase a ser la portavoz de la familia y era la viva imagen de un hombre destrozado por el dolor. Pontevedra es una ciudad pequeña. Esas cosas se saben.

—Lo primero, Catalina podía tener miedo de alguien que no fuera su marido. Y en segundo lugar, la cárcel está llena de asesinos cuyos vecinos decían que eran tipos encantadores.

—Tiene razón —asintió Susana—, pero Adrián Otero estaba fuera de la ciudad cuando Catalina desapareció. De todas formas, le digo que nunca sospechamos en serio que pudiera ser ella, pero cuando me llamaron esta mañana inmediatamente recordé a esa mujer.

—¿Conoce usted a Úrsula B.?

—No en persona. Nunca la he entrevistado. Hace un par de años lo intenté, pero su asistente me dijo que estaba muy saturada de trabajo. Su última promoción coincidió con mis vacaciones. Tampoco la he leído mucho. He visto la peli, la de la trilogía *Proencia*.

—Volviendo a Catalina, como emisora local habrán hecho un gran seguimiento del caso, ¿no?

—Toda la ciudad se volcó aunque todos intuíamos el desenlace. Ella era muy conocida, de Pontevedra de toda la vida. La familia además no lo dejó descansar. Mes tras mes había manifestaciones, para evitar que el caso cayese en el olvido, y sé de buena fuente que su marido también estaba encima de la policía.

Una mujer entró en el estudio con un USB en la mano.

—Aquí tienen la grabación depurada del programa de octubre de 2016 —dijo.

—Esta es mi compañera, Xulia.

Ana y Santi la saludaron con un gesto.

—En fin —dijo Santi—, gracias por la información. Si recuerdan algo, pónganse en contacto con nosotros o con el inspector Araújo.

Del estudio de radio se fueron a la comisaría de policía, donde los hicieron pasar al despacho del comisario. Como había intuido por los comentarios de Álex, a Anxo Rial no le hacía ninguna gracia tener a dos policías de Santiago metiendo las narices en su caso.

César Araújo hizo las presentaciones. El comisario preguntó por Veiga, y por cómo estaban enfocando el caso de la escritora.

—Por eso estamos aquí —contestó Abad—, intentamos encontrar la conexión entre los dos casos.

—La conexión es clara: secuestradas y asesinadas por el mismo tipo. Y lo que me jode es que tengo encima a toda la prensa de Pontevedra echándonos en cara que no hemos hecho nuestro trabajo y que ha tenido que venir la policía de Santiago a encontrar a nuestra víctima. Hablé con Veiga la semana pasada: mi gente tenía que haber estado en ese operativo de búsqueda —les reprochó Rial—. Nosotros también la habríamos localizado si nos hubieran mandado una fotografía del lugar donde estaba enterrada.

—Ya hablamos con César la semana pasada y le explicamos que pensábamos que el mensaje nos ponía sobre la pista de la escritora —aclaró Santi—. Nosotros tampoco sabemos por qué Nolimits.Psycho nos eligió a nosotros para mandarnos esa información. De todas formas, le agradeceríamos que no la hiciera pública. La prensa no sabe lo de los envíos de información del asesino.

—Tendré que explicar por qué no llegó a nosotros.

—Usted diga lo que quiera a la prensa. Nosotros explicaremos que su ego es más importante que la vida de una mujer —intervino Ana por primera vez en la conversación.

—Tenga cuidado con lo que insinúa en mi comisaría —dijo Rial.

Santi le hizo a Ana una señal con la mirada. Había ido demasiado lejos.

—Debemos medir mucho lo que decimos públicamente,

ese hombre aún tiene retenida a la escritora. Si le parece, emitiremos un comunicado hablando de un operativo conjunto de ambas comisarías.

—Eso estaría bien, aunque no es lo importante —intervino César, conciliador—, lo importante es que pongamos toda nuestra información en común para atrapar a ese tío.

—Por eso hemos venido —concluyó Santi.

Los tres se despidieron del comisario y se dirigieron al despacho del inspector Araújo.

—¿Este es así de gilipollas siempre? —preguntó Ana bajando la voz.

—Ana... —dijo Santi.

—No... Si tiene razón —dijo César—, lo es. Ya os dije que habíais tenido suerte con Álex. Pero a Rial tenemos que aguantarlo aquí y es lo que hay. Y ni siquiera se trata de una diferencia generacional. Es más joven que yo. Tiene cincuenta y ocho.

—No es una cuestión de edad, se trata de que es idiota —dijo Santi—. En fin, ¿le habéis echado un ojo a las conversaciones de Catalina con su Psycho?

—Sí. Y también a la autopsia. Sabemos que no murió allí. La momificación parcial en la parte dorsal nos permite apreciar las marcas de arrastre.

—¿Tenemos claro que el marido no pudo ser?

—Estaba en Bruselas, coartada superfirme.

—Lo sé —dijo Abad—, pero cabría la posibilidad de que le encargara a alguien el trabajo.

—Sí, y lo mismo podríamos pensar en el caso de Lois Castro, pero está claro que tenemos a nuestro Nicolás liándose con ellas y matándolas después.

—Hemos hablado con Adrián esta mañana —dijo César—.

Le hemos preguntado por Nicolás Bendaña y nos ha dicho que fue su profesor en la universidad, pero que ya está muerto.

—Lo sabíamos. Hemos llamado a Lois Castro. También fue profesor de él. Lois y Adrián no coincidieron en su clase y ambos niegan conocerse entre sí. Nuestros compañeros están trabajando en la búsqueda de un vínculo entre ambos.

—Nosotros hemos informado a Adrián de la existencia de estas conversaciones. La verdad es que está muy hundido.

—Todo lo que rodea la muerte de su mujer es sórdido —apuntó Ana.

—Es que hasta los perfiles de los maridos son semejantes. Parejas estables, con maridos aparentemente muy enamorados. Tíos serios, que despiertan pocas simpatías.

—Bueno, Santi, eso dilo por el marido de la escritora —dijo César—, porque Adrián Otero le cae genial a todo el mundo. Siempre se ha mostrado muy colaborador.

—Pues a mí no me gusta. Lamento su situación, pero no me gusta.

—Tranquilo, César, ya te acostumbrarás a los «no me gusta» sin motivo de Ana.

—Yo no diría sin motivo. Tampoco es exactamente que no me guste. De hecho me da muchísima pena, pero hay algo inquietante en su mirada.

—Apenas has estado unos minutos con ese hombre —dijo Santi.

—Los suficientes para darme cuenta de que es alto. Muy alto.

Nico

Leyó el periódico buscando noticias de ella y también buscándose a sí mismo. Intentando averiguar qué sabían. Si habían adivinado quién era el hombre que enterró a Catalina. Nunca debió ceder al impulso de enviarles esa fotografía. Necesitaba saber si, a pesar de todas las precauciones que había tomado, habían encontrado algo junto al cadáver. Llevaba todo el día leyendo entre líneas en los informativos.

Tenía claro que ellos no sabían quién estaba detrás de Nico.

Nico.

Se preguntó qué diría su antiguo profesor si supiera que había utilizado su nombre. No pudo evitarlo. El recuerdo de la primera vez que vio a Catalina estaba unido a la imagen del Aula Magna Nicolás Bendaña. Ella hablaba por teléfono. Él siempre la recordaría así, bajo el cartel del aula, hablando por teléfono. Ese teléfono que los había unido, porque, como diría Úrsula, todo pasa por algo. Meses después supo que el marido de Catalina había ido allí para dar una conferencia, y que Catalina no había entrado. Nunca le preguntó por qué no lo había hecho. Solo sabía que esa era su primera imagen de ella. Entonces se le ocurrió llamarse así: Nicolás Bendaña. El nombre de un muerto. Claro que eso fue antes de saber que ella acabaría también muerta. Antes del secuestro de Úrsula.

No soportaba saber que Cata era solo un cadáver y aún menos que esto era así porque él la había matado. Nadie entendería esto, porque él era consciente de que estaba muy enamorado de ella. Enamorado de una forma irracional. Había perdido la cabeza. Con Úrsula era distinto, nunca fue igual. Con Cata sintió que nada tendría sentido si ella lo dejaba. No. Nunca había sido así con Úrsula, aunque él se esforzaba por revivir ese sentimiento con ella.

Cogió el mando y apagó la televisión.

Nada. No decían nada.

Un móvil. Una vida

Raquel Moreira revolvió dentro de su bolso, buscando la cartera. En veinte minutos tenía que presentarse en los juzgados. Acababa de hablar con su abogado, que le había dicho que con casi toda seguridad podría eludir la prisión preventiva. Vació todo el contenido encima de la mesa de su salón: las llaves del coche, unos caramelos de menta, una barra de labios, un paquete de pañuelos de papel, un tampón. Ni rastro de la cartera.

Intentó pensar cuándo la había visto por última vez. Se había pasado todo el fin de semana en el sofá, leyendo, viendo la tele y comiendo platos precocinados. Tan solo se movió para ir del salón a la cocina. Había llamado a su madre y le había dicho que no se encontraba bien y que ese domingo no iría a Cambados. Revisó el abrigo y no la encontró.

Se dio cuenta al instante. El tal Orson. El muy cabronazo. Seguro que se la había cogido mientras se duchaba. Por eso insistió en acompañarla en el taxi a casa y pagar él. Para que no se percatase del robo.

No era la primera vez que le pasaba. Una vez le habían robado el móvil, aunque el tío se arrepintió y se lo devolvió al día siguiente. Lo dejó en comisaría. Tenía que dejar de quedar con gente a través de aplicaciones, aunque era la única manera segura de...

Un pensamiento la paralizó de pronto.

Hacía un año, alguien había tenido su móvil durante veinticuatro horas. Recordó al inspector Abad diciéndole que a través de su móvil tendría acceso a todo. A todas sus contraseñas, a su correo, a su agenda, a la agenda de Úrsula. A la vida de Úrsula.

Intentó recordar. Era un hombre.

Alto.

Muy alto.

Estancados

—¿Qué has querido decir con lo de que Adrián es muy alto?

—Bueno, está claro que a Catalina Fiz le gustaban los hombres altos. Hay mujeres que siempre buscan el mismo prototipo de hombre para enamorarse.

—¿Tú también? —dijo Santi.

—No. Yo he salido con tíos altos, bajos, rubios, morenos, gallegos, extranjeros... ¿Y tú tienes algún prototipo de tía?

—Físicamente, no. Sí que es verdad que a mí me gustan las mujeres con carácter fuerte. Catalina no tenía pinta de tenerlo. Estoy seguro de que la escritora sería más mi tipo.

Ana sintió que se sonrojaba.

—Puede. Pero sí que es cierto que hay gente que se lía con el mismo prototipo físico de persona, sobre todo si la relación es superficial. Me refiero a que, si es para echar un polvo, vas a lo que vas. Tengo un amigo que solo se enrolla con tías rubias, muy delgadas, ya sabes, que parezcan del Este, aunque al final resulten ser de Arzúa. Y tengo una amiga que solo se acuesta con gente de entre dieciocho y treinta años. En fin, puede no significar nada, pero me di cuenta al instante del detalle de la estatura.

Estaban llegando ya a Compostela. Santi echó una ojeada al reloj, eran las dos y media.

—¿Te dejo en casa?

—No, esta semana Martiño está en Manzaneda. Semana blanca. Por supuesto no hay nieve, pero se lo están pasando genial. Me voy a comisaría, quiero releer los informes y toda la documentación, a ver si se me enciende la bombillita.

—Este caso me desespera —dijo Santi—. No sé si estoy desentrenado, pero tengo una sensación que nunca había experimentado hasta ahora. Cada día recopilamos más y más información y sin embargo siento que no hemos avanzado absolutamente nada. Estamos estancados. No tengo ni la más mínima idea de dónde está, ni de la relación entre ambos casos, si nos abstraemos de ese montón de hechos circunstanciales que no explican por qué el psicópata las eligió a ellas.

—No lo llames así. Este tío no tiene nada de psicópata. Es un asesino. Un hijo de puta que no admite que una mujer pueda dejarlo. Así de simple. Connor tiene razón.

—¿Comemos?

—Sí, claro.

«Sí, claro. Hagamos lo que sea por normalizar esto. Por olvidar lo que pasó ayer, por avanzar y no quedarnos anclados en el pasado, igual de estancados que en esta investigación.» Ana respiró aliviada, al ver que él era el mismo de siempre. Lo cierto es que nunca, en todo este tiempo, habían dejado que su relación personal les impidiera hacer su trabajo. «Y el día en que eso suceda, habrá llegado el momento en que dejemos de ser equipo», pensó ella.

Álex se les unió en la comida. Tomaron el menú del día en O Dezaseis.

—¿Cómo os ha ido en Pontevedra? —preguntó el comisario.

—Tenemos el audio depurado de la llamada de Catalina Fiz al programa de radio —dijo Ana—. Un mes antes de su desaparición, ya estaba muerta de miedo. Qué putada que no lo denunciara. Ahora estaría viva.

—No es tan fácil. Imagino que nunca pensó de verdad que él la mataría y ella sabía que el precio de denunciar era que su marido se enterase de su lío con Nico.

—Lo cual indica que su matrimonio le importaba.

—Por cierto, jefe, las relaciones diplomáticas con la comisaría de Pontevedra no pasan por un buen momento —dijo Santi.

—El comisario es un capullo integral —dijo Ana.

—Lo es —Álex se encogió de hombros— y no digáis que no os lo advertí.

—Le he propuesto hacer un comunicado conjunto. Sería bueno que hablases con él esta tarde y lo cerraseis, porque ese tío es capaz de soltar a la prensa que estamos recibiendo sobres del secuestrador de Úrsula B. y crear una alarma generalizada sobre un psicópata y asesino que anda suelto.

—Lo haré —dijo Álex mientras pedía la cuenta—. No nos conviene que se arme un revuelo aún más grande del que tenemos montado con la escritora. Hoy Patricia Castro, la cuñada de Úrsula, ha estado bastante conciliadora en una entrevista en la radio, diciendo que la familia confía en la labor policial y que esperan que pronto las investigaciones den su fruto, que mantienen la esperanza de que vuelva sana y salva, blablablá, ya sabéis. El asunto está controlado por ahí. Habéis hecho un buen trabajo.

—Es cosa de ella —dijo Santi—. El marido está bastante enfadado con nosotros.

—Siempre he tenido claro que Lois Castro es un tío listo —intervino Ana—. Sabe que esta es la actitud adecuada. La esperanza de encontrarla con vida está por encima de su enfado con nosotros.

—Hablaré con Anxo Rial. —Álex ya se estaba levantando—. Sé llevarlo bien. Solo quiere salvar el culo. Yo me encargo.

En cuanto llegaron a comisaría se dedicaron a clasificar y archivar toda la documentación del caso.

—Ha llegado la autopsia definitiva. Las pruebas de ADN confirman que el cadáver es el de Catalina Fiz.

Ana alzó la mirada al escuchar a Santi.

—¿Llamamos al forense? —preguntó.

—No es necesario. El informe es muy claro, no creo que tenga nada que aportar.

—Es el mismo forense que el del caso Alén. ¿Te has fijado?

—No, no me había dado cuenta —dijo Santi—. Tienes una memoria increíble. Lo sabes, ¿no?

—Soy hipermnésica. —Ana rio a carcajadas.

—¿Eso existe?

—Existe, pero yo no lo soy, lo digo en broma. Pero sí que es cierto que se me da bien recordar fechas, números, nombres, detalles en general. Luego olvido dónde he dejado las llaves y lo que tengo que comprar en el súper.

—Es una muy buena cualidad para un detective.

—Siempre que tengas una buena capacidad de análisis deductivo.

—Que también tienes.

—¿Me estás haciendo la pelota, jefe?

—Nunca lo he hecho.

Javi abrió la puerta del despacho sin llamar.

—No os lo vais a creer —dijo excitado—. Me he tirado dos horas revisando la lista que me pasó Ana de los dueños de coches modelo Volkswagen Golf negro. Nunca adivinaríais quién tiene uno.

—Dispara, tío, que no estamos para acertijos —lo apremió Ana.

—Pues a ver qué cara se os queda. Catalina Fiz tenía un Golf negro, comprado en el año 2013. Y según este registro, del 25 de febrero de 2019, el coche aún está a su nombre.

Gente sola que hace cosas imprevisibles

Raquel Moreira abrió el Tinder en busca del tío que le robó el móvil y lo devolvió. No lo había denunciado porque nunca llegó a tener claro que se lo hubiese robado. Se lo había devuelto al día siguiente, tras contactar con ella para decirle que se había olvidado el móvil en su coche y que se lo había dejado en comisaría porque creía que no le apetecería quedar de nuevo con él. Y así era. Él la había recogido en coche y la había llevado a un motel en las afueras, donde apenas estuvieron diez minutos. Él ni siquiera llegó a desnudarse. Le dijo que lo sentía, que había sido un error, que acababa de divorciarse y que aún no estaba preparado. Se llamaba Marco. Eso sí lo recordaba. Como para olvidarlo. Nunca le había pasado algo así, excepto una vez que quedó con una chavalita de veinte años que le dijo que se lo había pensado mejor; tomaron una copa y se fueron cada una a su casa. Era consciente de que su aspecto resultaba muy intimidatorio, pero por lo general nunca la rechazaban. Acumulaba gran cantidad de *matchs*. Buscó el perfil y lo encontró rápidamente. MarcoFL. Él había borrado todos los mensajes, así de rápido se evapora el amor en Tinder. También había borrado todas sus fotos. Tan solo quedaba la fotografía de perfil que mostraba un atardecer. Abrió los contactos y buscó el de Santi Abad para llamarlo, aunque luego se lo pensó mejor. Quizá estaba sacándolo todo de madre. Y, sin embargo, algo le decía que ese tío podía ser Nolimits.Psycho. Si era así, contactar con él sería una estupidez, pero, por otro lado, si encontraba una pista fiable que llevase hasta Úrsula, eso jugaría a su favor en un futuro juicio... Tecleó el mensaje rápidamente. No perdía nada por intentarlo. «Sé quién eres, #Nolimits.» Al instante recordó a su madre, y la frase que pronunciaba a modo de advertencia cuando ella era joven y salía de casa: el cementerio está lleno de gente estúpida. Aun así, no borró el mensaje.

Un mensaje, eso era lo que esperaba Lois Castro mientras aguardaba a la puerta del polideportivo, como cada lunes. Llevaba encima dos móviles. El suyo y el otro, el que apareció en su casa. No sabía qué pretendía ese hombre. Solo sabía que quería castigarlos: a él y a Úrsula. Recordó las imágenes del operativo en el río. Por eso esperaba ese mensaje, porque sabía que si ese cabrón mataba a Úrsula, se lo diría a él antes que a la poli. Porque no le bastaría con matar a su mujer. Quería que él sufriese. También sabía que si algo le sucedía a Úrsula, tendría que vivir sabiendo que, indirectamente, él era el culpable por no llamar a Barroso y Abad y hablarles de ese móvil, por no contarlo todo. Cualquier persona en su lugar ya lo habría hecho. Aún estaba a tiempo. Cogió el móvil y buscó el número de la comisaría en los contactos. Tenía que hacer lo que haría cualquier persona en su lugar. Tenía que salvar a Úrsula, porque su hija merecía tener una madre. Era su mujer. Eran una familia. «Papá.» La voz de Sabela lo sacó de sus pensamientos. Miró a la niña que venía hacia a él. No podía hacerlo. No podía. Se guardó el móvil en el bolsillo. Cogió la mano de la niña y se dirigió al coche.

El que también se dirigió a su coche fue Adrián Otero. Tenía muchas cosas que hacer esa tarde, pero por primera vez desde que apareció el cuerpo de Cata sintió la necesidad de estar con ella. Condujo hasta el cementerio. Ante la tumba de Cata seguían las coronas de flores, cuya única misión parecía ser la de recordarle que el cuerpo de su mujer llevaba poco tiempo en ese nicho. Con el paso de los días, las flores se marchitarían y se pudrirían, al igual que el cuerpo de Catalina, de la que no quedaba ya nada. Nada. Ni siquiera la rabia que le había abatido. Recordó ahora todos sus buenos momentos. Los veranos en Cádiz, los conciertos en Castrelos, su primera cita, su boda, su primer beso, la forma en que se colocaba el cabello detrás de la oreja izquierda. La recordó comiendo cerezas, caminando descalza por el piso, porque odiaba las zapatillas. Recordó mil detalles y, sobre todo, lo injusto que era culparla. Lo injusto que estaba siendo con ella. Y aunque lo previsible era que hubiera llorado en el entierro, no fue hasta ese instante cuando se permitió llorar de verdad. No por su muerte, sino por todos los momentos en que la había culpado a ella e, indirectamente, se había culpado a sí mismo. Lloró con rabia, con desconsuelo, con ansiedad. Como lloran los que de verdad tienen ganas de llorar. Por fin.

Y Santi Abad quedó con Lorena a las siete y media en la comisaría. Lo normal era pedirle que lo esperase en un bar, pero no lo pensó bien. Mejor dicho, no lo pensó en absoluto. No se le ocurrió que Ana saldría al mismo tiempo que él. No lo pensó hasta que se vio saliendo de la comisaría con Ana a su lado y Lorena a apenas unos metros, al otro lado de la puerta. Ana abrió y le cedió el paso. Se acercó a Lorena casi a cámara lenta, esperando que Ana no lo siguiera, que saliese en sentido contrario, aun sabiendo que el camino hacia la parada del autobús coincidía con el de ellos. Tampoco pensó mucho en qué decir cuando vio que Ana estaba a su lado. Se limitó a presentarlas. Lorena. Ana. Una amiga. Mi compañera. Se saludaron con la cabeza. Ana incluso sonrió. «Estoy conociendo a alguien», le había dicho él. Tendría que haberle explicado a Ana que, en ese momento, necesitaba a alguien como Lorena en su vida. Con ella no había reproches, ni disculpas, ni gestos alterados. Era guapa, divertida e inteligente. Le gustaban sus camisetas, como la de The Rocky Horror Picture Show que llevaba hoy bajo su cazadora de cremalleras. Puede que Santi no la conociera mucho, pero sabía que tenía un blog llamado *Anchoas y Tigretones* en el que escribía sobre música y libros, que estaba loca por el sushi, le gustaba escuchar a Aznavour, y le hacía reír. Y eso era suficiente porque con Lorena todo era fácil. «Como si alguna vez nos conformásemos con seguir la vía fácil», pensó Santi mientras observaba a Ana ya a lo lejos, camino de la parada del autobús.

Camino del autobús, Ana sentía la mirada de Santi clavada en ella. Se dio cuenta de lo agotada que estaba de todo este asunto. La reacción de su antiguo yo habría sido previsible. Se habría enfadado, habría llorado. Habría decidido silenciar el móvil y no cogerlo hasta que Santi la llamase dos o tres veces. Eso era antes. Esta Ana había aprendido que, por lo general, las cosas no son como queremos que sean, ni siquiera son como deberían ser. Así que, en cuanto se sentó en el autobús, cogió el móvil e hizo lo que hacía a menudo, revisar sus conversaciones antiguas con Santi. Las de hacía dos años, que estaban plagadas de disculpas, broncas, y de mensajes relacionados con la muerte de Xiana Alén. También había mensajes que hablaban de lo que sentía por ella. Se reconoció a sí misma en esas conversaciones, pero sin embargo no lo reconoció a él. Esos ya no eran ellos. Tecleó el mensaje sin pensarlo mucho. «Tiene pinta de ser una tía majísima. Me alegro por ti.» Lo envió y se metió el móvil en el bolsillo de su plumífero rojo, mientras pensaba que, en efecto, las cosas no son nunca como queremos que sean. Esa es la única razón que nos hace desearlas con más intensidad.

«La comisaría de Pontevedra y la de Santiago de Compostela quieren hacer público el agradecimiento por la colaboración ciudadana en los casos de Catalina Fiz y de la escritora Úrsula B. Asimismo quieren destacar el hecho de que la colaboración del personal de ambas comisarías ha posibilitado el hallazgo de la pontevedresa Catalina Fiz. De igual manera, y teniendo en cuenta que Úrsula Bas Pereira continúa en paradero desconocido, las dos comisarías siguen colaborando de forma activa en su búsqueda, por lo que no se realizarán más comunicados oficiales. Se recuerda a la ciudadanía que cualquier información relativa a este caso deberá ser puesta en conocimiento de las autoridades policiales por los conductos habituales.» Álex añadió los números de teléfono y la cuenta de Twitter de la policía y se apresuró a mandarle el comunicado por correo a Anxo Rial. El tío era un gilipollas, pero aun así sabía que había estado mal no avisarle del operativo. También había estado mal no decírselo ni a Adrián Otero ni a Lois Castro. No lo reconocería, porque esa decisión había dado lugar a una discusión con Santi Abad. No es que le costase admitir que se había equivocado, pero era nuevo en la comisaría y sabía que tenía que ganarse el respeto de su equipo, y aunque con Abad la cosa había comenzado bien, sabía que el hecho de que él se aproximase a Ana ponía a Santi nervioso. Desechó el pensamiento. Lo primero era lo primero: debían encontrar a la escritora. Después ya vería en qué punto estaba la relación de Santi y Ana. No iba a meterse entre ambos, pero ella le gustaba. Sabía que no era prudente liarse con una compañera de trabajo, que debía centrarse en rescatar a esa mujer. Tranquilizar a Rial. Investigar lo de ese Golf negro y a Adrián Otero. En eso pensaba cuando llamaron a su puerta y vio a Lui. Y el sobre manila.

Veinticuatro días. Úrsula recordó que hoy habría tenido que volar a Milán para dar una charla en el Instituto Cervantes. Y sin embargo, seguía aquí, al lado del mar. Humedad. Frío. Sal. Todo continuaba imperturbable. Previsible. Nada había cambiado y nada iba a cambiar. Claro que eso era imposible tratándose de Nico. En cuanto entró por la puerta se dio cuenta de que no traía comida, solo una mochila. Se sentó a su lado y ella no se atrevió a moverse. Le invadió un sentimiento de euforia: estaban de nuevos juntos. Su parte racional le decía que esto no era más que un maldito síndrome de Estocolmo. Sintió la mano de él rodeándola. Ella se recostó sobre él y cerró los ojos.

Él dibujó círculos con el índice en su nuca. Sintió que le invadía una paz absoluta. Si todo tenía que acabar, que fuera así.

El hombre al que Úrsula conocía como Nico no pudo evitar abrazarla, acariciarla. También la besó. Había previsto todo hasta el último detalle, todo estaba planificado al milímetro. Le costaba salirse del guion. No contaba con que ella no se resistiese. «No te quieras tan mal. No soy un buen tipo.» Se lo dijo el primer día que quedaron, pero ella no le hizo caso. No, no era un buen tipo. Ambos sabían que este era el final. Deseó que no sufriera más y que le encontrase algo de sentido a esto que había pasado. Así que, aunque no lo había planeado, le dijo que la quería. Así, con todas las letras. «Te quiero, Úrsula.» Era la primera vez que se lo decía. Luego la abrazó. Él abrió la mochila sin que ella se percatase y sacó una botella de plástico. Le pidió que bebiera. Ella se negó. Él abrió la botella y se la acercó a los labios. Aunque lo previsible sería que no bebiese, lo previsible y lo real no siempre convergen. Y, en cierto modo, él lo entendió. Porque ella estaba agotada y porque, a veces, rendirse es el único camino. Por esa razón, a pesar de hacer un ademán de negación, ella acabó bebiendo de esa botella y se recostó sobre el pecho del hombre al que ella conocía como Nico. Y así permaneció hasta que su cabeza, inerte, se deslizó sobre el costado de él. No era previsible, pero como bien sabía Úrsula, una cárcel no lo es de verdad hasta que pierdes la esperanza de abandonarla.

La mujer del río

—¿Dónde estás? —dijo Santi al otro extremo de la línea.

—En el baño, a punto de darme una ducha.

—Pues no te la des. El jefe y yo vamos camino de tu casa. Nolimits.Psycho ha mandado otro sobre.

—¿Ahora?

—Esta vez apareció en el buzón de Lois Castro, que nos lo ha traído directamente a comisaría. Te cuento en cuanto bajes, llegamos en diez minutos. ¿Estarás lista?

—Tendré que estarlo —dijo Ana.

Se duchó en tiempo récord, renunciando a lavarse el pelo, y se volvió a vestir. Unos vaqueros, un jersey grueso y el plumífero. Se calzó unas deportivas. No sabía adónde iban, pero mejor ir cómoda. Cuando llegó al portal, Álex y Santi ya la estaban esperando.

—Son las nueve y media de la noche. —Ana se sentó en el asiento trasero del coche patrulla—. ¿Se puede saber adónde vamos?

—Al Xirimbao. Ha llegado otro sobre —dijo Álex—, pero esta vez lo ha dejado en casa de Lois Castro. Castro lo ha abierto, supongo que imaginaba que era correspondencia suya. Da igual, seguramente viene limpio de huellas, como los anteriores. En cuanto ha visto lo que había dentro nos lo ha traído al momento.

—¿Y qué contenía?

—La misma puta foto que nos mandó antes de descubrir el cuerpo de Catalina Fiz.

—No me puedo creer que lo esté haciendo de nuevo. —Ana hablaba con rabia.

—Yo aún mantengo la esperanza de que siga viva —dijo Santi.

—Pronto saldremos de dudas.

—Si no es así, todo este circo que ha montado no tendría sentido.

—¿No deberíamos montar un operativo? —dijo Ana—. ¿Avisar a la comisaría de Pontevedra?

—Y lo haremos —aseguró Álex—, pero antes de nada vamos a echar una ojeada.

—¿Por qué lo habrá enviado a casa de Castro esta vez?

—Quién sabe.

—Yo sí lo sé —dijo Santi—: El sobre lo han entregado en mano, no como los de la comisaría, que llegaron todos por correo postal ordinario y eran idénticos. La única razón que se me ocurre es que quería que llegase hoy pero no podía traerlo en mano a la comisaría. Tenemos cámaras alrededor. Sin embargo, tiene las llaves de Úrsula, puede entrar libremente en ese portal.

—No sé cómo no se me ocurrió apostar vigilancia en ese edificio —se lamentó Veiga.

—No era previsible.

—Nada lo era. —Ana coincidió con Santi—. De todas formas los otros sobres no eran como este. El que contenía la primera fotografía era también de manila pero no acolchado. Volviendo al de hoy, está claro que no quería arriesgarse a que tardásemos unos días en recibirlo. Sea lo que sea lo que nos encontremos, quería que fuese hoy cuando lo hiciésemos.

—Se arriesgaba a que Lois Castro no abriese el buzón —dijo Veiga.

—El margen sería de unas horas —replicó ella—. Estoy segura de que Castro revisa su buzón cada día. Le indicamos que lo hiciese así por si el secuestrador se ponía en contacto con él.

—Lo único que me importa es acabar con esto. —Álex puso el intermitente para tomar el desvío hacia el Xirimbao—. Los tres sabemos lo que nos espera en ese río.

La noche estaba especialmente desapacible. Cuando llegaron al espacio recreativo no llovía, aunque la niebla era tan baja que Ana sintió que la humedad le calaba el cabello. Se acercó a sus compañeros para no perderlos de vista. La niebla tenía una consistencia casi sólida y los devoraba a cada paso; no debían de estar a más de cinco grados, pero la neblina y la cercanía del río provocaban una sensación térmica de más frío. Se abrochó el plumífero y se arrepintió de no haber cogido una bufanda. La bruma caía sobre ellos y Ana casi podía sentir el peso sobre sus hombros. Se estremeció.

Tan solo se oía el discurrir del agua. Observó que en el suelo aún había restos de los precintos policiales, aunque hacía ya casi dos semanas que había aparecido el cuerpo de Catalina Fiz. Un escalofrío la recorrió de arriba abajo. La última vez que había estado allí, se había puesto enferma. Metió las manos en los bolsillos, en busca de calor.

Santi se dirigió al puente colgante con una linterna que había sacado del maletero del coche. Comenzaron a caer unas gotas de lluvia. Barrió los pies de la estructura con el haz de luz. No había nada excepto algunos desperdicios: una lata de cerveza vacía y el envoltorio de una bolsa de patatas fritas. Santi oyó un ruido, giró a la derecha, hacia el lugar donde había aparecido Catalina Fiz, y echó a correr.

Ana lo siguió, tropezó con la raíz de un árbol y cayó de bruces al suelo. Se sujetó el pie y lanzó una maldición.

—¿Te encuentras bien? —Álex se agachó a su lado.

—Me he torcido el tobillo.

La linterna de Santi desapareció en la espesura. Álex la ayudó a levantarse. Ana se apoyó en su hombro, con la frente perlada de sudor.

—¡Abad! —gritó Álex.

—Aquí.

La voz de Santi llegó acompañada del reflejo lejano de la linterna. Ana apretó los dientes y avanzó apoyada en su jefe. El haz de luz que emitía Santi evidenció que la lluvia arreciaba. En cuanto la vio agarrada a Veiga se acercó a ella.

—¿Qué ha pasado?

—Nada, una caída sin importancia —contestó ella—. ¿Has encontrado algo?

—Falta poco para llegar hasta el árbol donde apareció Catalina —dijo mientras dirigía la linterna al frente.

Álex sacó la suya del bolsillo donde la había guardado para socorrer a Ana y continuaron avanzando lentamente para acomodar sus pasos a los de ella.

Bajo el árbol aún se apreciaba la tierra removida tras la exhumación de los restos de Catalina. Justo en el extremo opuesto del árbol distinguieron un bulto. Álex y Santi dirigieron la luz de la linterna al mismo punto al unísono: se trataba de una manta de lana blanca, con dibujos geométricos de color rojo y verde, sobre la que asomaba el rostro de una mujer. Ana la reconoció al instante. Estaba muy pálida y más delgada, pero llevaba casi un mes observándola en una fotografía. Bajo la manta vislumbró la lana roja de su jersey. Ana se acercó a toda prisa y sintió un latigazo en el tobillo.

Santi fue el primero que se agachó y retiró la manta casi con temor. Parecía dormir apaciblemente. Intentó despertarla, sacudiéndola con fuerza. Ana se unió a él. Palmeó su rostro. No reaccionó.

Santi le cogió la muñeca y le buscó el pulso. Ana observó la preocupación en su rostro y retrocedió unos pasos, incapaz de afrontarlo. Cogió el móvil y llamó a una ambulancia.

Luego se acercó de nuevo a ella y colocó los dedos índice y corazón en su cuello, buscando su latido.

Dos llamadas

Lois Castro recibió dos llamadas ese lunes.

La primera, por fin, de ese móvil que no era suyo y del que no se separaba. Tan solo oyó tres palabras: «En el buzón». Bajó los cinco pisos corriendo. No se vio capaz de esperar el ascensor.

Era un sobre manila, sin ningún tipo de indicación, nombre o sello postal. Se planteó si abrirlo o llevarlo directamente a comisaría, pero luego se dio cuenta de que, si no lo abría, tendría que dar explicaciones sobre ese hecho.

Dentro había una fotografía. Reconoció el lugar. Apenas hacía unos días que se había pasado horas delante de la televisión observando ese río, ese puente. «Qué hijo de puta.»

Le dijo a Sabela que volvería pronto y se marchó rápidamente a la comisaría para entregárselo al comisario Veiga.

Después volvió a casa y se sentó en el sofá, con la vista fija en el otro móvil. El suyo.

A la espera de una segunda llamada de la policía que le trajese a su mujer de vuelta. Viva o muerta.

Punto final

Pasaban de las once de la noche cuando Lois Castro y su hermana entraron en Urgencias del Hospital Clínico Universitario.

Barroso y Abad estaban en la entrada.

—¿Es verdad que está viva? —dijo Lois.

—Sí, aunque inconsciente. Creemos que solo está drogada, pero hasta que despierte los médicos no podrán hacer un diagnóstico fiable. Acabamos de llegar. Los hemos llamado de camino aquí.

Patricia se echó a llorar y se abrazó a él.

«Es genial. No lo puedo creer. Ya ha terminado todo. Gracias, de verdad.» La hermana de Castro hablaba a toda velocidad, repitiendo las mismas frases una y otra vez, mientras él continuaba callado y bastante impasible.

—Ya ha acabado, Lois —dijo Ana—. Es ella, y está viva.

—Es que hasta que no la vea, no me creeré que es real —contestó él.

—Pronto saldrán los médicos.

Se quedaron todos en la sala de espera. Álex se había ido a casa directamente, porque sabía que el día siguiente sería complicado debido al revuelo que la noticia generaría en los medios de comunicación. Hasta pasada una hora no salió un médico, que informó a Lois en primer lugar. Ana y Santi esperaron pacientemente a que terminaran y se aproximaron a él en cuanto vieron que acababa de hablar con el marido de la escritora.

Se identificaron ante el médico, que los condujo a una salita anexa.

—¿Está despierta?

—Sigue inconsciente. Las analíticas muestran que ha sido drogada con una dosis bastante potente de benzodiacepinas. Por lo demás, no se observa ninguna anomalía, si exceptuamos una cicatriz en la cara que no reviste gravedad. En unas horas debería despertar.

—¿Podremos interrogarla? —preguntó Santi.

—Tendremos que evaluar su estado cuando despierte —dijo el doctor—. Nada lo impedirá, pero ya les digo que en principio debe descansar. Si todo va bien, les comunicaré cuándo pueden hablar con ella. Esta noche tan solo permitiremos la visita de la familia directa. Mañana, si nada lo desaconseja, podrán pasar ustedes a verla.

—Sé que, como médicos, su prioridad es la salud de su paciente, pero quiero recordarles que la persona que la ha retenido es un asesino que ya ha matado a una mujer.

—La paciente aún no ha despertado, inspector. Soy consciente de la importancia de su declaración, descuide, pero para nosotros, en este momento, lo más importante es asegurarnos de que su estado físico y psíquico es el idóneo.

Santi guardó silencio y se limitó a entregarle su tarjeta al médico.

—Llámenos en cuanto sea posible, por favor.

Se despidieron de Lois y Patricia, que seguían en la sala de espera, diciéndoles que volverían para hablar con Úrsula en cuanto despertase.

—No parecen especialmente contentos, ¿verdad? —dijo Ana, camino del coche.

—Están en shock. Hasta que no asimilen que ella ha vuelto y está bien, no serán capaces de alegrarse de verdad. ¿Cómo va tu tobillo?

—Apenas me duele ya. Solo necesita un vendaje y una noche de descanso. No conocía a la hermana de Castro, aunque la oí el otro día en los medios.

—Ha asumido el papel de Raquel Moreira como portavoz.

—¿Has hablado con Castro de lo de Raquel? ¿Cómo ha reaccionado?

—Lo hizo el jefe. No sé mucho. Solo que ya la han llamado del juzgado y que la han dejado en libertad con cargos. Lois Castro se mostró prudente cuando el jefe se lo contó. Sabes que es un hombre bastante inexpresivo.

—Lo es. Incluso hoy. Debería estar feliz y ni siquiera se le ve aliviado.

—Lo está. Es solo que la vida no tiene punto final como en las películas. Mañana Lois tendrá que mirar a su mujer a los ojos y preguntarle cómo han llegado hasta aquí. No será fácil.

—Pues yo sí que estoy feliz. De verdad que creí que encontraríamos un cadáver en el río.

—Yo no, tenía casi la seguridad de que estaba viva —dijo Santi.

—Siempre lo has mantenido. Ojalá yo hubiera tenido esa seguridad. Este caso me ha quitado muchas horas de sueño. ¿Por qué estabas tan convencido?

—Deja de hablar de este caso en pasado. El tío que mató a Catalina y secuestró a Úrsula sigue suelto. Y sinceramente, cada sobre, cada mensaje, solo tenía sentido si nos dirigía a este punto. Para hacer lo mismo que con Catalina no nos necesitaba. Quería notoriedad.

—La podría haber tenido exactamente igual si ella hubiera aparecido muerta.

—Tienes razón. Estoy divagando, yo también estoy muy cansado. Pero en este momento, solo tengo una cosa clara.

—¿Cuál?

—Que no hemos orientado el foco de la investigación hacia el punto adecuado. Alguien quería hacerles mucho daño a Adrián Otero y a Lois Castro. Las víctimas no son ellas. Son ellos.

Preguntas y respuestas

La boca seca y mucha luz. Y silencio. Un latido en las sienes. Eso es lo primero que he sentido.

Una ventana, un trozo de cielo, el alero de un edificio, una pared blanca, un armario empotrado, una televisión de las que funcionan con tarjeta, una silla, un sillón de acompañante de cuero azul, una cortina a mi izquierda, también azul, mis manos desnudas, una vía en mi mano derecha, un camisón blanco con el logo del Servicio Gallego de Salud. Eso es lo primero que he visto.

El murmullo del mar es ahora un recuerdo, al igual que esa vidriera blanca y naranja.

Estoy viva.

No me ha matado.

Emito un sonido. Otro. Puedo hablar. Hola. Eso es lo primero que digo. Hola. Pienso en Nico. Hola, repito. Aparece una mujer tras las cortinas. Llama a una enfermera.

Luego todo ha sido una vorágine. Médicos. Preguntas y más preguntas.

Y respuestas:

Úrsula.

Bas Pereira.

Escritora.

No.

Cuarenta y cinco.

Un hospital.

Santiago de Compostela.

Sí.

En Santa Marta.

Lois.

Sabela.

Olga y Julio.

No, no me duele nada.

Sí.

¿Lunes?

Veinticuatro o veinticinco días.

En una habitación.

No.

No lo recuerdo.

Nunca.

No me habló.

No llegué a verle la cara.

No, no sé quién era.

Úrsula

La gerencia del hospital había decidido esa mañana trasladar a la paciente a una habitación individual, como consecuencia del revuelo causado tras su aparición. El comisario Veiga había emitido un escueto comunicado diciendo que Úrsula B. había sido encontrada con vida la noche anterior e informando de que la escritora permanecía en observación en el Complejo Hospitalario Clínico Universitario de Santiago de Compostela.

Un médico recibió a Santi y a Ana y les adelantó que, tras un examen exhaustivo, la paciente no presentaba daños, aunque se apreciaba que estaba bajo una gran impresión. Les pidió que no se alargaran en el interrogatorio y evitaran someterla a presiones innecesarias. También les recomendó que no se extendiesen más allá de un cuarto de hora.

Raquel Moreira se hallaba en la habitación con Úrsula.

—¡Buenos días! —dijo Ana.

Úrsula los miró con sorpresa y dirigió una mirada inquisitiva a su asistente.

—Estos son el inspector Abad y la subinspectora Barroso. Ellos son los que han llevado tu caso.

—Raquel, le agradeceríamos que nos dejase a solas con Úrsula.

—Sí, claro.

Úrsula parecía mucho menos imponente en directo. A lo largo de estas semanas Ana había visionado muchas entrevistas suyas y daba la impresión de que era una mujer segura y vehemente. Al observarla en esa cama, con el suero en el brazo, se la veía mucho más frágil que el personaje de las redes sociales.

—¿Cómo se encuentra, Úrsula? —preguntó Ana.

—Tutéame, por favor.

—Sí, claro.

La escritora guardó silencio. Ambos se dieron cuenta de que no había contestado a su pregunta.

—¿Tienes alguna molestia? ¿Estás bien?

—Bastante bien, aunque cansada, y me duele un poco la cabeza.

—¿Nos puedes contar qué recuerdas de tu cautiverio?

—No mucho. Estuve en una habitación oscura, una especie de sótano.

—¿Recuerdas cómo llegaste allí?

—No.

—¿Y quién te llevó?

—No.

—Pero ¿recuerdas lo que sucedió tras salir de tu casa?

—No con claridad. Salí de casa para dar una charla en la biblioteca, y lo siguiente que recuerdo es ese sótano.

Santi y Ana se dirigieron una mirada.

—Úrsula —Santi intervino por primera vez—, voy a ser claro y directo: sabemos lo del grupo «Nolimits», así que tienes dos opciones, seguir contestando a todas nuestras preguntas con un no o contarnos la verdad.

La escritora giró la cabeza y fijó la mirada en la ventana.

—Úrsula —dijo Ana—, ese hombre te ha retenido más de tres semanas. Estás viva de milagro.

Los ojos de Úrsula se llenaron de lágrimas. Comenzó a llorar silenciosamente.

—Sé que no es fácil de asumir.

—¿Lois lo sabe? —dijo ella al fin.

Fue Santi quien tomó la palabra:

—Sabe que durante estos meses has mantenido una relación con un hombre. Necesitamos que nos digas todo lo que sepas de Nicolás Bendaña.

La cara de Úrsula reflejó sorpresa.

—¿Qué sabe Lois? —repitió la escritora.

—Lo que sepa tu marido no es importante. Lo importante es que solo tú puedes ayudarnos a encontrar a ese hombre. —Avanzó un paso más hacia ella, serio—. Sé que estás confusa. Sé que has tenido una relación con él. Pero lo que quizá no sabes es que ese hombre ya ha matado a otra mujer.

—Eso no puede ser.

—Se llamaba Catalina Fiz Montero, la mató hace dos años. Su cuerpo apareció en el mismo lugar donde apareciste tú ayer.

—Eso no es posible.

—Él mismo nos indicó dónde encontrar a Catalina primero y a ti después.

—Él nunca me haría daño.

Comenzó a llorar cada vez más fuerte, hasta que el llanto derivó en un sollozo histérico. Apenas podía respirar. Raquel irrumpió en la habitación.

—¿Qué demonios están haciendo? —La asistente pulsó el botón para avisar a la enfermera, mientras se apresuraba a abrazar a la escritora—. ¿Acaso no son capaces de entender que está convaleciente y bajo los efectos de un shock?

Una enfermera entró y Ana hizo un gesto a Santi.

—Será mejor que volvamos cuando esté más tranquila.

—Hagan el favor de salir —pidió la enfermera—. Voy a avisar al doctor y a suministrarle un calmante.

—¿Se han vuelto locos? —dijo Raquel, ya fuera de la habitación—. ¿No entienden que acaba de vivir una situación traumática?

—Está mintiendo, eso es lo que entiendo —dijo Santi.

—¿Es que no tiene el más mínimo respeto?

—Mire, Raquel, yo tengo mucho respeto, a todo, pero en todo este tiempo los que no han tenido el mínimo respeto han sido ustedes, que nos han ocultado mucha información. Esa mujer está viva de milagro. Usted misma fingió una petición de rescate y está aquí actuando como si nada hubiera pasado.

—Lois me pidió que la acompañase para que ella no notara nada extraño —confesó la asistente—. Yo le explicaré lo sucedido más adelante, pero debemos procurar que vuelva a la normalidad ahora que todo ha acabado.

—Nada ha terminado. Ese hombre sigue ahí fuera y mañana puede hacerle lo mismo a otra mujer. Y puede acabar bien como lo de su jefa o puede acabar muerta como Catalina Fiz.

Raquel se quedó en silencio.

Ellos dieron la conversación por terminada y se dirigieron hacia la salida.

—¡Esperen! —dijo Raquel cuando estaban a punto de entrar en el ascensor—. Esperen. Yo lo conocí. Hace un año en Tinder. Se quedó con mi móvil. Se llamaba Marco. MarcoFL.

Una familia

—¿De verdad está bien?

—Te lo juro.

—Pero ¿qué ha pasado? ¿Dónde estaba?

—No lo sabemos, cariño. Parece ser que alguien la secuestró, pero ya la ha liberado y está perfectamente. Te lo prometo.

—¿Podemos ir a verla?

—¡Claro!

Claro que podían. Debían. Él no había estado más que un par de minutos con ella, mientras aún estaba dormida. Cuando finalmente despertó, los médicos le invitaron a pasar de nuevo. Eran las tres de la madrugada. Fue en ese instante cuando se dio cuenta de que no sabría qué decirle. Declinó la invitación, diciendo que prefería dejarla descansar.

Y así seguía. Improvisando conversaciones imaginarias, inventando diálogos en los que le decía que sabía lo de ese hombre, en los que no le decía nada, en los que ella le pedía perdón, o en los que él se lo pedía a ella. En algunos se decían cosas hirientes, en otros se limitaban a perdonarse por los errores mutuos. Y lo único real es que demoraba el momento de ir a ese hospital. Le pidió a Raquel que estuviese a su lado para que ella no sospechara nada extraño. Ni siquiera tenía fuerzas para tomar una decisión con respecto a la situación de la asistente de Úrsula. No tenía fuerzas para casi nada, ni siquiera para enfadarse. Y era lo mejor, porque si se paraba a pensar en lo que realmente había sucedido, lo que le pedía el cuerpo era estallar, perder los nervios. Sería tan gratificante dejar de fingir, quitarse la careta, expulsar toda la rabia. Dar un golpe en la mesa, en la pared. Gritar. Dejarse llevar. Liberarse de ese autocontrol férreo que se imponía y decirle a Úrsula lo que realmente pensaba.

—¡Tengo tantas ganas de verla! —dijo Sabela.

La voz de su hija lo obligó a abandonar esa espiral de violencia que sentía crecer dentro de él. Recompuso el gesto y se calmó. La imagen de la niña bastaba para recordarle que ella era su familia. Ambas lo eran. Tenía que volver a encajar las piezas de su puzle vital. No sabía lo que tardarían Úrsula y él en ser una pareja de nuevo, pero seguían siendo una familia.

Acarició el pelo de la niña y la apremió para que se arreglase.

Cuando llegaron al hospital, Raquel les dijo que Úrsula estaba descansando. Sin que Sabela la oyese le contó rápidamente lo que había sucedido con los policías.

Úrsula tardó más de una hora en despertarse. Sabela se revolvía inquieta en su silla y en cuanto su madre abrió los ojos, la niña se abalanzó sobre ella.

Úrsula la abrazó a su vez y rompió a llorar. Se dijeron lo mucho que se habían echado de menos y se besaron. Lois las observaba a los pies de la cama, tan idénticas, al menos por fuera. Respiró. Calma. Podría hacerlo. Llevaba tanto tiempo haciéndolo que no dudaba de que podrían continuar así. Siendo felices a base de ocultarse lo que sentían.

Cuando Sabela se separó de su madre, Úrsula lo miró a los

ojos, invitándolo a acercarse. Lo hizo. Se abrazó a Úrsula y ella comenzó a llorar. Quería decir que lo sentía, pero no lo dijo. Él tampoco fue capaz de hablar. Se limitó a posar el dedo índice sobre los labios de ella. Para que no hablase. Porque, aunque no estaba todo dicho, había cosas que, por el bien de todos, era mejor callar.

La navaja de Ockham

—Síndrome de Estocolmo.

—Era de esperar.

—Has sido muy brusco.

—He sido sincero, Ana. Tiene que saber que su Nico es un asesino. No conozco a esa mujer, pero la tengo por una tía inteligente. Hablará. Acabará haciéndolo, en cuanto asuma que ese tío no está enamorado de ella y que mató a Catalina. Y cuanto antes la pongamos en antecedentes, mejor.

—¿Adónde vamos ahora?

—A Pontevedra. Quiero hablar con Adrián Otero.

—¿Qué me dices de ese tal MarcoFL?

—Se quedó con el móvil de Raquel y a través de él entró en la vida de la escritora. Es una pena que no le haya contestado a ese mensaje en el Tinder. Me pregunto qué pensaba la asistente que sucedería. ¿Realmente se creyó que le iba a contestar? Si en vez de ponerse a jugar a los detectives se limitasen a contarnos la verdad, ya tendríamos este caso resuelto. Voy a llamar a comisaría para que se pongan a tirar de este hilo, aunque no tengo mucha fe. Nuestro Psycho es un experto en navegar y no dejar rastro: dudo que haya dejado este cabo suelto. Le comentaré al jefe cómo ve lo de pedir un retrato robot del tipo.

—¿De verdad que un móvil da para tanto?

—Sí, pregúntaselo a los de tecnológica. Tuvo acceso al correo, a la agenda, a todas las claves de Raquel y a bastantes de Úrsula porque le gestionaba las redes. Y a mucha información privilegiada. Sabía en qué hoteles se hospedaría, a qué conciertos iría... Con simular una red abierta cerca de ella en un hotel se pudo haber colado hasta dentro en la vida de la escritora.

—Pero de ahí a tener una relación con ella... Quiero decir, que eso no te asegura que ella se vaya a enamorar de ti.

—Pero es un primer paso para conocerla. Luego, como en todo, se trata de aprovechar las oportunidades.

—¿Has llamado a Adrián?

—Sí. Está en el trabajo. Iremos hasta allí.

La Fundación LinGal tenía sus instalaciones en la calle Michelena, en pleno centro de Pontevedra. Ocupaban el primer piso de un edificio. Adrián Otero los recibió en la entrada y los acompañó a una sala de reuniones.

—No son ustedes muchos, ¿no? —dijo Santi mientras tomaba asiento.

—Veintitrés: dieciocho técnicos y el resto es personal administrativo. Somos una institución muy pequeña.

—¿Se ha enterado ya de que ha aparecido Úrsula B.?

—Por supuesto. Solo espero que eso ayude a encontrar al asesino de mi mujer.

—Claro. Seguimos insistiendo en la búsqueda de una relación entre ambas.

—¿Qué puede decirnos de Nicolás Bendaña? —preguntó Ana.

—Tan solo lo que ya les dije por teléfono: fue mi profesor.

—¿Recuerda haber coincidido con Lois Castro en algún momento?

—El nombre no me suena. ¿Tienen alguna fotografía?

—Se la mandaremos. Cambiando de tema, ¿qué coche tiene?

—Un Honda.

—¿Y Catalina?

—Un Golf.

—¿Color?

—Negro. ¿Por qué lo pregunta?

—¿Lo sigue teniendo?

—Nunca me planteé venderlo, subinspectora, siempre pensé que, si lo vendía, sería como admitir que Cata no volvería. Imagino que ahora sí lo pondré a la venta, salvo que mi cuñada Helena esté interesada en quedarse con él.

—¿Lo ha usado durante este tiempo?

—Poco, pero sí que lo he movido. No podía dejarlo totalmente parado.

—¿Podríamos revisarlo?

—Por supuesto.

Ana asintió con un gesto.

—Mandaremos un equipo de la científica.

—Ya lo hizo el inspector Araújo justo después de la desaparición de mi mujer.

—Quisiéramos revisarlo de nuevo —tomó la palabra Santi—. ¿Me permite hacerle una fotografía?

—¿Al coche?

—No. Me refiero a usted. Una fotografía suya: queremos mostrársela a Úrsula y a Lois Castro.

—Por supuesto, pero ya les he dicho que no nos conocíamos.

—Quizá coincidieron en alguna charla, en algún evento universitario. Usted da bastantes conferencias, ¿verdad?

—Soy un experto en mi campo.

—¿Cuánto mide? —preguntó Ana.

—¿Yo?

—Sí, usted. ¿Cuánto mide?

—Uno noventa y dos.

—Es muy alto.

Adrián se encogió de hombros.

—De joven jugaba al baloncesto, lo dejé al empezar la carrera.

—En fin, de momento no le molestamos más.

—No es molestia. Si averiguan algo, por favor, pónganme al corriente.

En cuanto llegaron a la calle, Santi llamó al inspector de Pontevedra y mantuvo con él una breve conversación.

—¿Hablabas con Araújo?

—Le he pedido que vaya a por el coche de Catalina, antes de que Adrián tenga margen de maniobra.

—Estás actuando como si fuese un sospechoso.

—Todos lo son.

—Estás dando palos de ciego, Santi. No tienes nada contra él. Tú mismo dijiste ayer que creías que ellos eran las víctimas y no sus mujeres.

—¿Conoces el principio de la navaja de Ockham?

—¿Ahora vas a darme lecciones de filosofía?

—No es más que la materialización de mi famoso argumento de que no creo en las casualidades. Guillermo de Ockham mantenía que, en igualdad de condiciones, la explicación más sencilla suele ser la más probable.

—No te entiendo.

—Muy alto, ingeniero informático y con un Golf negro. ¿Me entiendes ahora?

Nuestra vida

Lois me ha traído una maleta con mi ropa y no la siento mía. He adelgazado tanto que soy una intrusa dentro de mis vaqueros y mi jersey verde. Mi vida tampoco la siento mía.

Ha venido a buscarme para llevarme a nuestro ático, a nuestra vida, a nuestra hija. A enfrentarme a todo lo nuestro. No hay individualidad posible. Todo es común, conocido.

Me ha perdonado. Siempre lo supo, ahora me doy cuenta. Llevábamos años viviendo acompasados. El área de intersección era tan amplia, que no había espacio para que alguien como Nico entrase en mi vida y él no se percatase. Tan solo me queda por adivinar si Lois se calló por amor o por egoísmo.

Amor.

A lo mejor lo mío tampoco fue amor. Estoy casi segura de que no lo era. No estaba enamorada de Nico, estaba obsesionada con él. No sé si es lo mismo. Lo utilicé para dar sentido a mi vida. Se me ocurre ahora que, de idéntica forma, yo daba sentido a la vida de Lois y a la de Sabela. Así que aún no sé si Lois se había resignado a compartirme con otro porque me amaba, o simplemente porque me necesitaba para que nuestra vida siguiera adelante.

Todo esto tendremos que hablarlo. Antes o después, tendré

que contarle a Lois todo lo que pensé mientras estaba en ese sótano. Lo que éramos, lo que llevábamos toda una vida construyendo, tendrá que ser suficiente para seguir adelante. Ni siquiera sabré qué decirle. Debería empezar por el principio, por el miedo a la locura, por el miedo a ver que cada día era una repetición exacta del anterior. Tendría que explicarle que vivir es cambiar y amar a alguien es cambiar con él, o por lo menos adaptarse a esos cambios. Y que esto no es una cuestión de culpas, pero no es menos cierto que por momentos sentí que él no me seguía. Parecía no darse cuenta de que yo ya no era la chica con la que se fue a vivir a aquel horrible piso de Fontiñas. Esa mujer me es tan ajena que el recuerdo es como una peli en blanco y negro de las de mi infancia. Aunque lo cierto es que este sentimiento de extrañeza avanza implacable. Mi pasado se ha diluido, y parece que solo me queda ese sótano en el que he pasado más de tres semanas y una cicatriz en la mejilla derecha que nunca desaparecerá.

En cuanto Lois ha entrado en la habitación del hospital me he dado cuenta de que no voy a ser capaz de hablar de todo esto. Hay menos de diez minutos andando hasta nuestra casa, pero ha venido a buscarme en coche. Hemos hablado, sí, pero de cosas triviales. Más bien ha sido él el que ha hablado. Hoy comemos pollo. Sabela ha ido al cole esta mañana, quería quedarse en casa, pero es mejor que haga vida normal. No fue al festival de gimnasia rítmica. Ni te imaginas cómo se han vendido tus libros. He pensado que es mejor que Raquel deje de ser tu asistente, no ha estado a la altura de las circunstancias, ya te contaré los detalles. No sé qué hubiera sido de nosotros sin Patri. Tu hermano también se ofreció a cuidar de la niña. El domingo podríamos ir a casa de mis padres a comer.

Una conversación normal de mi vida normal. En los últimos meses, cuando el peso de la normalidad se abalanzaba sobre mí, me aferraba a mi móvil y a los mensajes de Nico. La sola vibración de mi teléfono en el bolsillo me tranquilizaba. Ahora no tengo móvil. Y el que tenga, ya no recibirá sus mensajes.

Ha matado ya a otra mujer. Eso dijeron los policías.

Eso es lo único en lo que puedo pensar. Es lo único de lo que podría hablar. Mi cabeza construye diálogos que no salen de mi boca.

¿Quién es ella? ¿Por qué ella sí y yo no? ¿Quién eres? ¿Por qué sigo viva? ¿La querías? Eso es lo que le diría a Nico.

¿Lo supiste todo el tiempo? ¿Por qué no me dijiste nada? ¿Sabes quién es? ¿Leíste mi móvil alguna vez? ¿Por qué no quieres que hablemos? Eso es lo que le diría a Lois.

Y sentada en nuestro sofá, en nuestro ático, de vuelta a nuestra vida, siento unas ganas terribles de gritar todas esas preguntas.

—Me apetece comer pollo —dice finalmente una voz que resulta ser la mía.

Una posibilidad entre un millón

—Me dice Araújo que habéis pedido un registro del coche de Catalina —dijo Álex.

—El martes pasado le pedimos permiso al marido, Adrián nos lo firmó por escrito. Hemos encontrado un cabello de mujer y estamos a la espera de los resultados de los análisis. Deberían llegar hoy. Pedí prioridad máxima, dije que los quería esta semana.

—¿Qué análisis?

—ADN. Quiero cruzarlo con el de la escritora.

—A ver, Abad, no entiendo muy bien de qué va esto. Es cierto que Nolimits sigue suelto. Pero ¿de verdad crees que es posible que Adrián Otero haya secuestrado a la escritora?

—Ya sé que todo el mundo repite constantemente que ese hombre era el amor conyugal personificado, y que es muy majo y todo eso. Y sé que tenemos constancia de la existencia de un hombre que tuvo una relación con Catalina y Úrsula. No, no te lo voy a negar, pero se me juntan en él un montón de variables. Alto, ingeniero, con un Golf negro...

—¿Tienes alguna teoría?

—Ninguna. Estoy intentando aclarar los hechos. ¿Barroso no viene hoy?

—Le he dado el día libre, con la idea de que ya no vuelva hasta el lunes. Y tú deberías ir cogiendo alguno. Has vuelto a la comisaría hace menos de un mes y no es normal el ritmo que llevas.

—No hagas eso.

—¿El qué?

—Comportarte como si el caso estuviera cerrado. Ese tío quería algo de nosotros.

—Quería que el caso de Catalina se resolviese y dejar a la escritora libre. Y no me extrañaría que quisiera que lo atrapásemos, lo que no entiendo es por qué no se entrega.

—Si lo supiera, me habría cogido el día libre como Barroso.

—Seamos realistas, Abad, ¿cuántas posibilidades hay de que el Golf que se vislumbraba en las fotografías de los videoporteros fuera el del hombre que se llevó a Úrsula B.? Y si eso es así, ¿cuántas posibilidades hay de que ese Golf fuera justo el de la mujer a la que asesinó Nolimits hace dos años?

—Una entre un millón, pero al menos nos servirá para descartar hipótesis.

—Bien, pues dime algo cuando lo sepas. He hablado con Castro: el próximo lunes podremos interrogar a su mujer. Dice que está un poco taciturna y bastante impresionada, pero que su estado de salud es bueno. Y nos pide que seamos pacientes con ella. Me han llegado quejas de vuestro primer encuentro en el hospital, parece ser que la acosasteis con preguntas sobre Nicolás Bendaña.

—No fue para tanto, aunque es verdad que ella acababa de despertar y le solté lo de Catalina Fiz sin filtro. A lo mejor sería bueno que Connor Brennan, un psiquiatra que suele colaborar con nosotros, hablase con ella. Podríamos pedir una pericial, o algo así.

—Quítatelo de la cabeza. Si conseguimos que hable, será estupendo, pero no te quiero acosando a una víctima de secuestro.

—Lo sé —dijo Santi—, y lo entiendo. Seguro que a Ana se le da mejor que a mí. Pero de verdad que no me entra en la cabeza que esa mujer no sea consciente de que ese tío es un asesino.

—Ese tal Brennan te puede hablar largo y tendido del síndrome de Estocolmo.

El móvil de Santi comenzó a sonar y Veiga le hizo un gesto para que descolgara, antes de abandonar su despacho. No podía sino sentir admiración por la tenacidad de Abad a la hora de resolver el caso. Sabía que no iba a dejarlo descansar hasta que atrapase a ese hombre. Echó un vistazo a la bandeja del correo. Tenía decenas de llamadas y mensajes de distintos medios de comunicación. Ni la policía ni la portavoz de la familia de la escritora habían dado más explicaciones que el breve comunicado oficial anunciando que había aparecido.

Abad abrió la puerta.

—Jefe, llama a Barroso.

—¿Y qué le digo?

—Que había una posibilidad entre un millón de que se le fastidiase el puente. La recojo en su casa y nos vamos a Pontevedra. O a ver a la escritora. Ya lo decidiré de camino a casa de Barroso.

La casa de las flores

Flores. La casa está llena de ramos de flores que recibí mientras estaba en el hospital. De mis editores, de mi agente, de mis amigos, de mis cuñados. La gente envía flores cuando no es capaz de expresar sus sentimientos. Es más fácil enviar una corona que dar el pésame, o comprar rosas por San Valentín que decir «te quiero». Regalar flores denota una absoluta indolencia a la hora de manifestar afectos. La gente te regala flores cuando no sabe qué comprarte, qué decirte. Es exactamente así. Nadie sabe cómo tratarme, qué preguntarme. Las visitas acuden a mi casa de forma escalonada. Nadie tiene el valor de mirarme a los ojos y preguntarme cómo me siento. Me hablan despacio, en voz baja y en diminutivos, como si hubieran descubierto en mí una fragilidad que nunca habían intuido. Me entran ganas de decirles a todos ellos que se pueden ahorrar sus flores, sus vocecitas, su conmiseración, porque por lo que a mí respecta nada de lo que hagan o digan me va a hacer sentir ni mejor ni peor.

Así que los días no son más que una sucesión de conversaciones idénticas. Alrededor de ellas sobrevuelan un montón de preguntas que nadie formula. ¿Quién te hizo esto? ¿Lo conocías? ¿Sabes quién era Catalina? ¿Qué sucedió en ese sótano?

Esas son las cosas que realmente quieren preguntarme, pero en vez de eso me preguntan por mi salud, si duermo bien, si escribiré un libro hablando de mi encierro. Y algunos me interrogan acerca de detalles ridículos. ¿Qué comías? ¿Podías lavarte? ¿Cómo pasabas el rato?

Lois es el único que no me pregunta nada. Por las noches acompasamos nuestro insomnio. Yo despierto tras dormir un par de horas. Él está siempre despierto. No hablamos, pero a veces alarga la mano y me acaricia la espalda. Cuando esto sucede me aparto. Él piensa que rehúyo su contacto, pero lo que hago es escapar del último recuerdo que tengo de Nico. Una caricia en mi cuello. Ese es mi último recuerdo.

Veo pasar mi nueva vida por delante de mis ojos. Otro nuevo «cuando pasó aquello». A partir de ahora las conversaciones se teñirán de silencios improvisados y de palabras tabú. Lois buscará una nueva forma de denominar este episodio de nuestras vidas. Quizá culpe de nuevo a mis putas hormonas premenopáusicas y obviaremos conjuntamente que me follé a otro y que ese otro casi me mata. Igual que obviamos durante años que tuve una depresión que me paralizó por completo y que esa depresión se debió más que nada al hecho de que no era feliz, aunque eso ni siquiera es grave.

Así que mi vida será eso a partir de este momento: la búsqueda incesante de mil formas de ocultar esta realidad. Quisiera decirles a todos que su esfuerzo es inútil. Que nada de lo que no hacen, de lo que no dicen, de lo que no expresan, de lo que callan, nada, absolutamente nada, me va a provocar dolor. Es como si ya hubiese sentido todo lo que se puede sentir. Morir tiene que parecerse a esto. Resignarse a no sentir, ni siquiera dolor.

A partir de ahora, tengo que aprender a construir en un instante mi versión de «cuando pasó aquello». Y para eso tengo que pasar página y dejar atrás a la Úrsula que estaba todo el día colgada de Nolimits. Le he dicho a Lois que no quiero un móvil. No ha insistido. No veo las noticias, no abro el ordenador. Me he desconectado del mundo digital, así que me limito a ver series con Sabela y a leer. Libros, porque ya le he pedido a Lois que no traiga periódicos.

Pero no se puede escapar indefinidamente.

Hoy han venido los dos policías. El hombre se ha disculpado por su brusquedad del otro día en el hospital y me han entrado ganas de decirle que no fue brusco, que es la realidad la que es insufrible. Me han hablado de Catalina. De Nolimits.Psycho. «¿Le suena el nombre de Nicolás Bendaña?» Mientras habla me concentro en esa pequeña ancla que tiene el inspector en la cara interna de la muñeca y así consigo mantenerme impasible, porque necesito que todo pase para que Nico no sea real y no consiga entrar en mi vida actual.

Luego me han enseñado la fotografía.

Alto. Delgado. Moreno. Flequillo. Ojos gris sucio y pequeños. Labios finos.

—¿Lo conoce?

Incapaz de contestar, observo los múltiples ramos de flores del salón. Son como esos ramos que colocan las madres en las cunetas para homenajear a sus hijos muertos en accidentes de tráfico. Las flores se convierten en un recordatorio permanente de que ya nada volverá a ser como antes. Al igual que esas madres, yo no soy capaz de olvidar, pero esas flores sirven para que sean los demás los que no olviden.

¿Lo conozco?

¿Alguna vez lo conocí?

No miento cuando les contesto.

—No.

Hipótesis irracionales

—¿Crees que miente? —preguntó Ana una vez fuera del dúplex de Santa Marta.

—No lo sé. Su testimonio no me ofrece ninguna confianza, pero tanto ella como Lois dicen no conocerlo, así que si esta mujer no colabora, no va a ser fácil pillar al hombre que la secuestró.

—Si yo fuera ella, también estaría deseando olvidarlo. ¿Qué hacemos ahora, Santi?

—Estoy pensando si tenemos indicios suficientes para detener a Adrián Otero.

—Sabes que sí. Tenemos ese cabello de la escritora en su coche.

—Pero si lo detenemos, habrá que informarle de los hechos imputados, tendrá derecho a llamar a su abogado y a guardar silencio. Y necesitamos que hable.

—Y un cabello es circunstancial —resumió ella—, cualquier abogado un poco espabilado lo dejará en la calle. Ciudadano ejemplar, blablablá, no conseguiremos unas cautelares.

—No es tan circunstancial, aunque la cosa cambiaría mucho si tuviéramos algo más. ¿Tienes ahí el móvil de la asistente?

—Lo tengo.

—Mándale la foto de Adrián Otero.

—¡Hecho! —dijo Ana—. ¿Y qué hacemos ahora? Me habrás fastidiado mi día libre para algo más que para hablar diez minutos con la escritora, digo yo.

—Me dijiste que no querías perderte esto por nada del mundo. Nos vamos a Pontevedra. Solo tengo que decidir si interrogaremos a Adrián o lo detendremos.

—Piénsalo bien. Es posible que haya secuestrado a la escritora pero, aunque podría haberle encargado a alguien lo de su mujer, el falso Nico existe. Es real.

—Pudo haberlo inventado. Lo único que hace que la relación de Nico y Catalina sea real son esos cientos de páginas de mensajes.

—Esos mensajes fueron reales.

—Pero no están en el móvil de Catalina. ¿Y si él los envió durante meses a ese móvil? Estaría construyendo la historia de ese hombre con su mujer.

—Ese hombre existió de verdad. Las amigas de Catalina confirmaron que se estaba viendo con alguien y tenemos la llamada a la radio.

—Tienes razón, pero podría haber hecho esa llamada a la radio porque tenía miedo de su marido.

—Es irracional —dijo Ana—. Todo suena irracional. Volvamos a tu hipótesis inicial del otro día: alguien llamado X quiere hacer daño a Adrián y a Lois Castro. X secuestra a Catalina y la mata. Y luego intenta matar a Úrsula y colgarle el secuestro a Adrián.

—Eso es una tontería. —Santi fue tajante.

—Lo es. Pero imagínate que quiere hacerlo. Nuestro Psycho

secuestra a Úrsula, pero no la mata porque sabe que eso no le hará daño a Adrián. En su lugar, lo prepara todo para que pensemos que Adrián es el autor de ambos actos, el asesinato y el secuestro. Y no podemos olvidar que tiene las llaves de Catalina en su poder. Puede haber cogido su coche para hacerlo. Y eso nos llevaría al punto en el que estamos ahora.

—¿Qué punto?

—El punto en el que estamos a punto de detener a Adrián.

Santi la miró estupefacto.

—Mierda.

—¿Qué pasa? ¿Te parece plausible?

—No, no me lo parece en absoluto, pero has dado con el punto débil de nuestra prueba. El hombre que mató a Catalina tenía sus llaves y por lo tanto acceso a su casa, a su garaje y a su coche. No tenemos nada contra Adrián. Y ya de paso, tampoco contra Lois.

El móvil de Ana vibró y se apresuró a abrir el mensaje.

—Bueno, bueno...

—¿Es de la asistente?

Ana asintió con una sonrisa.

—¿Y?

—Pues que Adrián Otero, el viudo compungido, es MarcoFL en Tinder. El hombre que le robó el móvil y luego se lo devolvió.

Hablar

La terraza del ático fue lo que nos decidió a comprarlo. Queríamos vivir en el centro, pero sin renunciar a tener un poco de espacio para respirar. La decoramos con macetones gigantes en los que plantamos camelias. A Lois le gustaba sacar su portátil y trabajar aquí. A mí no. Yo tenía mi propio espacio en el estudio. Respetábamos nuestros respectivos espacios.

Me he hecho un café y he salido a la terraza. No me siento con fuerzas para salir a la calle, pero necesito aire. Me siento enfrente de Lois y me sumerjo en sus ojos azules. Siempre me han fascinado. Al principio, cuando empezamos a salir, yo le llamaba así. Chico de ojos azules.

—Deberías afeitarte.

Me mira sorprendido.

—Ya sabes lo que dicen. La barba es el maquillaje de los feos.

—Tú nunca has sido feo.

—Ni guapo.

—Hay dos tipos de mujeres: a las que les gustan guapos y a las que les gustan inteligentes.

—¿Era muy inteligente?

Me quedo paralizada. La cucharilla se me escurre entre los

dedos y cae al suelo. Su tintineo sobre él es lo único que se oye. También oigo el latido violento de mi pulso en la carótida. Trago saliva. Qué cabrón. No me hagas esto. No hablemos de él ni de nosotros. No en nuestra casa, no en nuestra terraza. No en nuestra vida, la nueva, la que tenemos que construir para olvidar lo que sucedió «cuando pasó aquello». Sé que tendremos que hablar, pero no ahora. No en este instante.

Observo su rostro. Soy consciente de su esfuerzo por admitirme en su vida. Por luchar por nosotros. Veo que está conteniendo su enfado, para permitirnos seguir adelante. Lleva años haciéndolo, tragando, perdonando, esforzándose por darme lo que necesito. Se lo debo.

—Lo era —digo al fin—. Y también creí que yo lo era y ya ves. Al final no ha resultado ser así.

—Ya.

Nos quedamos en silencio. Ya. No sé qué quiere decir con ese «ya». Eres gilipollas, te enamoraste de un psicópata. O todo lo contrario. Te entiendo, no pasa nada. Un «ya» tan polisémico que nos da para quedarnos en silencio un buen rato.

De repente siento alivio. Haber hablado de Nico, aunque sea así, de forma tangencial, me ha reconfortado.

—Quizá deberíamos irnos un par de días —dice él—. Tú y yo solos, sin Sabela. Sé que no querrá separarse de ti, pero lo necesitamos.

Me levanto y me siento en su regazo. Luego le beso. Le beso como nos besábamos cuando no temíamos hablar y las palabras no tenían más de un significado.

—Lo necesitamos —repite.

Nos quedamos abrazados y pienso en decir que lo siento, pero no lo digo. Porque él lo sabe.

—Lo siento.

Es él el que pronuncia esas dos palabras. No sé si lo siente por mí, por Sabela, que es su mundo, o por nuestra familia.

Yo contesto solo con una.

—Ya.

Derecho a guardar silencio

—¿Que habéis qué?

—Detenido a Adrián Otero.

Álex se quedó mirando alternativamente a Abad y a Barroso.

—¿Y se puede saber de quién ha sido la idea? ¿No era mejor un interrogatorio informal?

—Tenemos un cabello de la escritora en su coche —dijo Santi— y la declaración de Raquel Moreira de que le robó el móvil el año pasado durante veinticuatro horas. En estos momentos estoy firmemente convencido de que este hombre es el que ha secuestrado a Úrsula B. La verdad, detenerlo ahora era la mejor opción, antes de que tuviera margen de maniobra. En función de lo que saquemos del interrogatorio podremos pedir una orden y registrar su piso.

—¿Cómo reaccionó?

—Como si nos estuviera esperando.

—Ya será menos. ¿Ha designado abogado?

—Está de camino. Nos ha dicho que es un amigo suyo.

—¿Está tranquilo?

—Mucho.

—Pues en cuanto acabéis con el interrogatorio, contadme

algo, y si no lo tenéis claro, dejadlo en libertad. Solo si sacáis algo concluyente de ese interrogatorio lo pondremos a disposición judicial. No voy a tener al viudo de Catalina Fiz todo el fin de semana en comisaría hasta agotar el plazo legal. Os recuerdo que el hombre que mató a Catalina también tenía sus enseres personales y por lo tanto acceso a su coche. El cabello no es determinante en absoluto.

—Me acabas de recordar tanto a Lojo que me has dado repelús, jefe —dijo Ana.

—Anda, a ver qué sacáis en limpio. No es necesario que os recuerde que este hombre estaba en Bruselas cuando desapareció su mujer.

En cuanto llegó el abogado, Ana y Santi comenzaron con el interrogatorio.

El abogado de Adrián Otero era un tipo calvo y muy bajo. Ofrecían un contraste casi cómico.

—Señor Otero, vamos a reiterarle una pregunta que ya le hemos hecho antes. ¿Conoce usted a Úrsula Bas Pereira?

Adrián guardó silencio.

—Señor Otero, le estoy preguntando...

—Mi cliente ha decidido guardar silencio. No declarará nada ante ustedes.

—Adrián —dijo Ana—, tiene usted derecho a guardar silencio, obviamente, pero si no declara y pasa a disposición judicial, las cosas se complicarán aún más. Sabemos que Úrsula B. estuvo en su coche. Tenemos pruebas biológicas.

Adrián no despegó los labios.

—¿Conoce a Raquel Moreira?

Santi y Ana se miraron el uno al otro.

—Adrián, sabemos que conoció a Raquel Moreira. ¿No quiere aclarar las circunstancias que rodearon este encuentro? ¿La utilizó para llegar a Úrsula?

—Mi cliente se acoge a su derecho a guardar silencio.

—Señor Otero...

Adrián negó con la cabeza. Santi le hizo una señal a Ana y ambos se levantaron para abandonar la estancia.

—¡Inspector!

Santi y Ana se giraron a la vez hacia el detenido.

—Nada —dijo Adrián finalmente.

—Adrián, está a tiempo de hablar.

—Adrián, recuerda lo que hemos acordado —intervino el abogado.

Él asintió y volvió a hundirse en su silla.

En cuanto entraron en el despacho de Veiga, este adivinó que la cosa no había ido bien.

—¿Qué tenemos?

—No ha abierto la boca.

—O sea, que la hemos cagado. No tenemos nada.

—Tenemos indicios claros de que es el hombre que secuestró a Úrsula.

—Eso no tiene lógica.

—Mañana iré de nuevo al hotel de Cambados, a ver si la recepcionista lo reconoce. Y si lo hace, iré a buscar a la escritora y le enseñaré las fotos del cadáver descompuesto de la mujer de ese tío hasta que confiese si ese es el hombre que la secuestró.

—La primera parte no me parece tan mala idea.

—Me apunto —dijo Ana.

—Marchaos a casa. Mañana será otro día. Sigo pensando que esta detención es un error. Si mañana no traéis nada más contundente, lo dejaré en libertad.

—Deberías ponerlo a disposición judicial.

—Yo decidiré lo que conviene, Abad —le cortó Veiga sin admitir réplica—. Todo es circunstancial. O me traes alguna prueba o lo mandaré a su casa.

—Tenemos una prueba de ADN y la constancia de que contactó con la asistente de Úrsula.

—Circunstancial —repitió el comisario—, el asesino de Catalina tenía sus llaves. Y lo más grave: la escritora niega reconocerlo.

—Dijo en su primera declaración a los servicios médicos que no le había visto la cara a su secuestrador.

—Santi, no tienes nada. Necesitas pruebas.

—Mañana hablamos —zanjó él la discusión.

—El jefe tiene razón —dijo Ana camino de la salida de la comisaría.

—Bravo, ponte de su parte tú también.

—Sigo pensando que un interrogatorio nos habría dado más cancha.

—Bueno, ya me lo recriminarás mañana.

—No te pongas de mal humor. Tomemos una caña, es viernes.

Santi echó una ojeada a su reloj. Eran las siete y media. Hasta las nueve no había quedado con Lorena.

—Solo una. Y si pronuncias la palabra *circunstancial*, pagas tú.

Rebobinar

Unos pendientes largos sobre la mesilla de noche.

Ana pensó que ojalá la vida pudiera rebobinarse, como esas películas de VHS que veía cuando era pequeña. Apretar un botón y ver las escenas deslizarse hacia atrás. Así, antes de observar esos pendientes olvidados sobre la mesilla de noche, ella tendría los ojos cerrados y solo sentiría a Santi sobre ella, los jadeos, los susurros y el roce de su barba incipiente. Y rebobinando más, él se demoraría al quitarle su sujetador negro y ella bromearía sobre si ya había perdido la práctica. Eso sucedía justo antes de que le quitase la camiseta verde del equipo de Martiño que llevaba debajo de un jersey negro de lana, mientras ella le desabrochaba el cinturón y los pantalones, tras haberse besado a la puerta de su casa sin que él fuese capaz de meter la llave en la cerradura, mientras se reían a carcajadas y el vecino del segundo les gritaba que se callasen, que ya era la una de la mañana. Y a ese beso le antecedió uno en el portal, justo al lado de los buzones, mientras ella decía que ya sabía que iba a suceder eso, y él respondía con un simple «ya». Retrocediendo un poco más había tres bares, seis cervezas sin apenas comer nada, y una charla plagada de confesiones que no tenían nada que ver con la comisaría: el viaje con Martiño a Madeira, los efectos secundarios de los ansiolíticos, el miedo a que Toni algún día le pidiese la custodia de Martiño, el cáncer de pecho de la cuñada de Santi. Y en medio de esas conversaciones, un «deberías venir a casa a por tus cosas», que ambos sabían lo que significaba.

Y puestos a rebobinar, podrían rebobinar dieciocho meses y hablar de todas esas cosas que Santi le había ocultado, y de cómo deseaba ella que él le dijese que Samanta mentía, o al menos, que él no era un tipo capaz de partirle la cara a su mujer, aunque ambos sabían que era justo así.

Pero la vida no se rebobina, así que Ana observó esos pendientes encima de la mesilla de noche. Las miradas de ambos convergieron en el mismo punto. Está bien, dijo ella, no pasa nada. Lo dijo con esa voz fría de interrogatorio que él conocía tan bien. Recogió toda su ropa del suelo y se vistió a toda velocidad. Él no le dijo nada. Ella solo «adiós».

Gente sola en la madrugada

De nuevo estaba soñando con la casa de cristal. Se levantó y tanteó todas las paredes. Sabía que, desde el otro lado, la imagen sería la de un mimo ofreciendo un espectáculo callejero. Era la misma casa, la misma playa. El cielo azul, el calor, el mismo sonido relajante del mar, la misma arena fina. De nuevo también era consciente de que estaba soñando, pero algo era distinto. Estaba del otro lado, fuera de la casa. Ahora sentía el calor de lleno en el rostro, y percibía el aroma de las algas. Tras las paredes de cristal se le mostraba el interior. Pudo observar el retrete, el lavabo, la manta, el plato de comida. Dio vueltas alrededor de la casa, buscando una puerta para entrar, pero no la encontró. Comenzó a dar golpes contra la pared. Comprendió que nunca lograría entrar y rompió a llorar. La despertaron sus propios gritos.

Lois abrazó fuerte a Úrsula. Sollozaba, aunque no estaba seguro de si estaba despierta. Le susurró al oído palabras tranquilizadoras. Le dijo que estaba a salvo y que nada los separaría nunca. Mañana, en cuanto amaneciera, harían las maletas y la llevaría a su Proencia. Pasearían por los bosques, bajarían a la ribera del río y harían la ruta de los molinos. Cenarían al calor de la cocina de leña. Poco a poco el llanto de Úrsula se fue calmando. Mañana se irían a Proencia.

Adrián Otero se sentó en el camastro de la celda que le habían asignado. Imaginó qué sentiría si tuviera que pasar el resto de su vida encerrado. A lo mejor lo merecía. Tampoco sentía que hubiera diferencia entre una cárcel y su casa. Se estiró en el camastro y se dio cuenta de que no cabía. Encogió las piernas y adoptó una posición fetal. Estaba agotado, tanto que no le quedaban fuerzas para nada más que para guardar silencio. Y era una pena, porque lo que realmente le apetecía era hablar. Y sabía lo que vendría después: años en una cárcel en un camastro demasiado pequeño para un hombre que medía un metro noventa y dos. Daba igual que hablase o que callase. Ya estaba aquí y no volvería a salir, aunque ya no le importaba, porque se sentía agotado. Cerró los ojos y pensó en ella. En ambas.

Raquel Moreira abrió su ordenador y empezó a escribir una carta para Úrsula. Sabía que después de esto ella la apartaría de su lado. Quizá había llegado el momento de que así fuera. Se había prometido a sí misma hacerlo si aparecía. Le pidió a Lois la oportunidad de explicarse ante Úrsula, aunque era consciente de que no tendría valor para contárselo a la cara. En la carta le decía que sabía que ella la había decepcionado, y que no encontraba una explicación plausible, salvo el hecho de que ni ella ni la Úrsula escritora eran ya las chicas de esa foto de Lloret de Mar. Que se sentía estúpida. Envidió su libertad y creyó que su dinero le regalaría a ella esa misma libertad. Sin duda Úrsula se sentiría traicionada, pero quizá podría entenderla, ahora que ella también sabía que el amor y la lealtad no siempre caminaban unidos. Escribió durante casi una hora. Luego adjuntó la carta a un mensaje de correo. No fue capaz de enviarlo. Ya lo haría mañana. O pasado. La guardó en una carpeta que bautizó con el nombre «Que te jodan». Puede que Nolimits estuviera al otro lado, pero ya no le daba miedo.

Álex Veiga apagó la tele. Si veía un episodio más de *Mindhunter*, él mismo se convertiría en un asesino en serie. Sacó un pantallazo de la serie y se lo envió a Ana. «Tenías razón, es muy buena.» Observó que estaba en línea y esperó para ver si le contestaba, pero no lo hizo. Se preguntó qué le quitaba el sueño a Ana ahora que la escritora ya había aparecido. Siguiendo un pálpito, comprobó si Abad estaba en línea. Lo estaba. Los imaginó hablando en la madrugada. Mientras pensaba que ese no era asunto suyo, volvió a encender la televisión y pulsó el botón que lo llevó directo al siguiente episodio. Antes de llegar al minuto diez, comprobó otra vez si estaban conectados.

Santi escribía y borraba el mismo mensaje una y otra vez. «Lo siento. Debí haberte avisado.» Veía improbable que Lorena estuviera despierta a estas horas. Aun así, sabía que debía enviar ese mensaje antes de dormir. Un mensaje necesario porque la había dejado plantada. Imaginó a Lorena en ese bar, esperándolo a él, esperando un mensaje, una llamada. Tan solo tenía un wasap y dos perdidas de ella. Su mensaje decía que se iba a casa. Sin reproches y sin pedir explicaciones. Volvió a escribir las mismas disculpas. No, no le pedía explicaciones, pero las merecía. «Lo siento. Debí haberte avisado. Surgió un imprevisto en el caso.» No se veía capaz de enviarlo, Lorena no se merecía una mentira. Aunque lo cierto era que la verdad no les haría sentirse mejor a ninguno de los dos.

La verdad era que Ana acababa de llegar a casa, después de que el taxi la dejase delante de su portal. La verdad era que a una caña le había seguido otra. Y luego otra. La verdad era que nunca debió decirle a Santi que era un buen momento para recoger las cosas que se había dejado en su casa, aunque ambos sabían que ella no quería esa camiseta vieja y ese par de libros y que si volviera atrás se iría a casa al salir de la cafetería. También era verdad que esos pendientes en la mesilla no aportaban nada nuevo. Ella sabía que él estaba viéndose con otra mujer y eso estaba bien, de la misma manera que ella era libre para quedar con un noruego a través de Tinder sin darle explicaciones a nadie. Ella era la que lo había querido así, al pensar que serían capaces de mantenerse alejados el uno del otro. Ahora estaba segura de que nunca podrían hacerlo. Cada vez que dejaban atrás la comisaría y se permitían acercarse el uno al otro, acababan juntos. Ella se repitió que eran libres para vivir sus vidas y lo único que les unía era una mera relación profesional. Bueno, esto último no era verdad. Daba igual. La verdad siempre se puede tergiversar para adaptarla a la medida de aquello que nos atrevemos a desear.

Proencia

Proendos es una aldea de Sober, en Lugo. La descubrí a través de un reportaje de la televisión de Galicia que se hizo eco de unos hallazgos arqueológicos en una aldea de la Ribeira Sacra. Por aquel entonces yo era una abogada especialista en Derecho financiero a la que le rondaba por la cabeza la idea de comenzar a escribir. Pasé un fin de semana allí con Lois y con Sabela, que era apenas un bebé de dos años. En cuanto llegué allí, lo supe. Supe que no solo acababa de encontrar un lugar, sino una historia que contar.

La decisión de comprar una casa en el pueblo y la de empezar a escribir la trilogía *Proencia* fueron simultáneas o quizá una fue resultado de la otra, ya no lo recuerdo. Solo sé que me sentí revivir entre esas cuatro paredes. Dentro de ellas, nació una pasión que llegó para quedarse, cambiando mi vida y la de mi familia. A Lois no le gustaba ir, porque apenas había cobertura y yo me había negado a restaurar la casa, así que carecíamos de casi todas las comodidades a las que estábamos acostumbrados. Tan solo había un aseo minúsculo que estaba fuera de la casa, en una galería que habían anexado años después de la construcción original. Era un baño gélido y por las noches quedaba muy alejado de nuestra habitación que estaba en el otro extremo. No teníamos un salón con sofás, sino un gran comedor presidido por un reloj que hacía muchos años que no funcionaba y dos sarmientos de vides de la Ribera Sacra, y pasábamos las noches alrededor de la *lareira* en una cocina diminuta y antigua que permanecía exactamente igual que hacía casi cien años. Las habitaciones eran pequeñas, oscuras, con colchones de lana que en invierno estaban tan húmedos que era imposible acostarse sin una bolsa de agua caliente. La instalación eléctrica era arcaica, los interruptores tenían forma de pera y colgaban desde el techo hasta el cabecero de la cama, y todas estaban presididas por un crucifijo. La única televisión de la casa estaba en la cocina, era una vieja Philips de tubo de catorce pulgadas. Funcionaba con un decodificador y solo se veían tres o cuatro canales.

Lois odiaba esa casa con la misma intensidad con que yo la adoraba, así que casi siempre venía sola. Solía aislarme cuando quería terminar un libro, sobreviviendo a base de huevos y lechugas que me traían las pocas vecinas que aún quedaban en la aldea. Desde el estreno de la película, el pueblo se había llenado de turistas que venían a ver los petroglifos y las piedras con símbolos celtas que se esparcían por muros y casas.

Ese es el lugar al que Lois me ha traído para comenzar de nuevo. Tiene mucho de simbólico. El mensaje es claro: «Estamos aquí porque para mí lo más importante es que tú estés bien». Sabía que para él era un sacrificio, pero lo hace por mí.

Es reconfortante sentirse querida.

Es reconfortante no tener móvil.

Estar incomunicada de todo el mundo.

Pero esta vez, sin miedo a morir.

Cambados

Cincuenta minutos en coche dan para hablar de mucho. O de nada. Ana se puso las gafas de sol, aunque el cielo amenazaba lluvia. Ninguno de los dos había pegado ojo. Y por la misma razón. «No nos hagamos más daño», había dicho él, y volvían al mismo punto solo que esta vez con la conciencia de que tenían que continuar como si nada hubiera pasado.

—¿Qué haremos si no lo reconoce la recepcionista?

—El jefe quiere dejarlo en libertad. —Santi la miró un segundo antes de volver los ojos a la carretera—. Yo no pienso perderlo de vista. Creo firmemente que debemos presionar a la escritora.

Ana bostezó y al instante el bostezo se le contagió a él.

—¿Estás cansada?

Ella sintió que le ardía la cara. No contestó.

—Siempre me ha maravillado que una mujer con tanto carácter como tú y tan resuelta, se ruborice a la mínima.

—¿Sería mucho pedir que nos concentrásemos en la investigación? —dijo ella.

Santi guardó silencio y encendió la radio. Permanecieron callados, hasta llegar al hotel. La recepcionista era la misma a la que habían interrogado hacía unas semanas.

—¡Hola! Irene, ¿verdad? —dijo Ana.

—Sí. Irene Pazos. Ya he visto que ha aparecido Úrsula B. No saben cómo me he alegrado. Desde que estuvieron aquí no he parado de devanarme los sesos intentando recordar al hombre que estaba con ella. Es un alivio saber que ya no dependen de mi memoria para encontrar una pista.

—Pues la verdad es que aún seguimos con la investigación, como comprenderás, porque la persona que hizo eso sigue libre.

—¿Y Úrsula B. no puede ayudarlos?

Santi y Ana cruzaron una mirada.

—Úrsula tiene un problema de memoria —dijo finalmente Ana.

—El caso —intervino Santi— es que nos sería muy útil que intentases recordar si el hombre que acompañaba aquel día a la escritora era este. —Le mostró a la recepcionista la foto de Adrián Otero.

—Sabemos que ya han pasado varios meses —dijo Ana—, pero quizá...

—Es él —dijo la recepcionista.

—¿Estás segura?

—Sí, sí. Una cosa es intentar recordarlo sin tener ninguna referencia, pero así, al ver la foto, lo tengo claro. Es él, segurísimo. El flequillo es inconfundible.

—Muchas gracias, Irene, nos has sido de gran utilidad.

—¿Tendré que ir a declarar? —preguntó la chica a Santi.

—Aún es pronto para saberlo, pero es una posibilidad.

Se despidieron de la recepcionista y se dirigieron al coche.

—¿Se lo estás diciendo al jefe? —preguntó él al ver a Ana tecleando en el móvil.

—Sí. Para que se quede tranquilo. Ayer cuestionó mucho tu decisión de arrestar a Adrián.

—Ese cabrón se lio con la escritora —dijo Santi—. No entiendo nada.

—A lo mejor no fue él el que la secuestró. A lo mejor tiene a un tarado detrás que va cargándose a todas las mujeres de su vida.

—Joder, Ana, eso es brillante —dijo Santi—. Pero muy brillante.

Ella sonrió.

—No sé si es brillante, pero es una posibilidad. Imagina lo que eso significa: no hay vínculo entre Lois y Adrián. Ni entre Úrsula y Catalina.

—Eso supondría que alguien se dedica a matar a las mujeres que se enamoran de Adrián Otero.

—Alguien que lo odia mucho.

—Oye, ¿esa mujer que está ahí enfrente no es Raquel Moreira?

Estaban a unos ochocientos metros del hotel. En efecto, la figura de la asistente, caminando por la acera, era inconfundible.

—¿Qué hace en Cambados?

—No lo sé —dijo Santi al tiempo que paraba el vehículo en seco—, pero lo vamos a averiguar.

Raquel

Raquel Moreira observó la pantalla del ordenador. En cuanto enviara ese mensaje se acabaría su etapa como asistente de Úrsula. Realizó un cálculo rápido de la cantidad con la que se había quedado. Entró en su cuenta bancaria e hizo una transferencia a favor de Úrsula, aun cuando sabía que en cuanto leyese la carta que le había escrito se enfadaría y que la transferencia no mitigaría el enfado. Porque esto no iba de pasta. Iba de amistad, de confianza, de dejar toda tu vida en manos de otra persona. Iba de que Úrsula nunca la había cuestionado. Ni su forma de vida, ni su alergia al compromiso, ni su incapacidad para entablar relaciones por las vías convencionales. Úrsula presumía de ser la persona que más la conocía y Raquel estaba segura de que si alguien le hubiera contado lo que ella le había estado haciendo, ella no lo habría creído porque Úrsula la quería, y era incapaz de concebir la deslealtad en las personas a las que amaba. También iba de egoísmo. De que Úrsula B. vivía pendiente únicamente de Úrsula B. sin desviarse ni un milímetro de su plan predefinido, sin molestarse en indagar qué pasaba por la mente de su mejor amiga. Y aunque esto sonase a excusa, Raquel no podía evitar pensar que a ella también le habría gustado tener a alguien pendiente de ella que hiciera su vida más fácil. Y eso no justificaba nada, pero explicaba algunas cosas. Así se lo decía en la carta.

Pulsó el botón de enviar.

Ya estaba hecho. No sabía dónde estaba ella en ese momento. Todavía no tenía móvil. Le había dicho a Lois que por ahora no lo necesitaba.

Llamó al teléfono fijo de su casa, pero no contestó nadie.

Envió un wasap a Lois.

«Le he enviado un correo electrónico a Úrsula. Si estás con ella, pídele que lo lea, porfa.»

El mensaje se envió, pero el doble check gris no llegó.

La tarde anterior Lois le había dicho que estaba pensando en irse un par de días con Úrsula. Era lo mejor, que desconectasen de la pesadilla que acababan de vivir. Seguramente estaban fuera de cobertura o había apagado el teléfono.

En fin, la suerte estaba echada. Se sentía maravillosamente, liberada. Úrsula estaba viva y ella también. Llevaba cuatro años trabajando para ella, había llegado el momento de vivir su propia vida y dejar de ser su sombra. Confiaba en que algún día recuperaría a Úrsula, la mujer que estaba al otro extremo de la línea para escucharla, la que la entendía sin juzgarla. Quizá entonces le explicaría lo bien que le sentaba dirigir su vida en la sombra. No hacía falta ser psicólogo para comprender lo que eso significaba: era incapaz de dirigir la suya, de salir de su armario, de vivir libremente, pero disfrutaba siendo visible a través de ella. Nunca había envidiado su talento, ni su fama, ni siquiera su dinero, salvo por la dosis de libertad que este le proporcionaba. Sí, había envidiado su confianza en sí misma, su capacidad para sobreponerse a los juicios ajenos, para mostrarse segura. Ella sabía cuánto le costaba a Úrsula ser un personaje público, así que admiraba su tenacidad, su afán de perfeccionismo. La Raquel que era una extensión de Úrsula se parecía a la Raquel que ella siempre había querido ser.

Tendría que decidir qué hacer en su vida. Quizá debería volver al sector inmobiliario que había abandonado con la crisis y del que la había rescatado Úrsula. Se le daba bien rehabilitar y vender pisos con poco presupuesto. Lo primero era dilucidar su futuro judicial. Tendría que ver en qué quedaba el juicio por el intento de extorsión a la familia de Úrsula. Ya lo pensaría mañana. Hoy solo tenía ganas de volver a casa. Hizo una pequeña maleta de fin de semana y metió a Mora en su transportín.

Llegó a Cambados en menos de una hora. Volver junto a su madre siempre la tranquilizaba. Cuando sus padres se jubilaron, se fueron a vivir a la casa familiar que habían heredado de los abuelos de Raquel. En Cambados siempre se sentía cuidada, y esa era una sensación muy reconfortante, porque ella se pasaba la vida cuidando de los demás. Dejó a Mora con su madre y salió a hacer unas compras. Cuando oyó que la llamaban por su nombre, se sobresaltó. Se preguntó cuándo podría volver a caminar por la calle sin sentirse vigilada. Cuando se dio cuenta de que la voz venía de un coche patrulla, se sintió un poco cohibida. Echó una ojeada a su alrededor: nadie se había percatado. Alcanzó a reconocer a Barroso y a Abad dentro del coche y se dirigió hacia ellos.

—Me han asustado. ¿Qué hacen en Cambados?

—Seguimos investigando, Raquel.

—¿Ya saben quién es Marco?

—Creemos que sí —dijo Santi—. Hemos venido al hotel a comprobar que ese hombre era el que se citaba aquí con Úrsula.

—¿Y lo era?

—Sí. La recepcionista lo ha confirmado.

—¿Conocen ya su identidad real?

—Sí. De hecho, está detenido en este momento, pero su jefa sigue guardando silencio al respecto. Quizá podría hacerla entrar en razón. —Santi intentó mantenerse conciliador—: Sabemos que acaba de pasar por un proceso traumático, pero debería hablar con ella. Sé que el primer impulso es negarlo todo, pero ella tiene en sus manos declarar contra ese hombre.

—Ha estado muy implicada emocionalmente, inspector, imagino que solo necesita tiempo. Conmigo no ha hablado del asunto. Se lo juro. Y no creo que vuelva a hablar conmigo ni de eso ni de nada, después de lo que pasó. Y me consta que con Lois tampoco ha hablado. Quizá en unos días, cuando asimile lo sucedido, podrá declarar.

—De todas formas, le agradeceríamos que intente hacerla entrar en razón. Por cierto, ¿qué hace usted aquí?

—Soy de aquí, ya se lo había dicho. He venido a pasar el fin de semana con mi madre. No vengo mucho. Mi padre murió el año pasado, así que de vez en cuando paso el fin de semana con ella.

—Quizá ese era el vínculo de Úrsula con Cambados y por eso se reunía con ese hombre en este hotel —tanteó Ana, pero Raquel negó con la cabeza.

—No hay ningún vínculo de Úrsula con Cambados. Estoy completamente segura. No se me ocurre por qué vendría a un hotel aquí. ¿Qué hotel era?

—El San Marcos.

—Ni idea.

—Y usted, ¿tiene algún contacto con ese hotel?

—No, por supuesto que no.

—¿Úrsula ha venido alguna vez a Cambados con usted?

—Sí, claro. Alguna vez los he invitado a mi casa. Lois y Úrsula han pasado algún fin de semana aquí. Y sé que él venía de cuando en cuando por trabajo, me lo encontré un par de veces. Pero no sabría concretarles nada.

—¿Dónde vive su madre?

—Aquí al lado. A unos escasos cinco minutos caminando.

—Bueno, disfrute de su visita.

Raquel se despidió de ellos cordialmente, y Ana pensó que era la primera vez que la veía sonreír.

—¿Por qué demonios Úrsula vendría a un hotel en el que se arriesgaba a encontrarse con su asistente? —se preguntó en voz alta.

—Ella nunca lo elegiría. Eso significa que no lo escogió ella, lo hizo su amante.

—El mismo hotel donde Catalina venía con su Psycho.

—Adrián Otero no es ningún idiota —dijo Santi—, sabía que si venía aquí, sospecharíamos de él.

—Es lo que siempre he afirmado.

—Quería que lo cogiéramos —confirmó él.

—Pues ya lo hemos cogido. Pongámonos en camino, jefe. Tenemos que hablar con ese hombre.

Modo avión

Sé lo poco que le gusta a Lois caminar por el campo, por eso aprecio su esfuerzo. Hoy hemos hecho la ruta de los molinos, luego hemos bajado al embarcadero de Os Chancís y nos hemos sentado delante del río. Me produjo una paz infinita estar ahí sentada, con el ruido de la cascada a nuestras espaldas. En verano está casi siempre seca. Lo bueno de este lugar es que reclama nuestro silencio de forma natural. A la vuelta, hemos pasado por Sober y he comprado chorizos, queso y pan. También he comprado una rosca en Millán para el desayuno.

Hoy cenaremos tortilla de patatas y algo de fiambre. Estoy hambrienta. Lois ha bromeado de nuevo sobre mi costumbre de comer pan, a pesar de lo mal que me sienta. Le he prometido que ni lo probaré, ambos sabemos que no voy a cumplirlo.

Enciendo la cocina de leña y mientras Lois pela patatas le pido el móvil para llamar a Sabela. Hay que salir de casa para tener algo de cobertura.

—Ven conmigo —le pido.

—Ve tú. Dale recuerdos. Me quedo haciendo la cena.

Me abrocho la cazadora y salgo al camino. No consigo tener una cobertura decente hasta llegar a la entrada del pueblo. Esa es otra de las cosas que me gustan de Proendos: el modo avión. El aislamiento absoluto.

Sabela está con Patri y un poco enfadada porque nos hemos ido. Sé que Lois tuvo una charla con ella antes de salir de casa. Antes de dejarla en casa de su tía se me abrazó muy fuerte y adiviné lo que estaba pensando. «Volveré», le susurré al oído para tranquilizarla. Quizá no debimos venir, o quizá debimos traerla con nosotros. Imagino que la idea de Lois era que nos dijésemos todas esas cosas que aún nos pesaban, pero llevamos aquí siete horas y nos hemos limitado a pasear nuestro silencio. Mis conversaciones pendientes con Lois son como esa hogaza de pan del pueblo: deseables y dañinas a partes iguales.

Le pregunto a Sabela por las cosas que ha hecho con Patri y me cuenta que por la mañana ha hecho los deberes y que por la tarde han ido al cine y a tomar una pizza. Ahora está jugando con sus primos con la consola. Le pido que no se entretenga mucho con el móvil. Y entonces me lo pregunta. «¿No vas a tener móvil nunca más, mamá? ¿Ya no hablas en el grupo de Nolimits?»

«No, cariño.»

No sé ni cómo soy capaz de pronunciar las dos palabras. De repente la ausencia de Nico se hace tan patente que se me corta la respiración.

«No necesito un móvil», repito.

Me doy cuenta al instante de que mi decisión de no volver a tener móvil tiene mucho que ver con la autocensura, como si mi subconsciente supiera que no sería capaz de controlarme para no hablar con Nico, para no intentar contactar con él.

Eso estoy pensando cuando Sabela pronuncia las siguientes palabras. «Siempre puedes entrar en el grupo con el otro móvil de papá, si lo echas de menos.»

Suelta la frase y me quedo paralizada, en mitad del camino, rodeada de casas con persianas bajadas que no se subirán hasta que llegue el verano.

Me despido atropelladamente y tras colgar retrocedo sobre mis pasos.

Lois sigue en la cocina pelando patatas.

Le devuelvo su teléfono y como una sonámbula me siento al calor de la cocina intentando adivinar qué significa esto.

Preguntándome si ha llegado ya el momento de hablar y con un terror inmenso a empezar a hacerlo.

Dos

—No tiene sentido —dijo Santi mientras entraban en la autopista—. Quiere que lo cojamos y ya lo hemos hecho. Pero ¿por qué?

—Porque quería que vinculáramos el caso de Catalina con el de Úrsula.

—Nada tiene sentido.

—¿Por qué no? —preguntó Ana—. Yo lo veo: mató a su mujer y casi mata a Úrsula.

—Por eso. Por ese casi. No la mató. No le hizo nada.

—Necesitamos saber por qué eligió Úrsula este hotel. Sabía que corría el riesgo de encontrarse con su asistente y aun así vino con su amante.

—Todo le daba igual —dijo Ana—. ¡Si hasta pagó con tarjeta!

—No lo eligió ella, lo eligió Adrián. Estoy casi seguro. Quiero hablar con Úrsula —insistió Santi—, ella tiene la clave de todo. No puede seguir callando. Nos vamos a su casa.

En menos de cuarenta minutos estaban aparcando el coche enfrente de la casa de Lois y Úrsula, pero allí no había nadie y el teléfono de Lois Castro permanecía apagado o fuera de cobertura.

Finalmente llamaron a Raquel Moreira, para preguntarle por el paradero de ambos. La asistente les dijo que Lois tenía intención de irse con Úrsula ese fin de semana, pero que no sabía adónde.

—¿Dónde estarán? —se preguntó Ana.

—No tengo ni idea.

—Podemos ir a comisaría e intentar hablar con Adrián.

—Es una opción, pero él ha decidido guardar silencio. Sabe que las pruebas se están acumulando en su contra. Si Veiga vuelve a pronunciar la palabra *circunstancial*, pido el traslado de comisaría —afirmó Santi—. ¿Tenemos el teléfono de la niña?

—Estará sin cobertura también.

—Podemos intentarlo —le invitó Santi mientras arrancaba el motor.

Ana marcó el teléfono de Sabela, que contestó tras el segundo tono. Por una vez bendijo la maldita costumbre de los padres de comprar un móvil a los niños tan pequeños. Con voz despreocupada y ocultando su ansiedad le pidió a la niña que avisase a sus padres.

Abad observó a Ana mientras hablaba con la niña. La conversación duró apenas un minuto. En cuanto colgó vio que algo no andaba bien.

—¿Dónde están?

—La niña con su tía, y ellos de fin de semana.

—¿Dónde?

—En Proencia.

—Pero ¿ese lugar existe?

—Parece ser que sí. En realidad, la niña ha dicho Proendos.

—¿Te ha dicho algo más?

—Sí, que acaba de hablar con su madre, que la ha llamado con el móvil de su padre, pero que solo habló con ella.

—Eso no es tan raro, el de ella quedó destrozado y me imagino que lo primero que hace uno tras ser liberado de un secuestro no es ponerse a hacer papeleo con la empresa de telefonía.

—Me ha dicho algo más: que ni siquiera usa el otro móvil que tenía su padre.

—¿Y eso qué significa? —preguntó Santi.

—Que Lois Castro también tenía otro móvil.

—Bueno, mucha gente tiene dos móviles.

—Nunca nos lo ha dicho. Le pedí expresamente todos sus números.

—¿Qué insinúas? —Santi frunció el ceño.

—No lo sé. Pero también Catalina tenía un segundo móvil. Este caso está lleno de teléfonos por todas partes. ¿Y si él también tenía una relación clandestina? Piensa en lo nervioso que se pone siempre que tocamos ese tema.

—No puede ser Nolimits. Nolimits era Adrián —insistió él—. Sabemos que era el amante de Úrsula.

—Sí, pero imagina que no hay un solo Nolimits —dijo Ana, excitada—. Imagina que ambos lo son. Por eso no encaja nada. Porque no hay uno solo. Son dos.

—¡Dos que actúan conforme al mismo plan! —exclamó Santi—. El segundo Nolimits reproduce con Úrsula lo que el primero hizo con Catalina. Por eso Adrián eligió ese hotel. Dios mío, ¿tiene sentido?, ¿no se nos está yendo la cabeza?

—Lo tiene. —Ana sonaba convencida—. Piensa en todo tu razonamiento a lo largo del caso. No has hecho más que insistir en que el comportamiento del secuestrador de Úrsula no era lógico ni obedecía al patrón inicial. Imagina esto. Imagina que

Adrián Otero, no sabemos cómo, descubre que es Lois Castro el que tenía un lío con su mujer y en vez de contárselo a la policía, decide hacer lo mismo con la mujer de él. Se aproxima a Úrsula, gana su confianza y reproduce con ella lo que Lois hizo con Catalina.

—Pero ¿con qué finalidad?

—No lo sé. Venganza, hacerlo confesar. Da igual.

—Vale. Puede ser. Lo veo. La única finalidad de este segundo Nico era que descubriésemos el cadáver de Catalina y no matar a Úrsula. Me encaja. Hay detalles que cuadrar, pero me encaja. Hay que hablar con Úrsula —dijo Santi mientras se desviaba hacia comisaría—. Están en Proencia, Proendos o como se diga. Pero antes de ir allí, vamos a comisaría. Quiero ver a Adrián. Voy a hacerle hablar, ya veré cómo, pero ese tío hoy no se queda callado.

—Habrá que hablar también con Veiga —dijo Ana.

—Veiga me da igual, hoy ni se ha preocupado en preguntarnos qué hemos averiguado. Estará de fin de semana. No voy a perder el tiempo en llamarlo. Lo que realmente me preocupa es que, si tenemos razón, Úrsula está en un pueblo perdido con un hombre capaz de matar a una mujer y enterrarla debajo de un árbol.

Hablando claro

—¿Tenías un grupo de WhatsApp llamado «Nolimits»?

No sé por qué lo he preguntado. Ni siquiera sé si quiero conocer la respuesta.

Lois levanta la mirada y el tenedor se queda a medio camino entre el plato y su boca. Ahora es él el que calla.

—¿Cómo dices? —contesta finalmente.

—La niña me ha dicho que puedo hablar con tu otro móvil con el grupo «Nolimits».

—La niña no sabe lo que dice. Se habrá confundido.

—No me trates como si fuera estúpida, Lois. ¿Qué significa esto? ¿Qué otro móvil? ¿Con quién hablabas?

—No te entiendo.

—¿Con quién hablabas? —repitió ella—. ¿Con Nico?

—¿Ese era su nombre? ¿Nico?

—Me he pasado veinticinco días intentando adivinar qué había hecho para que Nico me encerrase en ese sótano. Esa era mi obsesión. ¿Por qué? ¿Qué había hecho? ¿Por qué yo? ¿Quién era él? Y resulta que no fui yo. Fuiste tú.

—¿Quieres que hablemos claro? Podemos hacerlo. Te liaste con otro y resultó ser un psicópata que te secuestró. No intentes cargarme a mí con la culpa de eso.

—Esos dos policías saben quién es. Puede que estén hablando con él ahora mismo. ¿Cuánto crees que tardará él en contar por qué lo hizo? Lois, eres mi marido, te exijo...

—¿Tú me exiges? ¿Esto va así? Veinte años, Úrsula. Veinte años juntos, te lías con otro y tú me exiges a mí explicaciones.

—¿Quién es la mujer asesinada? ¿Era su mujer?

—No tengo ni idea. Nunca conocí a esa mujer ni a su marido.

—Dime por qué tenías un grupo que se llamaba Nolimits.

—Ya te lo he dicho, Sabela ha debido de confundirse.

De pronto me asalta la verdad, la conciencia de lo que pasó. Me viene a la cabeza la imagen de las manos de Nico, su alianza en los dedos llenos de heridas, su mirada cargada siempre de dolor, la barrera que siempre interponía entre nosotros. «No os merecéis nada», había dicho. Recuerdo su furia, el día que no fue capaz de matarme. Instintivamente, me toco la cicatriz de la cara.

—Quiero irme a casa. Vámonos.

Me agarra con fuerza.

—No te vas a ningún sitio —dice.

Siento la fuerza de su mano oprimiéndome la muñeca. Y el miedo en estado salvaje. De nuevo.

La verdad

—Sabía que lo adivinarían. Realmente ayer estuve a punto de contarlo, pero en el último instante pensé que quizá no encontrarían nada contra mí y me soltarían. Fue una estupidez. Esto se acaba y es un alivio. Mi única obsesión era encontrar a Cata y ahora ella ya descansa en paz. Al principio, mantenía la esperanza de que apareciese. No se imaginan lo que era volver cada día a esa casa, tras escuchar las mismas palabras de consuelo. Volverá, seguro que la encuentran, ella nunca se habría ido por voluntad propia... Y lo peor no era eso. Lo peor era la conciencia interna de que algo había estado pasando en mi matrimonio y yo no me había enterado de nada.

Ana le ofreció un vaso de agua y Adrián lo aceptó. Bebió un sorbo.

—Descubrí el móvil más de un año después de que Cata hubiera desaparecido. En diciembre de 2017. Esa Navidad decidí sacar su ropa del trastero. Lo encontré bien escondido dentro de una caja de zapatos, junto con unas botas. Un móvil que no había visto nunca. No me costó mucho desbloquearlo, porque Cata era un desastre con las contraseñas. No reconocí el número y lo entendí al instante: Cata había comprado un móvil para hablar con su amante. Ya saben lo que había en ese móvil, es el que yo les envié a comisaría, aunque antes de hacerlo borré algunas cosas. Entre otras, una foto del hombre que se hacía llamar Nico y con el que Cata había tenido una aventura. Decía ser Nicolás Bendaña y en el móvil solo había dos conversaciones, con él y con un grupo que habían creado los dos. Recuerdo que eso en particular me pareció una solemne estupidez. ¿Quién crea un grupo de dos? El grupo se llamaba Nolimits. Él le decía a Cata que su relación no tenía límites. Y así era: hablaban a todas horas y en todas las plataformas. El día a día de una infidelidad. No se imaginan lo que supuso ese descubrimiento. Me quedé noqueado.

—Perdone, Adrián, entiendo cómo se debió de sentir, pero... ¿por qué no se lo llevó a César Araújo?

—Esa fue mi primera intención. Recuerdo que llamé al trabajo y dije que me encontraba mal. Estuve dos días en casa examinando toda la información. Ya saben lo que había allí: fotos de atardeceres y amaneceres, canciones... Cada mensaje era un reproche velado a nuestra vida. Yo nunca me había parado a pensar que Cata necesitaba más atención, y al leer todos aquellos mensajes me di cuenta de lo sola que se sentía. Muy sola. Casi llegué a entender que esa relación le resultase irresistible. Ese hombre estaba pendiente de ella a todas horas. Y me enfadé, claro que me enfadé, pero luego, mensaje a mensaje, viví la evolución de eso que tenían. Cómo de la fascinación inicial Catalina pasó al miedo. La sometió a un acoso aterrador. Ese hombre estaba obsesionado con ella. Y tuve claro que la había matado. Lo siguiente que pensé es que lo único que tenía para encontrar a Nolimits era una foto, y la convicción de que, si entregaba ese teléfono en comisaría, puede que atrapasen a ese hombre, pero Cata no aparecería nunca. Rememoré casos como el de Marta del Castillo o el de Sonia Iglesias. Es más, estaba seguro de que ese hombre no hablaría, así que decidí averiguar por mi cuenta quién era. Tenía una foto de él, posiblemente ese fue el único error que cometió en todo el tiempo que estuvo con Cata, porque los hoteles y reservas en restaurantes estaban siempre a nombre de ella. Y eso al inicio de la relación. Después del verano, extremaron la precaución y ya no tenía ninguna pista. Estoy seguro de que Cata le sacó esa fotografía sin que él se enterara. Y tenía también la convicción de que ese hombre había estudiado en mi facultad. Por alguna extraña razón había elegido el nombre de un antiguo profesor nuestro que ya había muerto.

—Y así llegó usted hasta Lois Castro —dijo Santi.

—No fue difícil. Examiné las orlas de la facultad. Ahora lleva barba, pero tenía unos inconfundibles ojos azules. Así descubrí quién era el hombre que creía que había matado a mi mujer. Necesitaba que me dijera dónde estaba su cuerpo, eso es lo único que quería y se me ocurrió que si le hacía exactamente lo mismo a su mujer, él hablaría para salvarla.

—Pero ¿por qué no la secuestró simplemente? ¿Por qué tener una aventura con Úrsula?

—Nunca planeé tener una aventura con ella. Quería recrear la relación de Nico y Cata, para que cuando la policía investigase, encontrase todos esos elementos comunes entre ambos casos y los uniese. Así que repliqué el personaje de Nicolás Bendaña y su álter ego en redes: Nolimits.Psycho. Simplemente quería estar todo el día hablando con ella para que confiase en mí. Dejar constancia en su vida de esta relación virtual, para que cuando ustedes llegasen a la investigación, esta les dirigiese a Catalina y a Lois Castro. Incluso elegí un hotel al que habían ido mi mujer y él al principio. Más tarde, cuando me centré en investigarlo, descubrí que se había encargado del diseño de la página web de ese hotel. Imagino que por eso lo escogió, para que su presencia en el hotel estuviese justificada si se encontraba con alguien.

—Así que fue por eso —exclamó Ana—. No entendía por qué Úrsula había elegido un hotel cerca de la casa de su asistente.

—Lo cierto es que a pesar de que habían sido cuidadosos, con todo lo que descubrí podía haberlo denunciado y sé que Araújo lo habría detenido, pero para mí lo primordial era que Lois Castro confesase dónde estaba el cuerpo de Cata y lo conseguí. Me hice con un móvil sencillo en la deep web y lo dejé en su casa. Le hice una primera llamada un poco críptica, con la finalidad de asustarlo. Pero estoy seguro de que él sospechó al instante que el que lo llamaba era yo, es un hombre inteligente. En mi segunda llamada fui más claro: le dije que si no decía dónde estaba Cata, lo entregaría a la policía. Y cumplió su parte. Solo que jugó fuerte su baza: les envió a ustedes la ubicación del cuerpo de Catalina, fingiendo que la enviaba quien retenía a Úrsula; o sea, fingiendo que era yo.

—Ya nos dimos cuenta de que el sobre en el que nos remitieron esa primera fotografía era distinto de los anteriores —intervino Ana.

—Sí, y cuando tuve que liberar a Úrsula, me pareció que si utilizaba la misma fotografía que Araújo me había mostrado, desviaría la atención sobre mí. Estaba seguro de que la policía no creía que yo hubiera matado a mi mujer y confiaba en que Úrsula no diría nada.

—Sí que la conocía bien. Efectivamente no ha desvelado nada de su relación. Por cierto, lo suyo con Úrsula no se limitó a ser un mero *affaire* virtual.

—No. En fin, Úrsula se enamoró de mí.

—¿Y usted de ella?

—Yo solo quería encontrar a Cata. Úrsula es una mujer increíble y a veces me sentí más cerca de ella de lo que estuve nunca de Catalina. Es inteligente, aguda, divertida. Posiblemente encajásemos más de lo que Cata y yo llegamos a encajar nunca. Pensábamos igual, compartíamos un idéntico sentido del humor, teníamos los mismos razonamientos. Pero el amor es más que eso y por aquel entonces yo ya había perdido la capacidad de amar. Yo no estaba en esto para enamorarme de nadie. Tuvimos una relación, pero esa relación era únicamente un medio para alcanzar mi objetivo: encontrar a mi mujer.

—Sabe que no se va a librar de la cárcel, ¿verdad?

—Ya les he dicho que era plenamente consciente de esto. Aquel viernes quedé con Úrsula en su casa. La dormí nada más entrar en el coche y también destrocé su móvil, porque había demasiada información mía dentro de ese teléfono. Fui yo el que lo dejó en su buzón para que Lois Castro supiese que tenía a su mujer en mi poder. Yo tenía el control de todos sus dispositivos. Ya han adivinado cómo me colé dentro. La llevé a una casa que heredé de una tía mía, en Esteiro, cerca de Muros. Es una casa antigua a pie de playa. Durante el invierno, el pueblo no tiene mucho movimiento. A las vecinas les dije que la estaba reformando para justificar mis visitas frecuentes. Me arriesgué mucho al dejar el móvil en casa de Castro; entré con las llaves de Úrsula. Lo llamé y lo amenacé con matarla si no me decía dónde estaba el cuerpo de Cata. Y empecé a mandarles a ustedes los sobres con las pistas, para demostrarle que iba en serio. La alianza de Cata también la tenía yo, porque a ella no le gustaba usarla. Y entonces él demostró que era aún más inteligente y retorcido de lo que yo había imaginado: les envío esa foto y contribuyó a crear la confusión de que éramos solo uno. Y eso me venía bien. La teoría de un solo Nolimits.Psycho nos liberaba a ambos de sus sospechas. Era como el dilema del prisionero: si los dos callábamos, los dos estábamos a salvo. Y en ese momento supe que me había vencido por segunda vez. Así que liberé a Úrsula. Me habría encantado ser un cabrón desgraciado como Lois Castro y haberla matado, solo por hacerle daño a él, pero no pude. Esta es toda la historia. Ayer me dio por pensar que si no encontraban pruebas, a lo mejor acababan por soltarme. Estaba casi seguro de que Úrsula no hablaría. Fui un idiota.

Adrián bebió otro sorbo de agua.

—Vamos a esperar que llegue su abogado para informarle de esta declaración. Está de camino. Después lo pondremos a disposición judicial.

—Ya saben que no me voy a desdecir. A mí ya no me importa nada.

—Vamos a detener a Lois Castro. Con toda esta información no será difícil encontrar cabos sueltos en su historia —dijo Ana—. Imagino que eso le consuela.

Adrián asintió y después se cubrió el rostro con las manos. Ana no pudo evitar sentir, como siempre le sucedía en su presencia, una pena inmensa por él.

Más miedo

Nunca íbamos al piso de abajo. Sabela se moría de miedo cada vez que abría la puerta y descendíamos por las viejas escaleras de madera. La mayoría estaban podridas, así que le teníamos prohibido bajar. Nosotros tampoco lo hacíamos. Era la antigua cuadra de las vacas. Una bombilla de cuarenta vatios: esa era la única iluminación. Ahora está apagada. Se enciende desde fuera y Lois me ha dejado a oscuras. Encerrada. Otra vez. Ni la puerta que comunica con la casa, ni la gran puerta que da al camino ceden cuando intento abrirlas. Tan solo se entrevé un hilo de luz bajo la centenaria puerta de madera. De nuevo una luz artificial, de una farola. Cierro los ojos y visualizo la vidriera naranja y blanca. Los abro y me sumerjo en esta oscuridad. Tanteo los objetos que me rodean, pero no logro identificar gran cosa. Hurgo en mi memoria, intento orientarme. Localizo el alambique antiguo donde se hacía aguardiente, el carro, los aperos de labranza, legones, sachos... Tropiezo con el viejo arado de hierro. Ahogo un grito y me llevo la mano a la rodilla. Sigo tanteando. Comederos de gallinas, cestones, garrafas y vasijas de todos los tamaños. Un par de barriles de vino, vacíos. De nuevo un suelo terroso. Respiro suciedad y polvo. Siento las telas de araña acumuladas durante años desintegrarse con cada aspaviento.

Encerrada.

Me ha arrastrado hasta aquí sin que haya podido oponer resistencia, consciente de que emplearía sin dudarlo ese cuchillo que sentía rozando mi espalda.

No lo reconozco. Es el padre de mi hija. Es mi marido. Pero también es el hombre que ya ha matado a una mujer y que seguramente me mate a mí.

Veinte años viviendo con un hombre a quien no conozco. Me siento estúpida.

He pasado los últimos meses masticando la culpa, digiriéndola. Y no era yo. Era él. Claro que es normal que no me diese cuenta, no tenía capacidad para ello. Úrsula B. preocupada únicamente de Úrsula B., sin pensar en nadie más que en ella. ¿Cómo voy a reconocer a mi marido si no me reconozco a mí misma?

He vivido tan engañada que solo puedo pensar en que me encantaría morir igual. Sin saber esto. Sin que todo mi pasado estuviera empañado por la muerte de otra mujer, por la conciencia de que los dos únicos hombres a los que he querido amaban a otra. Que ambos son capaces de encerrarme y de hacerme daño.

Ahora ya tengo la certeza de quién es Nico. Qué me ocultaba. Sí, sé quién es. El hombre a cuya esposa asesinaron. Catalina. Ya sé quiénes son, pero ahora lo que me importa es que no sé quién es mi marido. Nunca adiviné qué escondía ese hombre que me amó, o al menos dijo hacerlo, se casó conmigo, me dio una hija y construyó una vida a mi lado. El hombre templado que nunca levantaba la voz, el comprensivo, el que se desvivía para que yo fuese feliz. Ha desaparecido y solo queda ese hombre que acaba de encender la luz, de abrir la puerta y que comienza a bajar la escalera.

Agarro una azada y rompo la bombilla.

Sí, ya sé quién es Catalina, pero no voy a acabar como ella.

Miedo, de nuevo. El latido fuerte y rápido del corazón. Esa sensación en la que todos tus sentidos se agudizan y tu cuerpo se prepara para dos cosas.

Luchar o huir.

Confesiones en un arcén

—El pueblo se llama Proendos —dijo Ana—. Según el navegador está a una hora y media. Para las diez y cuarto estaremos allí. ¿No deberíamos llamar a una patrulla en lugar de ir nosotros?

—Ese hombre no nos espera, será una detención pacífica. No quiero arriesgarme a dejar esto en manos de otros. Será sencillo, te lo prometo.

—¿No te extraña que el jefe no se haya apuntado?

—Está en Lugo, ¿no?

Ana cogió aire antes de contestar.

—He salido con él un par de veces. De la misma manera que quedo con Javi o con cualquier amigo.

—Eso no es lo que te he preguntado.

—No, no me lo has preguntado hoy. Pero me lo preguntaste el otro día. De todas formas, yo tampoco te pregunto con quién quedas.

—Lo que pasó ayer...

—Vamos a detener a un asesino. ¿De verdad quieres que hablemos de lo que pasó ayer?

—Sí, creo que sí. Ya he aprendido que callar no es la mejor opción.

—¡Venga ya, Santi! —lo dijo con una rabia que él no reconoció—. Resulta que ahora crees que por el hecho de que vas dos días a la semana a llorarle a una terapeuta mientras te recuestas en un diván eres un experto en relaciones humanas. Estás muy lejos de ser capaz de tener una relación madura con alguien que trabaja contigo. Fue así en el pasado y estoy segura de que nada ha cambiado. Esa es la razón por la que te pedí que continuáramos adelante sin mezclar lo que ambos sentimos con nuestro trabajo.

—No hables de lo que ambos sentimos, que yo sepa nunca eres capaz de preguntarme qué siento yo. Siempre te pones a ti, tu carrera profesional y a tu hijo por delante. Y lo entiendo. Pero lo que no te voy a consentir es que ridiculices mi enfermedad. Puede que yo no haya tenido que salir adelante con un niño desde los dieciséis años, pero eso no te autoriza para despreciar mis sentimientos. Es posible que me cueste hablar de mí, de afrontar lo que soy y lo que fui, pero en cuanto regresé tuve claro que no podía evitar volver a estar contigo. Fuiste tú quien se limitó a servirme un café al día siguiente y a decirme cuál era tu orden de prioridades. Y no es por nada, pero no me incluiste en ese orden.

—No voy a pedir perdón por querer hacer bien mi trabajo y por decidir qué quiero en la vida. Soy madre y soy policía y ya lo era cuando me conociste. Y no fui yo la que tardó apenas unas horas en salir con otra persona.

—Eso no es justo.

—¿Y qué es justo? ¿Que seas capaz de golpear a una mujer es justo? ¿Quieres pegarme, Santi?

Él frenó en seco, aparcó en el arcén y salió del coche. Descargó una fuerte patada sobre la carrocería del coche patrulla.

Ana fue consciente de que había ido demasiado lejos. Salió del coche también.

—No he querido decir eso —dijo ella con voz temblorosa.

Él se encaró con ella.

—¿Crees que lo haría? ¿Me tienes miedo? ¿Toda esa charla sobre tu carrera no es más que una excusa para sacarme de tu vida?

—Yo no he dicho tal cosa.

—No, no lo has dicho. Pero eso es lo que hay detrás de todo esto, ¿verdad?

—No quiero hablar de esto ahora.

—Contesta a mi pregunta. —Santi la agarró con fuerza por la muñeca.

—No lo sé —chilló Ana.

La soltó de golpe y respiró hondo.

Se quedaron callados sin saber qué más decirse.

—Sube al coche —dijo finalmente él mientras volvía a su asiento.

Lois

Por un momento solo se sienten nuestras respiraciones, agitadas. La oscuridad ha dejado de asustarme para convertirse en mi mejor aliada. En ese sótano y a oscuras, yo juego con ventaja, porque llevo semanas viviendo en penumbra. Aprieto el mango de la azada.

—Siempre tienes que salirte con la tuya, ¿verdad? —La voz de Lois rompe el silencio—. Esta casa, la literatura, todo fue decisión tuya. Y yo no te pedí mucho a cambio. Una hija. Una familia. Ni siquiera te pedí que te ocupases de ella. Yo me encargaba de todo.

Es como si escuchase su voz por primera vez, todo ese resentimiento. No le contesto. No quiero que sepa dónde estoy. Me muevo despacio. Noto el roce frío del metal en la mano: estoy al lado del alambique. Mi mente reconstruye a toda velocidad la imagen de la cuadra con luz. Rodeo el alambique y me sitúo detrás, erigiéndolo como barrera protectora.

—Ya sabes lo que se siente queriendo a otro, engañando a tu pareja. De repente recuperas esa sensación olvidada, la de ser el centro de la vida de otra persona y hacer que ese sentimiento sea recíproco. Y entonces te das cuenta de que llevabas años mintiéndote a ti mismo. ¿Te has preguntado alguna vez cómo me sentía yo cuando salías por la puerta de casa para dirigirte hacia tu otra vida? Conseguí que me dieses una hija, pero nuestra familia nunca te llenó como te llenaban tus libros, la escritura, y como te llenaba él. Supe al instante que te habías enamorado de otro. Me reconocí en ti. Cuando conocí a Catalina, yo también reviví. Sorprenderla, hacerla reír, estar pendiente de ella y anticiparme a sus deseos se convirtieron en el motor de mi vida. De la misma manera que cada vez que tú recibías un mensaje de Nico, la cara se te iluminaba y eras incapaz de disimular la impaciencia. Eras como un niño en una permanente noche de Reyes. La vida se convirtió en un inmenso regalo. ¿Y qué hice yo? Lo mismo que hacía siempre. Callar. Igual que cada vez que veía tu cajón desordenado: ponía la mente en blanco y me decía, ya pasará. Volverá. Pero ahí seguías tú, maquillándote cada martes y jueves para quedar con otro. Y lo que más me jodía, Úrsula, era que creyeses que me engañabas, que no fueses capaz de darte cuenta de que yo te conocía mejor que nadie. Y si no fueses tan curiosa, podríamos ser felices aún, con nuestra familia. Yo pasé página con Catalina, así que no entiendo por qué tú no pudiste hacer lo mismo.

No voy a caer en la trampa. Deseo decirle que él no había pasado página con Catalina. La había matado.

—Eras tú la que no me conocía en absoluto —continúa él—. Estás intentando asimilar el hecho de que he matado a una mujer. Te estás preguntando por qué lo hice. Si fue un accidente. No lo fue. Nunca pensé en matarla, pero ella lo provocó. Empezó a tenerme miedo y quiso dejarme. Me demostró que todo lo que había dicho que sentía era mentira. Solo estaba preocupada por que su marido no se enterara. Como tú. Solo preocupada por ti misma. No sé por qué no soy capaz de encontrar a una mujer que anteponga mis necesidades a las suyas. Que viva para mí como yo me desvivía por Sabela y por ti. Estás tan acostumbrada a que todos estemos a tu servicio. Y al final nada era real. Raquel también se hartó de tu ego infinito. Yo, yo, yo. Mis libros, mis novelas, mis premios, mis ventas. Eres tan aburrida, Úrsula. Pero esto se acaba aquí. Vas a morir. Sal de donde estés. Porque si no lo haces, me iré de aquí, iré a buscar a nuestra hija y la mataré. Y no pienses que no seré capaz.

Sé perfectamente que es un farol. Nunca lo haría: Sabela lo es todo para él. Lo recordé con ella en brazos, el día que nació. Pintando su cuarto, leyéndole un cuento, ayudándola con los deberes, peinándole el cabello enredado tras la ducha. Era su vida.

—No lo harás —digo sin poder remediarlo.

El silencio se vuelve a apoderar de la estancia.

El alambique cae al suelo de una patada, con un estruendo que me hace dar un grito. Comienzo a chillar y blando la azada.

A ciegas.

Solo Abad y Barroso

Permanecieron en silencio durante el resto del trayecto. Santi excedió claramente los límites de velocidad y llegaron a Sober en poco más de una hora.

—Proendos está muy cerca, a un par de minutos. —Santi rompió el silencio.

—Pensaba que el lugar descrito en los libros no existía. Se llama Proencia en el libro, que es el nombre antiguo, y Proendos en la actualidad.

—Pues existe. Y estarás conmigo en que este es el mejor lugar para acabar con la Operación Proencia. Escúchame...

—Ya ha sido suficiente, Santi. Por favor, no sigas, no puedo más.

—De eso se trata. Vamos a hacer nuestro trabajo. Acaba de pasar lo que siempre dijimos que no sucedería. Se nos ha ido de las manos.

—No está siendo fácil.

—No es este el momento de hablarlo. Te quiero centrada en el caso. Vamos a entrar en esa casa y a detener a ese hombre, no le vamos a dar opción.

—Cada vez que pienso que ese tío mató a Catalina y la enterró debajo de un puente...

—Eso es, borra lo que acaba de pasar y piensa en Catalina. Vamos allá, Barroso. Entramos y lo detenemos, le leemos sus derechos y directos para la comisaría.

—Debimos pedir apoyo a la comisaría de Monforte. ¿Y si le ha hecho daño?

—No tiene por qué, no podemos equivocarnos tanto. Este tío estaba realmente muy preocupado por su mujer.

—Lo único que en verdad le preocupaba era que no lo descubriéramos.

—No tiene ningún sentido que le haga daño —dijo él en un intento de tranquilizarla.

—Ese hombre es un asesino —insistió ella.

—Que convivió con ella veinte años. Mantener la apariencia de ese matrimonio feliz es lo que en su cabeza le garantiza una coartada ante nosotros. Estoy seguro de que no hará nada que lo convierta en un sospechoso a nuestros ojos.

Aparcaron el coche a la entrada del pueblo. Era una aldea pequeña.

—No hay ni un bar ni una tienda. Debe de ser la única aldea de Galicia que no los tiene.

—La mayoría de las casas están cerradas a cal y canto —dijo Santi—. No sé cuánta gente vivirá aquí en invierno, pero dudo que haya más de cinco casas ocupadas.

—¿Y cómo sabremos cuál es la suya?

—La que tenga luz o las persianas levantadas.

—Mucho más fácil que eso. Ahí están.

El Mazda blanco se hallaba aparcado a las puertas de una vieja casa de piedra, sin terreno anexo. Se accedía a ella por unas escaleras también de piedra que conducían a una galería.

El estruendo los cogió por sorpresa.

—Viene de abajo —gritó Ana.

Echaron a correr hasta la puerta de la cuadra situada en el bajo de la casa. La puerta era de madera, antigua, pero de gran solidez. Alcanzaron a oír gritos y un ruido seco. Después, nada. Silencio. Tardaron más de diez minutos en conseguir forzar la puerta.

Más gente sola. Álex

Santiago de Compostela, 25 de marzo de 2019

Decidió que no habría turno de preguntas tras la rueda de prensa. También decidió no hablar de Barroso ni de Abad porque, a pesar de que a su juicio su actuación había sido brillante, ambos se sentían culpables. Ana no hacía más que repetir que tenían que haber ido a buscar a Lois Castro antes de interrogar a Adrián. Eso les habría hecho ganar casi dos horas. Dos horas cruciales.

Los periodistas insistieron y el comisario hizo un gesto de despedida con la mano. Después, recapacitó y cambió de opinión. Volvió a aproximarse al micrófono y, esta vez sí, hizo hincapié en la gran labor del equipo de su comisaría, destacando especialmente al inspector Santiago Abad y a la subinspectora Ana Barroso.

Al acabar salió de la sala de comunicación y se dirigió al despacho de Santi. Estaba delante de su ordenador.

—¿Con qué estás? —le preguntó.

—Ordenando toda la documentación. Ya me conocerás, soy un poco maniático.

—Ya me había dado cuenta. ¿Y Ana?

—Se ha cogido el día. Sigue muy afectada.

—La llamaré —dijo Álex.

—Necesita descansar. Está hecha polvo, mejor déjala en paz.

Álex se lo quedó mirando un instante, pero tras unos segundos de indecisión optó por callarse. Hizo un gesto con la cabeza.

—Sí, claro —dijo antes de salir de la estancia.

En la soledad de su despacho, se sintió sobrepasado. Miró a su alrededor, tomó aire e intentó tranquilizarse. Se dijo a sí mismo que el resultado era más satisfactorio de lo que Abad y Barroso creían. Todo mejoraría. Seis meses. Un caso complicado, con dos muertos. Un equipo que lo respetaba o que al menos iba camino de respetarlo. Sí. Todo mejoraría.

Más gente sola. Santi

Santiago de Compostela, 27 de marzo de 2019

—¿Y por qué me cuentas todo esto?

—Porque necesito que sepas quién soy. Cómo soy.

Lorena lo miró con extrañeza.

—¿Y qué se supone que hago ahora? ¿Te mando a la mierda?

—No lo sé. Pero lo harías dentro de dos meses o dentro de seis si no te lo hubiese contado ahora y te enterases.

—Estoy en shock. Creo que me voy a ir a casa. No sé, necesito pensar. Estoy...

—Claro, claro —dijo Santi—, lo entiendo.

La observó subir las escaleras de la plaza de la Quintana. Elevó la mirada. No había un cuadrado de cielo más perfecto que el que recortaba esta plaza. Hasta que perdió de vista la melena rubia de Lorena, no se dirigió a su casa.

Pasó por delante de la comisaría. Ana aún no había vuelto. El jefe le había dicho que había pedido una semana de vacaciones. Se planteó llamarla, decirle que sabía exactamente lo que sentía. Él también pensaba que ambos podían haber evitado lo que sucedió el sábado. Había calculado mentalmente el tiempo que habían perdido parados en ese arcén y los dos sabían que esa discusión había tenido un coste demasiado alto. Ya nunca podrían volver a decir que eran capaces de separar su relación del trabajo. Ana tenía que aprender a masticar la realidad y que las cosas no siempre salen como uno desea. Ni acaban como debieran, aunque a veces nos empeñemos en que no acaben. Abrió el móvil y vio que tenía un mensaje de Lorena.

Un gif. Una mujer tirándose de un piso treinta de un rascacielos.

Sonrió.

Era una mujer increíble.

Luego, como hacía casi cada hora, comprobó si Ana estaba en línea.

Lo estaba. Le reconfortaba ver que estaba ahí.

Que seguía ahí.

Más gente sola. Ana

Cacheiras, 30 de marzo de 2019

Hacía un frío endiablado en el campo de fútbol de Cacheiras. Ana saludó a Martiño desde la grada. Se sentía un poco culpable. Cada vez que un caso complicado entraba en su vida, ella se volcaba de lleno y eso suponía que su familia pasaba a segundo plano. Aun así, sabía que esta era su profesión y no iba a disculparse por intentar hacer su trabajo lo mejor posible. Martiño sabía lo que significaba para ella ser policía. Se había ido acostumbrando con los años.

Tendría que acostumbrarse a más cosas, ahora que había tomado una decisión.

—Menos mal que me dijiste que estarías en el campo de fútbol, e incluso así, el Google Maps me ha tenido media hora dando vueltas como un tonto por estas pistas.

—¿Qué coño haces aquí, Álex?

—¿Qué coño hago aquí? ¿Qué es eso de que renuncias a cubrir la vacante en Santiago y te vas a tu destino en Ponferrada?

—Eso podríamos hablarlo en comisaría.

—Esto no tiene que ver con el trabajo.

—Es exclusivamente trabajo y no deberías estar aquí. Estoy viendo un partido de mi hijo que se merece un poco de atención de su madre.

—No tengo muchos amigos en esa comisaría. Para mí es importante que te quedes, así que no todo es trabajo. ¿Cuál es tu hijo?

—El lateral izquierdo, ese tan alto y rubio. Álex, no has venido aquí a hablar de mi hijo. ¿Qué quieres? —le preguntó Ana sin rodeos.

—Que te quedes en mi comisaría.

Ella lo miró de reojo, sin perderse el partido. Le resultaba molesta esa intromisión en su vida privada. La decisión de marcharse la había meditado mucho.

—¿Tengo pinta de ser el tipo de mujer que no sabe tomar sus propias decisiones? Necesito un cambio de aires.

—Hicisteis un buen trabajo. Nadie podía prever lo que pasó. Y no sé por qué piensas que te tienes que ir a Ponferrada a expiar no sé qué culpa.

—No se trata de eso —mintió ella.

—¿Es por Abad?

Ana guardó silencio.

—Cometimos un error que costó una vida —dijo ella finalmente.

—Todo el mundo comete errores, no podrás arreglarlo yéndote a Ponferrada. Y no me engañas: esto no tiene que ver con la Operación Proencia. No hace falta que vuelvas a trabajar con Santi si no quieres.

—Me gusta trabajar con él. No voy a permitirte que husmees en mi vida personal para decidir con quién trabajo y con quién no.

—¿Se trata de mí?

—No.

—Es en serio. No quedaremos nunca más, puedo volver al infierno del Tinder.

Se echaron a reír.

—No ha sido fácil. No lo está siendo. Pensé que podía separar mi vida personal del trabajo y no pude. Simplemente siento que tengo que alejarme de esa comisaría.

—No te vayas a Ponferrada —continuó él—. Ana, lo hicisteis genial.

Ella sonrió levemente.

—Hicimos lo que pudimos y no fue suficiente —dijo al fin.

—Nadie os pidió más.

—Álex, no puedo pensar en esto ahora. Estoy en un partido de mi hijo.

El comisario hizo un gesto de comprensión.

—Piénsatelo, por favor —le pidió antes de abandonar las gradas.

Mientras se dirigía a la salida de los vestuarios, tras acabar el partido, Ana revisó su móvil para comprobar sus mensajes.

No había ninguno.

Se apresuró a sonreír cuando vio a su hijo caminando hacia ella.

Más gente sola. Raquel

Cambados, 27 de septiembre de 2019

Raquel examinó su aspecto en el baño. El pelo le había crecido. Hacía años que lo llevaba corto. Le gustaba la imagen de esa nueva Raquel que le devolvía el espejo. En diez minutos, comenzaría la inauguración. El local estaba en la zona más céntrica. Al principio había pensado en instalarse en Santiago, aunque finalmente se decantó por Cambados. Trabajaría en toda la provincia, pero había decidido que salir de Santiago era el primer paso para dejar atrás su pasado. Con la venta de su casa y un crédito había conseguido capital suficiente para montar el estudio de proyectos inmobiliarios. Había contratado a una joven arquitecta.

Se sentía sola por primera vez en su vida. Diez minutos para volver a la casilla de salida y empezar de nuevo. Sabía que esto era necesario. No necesitaba justificarse ante nadie ni dar explicaciones sobre su estilo de vida. El día en que ella se aceptase a sí misma, comenzaría a sentirse mejor. No, no necesitaba que nadie la aceptase ni la comprendiera. Úrsula la entendía, la comprendía y eso no le había servido para sentirse bien con su vida, así que ahora tocaba eso: aprender a conocerse y a aceptarse. Y seguir adelante, esta vez, sin Úrsula.

Observó a la gente que iba entrando. Por un momento fantaseó con la idea de que ella entrase por la puerta. Le diría que le encantaban las flores, las mesas de diseño, las maquetas del escaparate, el mobiliario y el *catering* de la fiesta de inauguración. La conocía tanto que sabía lo que diría si estuviese aquí. Es solo que, por primera vez en su vida, ella no estaría acompañándola en un momento crucial.

Y no pudo evitar pensar que eso no era malo en absoluto.

Más gente sola. Adrián

Centro penitenciario de A Lama, octubre de 2019

Entre cinco y ocho años, el delito de detención ilegal en su tramo más alto, dada la duración del cautiverio: eso era lo que pedía la fiscalía. Su abogado quiso hacer valer su relación con Úrsula para dejar entrever que había existido consentimiento, pero Adrián lo despidió y contrató a otro.

Úrsula le había escrito. En un primer momento él se había negado a verla, pero la semana anterior recibió una carta de ella. Me lo debes. Eso es lo único que decía la carta.

Tres palabras.

Claro que se lo debía. Y la vida le debía a él una esposa.

Ahora, mientras la observaba, sentada delante de él, no podía sostenerle la mirada. Estaba muy delgada. No se sentía capaz de saludarla.

—Nico —dijo ella finalmente.

—Ahora ya sabes que me llamo Adrián.

—Sí.

—No sé qué decirte.

—Ni yo sé a qué he venido.

—¿Cómo fue...?

—Quiso matarme. Una nunca sabe dónde tiene su límite. Con la trilogía *Proencia* recorrí una multitud de ferias de novela negra. Los periodistas siempre me preguntaban lo mismo. ¿Todos podemos matar? Yo siempre decía que sí, pero no sabía de lo que hablaba. No lo supe hasta que me vi de nuevo encerrada y sabiendo que era o él o yo. Y mi hija. No podía permitir dejarla en este mundo con ese monstruo al lado, criándola.

A veces aún se despertaba por la noche y oía el ruido del golpe de la azada contra su cabeza, el de su cuerpo al desplomarse. Se veía tumbada sobre él. Y recordaba a la policía entrando y metiéndola en el coche. Lo recordaba cada día. Y solo sabía una cosa: que volvería a hacerlo.

—Debí hacerlo yo. Debí matarlo. Nunca pensé que...

—No, Nico. Nunca pensaste nada. Ese es el problema, que no pensaste. Nada justifica lo que me hiciste.

—Lo sé. ¿Tendrás un juicio?

—No han presentado cargos. Es un caso claro de legítima defensa.

—Ya.

Se quedaron en silencio.

Úrsula se levantó.

—Lo siento, ha sido un error venir.

Adrián asintió.

—A veces fue de verdad —dijo él al fin.

—No, no lo fue —replicó ella antes de salir—. Me alegro de no conservar el móvil ni nuestras conversaciones, ni las fotos.

—Esos no éramos nosotros. No somos nosotros.

Ella salió sin mirar atrás.

No, no lo eran.

Más gente sola. Úrsula

Esteiro, enero de 2020

Saco las maletas del coche y entro en la casa. Está helada. Hago otro viaje al coche para traer la comida, el portátil y la impresora.

Cuando el abogado de Adrián me envió la escritura de cesión y las llaves me quedé en shock. También me envió el móvil. El suyo. Con todas nuestras conversaciones, las fotografías, las canciones. Estuve a punto de devolverlo todo.

No pude. No podía romper con ese pasado. Necesitaba volver a la casa.

Efectivamente, está en Esteiro, en la playa de Uhía, más alejada del centro urbano que la de Parameán. No es la playa de mi sueño. La casa es antigua, con revestimiento de azulejos. Las ventanas son de madera blanca. El sótano no se ve desde la carretera. La ventana de rombos está en un lateral.

Atisbo la figura de una mujer y un perro en la playa y me apresuro a meterme dentro de la casa. Seguramente ya saben quién soy. Durante semanas la prensa se ha cebado con nuestra historia.

En verano vendré con Sabela. Acabamos de pasar la Navidad en Sierra Nevada. No soy capaz de calibrar hasta qué punto ha superado lo que pasó. No le he contado la verdad, pero los periódicos lo publicaron todo. Ahora duerme conmigo todas las noches. Sé que no es el mejor momento para dejarla con mis padres, le prometí que pasaría los fines de semana con ella.

Es la primera vez en muchos años que estoy completamente sola. Es una sensación increíble. Recuerdo haber deseado esto. Una casa frente al mar y todo el tiempo del mundo para escribir. Nunca imaginé el precio que tendría que pagar. Ayer llamé a Raquel, lleva meses sin cogerme el teléfono. En navidades me contestó a un mensaje. Sé que solo necesita tiempo. Es ella la que lo necesita. Yo no. Es ella la que necesita perdonarse porque yo ya lo hice hace tiempo. Sé que también cometí errores.

Abro las ventanas y aspiro el aroma a sal. Con la luz del día todo pierde su sordidez. Las gaviotas se pasean por la playa vacía y la mujer y el pastor alemán emprenden el camino de vuelta hacia su casa. Un escalofrío me recorre la espalda. Cierro la ventana y enciendo la estufa de butano que hay en el comedor. Sin darme cuenta dirijo los pasos al sótano.

La puerta no parece tan sólida desde este lado. Cuando giro la llave en la cerradura, su chasquido me hace dar un respingo. Es más pequeño de lo que recordaba.

Supongo que puede parecer una locura, pero necesitaba volver. En este lugar fui yo de verdad: sin máscaras, sin ese disfraz permanente de escritora que nunca se quitaba Úrsula B. Aquí descubrí mis límites. Los tenía. Los teníamos. Resultó que no era cierto eso del Nolimits.

No somos nosotros, había dicho Nico. Pero lo fuimos. Vivimos «juntoseparados», conectados a todas horas y ahora me toca aprender a vivir completamente sola. Y estoy aquí para mostrar quién era Úrsula B., para enseñar mis cicatrices, las que se ven y las que no se ven. Tengo que esquivar la mano que me impide avanzar y para eso necesito entender en qué me he convertido una vez que «pasó aquello» y contar la historia de a quién quise y de los hombres que no amaron a Úrsula B. Esta es mi única verdad.

Así que enciendo el portátil y escribo.

«Una cárcel no lo es de verdad hasta que pierdes la esperanza de abandonarla.»

Los personajes y situaciones de esta novela son ficticios. Sin embargo, el programa Un alto en el camino *y la periodista Susana Pedreira son reales, y la autoría del texto que abre el capítulo homónimo es suya.*

Este libro se terminó de escribir en Teo, en abril de 2020, durante el confinamiento por la pandemia de la COVID-19, cuando descubrimos que la vida era frágil y valiosa.

Agradecimientos

Este libro no sería el que es sin la titánica labor de mis editores, Carlos Lema en gallego e Ilaria Martinelli y Lola Martínez de Albornoz en castellano, que me enseñaron a buscar el equilibrio imposible entre lo que yo quiero contar y el lector quiere escuchar. Me atrevo a asegurar que mi inconmensurable ego ha salido indemne de esta titánica lucha.

Gracias, Salvador Terceño Raposo, por regalarme una autopsia por mi cumpleaños y por prestarte a ser mi forense entre guardia y guardia vietnamita.

Gracias también a Iker Manterola, por adentrarme en el mundo de la ingeniería informática vinculada al lenguaje.

A Asier, por enseñarme un día una ventana de rombos blancos y naranjas. Ya tú sabes.

A mis hijas, por dejarme cerrar la puerta, por haber aprendido que cada vez que la abren, la historia ya es distinta. Y a Nando, por quererme, que no es fácil.

Martina Lema: no sé de qué hablan los cuñados en las comidas familiares, pero en las nuestras, mientras sigas siendo mi farmacéutica de cabecera, se hablará de drogas y benzodiacepinas.

Mi admiración para mis lectores cero, que habéis estado meses presos en un sótano acompañando a Úrsula Bas. Y a Lourdes, mi agente, por creer en ella.

A Merce Corbillón, por enseñarme la vida que merece ser contada.

A todos, a los de siempre, por estar ahí. Me habéis aguantado casi dos años hablando de Úrsula. Esa mujer que no soy yo pero que es un poco todos cada vez que no tenemos fuerzas para levantarnos de la cama.

Y finalmente, a todos los lectores que me pedíais incansablemente #MásAbadyBarroso.

Nolimits.